ALTAÏR INFILTRÉE

MALLORY SAJEAN 4

PHILIPPE MERCURIO

NOGARTHA.FR

Rejoignez l'équipage du *Sirgan* !

Inscrivez-vous à la newsletter et recevez gratuitement :

- La nouvelle « Station en péril » (ebook et audio)
- Le guide illustré de l'univers de Mallory Sajean (ebook réservé exclusivement aux abonnés)
- Le début du roman fantasy « L'arbre au bout du monde »

Visitez nogartha.fr

Copyright © 2023 Philippe Mercurio
Tous droits réservés
ISBN : 9791097258337
Dépôt Légal : Octobre 2023

I
ALERTE

Mallory savourait un moment de liberté pour la première fois depuis des mois. Équipée d'une combinaison renforcée et d'un respirateur, elle parcourait le dos d'une *kéorline*. L'animal gigantesque flottait dans l'atmosphère de Cixtani, une naine gazeuse. Mallory avançait sur la peau de ce léviathan du ciel, une méduse large de plusieurs dizaines de kilomètres, dont les immenses tentacules pendaient vers le centre de la planète.

Derrière Mallory, un dôme en cristacier disparaissait, happé par les nappes de brume violacée et la distance. Elle avait l'impression d'être seule au monde et cela lui convenait très bien. Depuis sa mission sur Vlokovia, son travail auprès des vohrns avait pris un tour inattendu : sans le vouloir, elle se retrouvait responsable du destin de tout un peuple, inféodé à elle par la volonté de leur précédent chef. Disposer d'un moment pour elle était devenu un luxe.

Elle savourait chaque pas sur la surface rugueuse de la

kéorline, levant parfois les yeux vers les voiles colorés de mauve et de bleu sombre qui dansaient au-dessus d'elle. Une projection holographique apparut dans son champ de vision.

FRONT DE PLUIE CORROSIVE LE PLUS PROCHE : 7200 KILOMÈTRES. KÉORLINE STATIONNAIRE. DÉLAI ESTIMÉ AVANT EXPOSITION : 5 HEURES.

Mallory chassa les caractères lumineux de la main. Elle avait tout son temps. Les tonelkas pourraient survivre un après-midi sans elle. Le corps de l'animal flottant s'étendait maintenant à perte de vue autour d'elle. Les bancs de brume se déplaçaient au gré des vents, dégageant parfois la vue sur de longues distances. La peau noire de la kéorline formait une surface plane, bosselée par une multitude d'excroissances. Des bosses ressemblant à s'y méprendre à des taupinières, jusqu'à l'orifice qui en ornait le sommet.

À travers ces milliers d'évents, la kéorline respirait et se nourrissait, combinant dans son organisme démesuré les multiples gaz et formes de vie microscopiques qui composaient l'atmosphère de Cixtani. D'une incroyable complexité, le corps de ces méduses géantes transformait ces éléments avec une efficacité qu'aucune industrie ne pouvait égaler.

Mallory marcha près d'une heure avant d'apercevoir son but : des dizaines de cristaux aussi grands que des immeubles, dressés vers le ciel et la tache lumineuse d'un soleil blanc. Ils jaillissaient à travers l'épiderme du léviathan, prenant racine au plus profond de son cerveau de la taille d'une ville.

À son arrivée dans la cité dôme greffée à la peau de la kéorline, Mallory avait appris que ces animaux communiquaient à travers des chants qui évoquaient ceux des baleines. Elle en avait découvert un extrait, qui l'avait aussitôt hypnotisée et elle s'était alors juré d'aller les écouter en réel, sans le filtre de la technologie.

Les cristaux occupaient une large zone circulaire,

devenant de plus en plus grands vers le centre. Mallory s'approcha jusqu'à ce qu'un hologramme d'avertissement s'affiche devant ses yeux : plus près et les vibrations des cristaux auraient risqué d'endommager ses tympans. Elle fit à nouveau disparaître l'information d'un geste, ignorant au passage l'icône d'un nouveau message.

Elle s'assit au sol à prudente distance des excroissances respiratoires et croisa les jambes. Le dos droit et les mains posées sur ses genoux, elle vida son esprit de toute pensée, en attendant que le chant commence. Cela pouvait être dans dix minutes comme dans une heure.

Une brise lui ébouriffait les cheveux. Avec une température de vingt-cinq degrés, ce brin d'air était agréable. Seul le respirateur qu'elle portait lui rappelait que l'environnement était mortel pour un humain.

Lorsque le chant s'éleva, elle en ressentit la première note à travers ses os. Une vibration légère, un fourmillement à peine discernable. Très vite, d'autres notes jaillirent, cette fois clairement audibles. Une combinaison de sons graves évoquant des instruments à vent et d'aigus aux accents métalliques, sur un rythme lent rappelant celui d'un cœur reposé. Une mélodie viscérale qui emporta Mallory.

Le chant de la kéorline la prenait aux tripes, la traversait en imprimant des échos qui réveillaient en elle des souvenirs perdus. Des fragments de mémoire revenaient flotter à la surface de ses pensées : le goût acidulé d'un bonbon, l'odeur suave d'une plante inconnue, la sensation éprouvée en caressant un être cher.

Elle oublia toutes ses inquiétudes : les attentes des tonelkas, la menace des primordiaux et celle à la fois plus lointaine et plus terrible encore des stolrahs. Le chant monumental était le présent et le présent était absolu.

Après un temps indéfinissable, la mélodie changea, la vibration dans les os de Mallory frôla le douloureux pour refluer et s'effacer. Le chant évolua en un lent flux et reflux, devenant une mélopée limpide et profonde. Il toucha Mallory au plus profond de son être. Elle se sentit dériver sur une mer de sons, en proie à une sensation proche de l'euphorie.

Tandis que le chant de la kéorline muait à nouveau, la partie de son esprit que Mallory associait à la télépathie s'éveilla, stimulée par la succession de notes pures. Ses pensées s'étendirent au-delà des limites de son corps. Elle perçut fugitivement les tonelkas vivant avec elle sur la kéorline et Myriade, l'être composite qui l'accompagnait depuis son passage sur Vlokovia. Très vite, ils se fondirent en un tout, tandis qu'elle chevauchait en esprit le chant de la kéorline à travers l'atmosphère de Cixtani, puis dans l'espace.

Les mondes abritant la vie répondaient au léviathan, les multiples consciences de leurs habitants entremêlées pour produire des entités colossales. Les civilisations apparaissaient à Mallory sous la forme d'astres étincelants, pour former un ensemble pareil à un ciel rempli d'étoiles.

D'abord surprise par cet effet inattendu du chant, elle se relâcha, profitant de l'expérience. Elle s'attardait sur une des immenses consciences lumineuses, se demandant s'il ne s'agissait pas de la Terre, quand elle décida de pousser l'expérimentation.

Avec en tête l'image de deux êtres chers, elle se laissa porter plus loin encore, vers une autre de ces étoiles. Une autre conscience monumentale, dont elle essaya cette fois de percevoir les éléments. Les millions d'esprits qui la composaient bourdonnaient, créant un fond sonore sur lequel le chant de la kéorline se détachait.

Mallory repéra les entités qu'elle cherchait, deux particules au sein de l'étoile. Torg et Théo. Ses pensées se tournèrent vers ce dernier, s'approchèrent au point de le toucher.

La gigantesque conscience-étoile s'éteignit.

Le chant cessa, se brisa comme un fil trop tendu. Mallory se retrouva à l'intérieur de son corps, le souffle coupé.

— Que... quelque chose de grave. Mais quoi ?

Son masque l'étouffait, incapable de suivre le rythme de sa respiration. La soudaine interruption de la kéorline était anormale. Mallory se maîtrisa, reprenant le contrôle d'elle-même, s'apercevant qu'elle était allongée sur le flanc. Son navcom projetait des alarmes qui dansaient devant ses yeux. Elle avait passé trois heures à écouter le chant et sa réserve d'air faiblissait. Elle devait retourner au dôme de cristacier et à la petite ville qu'il abritait avant que la pluie corrosive ne soit sur elle.

Sonnée comme après un combat difficile, Mallory s'éloigna des cristaux. Ses idées s'éclaircirent alors qu'elle marchait. Le chant de la kéorline avait agi comme un stimulant télépathique. Puis une rupture avait eu lieu, ou plutôt la brusque intrusion d'un sentiment de perte.

Mallory porta la main au bracelet qui dissimulait son navcom, réactivant les flux d'information. Une multitude de données s'affichèrent, trop pour qu'elle en tire quoi que ce soit. Par contre, l'icône d'un message attira son attention. Il provenait du vohrn Hanosk. Son employeur, faute d'un mot plus approprié.

Elle tendit les doigts vers l'hologramme. Dès qu'elle toucha la petite bulle lumineuse, un texte apparut en surimpression sur le ciel violacé de Cixtani :

> CAPITAINE MALLORY SAJEAN. LE SYSTÈME D'ALTAÏR NE RÉPOND PLUS.
> REJOIGNEZ LE *LYODEN'NAAK* SANS DÉLAI.

Le dôme greffé sur le dos de la kéorline ressemblait à une pustule d'acier et de verre. Mallory avait beau savoir que le gigantesque animal flottant dans les cieux de Cixtani ne souffrait en rien de la cité incrustée dans sa peau, une impression de malaise l'envahissait régulièrement à l'idée de cet assemblage contre nature.

Pourtant, cette fois-ci, la vue du dôme lui procura un soulagement bienvenu. Il était évident que son expérience physique à l'écoute du chant de la kéorline et la mauvaise nouvelle en provenance du système d'Altaïr étaient liées. Jusqu'à quel point le léviathan avait-il eu conscience de la présence de Mallory ? Se pouvait-il qu'elle puisse entrer en contact plus profondément avec le gigantesque animal ?

Trop de questions. Pas le temps.

Torg et Théo se trouvaient dans le système d'Altaïr. Les deux personnes qui comptaient le plus pour elle. Elle refusait catégoriquement d'envisager leur disparition. Et pourtant, l'idée l'avait hantée durant tout le trajet de retour depuis les cristaux de la kéorline, comme une plaie qu'on ne peut s'empêcher de triturer.

L'inquiétude agissait comme une loupe sur sa mémoire, reconstruisant avec acuité les dernières minutes passées avec Théo.

Mallory et lui sont dans une station de transit, à sept années-lumière de Cixtani. Torg les a laissés seuls, prétextant une de ses faims chroniques. Un belvédère flanqué d'une longue paroi en cristacier offre un panorama à couper le souffle. Des vaisseaux aux lignes élancées fendent le vide entre la station et une planète dotée du plus large anneau que Mallory ait jamais vu. L'ensemble est si vaste que la planète se résume à une excroissance vert bleu au centre d'un disque de débris rocheux. Un petit soleil d'un blanc pur baigne la scène de sa lumière crue.

Théo se laisse absorber comme Mallory par le spectacle. Ce n'est qu'au bout de quelques minutes qu'il se décide à lui tendre le paquet qu'il a sous le bras, en la gratifiant d'un grand sourire.

— Un cadeau, de la part de Torg, Jazz et moi.

Mallory prend le paquet. Sur le dos de ses mains, ses tatouages sensitifs dessinent de petites roses noires en

boutons. Elle déchire l'emballage en papier et lâche un cri de surprise : une veste en cuir bordeaux, identique à celle qu'elle avait portée des années durant, puis perdue lors de son emprisonnement par les saharjs !
Elle enfile la veste, dépose un baiser sur la joue de Théo et le serre contre lui. Ils restent ainsi un moment, se gorgeant de la présence de l'autre, du contact de leurs corps. Quand allaient-ils se revoir ?
— Je vais trouver le temps long, dit Mallory dans un soupir.
Théo lève une main pour écarter une mèche de cheveux noirs du visage de Mallory. Sa peau réagit au léger contact, un frisson en écho à un désir plus profond. Les minutes s'envolent, et le navcom de Théo émet un bip insistant. Mallory l'accompagne jusqu'aux quais d'embarquement, où ils retrouvent Torg. Le cybride cède à sa manie d'ébouriffer les cheveux de Mallory avant de s'engouffrer dans la navette qui les mènera au vaisseau en partance pour Altaïr. Après un dernier baiser trop court à son goût, Théo disparaît à son tour derrière la porte en acier de la navette.

Perdue dans ses souvenirs, Mallory trébucha sur l'une des aspérités qui ornaient le dos de la kéorline. Elle inspira aussi profondément que possible à travers son masque et revint au présent.

Elle se présenta devant l'un des sas de la cité dôme et pianota sur le clavier qui en commandait l'ouverture. Une fois entre les deux lourdes portes d'acier et leurs hublots qui la contemplaient tels des yeux ternes, elle se força à patienter durant l'intervalle où un air respirable chassait celui de l'extérieur. Elle arracha alors son masque, le suspendit à un crochet et déverrouilla la porte intérieure en tirant sèchement sur la poignée métallique.

Elle se retrouva nez à nez avec un tonelka. Grand et maigre, une peau grise épaisse et ridée. Il ne portait qu'un pagne taillé dans une matière semblable à du cuir, brodée de symboles blancs. Ses yeux noirs surmontaient deux lèvres

s'ouvrant à la verticale, qui dévoilèrent une bouche aux dents pointues lorsqu'il parla :
— Protectrice. Nous avons besoin de votre avis.

Mallory avait mis longtemps à s'habituer au titre dont elle avait hérité après avoir vaincu le primordial Ezqatliqa. Une victoire qui avait fait d'elle la mère adoptive de quelques centaines de milliers de tonelkas, un peuple de soldats génofaçonné à une époque où les humains découvraient tout juste l'écriture.

Peu à leur place sur Vlokovia, le monde glacé où ils avaient servi les intérêts d'Ezqatliqa, ils avaient accepté de bon gré de s'installer sur Cixtani. Ce monde sous protectorat vohrn avait peu de valeur, hormis au titre de la curiosité scientifique que représentaient les kéorlines. Son atmosphère recelait toutefois quelques gaz rares et la colonie tonelka vivait en les exploitant.

— Je t'écoute, répondit Mallory.

Discipline et habitudes spartiates avaient permis aux tonelkas une rapide adaptation, mais ce même conditionnement les rendait dépendants d'un chef. Heureusement pour Mallory, si les tonelkas les plus hauts gradés ne laissaient jamais passer une journée sans la solliciter, ils avaient coutume de lui présenter plusieurs scénarios entre lesquels ils hésitaient. Mallory pouvait donc les guider sans trop de difficulté dans leur découverte de la vie civile.

— Les systèmes de filtrage de la ferme aquaponique numéro neuf ont été détériorés par un champignon parasite, dit le tonelka. Une partie des algues de Rigel se sont desséchées. Un pourcentage très faible, mais...

— Isolez cette ferme du réseau d'échange biologique, décida aussitôt Mallory. Il vaut mieux se rationner quelque temps que risquer des intoxications en pagaille.

Les algues de Rigel étaient riches en protéines et produisaient de l'oxygène en grande quantité. Elles libéraient aussi une toxine à travers leurs racines lorsqu'elles se desséchaient. Un des mille et un détails que Mallory avait appris depuis son arrivée sur Cixtani.

Le tonelka s'inclina pour marquer son assentiment et s'éloigna sans un mot. Un laconisme que Mallory appréciait. Rien ne la fatiguait plus que les ronds de jambe et les politesses exagérées, dont étaient friands certains peuples comme... les humains par exemple.

Le dôme était soutenu en son centre par une tour d'habitation à laquelle toutes les rues de la cité menaient. Mallory y avait ses quartiers. Elle n'avait fait que quelques pas dans cette direction quand une présence familière se manifesta dans ses pensées.

— *Je détecte les signes d'une intense inquiétude.*

Accompagnant la voix désincarnée, un essaim de petits objets ovoïdes apparurent en volant au coin d'une rue et se rassemblèrent en une sphère compacte qui vint flotter à côté de l'humaine. Sept cent vingt-neuf unités qui formaient Myriade, l'être composite qu'elle avait également rencontré sur Vlokovia.

— *Les vohrns ont perdu le contact avec le système d'Altaïr,* dit Mallory à travers leur lien. *Je n'en sais pas plus, mais Hanosk m'a demandé de rejoindre le Lyoden'Naak. Et aussi...*

Plutôt que de s'encombrer de mots, elle transmit à Myriade les souvenirs qu'elle avait de sa chevauchée mentale sur le chant de la kéorline.

Le temps de cet échange muet, elle était parvenue à la tour centrale et en traversait le hall pour se rendre à son logement. Un studio confortable, mais terriblement impersonnel. Du provisoire, qu'elle avait partagé avec Théo avant que l'inactivité ne pousse celui-ci à partir pour Altaïr avec Torg. La séparation devait être courte, mais maintenant...

Mallory tint la bride à son imagination. Elle fit rapidement le tour du petit appartement, rassemblant ses affaires : une tenue noire de navigant, identique à celle qu'elle portait, un long manteau en fourrure synthétique bleu sombre (encore un souvenir de Vlokovia), un revolver à balles hypertrophes, quelques sous-vêtements. À peine de quoi remplir son sac à dos. Le peu de choses auxquelles elle tenait était à bord du *Sirgan*, en orbite autour de la naine gazeuse.

Un dernier regard pour s'assurer qu'elle n'ait rien oublié et elle s'approcha du terminal navcom intégré dans une des cloisons. D'un simple effleurement, elle l'activa et dit :

— Appel. Lallinir.

Le blanc uniforme de la cloison disparut au profit de l'image grandeur nature d'un tonelka. Pour l'œil humain, rien ne le distinguait de ses congénères : même haute silhouette, peau grise, yeux noirs et lèvres verticales. Sur le pagne qu'il portait se détachaient de nombreux symboles, le désignant comme un chef de groupe. En l'occurrence, il s'agissait de l'un des tonelkas qui répondaient directement au primordial quand ceux-ci dépendaient de lui.

Il s'était adapté avec une relative aisance à la vie sur Cixtani. Mallory appréciait surtout sa capacité à prendre des décisions seul, une qualité qu'elle s'efforçait de cultiver : tôt ou tard, les tonelkas allaient devoir se passer de leur nouvelle régente.

— Protectrice, la salua-t-il en accompagnant le mot d'un son évoquant un claquement de langue.

Derrière lui, l'image montrait un complexe de traitement des gaz puisés dans l'atmosphère de Cixtani. Un enchevêtrement de tubes et de cuves dans lequel s'activaient des dizaines de tonelkas.

— Je dois m'absenter, annonça Mallory. J'ignore combien de temps, aussi j'ai besoin que tu assures la direction de la colonie jusqu'à mon retour.

Lallinir lui posa aussitôt une foule de questions, anticipant les difficultés qui pourraient se présenter. Mallory répondit de son mieux, trop consciente de ses propres limites en matière de gestion d'une exploitation gazière. Sans Myriade pour la conseiller au sujet des tonelkas et les blocs mémoriels d'informations donnés par les vohrns, elle se serait vite trouvée désemparée.

Elle termina l'appel et quitta la tour, traversant la petite ville d'un bon pas. Si la situation n'avait pas été aussi inquiétante, elle aurait pu se réjouir de la convocation d'Hanosk. Son rôle auprès des tonelkas était une responsabilité dont elle se serait volontiers passée, d'autant plus que Cixtani n'avait rien d'attrayant hormis les kéorlines. La ville sous dôme était de loin la plus terne qu'elle ait jamais vue : parfaitement organisée, propre et donc dépourvue du moindre charme. À mille lieues des gigantesques cités cosmopolites dont elle avait l'habitude.

Elle marcha jusqu'au hangar où se trouvait son aéroglisseur. Collé à la bulle de cristacier formée par le dôme de la ville, le hangar fonctionnait comme un grand sas. Mallory franchit une porte étanche, Myriade flottant toujours à hauteur de son épaule. La portière en élytre du petit appareil rouge sang se leva pour les accueillir. Mallory se glissa aux commandes et Myriade disposa ses unités au centre du tableau de bord, tandis que la portière se refermait et que la vibration quasi subliminale des propulseurs envahissait l'habitacle. Le toit du hangar s'ouvrit et Mallory lança l'aéro en forme de larme vers le ciel violacé en une brusque manœuvre trahissant son impatience.

Hanosk avait usé de toute son influence et sollicité l'intégralité de son réseau, patiemment construit au fil de ses années de service en tant qu'ambassadeur. L'isolement soudain du système d'Altaïr devait susciter assez d'inquiétude pour que l'on réponde à son appel. Du moins l'avait-il cru. Le résultat de ses efforts était très en deçà de ses espérances. Une conférence virtuelle à laquelle ne participaient qu'une douzaine de représentants sur les vingt peuples qu'il avait contactés. Une insulte en soi. Et ils se comportaient comme si le sujet des primordiaux se résumait à une négociation commerciale.

— Vos primordiaux ont peut-être réussi à déstabiliser un monde reculé comme Vlokovia, mais je ne vois pas en quoi ils seraient une menace pour nous. Quant à Altaïr, vous n'avez que des soupçons à nous offrir.

L'humain qui venait de prononcer ces paroles était un homme mince, au visage ridé encadré par un collier de barbe blanche. Le représentant du gouvernement terrien. Hanosk avait préparé l'entrevue en demandant à disposer d'un programme permettant d'analyser et interpréter les expressions faciales et corporelles de chaque espèce. L'enjeu était trop important pour se reposer uniquement sur les traducteurs vocaux.

La transcription était claire : l'humain s'ennuyait. Du mépris était aussi perceptible. Vlokovia était sous protectorat orcant. La guerre entre eux et les humains avait beau s'être terminée depuis longtemps, l'inimitié restait de rigueur entre ces deux espèces.

Hanosk argumenta :

— Ils ont presque réussi à déclencher une guerre civile dans le système d'Aldébaran. Les mondes gibrals sont pourtant très évolués. Nous craignons une situation similaire avec Altaïr et...

— Vous venez de passer des accords commerciaux avec les altaïriens, coupa l'humain. Il est normal que vous souhaitiez leur venir en aide. Le bénéfice sera mutuel, mais il en va autrement pour nous, les terriens. (L'humain se tortilla sur son fauteuil.) Vous dites que le peuple des primordiaux est réduit à une poignée de survivants. Selon nos renseignements, vous avez déjà suffisamment d'alliés pour les contrecarrer.

Le représentant régulien prit la parole, pour se lancer dans une déclaration du même type. Réguliens et humains étaient souvent alignés politiquement. À croire que les similitudes physiques entre les deux espèces les poussaient à se rapprocher.

La tendance qui se dégageait des échanges ne laissait guère de doutes au dirigeant vohrn : les primordiaux étaient soit pris à la légère, soit vus comme une opportunité d'affaiblir les peuples considérés comme des concurrents. Le vaste marché commun permettait de maintenir une paix de surface, masquant en réalité une âpre guerre économique.

Les délégués gibral et antarien, acquis à la cause des vohrns, apportèrent en vain leur soutien à Hanosk. Le délégué orcant, un vétéran ayant connu la guerre contre les humains, resta silencieux.

Les spicans étaient représentés par une femelle. Du moins les informations concernant son identité la décrivaient ainsi. Il était difficile pour le vohrn de la différencier d'un mâle de la même espèce : grande, musculeuse, quatre bras épais et une peau cuivrée dépourvue de la moindre pilosité.

— Nous ne doutons pas de votre volonté à vouloir contrecarrer ces individus, dit-elle. Toutefois, même en prenant au sérieux la menace qu'ils représentent, je ne puis que rejoindre les conclusions du délégué humain. Vos ressources et celles de vos alliés sont amplement suffisantes pour mettre fin aux manigances d'un petit groupe, aussi puissant soit-il.

La spicane n'avait pas tout à fait tort. Hanosk cherchait à nouer d'autres alliances, car un péril plus important se cachait derrière les primordiaux : les stolrahs. Un peuple oublié, qui avait traumatisé les primordiaux dans un lointain passé au point que ceux-ci avaient sciemment oblitéré cette période de leur mémoire.

Hanosk se refusait à évoquer les stolrahs : il ne disposait d'aucune preuve tangible de leur existence. Rien que des paroles de la capitaine Mallory Sajean, basées sur les souvenirs du primordial Ezqatliqa, le seul d'entre eux à se souvenir des stolrahs. Les délégués se moqueraient du vohrn en entendant un tel récit.

La réunion se poursuivit, mais le vohrn ne se faisait aucune illusion. Les autres représentants, issus d'espèces à l'influence et à la présence mineures, reprirent en chœur les arguments du terrien et de la spicane.

— Vous n'avez qu'à lancer à leurs trousses les guerriers saharjs ou tonelkas, lâcha enfin l'humain. Ils ne feront qu'une bouchée de ces primordiaux. Vous vous êtes trouvé deux armées à bon compte, autant en faire usage.

Les annotations qui accompagnaient la traduction insistaient sur la façon dont le terrien prononçait le terme « primordial », signalant une forme de moquerie. Et en citant les saharjs et les tonelkas, il ne manquait pas de rappeler que les services de renseignement terriens surveillaient de près les activités des vohrns.

Ces paroles marquèrent la dérive du sujet vers l'équilibre des forces militaires. Hanosk comprit qu'il s'agissait là de la véritable raison de leurs réticences. Tous craignaient de procurer un soutien à des peuples qu'ils jugeaient en position dominante. Les vohrns et les altaïriens disposaient de technologies avancées, bien que divergentes. Les gibrals, de leur gigantesque chantier naval et les antariens, de nombreux mondes riches en minerais. Des rivaux en puissance pour les autres délégués.

La réunion s'éternisa, butant sur des détails toujours plus insignifiants. Quand Hanosk mit fin à la session holographique, il savait déjà qu'il venait de perdre son temps.

En retrouvant le *Sirgan*, Mallory se sentit mieux. Elle quitta la soute, laissant son aéroglisseur se rendormir, et fila droit au poste de pilotage. Jazz l'interpella en utilisant les intercoms disséminés dans le vaisseau courrier. Haute et claire, sa voix résonna dans la coursive.

— Mallory ! Tu ne m'as pas appelé hier.

Elle fronça les sourcils le temps d'écarter un doute et répondit :

— Si, un peu après le déjeuner.

— Ah oui, c'est vrai. Mais tu n'as pas appelé depuis. Ça me rend triste, tu sais. Je n'aurais pas cru que les grands maigrichons au teint bistre te monopoliseraient à ce point-là. (Il prit un ton geignard.) J'ai l'impression que tu ne m'aimes plus...

Mallory eut un petit sourire en coin, mais la boule d'angoisse qu'elle avait à l'estomac l'empêcha d'entrer dans le jeu de l'Intelligence Naturelle.

— Je ne t'aimerai plus si le *Sirgan* n'est pas en état de partir tout de suite. Nous devons rejoindre le *Lyoden'Naak*. D'après les coordonnées qu'Hanosk vient de m'envoyer, il doit se trouver à la périphérie d'Altaïr.

— Pas de soucis, ma capitaine ! Moi aussi j'ai reçu ces infos. Et le *Sirgan* est au vert de partout. Je me suis bien amusé avec les drones génotechs de nos copains sans tête.

Cette fois, Mallory ne put se retenir de lever les yeux au ciel. La manie de Jazz d'affubler les aliens d'épithètes peu flatteuses finirait par provoquer un incident diplomatique. Une fois de plus, elle se demanda quelle sorte d'être humain Jazz avait pu être, avant que son cerveau ne soit séparé de son corps pour devenir partie intégrante du *Sirgan* en tant qu'Intelligence Naturelle.

Dans le cockpit, Mallory se jeta dans le siège du pilote tandis que Myriade se logeait non loin d'elle, dans un des rares espaces du tableau de bord qui n'était pas occupé par une projection holographique ou des cadrans. Elle posa les mains sur les deux excroissances installées par les vohrns à la place des manettes de pilotage, lors d'une profonde modification du propulseur synergétique du *Sirgan*. Une connexion mentale s'établit entre elle et son vaisseau. Une foule de données concernant le navire, sa position et ce qui l'entourait envahit ses pensées, à travers un lien similaire à celui qu'elle avait avec Myriade.

Cet état devait être très proche de la fusion opérée entre Jazz et le *Sirgan*. Limitation technique ou prudence, Mallory ne savait trop, les vohrns n'avaient pas permis une communication directe entre elle et l'Intelligence Naturelle. La pilote lança son navire vers Altaïr puis retira lentement ses mains des interfaces de connexion.

— J'y pense, dit Jazz à travers un haut-parleur du cockpit, ton jouet préféré vient de là-bas, non ?

— Mon jouet... ? Ah ! Tu parles de l'aéro ?

Mallory avait récupéré le petit véhicule lors de sa première rencontre avec les vohrns, dans le système de Procyon. Il s'agissait effectivement d'un produit des usines d'Altaïr. À l'époque, les vohrns l'avaient lourdement modifié, leur technologie surpassant celle des altaïriens. Les objets fabriqués par les marchands d'Altaïr, comme on les appelait souvent, n'en avaient pas moins une excellente réputation. D'ailleurs, l'écart technologique entre ces deux peuples s'était fortement réduit durant les quatre années écoulées, au point que les vohrns soupçonnaient une intervention extérieure.

— J'espère qu'il n'est rien arrivé au gros poilu, jeta Jazz en changeant de sujet. Ni à Théo.

Rares étaient les occasions où Jazz montrait son attachement au cybride. Il préférait de loin lui lancer des piques ou plaisanter à ses dépens. Mallory n'était guère surprise de cette mise à nu : elle faisait écho à ses propres craintes. Comment pouvait-on perdre le contact avec un système solaire entier ? L'une des armes des primordiaux, le mange-monde, était une chose terrifiante, capable de détruire une planète, mais tout un système ? Non. Au pire quelqu'un aurait eu le temps d'envoyer un message ou un appel à l'aide.

Et puis, se dit Mallory, *ce n'est pas le genre des primordiaux.* Décadents et terriblement vieux, au bord de l'extinction, ils se vautraient dans les sensations procurées par ce qu'ils nommaient le Jeu : une sorte de partie d'échecs à l'échelle galactique, où ils s'ingéniaient à dresser les peuples les uns contre les autres. Supprimer brusquement Altaïr ne collait pas avec cette façon de faire.

Les pensées de Jazz avaient dû suivre le même chemin.

— Tu crois qu'un des prims a pu faire à Altaïr ce qu'Ezqatliqa avait tenté sur Vlokovia ?

— Un basculement dans une autre dimension ? Non. Ezqatliqa est une exception chez les primordiaux et c'était surtout la peur des stolrahs qui le poussait à agir.

— Alors les stolrahs, peut-être ?

La plus grande crainte de Mallory. Heureusement, cette hypothèse ne tenait pas non plus.

Elle répondit en secouant la tête :

— Non plus. Ce que j'ai vu quand Ezqatliqa a partagé ses souvenirs avec moi ne correspond pas. Les stolrahs utilisent des troupes de choc et des armes destructrices, mais laissent les planètes derrière eux.

Elle balaya du regard les projections holographiques et les cadrans alignés devant elle. Le *Sirgan* était vieux. On voyait nettement que des technologies différentes cohabitaient. Et pourtant, il fonctionnait sans problème, devenu plus rapide que n'importe quel autre navire humain, grâce aux modifications apportées par les vohrns.

D'ailleurs, pensa la pilote, *il nous en reste encore sous le pied.* Elle plaça de nouveau les mains sur les interfaces neuronales, qui s'éclairèrent d'une lueur rosâtre quand la connexion mentale s'établit.

— Qu'est-ce que tu fais ? demanda Jazz d'une voix inquiète.

— Je m'assure d'arriver le plus vite possible.

— En faisant sauter les sécurités du groupe synergétique ?

— Oh, pas toutes, relax ! dit-elle avant que la brutale accélération ne la plaque contre son siège.

II
COULEURS

Torg détestait se trouver aussi éloigné de Mallory, mais elle avait insisté :
« *Je ne veux pas que Théo soit seul à l'ambassade vohrne d'Altaïr, surtout maintenant qu'on a décelé l'influence des primordiaux dans ce système.* »

Torg avait bien essayé de lui expliquer qu'être dans un bâtiment rempli de vohrns n'était pas être seul, mais Mallory n'avait rien voulu savoir. Il se retrouvait donc à des années-lumière de sa capitaine, à veiller sur le jeune humain et la vingtaine de dvas avec lesquels ce dernier travaillait.

Les dvas... Avec son gabarit imposant et son exosquelette en acier, Torg devait prendre grand soin de ne pas en écraser un par mégarde. Ces petits aliens ne mesuraient guère plus d'un mètre de haut et la partie la plus large de leur corps en forme de tige ne dépassait pas les dix centimètres de diamètre. Leur tête se résumait à une grappe d'yeux jaunes de toutes les tailles, qui surmontait une petite bouche ronde.

Ils sautillaient partout sur leurs quatre pattes préhensiles, passant d'une machine vohrne à l'autre en pianotant furieusement de leurs trente-deux doigts sur des claviers sphériques adaptés à leur anatomie.

L'un d'eux fonça sur Torg et rebondit contre son genou avant de repartir comme si de rien n'était, pour s'installer à l'une des consoles. Torg laissa échapper un grognement. Depuis qu'il les avait rencontrés dans un système à l'écart de tout, esclaves d'une autre espèce, il s'était toujours demandé quel goût ces êtres en forme de barre de réglisse pouvaient bien avoir.

Leur apparence fragile était trompeuse : ils se montraient très doués pour les tâches techniques et faisaient de brillants analystes. Les vohrns leur accordaient asile le temps qu'ils trouvent une planète où s'établir, ce qui n'enchantait pas tout le monde. Avec un tel appui et leurs compétences, les dvas pourraient devenir en quelques générations un peuple avec lequel il faudrait compter.

N'empêche. Torg aurait bien voulu en croquer un, une fois, pour voir…

Sa mauvaise humeur n'avait pas échappé à Théo.

— Courage mon cher cybride, dit l'humain. J'ai bientôt fini pour aujourd'hui.

Il ne s'était pas retourné, trop absorbé par le texte affiché devant lui : un long mémoire au sujet des dvas, que Théo rédigeait depuis leur arrivée dans le système d'Altaïr.

Décidément, la seule chose intéressante se résumait à la vue. Le laboratoire où les dvas s'adonnaient à leurs activités occupait une large pièce carrée, dont l'un des murs était d'un unique pan de verre. Torg n'avait pas besoin de se tourner pour en profiter, ses grands yeux lui procurant un angle de vision élargi.

Urnit-Fa, cinquième planète du système d'Altaïr, était recouverte d'une jungle inextricable, un manteau luxuriant mêlant le rouge et le jaune. En de nombreux endroits, des pics rocheux jaillissaient du sol, pour se dresser vers le ciel où brillait Altaïr, un soleil blanc bleuté aux pôles aplatis. Ces pitons de la taille d'une montagne n'étaient pas des formations naturelles, mais les habitats des altaïriens. Il s'agissait de termitières de dix à quinze kilomètres de haut, où vivaient des millions d'êtres.

Malgré leurs flancs abrupts, une dense végétation les habillait. Des nuées d'insectes larges comme la main et ressemblant à des guêpes vert émeraude se déplaçaient de l'une à l'autre. Les essaims étaient si grands qu'ils obscurcissaient parfois la vive lumière d'Altaïr.

L'ambassade vohrne étant nichée au sommet de l'une de ces gigantesques termitières, le panorama s'étendait sur des centaines de kilomètres, réduisant les habitats les plus éloignés à de minuscules excroissances perçant le manteau végétal rouge et jaune.

Un spectacle saisissant, mais Torg aimait surtout contempler les *xosts*.

À mi-distance de la termitière la plus proche, une pièce d'eau dessinait un miroir circulaire bordé par la jungle. Un troupeau de xosts en émergeait. Composés de millions d'éléments unicellulaires, il s'agissait d'organismes coloniaux atteignant plusieurs mètres de diamètre. Leur corps formait une boule lisse, d'un vert profond. Ils vivaient dans l'eau la plupart du temps, mais une phase de leur cycle biologique entraînait la production d'hydrogène. Ils doublaient alors de volume et leur densité s'en trouvait amoindrie d'autant.

Une centaine de grands ballons montèrent lentement du fond de l'eau et poursuivirent leur ascension vers le ciel. Le contact avec la lumière d'Altaïr déclencha leur reproduction, qui s'effectuait par scissiparité. Les boules se divisèrent encore et encore, tandis que d'autres continuaient à monter du fond du lac. Chaque division cellulaire occasionnait une perte d'hydrogène. Quand le volume des xosts diminuait suffisamment, ils retombaient dans l'eau et le cycle pouvait reprendre.

Le xost grillé faisait un mets très fin, apprécié de nombreuses espèces. Pour Torg, la reproduction des xosts revenait à contempler une fontaine de chocolat de la taille d'une colline. Rien de tel pour oublier le staccato monotone des claviers.

Transmis par le navcom intégré à son cortex, un signal d'alarme coupa son appétit naissant. Au même instant, tous les dvas s'immobilisèrent. Les écrans et les projections holographiques étaient tous barrés par un ruban rouge, où défilaient des mots écrits dans différentes langues.

Les mêmes qui s'affichaient maintenant devant Torg :

> POUR DES RAISONS DE SÉCURITÉ, LES MEMBRES ET LE PERSONNEL DE L'AMBASSADE DOIVENT RESTER À L'INTÉRIEUR DU BÂTIMENT. LES COMMUNICATIONS SONT TEMPORAIREMENT SUSPENDUES.

Théo abandonna son écran et échangea un regard inquiet avec Torg. Leur présence dans ce système était due à une possible influence de primordiaux. Cette soudaine alerte leur faisait craindre le pire.

Les dvas s'étaient également figés, pour tourner leurs grappes d'yeux jaunes vers Théo. Il commençait à bien les connaître.

— OK ! dit-il en se levant. Torg et moi allons voir de quoi il retourne. Je vous harcèlerai de questions sur votre civilisation plus tard...

Les dvas penchèrent leurs têtes pleines d'yeux en signe d'acquiescement, tandis que les navcoms qu'ils portaient attachés comme des colliers, juste en dessous de leur bouche ronde, traduisaient les paroles de Théo.

Torg laissa passer l'humain devant lui et ils quittèrent le labo encombré de terminaux, abandonnant les dvas à leurs travaux.

L'intérieur des termitières s'organisait en couloirs concentriques, reliés les uns aux autres par de courts passages. Il était aisé de s'y perdre, d'autant plus que les murs lisses comme du marbre poli n'offraient pour se guider que de subtiles différences de teinte.

Théo se dirigeait vers le bureau d'Elask, le vohrn en charge de l'ambassade.

— Pourquoi ne pas l'avoir simplement appelé ? demanda Torg, qui n'aimait guère évoluer dans les longs couloirs sans fenêtre de la gigantesque termitière.

— Je pense qu'il ne nous aurait pas répondu tout de suite. Et puis, je suis curieux de voir comment les autres invités de l'ambassade réagissent.

Torg comprit à quoi Théo faisait allusion quand ils débouchèrent à l'intersection où se trouvait le bureau du vohrn. La porte était restée ouverte, et il put distinguer plusieurs silhouettes à l'intérieur : le corps en forme de poire et perché sur de multiples pseudopodes d'un antarien, un gibral, reconnaissable à sa peau bleue et son cou extrêmement long et un spican, qui hurlait plus qu'il ne parlait tout en agitant ses quatre bras aux muscles saillants.

Le traducteur intégré au navcom de Torg avait fort à faire :

— C'est intolérable, dit le spican. Nos vaisseaux commerciaux doivent être autorisés à quitter le système.

— Les affaires ne sont plus la priorité, répondit l'antarien, sa voix flûtée se superposant en rythme avec le ton mécanique de la traduction. Cette technologie nous dépasse tous. Comment les altaïriens ont-ils pu la développer sans que nous ayons eu vent de la moindre rumeur ?

Et le gibral de renchérir :

— Vous ne cessez de nous mettre en garde contre les primordiaux, mais les autres peuples représentent une menace bien plus concrète. Nous en avons la preuve aujourd'hui.

Théo s'introduisit dans le bureau, réussissant à se faufiler entre le gibral et l'antarien. Il n'était pas particulièrement frêle pour un membre de son espèce, mais les aliens étaient tous nettement plus grands que lui ou, dans le cas de l'antarien, plus large. Torg se posta derrière lui, de manière à compenser ce handicap. Avec ses deux mètres quarante, son exosquelette et ses membres massifs recouverts de fourrure noire zébrée de rouge, le cybride était quant à lui l'être le plus imposant de la pièce.

La conversation s'interrompit.

— Ambassadeur Elask, que se passe-t-il ? demanda Théo. À vous entendre, la situation est grave.

Le vohrn se tenait à un pupitre aux formes organiques, d'où dépassaient de petits appendices qui projetaient des hologrammes. De multiples flux d'informations mêlés d'images et de graphiques défilaient devant le vohrn. Ce dernier frôlait les deux mètres, malgré une physionomie particulière. De conformation bipède, ses longues jambes étaient articulées à l'inverse des humains. De fines écailles grises le recouvraient et il portait une toge pourpre, symbole de son rang élevé parmi les siens. Ses bras aux muscles évoquant des câbles d'acier se terminaient par des mains aux doigts minces et agiles. En guise de tête, une excroissance saillait au sommet de son torse, à hauteur de ses larges épaules. Une sorte de rostre, qui hébergeait un organe sensoriel extrêmement développé.

— Deux évènements inattendus, humain Théo Maral, répondit le vohrn. (Un boîtier traducteur relayait ses propos d'un ton monocorde.) Les factions d'Altaïr sont entrées en conflit, sans que l'on sache pourquoi. À notre grande surprise, ils ont isolé leur système solaire grâce à un champ de force d'une conception inconnue. Une sphère d'énergie brute enveloppe Altaïr et ses neuf planètes. Elle est impénétrable, que ce soit par des moyens physiques ou mentaux.

— En clair, reprit l'antarien, nous sommes coupés du reste de l'univers alors que les neuf dixièmes de la population du système sont sur le point de s'entretuer...

Mis à part les récriminations de Jazz sur la façon dont Mallory traitait le propulseur du *Sirgan*, le voyage s'était passé sans encombre. À travers les vitres blindées du cockpit, Mallory apercevait la masse du *Lyoden'Naak*, immense tache noire qui occultait les étoiles. Elle avait hâte d'être à bord afin d'en savoir plus sur la situation d'Altaïr.

Le croiseur vohrn étirait sa silhouette ovoïde sur des kilomètres. À chaque extrémité, on distinguait les larges ouvertures du propulseur synergétique. Des excroissances bosselaient la surface de la coque et conféraient au gigantesque appareil un aspect organique.

— Les vohrns nous autorisent à rejoindre le *Lyoden'Naak*, annonça Jazz.

Mallory hocha silencieusement la tête et se leva de son siège. Les unités de Myriade s'arrachèrent aussitôt du tableau de bord et la suivirent en formant un essaim de petites boules bleues. Ils s'installèrent dans l'aéro et quittèrent le *Sirgan*, Mallory indiquant à Jazz de garder le *Sirgan* à distance stationnaire du croiseur.

L'aéro fila entre les deux navires, dirigé par Mallory vers une ouverture qui courait sur le flanc du *Lyoden'Naak* comme une monstrueuse plaie. Elle luisait d'un éclat jaunâtre dû au double champ de force qui permettait d'apponter. Chaque rideau d'énergie pure se désactiva et se réactiva en une fraction de seconde, fonctionnant tel un sas au passage de l'aéro. Mallory se posa entre deux chasseurs lisses comme des galets, d'un gabarit à peine supérieur à son véhicule.

Accompagnée d'un vohrn et de Myriade, elle parcourut la longue et obscure coursive principale jusqu'à la passerelle. La vaste salle était plongée dans une pénombre tout juste trouée par la présence de deux lucioles génotechs, courtoisie des vohrns à l'égard des humains qui, sinon, se seraient retrouvés plongés dans l'obscurité.

Sous chacun de ces îlots de lumière, Mallory découvrit avec plaisir Laorcq et Alrine, qu'elle considérait maintenant comme sa famille. L'ancien militaire balafré et la grande blonde à l'allure de walkyrie ne la virent pas entrer. Ils étaient absorbés par une projection holographique, qu'un vohrn vêtu d'une toge pourpre commentait d'une voix morne issue d'un boîtier traducteur.

Elle l'examina à la chiche lumière de la luciole. La couleur anthracite des fines écailles qui recouvraient le corps de l'alien et sa tenue ne laissaient guère de doutes. Il s'agissait d'Hanosk.

— Les neuf mondes du système d'Altaïr et leur étoile sont entourés d'un champ de force qui empêche toute circulation ou communication, y compris télépathique.

— Comment est-ce possible ? demanda Laorcq.

— Nous pensons qu'il s'agit d'une sphère de Négyl, répondit le vohrn. Un modèle théorisé par un gibral du même nom. Nous avons basé nos simulations dessus. La plus grande inconnue reste la façon dont ils parviennent à alimenter un champ énergétique aussi vaste.

Mallory s'approcha de ses amis et dit :

— Je suis sûre que les primordiaux sont dans le coup.

Laorcq et Alrine se retournèrent en même temps.

— Mallory ! s'exclama Laorcq.

Il la rejoignit et la serra dans ses bras avant de la lâcher pour qu'Alrine en fasse autant.

— Hanosk nous avait dit que tu ne serais pas là avant une bonne journée.

Mallory haussa les épaules.

— Je voulais voir de quoi le *Sirgan* était capable avec le nouveau propulseur.

Le vohrn portant une toge pourpre s'approcha.

— Capitaine Mallory Sajean. Je déduis de vos propos que vous avez modifié les réglages de votre propulseur synergétique.

La voix du boîtier était toujours morne, mais une inflexion irritée transparaissait. Les systèmes de traduction vohrns progressaient et Mallory se demanda dans quelle mesure ce ton plat était un choix de la part de leurs concepteurs.

Elle ne répondit pas à l'alien. À quoi bon ? Il avait vu juste.

— Je vais envoyer des ingénieurs à bord du *Sirgan*, afin qu'ils contrôlent le bloc propulseur, ajouta-t-il.

Mallory crut qu'il allait lui demander un rapport sur l'établissement des tonelkas sur Cixtani, mais Hanosk se détourna des trois humains, son attention attirée par un vohrn installé à une des nombreuses consoles de la passerelle.

— Comment vas-tu, Mallory ? s'enquit Alrine.

— Je suis contente de vous voir, avoua la pilote, mais je suis aussi très inquiète pour Torg et Théo. Personne ne sait ce qu'il se passe dans cette grosse bulle ?

Laorcq secoua la tête.

— Non. Comme toi, nous soupçonnons une intervention des primordiaux, mais nous n'avons rien de concret.

Autour des humains, les vohrns s'affairaient en silence, comme toujours. Pour autant que Mallory puisse en juger, Hanosk était très intéressé par les informations que lui montrait son congénère.

La voix de Myriade se glissa dans les pensées de Mallory.

— *Et si un autre primordial a eu la même idée qu'Ezqatliqa ?*

— *Avec un système entier ?*

L'idée lui donna la chair de poule. Ezqatliqa avait arraché tout un monde à sa dimension pour en faire son refuge privé. Mallory et ses amis y avaient mis un terme, non sans difficultés.

— *Je ne crois pas,* finit-elle par ajouter. *Les autres primordiaux ont effacé de leur mémoire les stolrahs et la menace qu'ils représentent.*

Mallory s'aperçut que Laorcq et Alrine l'observaient. Elle

leur fit part de son bref échange avec Myriade. Avant qu'ils puissent donner leur avis, Hanosk revint vers eux. Avec ses genoux articulés à l'inverse d'un humain, sa démarche évoquait celle d'un oiseau.

— Une ouverture est apparue dans la sphère de Négyl, dit-il. Des navires altaïriens l'ont franchie vers l'intérieur, mais aucun n'est sorti.

— La sphère est donc de leur fait, pas des primordiaux, conclut Alrine.

— A priori, mais cela signifie un saut technologique important.

Le vohrn se détourna d'eux pour orienter son rostre vers la projection holographique. Celle-ci se transforma en un large rectangle incurvé. En reconnaissant Théo et Torg, Mallory sentit son cœur bondir de joie.

Théo affichait un grand sourire. Derrière lui, Torg se tenait penché, presque plié en deux pour mettre son visage à hauteur de celui de l'humain. L'image était troublée par des parasites et les couleurs mal rendues. La distance imposait en plus un désagréable délai à chaque échange.

— Notre ambassadeur sur Urnit-Fa a pu obtenir un canal pour quelques minutes, expliqua Hanosk. Il nous a fait parvenir un compte-rendu détaillé, mais connaissant votre penchant pour la communication verbale, j'ai pensé que vous voudriez parler à nos agents sur place.

Le soulagement fut tel que Mallory en oublia tout ce qui l'entourait. Elle s'avança vers l'hologramme pour mieux voir Théo et le cybride et les assaillit aussitôt de questions. Elle ne cessa que quand elle fut parfaitement rassurée sur leur sort.

Une fois satisfaite, elle laissa la conversation revenir à des considérations d'ordre plus politique. Théo les informa de l'état de conflit interne dans lequel se trouvait le système d'Altaïr. Lui et Torg ignoraient toujours l'origine de ce brusque changement dans la société altaïrienne.

— Des mondes entiers enfermés dans une bulle d'énergie et une guerre civile sur le point d'éclater, résuma Laorcq. Le

terrain de jeu idéal pour les primordiaux, non ?
— Effectivement, dit Hanosk.
S'adressant à Théo et Torg, il ajouta :
— Essayez d'en apprendre plus sur les causes de cette situation. De notre côté, nous allons faire pression pour qu'un de nos vaisseaux entre dans le système. Si nous avons raison de penser que les primordiaux sont derrière ces évènements, nous tenons peut-être là une possibilité de remonter la piste jusqu'à leur monde d'origine.

En entendant ces paroles, Mallory fronça les sourcils. Les vohrns et leurs agents avaient déjà tenté en vain de localiser le monde des primordiaux. Elle se demanda en quoi leurs chances pourraient être meilleures cette fois-ci, puis se souvint de ce qu'avait dit Hanosk au sujet de la sphère de Négyl : « Aucune communication ne traverse ce champ de force, ni conventionnelle ni télépathique. »

Quand les primordiaux se livraient à leur manipulation de l'échiquier politique, ils utilisaient leurs propres agents : des porteurs de ktol. Un artefact qui modifiait la physionomie du porteur en profondeur, conférant des capacités hors du commun et, surtout, faisait de son hôte un serviteur docile. Les primordiaux avaient donc besoin d'être en contact avec les porteurs de ktol pour leur transmettre leurs instructions.

Si un primordial est impliqué, il doit se trouver dans le système d'Altaïr...

Plus d'une journée terrienne s'était écoulée depuis que la sphère de Négyl avait coupé Altaïr du reste de la galaxie. Théo avait quitté l'ambassade vohrne pour s'enfoncer dans les niveaux inférieurs du gigantesque habitat. Torg l'accompagnait, fidèle au rôle assigné par Mallory. Théo ne s'en plaignait pas. La termitière dans laquelle ils se trouvaient hébergeait tous les non-altaïriens présents sur cette planète. On y rencontrait des représentants de tous les peuples et bénéficier de la présence d'un garde du corps géant était rassurant. À voir l'agitation qui régnait dans les tunnels, il était évident que les récents évènements étaient maintenant connus de tous. Restait à trouver quelqu'un en sachant un peu plus sur les raisons de l'apparition de la sphère.

L'humain et le cybride passaient d'un niveau à l'autre, traversant de longs couloirs dont les murs, sols et plafonds ressemblaient à du marbre poli. Théo avait appris qu'il s'agissait en fait d'une substance liquide, qui durcissait au contact de l'air et était excrétée par des insectes conçus par les altaïriens en croisant et sélectionnant plusieurs espèces de ce monde.

Très curieux à ce sujet, Théo avait tenté en vain d'accéder à une termitière en cours de construction, mais les altaïriens avaient rejeté toutes ses demandes.

Ce culte du secret ne touchait pas seulement leur savoir-faire. Les marchands d'Altaïr dissimulaient également leur apparence dès qu'ils avaient affaire à d'autres peuples. Ils portaient de longues houppelandes qui enveloppaient leurs corps et leurs visages étaient cachés par des cagoules coupées dans un tissu extrêmement fin, mais aussi totalement opaque, qui ressemblait à de la soie aux reflets colorés.

— Jusqu'où doit-on descendre ? grommela Torg de sa voix de baryton. Personne ne sait ce qu'il se passe et il n'y a rien à manger ici.

Théo regarda autour de lui. Ils traversaient un secteur à majorité régulienne et gibrale. Le couloir était aménagé à intervalles réguliers de profondes niches qui abritaient des logements ou des boutiques. C'étaient ces dernières qui suscitaient le dédain de Torg : on n'y trouvait que des informations, sous forme de tiges mémorielles, de blocs holographiques ou même d'anachroniques livres papier. Ce niveau était un gigantesque troc aux idées et aux brevets.

— On va aller jusqu'en bas, chez les altaïriens, dit Théo. Je veux parler avec Raich-Kava.

À cette annonce, Torg grogna de plus belle. Le dernier niveau était encore loin et les altaïriens n'avaient pas cru bon d'installer un puits antigrav dans la termitière géante. Une façon comme une autre de limiter les déplacements de leurs invités. Théo en avait pris son parti et considérait les interminables montées et descentes comme une forme d'exercice.

Le trajet vers le bas s'effectuait à travers un long couloir qui s'enfonçait en spirale vers le sol de la planète. Une marche de près d'une heure. Pour se faire pardonner, Théo voulut proposer à Torg une portion de xost grillé. Les mots ne franchirent jamais ses lèvres. En débouchant au niveau le plus bas, Théo se figea de surprise en découvrant les altaïriens. Même le cybride resta silencieux, se contentant de se poster à sa gauche pour scruter le vaste hall rempli d'aliens qui s'étendait devant eux.

— Ils ne portent plus leurs houppelandes ! dit enfin Théo alors qu'il retrouvait l'usage de la parole.

S'il savait à peu près à quoi ressemblaient les altaïriens, il n'avait jamais eu l'occasion de les voir réellement. Ils allaient toujours habillés de leurs longs vêtements, portant une attention presque maladive à ne pas se laisser voir. Voilà maintenant qu'ils étaient tous nus, sans exception. Enfin, si l'on pouvait parler de nudité pour un peuple dont la physionomie évoquait celle d'insectes. S'ils avaient des bras et des jambes comme n'importe quel être humain, leurs proportions étaient tout autres. Leurs jambes étaient fines et longues, ornées d'épines et s'arrêtaient presque à hauteur d'épaule d'un terrien. Ils n'avaient pas d'abdomen ou de torse proprement dit. À la place se trouvait une masse ovoïde, recouverte de plaques de chitine d'où sortaient de grands bras très minces, eux aussi hérissés d'épines. Des mains à quatre doigts les terminaient. Au sommet de leur corps, ils possédaient une tête cylindrique, posée sur un cou très mobile qui lui permettait de tourner à cent quatre-vingts degrés.

Tout cela, Théo le nota en un instant, mais un point précis retint son attention : les carapaces des altaïriens étaient toutes d'un rouge sombre, presque brun, sauf pour quelques plaques nettement visibles situées juste en dessous du cou étroit. Elles s'ornaient au contraire de couleurs vives : jaune, bleu ou vert. Théo remarqua alors un autre élément. Les aliens formaient des groupes déterminés par ces couleurs. Même s'il ne pouvait lire la physionomie des altaïriens, il avait l'impression qu'ils étaient sur le point de se jeter les uns sur les autres.

Finalement ce n'était peut-être pas une si bonne idée de vouloir parler face à face avec Raich-Kava, se dit Théo en sentant peser sur lui la tension qui imprégnait les lieux.

— Comment vais-je le trouver ? se demanda-t-il à voix haute.

Jusqu'à présent, Théo identifiait Raich-Kava aux symboles qui ornaient la longue houppelande de l'alien. Mal à l'aise à la vue des altaïriens qu'il découvrait sous un jour nouveau et ne sachant comment aborder la situation, il décida de revenir sur ses pas. Peut-être que l'ambassadeur vohrn pourrait lui donner des explications s'il lui décrivait la scène.

— Là-bas, dit Torg en tendant sa main aux griffes d'acier vers l'un des angles du grand hall où les marchands d'Altaïr et leurs clients se réunissaient habituellement pour parler affaires. Je reconnais son odeur.

Sans demander son avis au terrien, Torg s'engagea dans l'étroit espace qui séparait les différents groupes. Peu emballé à l'idée de rester plus longtemps parmi les altaïriens devenus si menaçants, Théo se força pourtant à suivre le cybride. Ni Mallory ni aucun de ses amis ne serait parti sans avoir essayé d'en savoir plus...

Il traversa le hall sur les talons du cybride. À chaque pas il sentait se poser sur lui les yeux rouges à facettes des aliens.

Ils parcoururent une petite centaine de mètres, mais il eut l'impression d'en faire dix fois plus. Enfin, Torg ralentit devant un groupe dont les carapaces de ses membres s'ornaient de plaques d'un vert iridescent. Sans hésiter, il s'approcha de l'un d'eux et déclara :
— Tu es Raich-Kava. Que se passe-t-il ?
L'altaïrien se détourna de ses semblables et fixa le cybride. Théo s'avança à son tour, craignant que l'entrée en matière plutôt abrupte du cybride ne soit mal interprétée. Il activa en hâte le programme de traduction instantanée de son navcom.
— Salutations, Raich-Kava, dit-il d'un ton le plus neutre possible. Pardonne-nous, mais nous aimerions comprendre les raisons de votre... (il chercha ses mots puis continua) changement d'apparence.
Le visage de Raich-Kava, comme tous ceux de ses congénères, était une découverte pour Théo, même s'il les côtoyait depuis des semaines. L'alien ne possédait pas de nez et sa bouche s'ouvrit derrière quatre mandibules aux extrémités pointues quand il parla.
— La reine Nar-Strikolc est morte. Tant qu'une nouvelle reine ne sera pas désignée, nous afficherons nos couleurs.
Théo se remémora ce qu'il savait d'Altaïr et de ses gouvernants. Leur législation et la politique générale étaient déterminées par une assemblée élue. D'après ce qu'il avait compris, la reine était censée avoir un rôle symbolique, mais disposait dans les faits d'une influence considérable. De quoi expliquer la tension qu'il ressentait entre les factions des altaïriens.
La curiosité supplanta son malaise et il demanda :
— N'a-t-elle pas une descendance qui peut prendre sa place ?
Les mandibules de l'altaïrien claquèrent avant qu'il ne parle :
— Ce n'est pas son tour. Les jaunes doivent succéder aux bleus, mais leur reine n'est pas arrivée à maturité. La reine

bleue est morte en avance.

Théo réalisa que son traducteur était à la peine. Il aborda la question sous un autre angle.

— La reine bleue a eu un accident ?

— Elle est morte, oui.

La réponse de Raich-Kava ne l'avança guère. *Peut-être que le sujet ne peut pas être discuté en public ou qu'il est tabou ?* Il laissa ce point de côté et revint à la succession.

— Si la reine jaune est trop jeune, de quelle couleur sera la prochaine ?

— Ce n'est pas prévu ainsi, dit Raich-Kava. L'ordre devrait être respecté, mais les bleus veulent garder leur tour et les verts passer devant les jaunes. Nous sommes en conflit pour la première fois depuis... (le traducteur buta le temps d'effectuer la conversion)... quatre mille deux cent sept ans.

Théo, qui avait eu l'occasion d'étudier plus d'une civilisation extraterrestre, se doutait que la réalité devait être plus complexe que Raich-Kava ne le laissait entendre. Il décida de creuser le sujet dès que possible. Par exemple en demandant à un dva de faire quelques recherches pour lui...

Une sonnerie stridente se répercuta soudainement dans le hall. Presque insupportable, elle résonna à travers le crâne de l'humain jusqu'à faire vibrer ses dents. Même Torg, d'ordinaire insensible à tout ce qui n'avait pas trait à la nourriture ou à ses amis humains, poussa un grognement de souffrance.

La torture se prolongea de longues secondes puis le son s'évanouit, laissant Théo chancelant. Tandis qu'il reprenait ses esprits, des projections holographiques apparurent devant chacun des altaïriens, nimbant la grande salle d'une lumière bleutée. Un message composé de minuscules caractères, dans lequel les aliens s'absorbèrent.

La patience de Torg atteignit rapidement ses limites.

— Quoi encore ? lâcha-t-il de sa voix grave et profonde.

Théo lui donna aussitôt un coup de coude, qui resta sans effet.

Raich-Kava se détourna de son hologramme.
— L'assemblée a pris sa décision. Le choix s'effectuera grâce au Rin'Liln.
Théo demanda à l'alien de lui expliquer de quoi il s'agissait. En entendant la réponse, il en oublia vite les mauvaises manières de Torg. Le Rin'Liln était une ancienne tradition, l'équivalent altaïrien d'un tournoi de chevaliers au Moyen Âge...

III
MENTOR

Après un premier point de situation sur la passerelle du *Lyoden'Naak*, Hanosk avait escorté les humains et Myriade à travers la gigantesque coursive du croiseur pour les mener à l'un des secteurs végétalisés aménagés à bord.

Mallory entra avec soulagement dans cet espace qui mêlait habilement nature et éléments en trompe-l'œil. Contrairement aux vohrns, les végétaux et les animaux qui y vivaient avaient besoin de lumière. L'endroit baignait dans une clarté qui simulait celle de Cébalraï, l'étoile d'origine des vohrns.

Devant elle s'étendait une forêt d'arbustes dont les tiges s'ornaient de minuscules fruits ronds et jaunes. Hanosk s'engagea sur un sentier qui la traversait. Mallory et ses compagnons le suivirent. Tandis qu'ils marchaient, se glissaient parfois entre leurs pieds des insectes à la carapace bleu ciel, souvent poursuivis par de petits animaux évoquant des boules de poils roses dotées d'une mâchoire de piranha. Trottinant sur de courtes pattes, elles chassaient sans relâche les insectes pour se jeter sur eux et les broyer de leurs dents pointues.

Mallory leva la main pour écarter une des branches recouvertes de billes dorées et se souvint qu'elle était déjà venue ici. Le *Lyoden'Naak* était alors en orbite autour de Kenval, une des planètes du système de Procyon. Trois années s'étaient écoulées depuis et la vie de Mallory avait complètement changé.

Ses années de transporteur indépendant et sans le sou étaient révolues. Elle n'avait pas de regrets, même si elle avait frôlé la mort à plusieurs reprises. Au fil du temps, les vohrns lui avaient accordé leur confiance et inclus Laorcq et Alrine dans leur équipe d'agents spéciaux. Les tonelkas la considéraient maintenant comme leur leader. Ces guerriers aux origines artificielles constituaient un atout contre la double menace des primordiaux et des stolrahs.

Non, la période où elle courait après des contrats de transport ne lui manquait pas, mais parfois, souvent la nuit, quand elle ne trouvait pas le sommeil, elle se demandait si elle était vraiment à sa place.

Le sentier déboucha sur une petite étendue d'eau lisse comme un miroir. Hanosk s'approcha du bord puis s'arrêta. Les humains le rejoignirent en échangeant des regards intrigués. *Pourquoi nous a-t-il amenés ici ?* s'interrogea Mallory en contemplant le lac.

L'air pulsé par les systèmes du navire ne suffisait pas à troubler la surface dans laquelle se reflétaient les silhouettes des humains et de l'extraterrestre. Mallory se laissa distraire par l'image de leur groupe disparate. Elle fut d'autant plus surprise quand le corps massif d'un alien jaillit de l'eau. Humanoïde, il mesurait plus de quatre mètres et sa tête semblait disproportionnée. Il portait une tunique découpée dans un tissu moiré, sur lequel l'eau dégoulinait en minuscules billes translucides. Il prit pied sur la rive et pencha sa tête ornée de six paires d'yeux sur le vohrn et les trois humains.

— Ezqatliqa ! s'exclama Mallory en reconnaissant le primordial qu'elle avait affronté puis vaincu lors d'un duel mental sur Vlokovia.

Ses yeux d'araignée glissèrent sur les nouveaux arrivants pour s'arrêter sur Mallory.

— Guerrière humaine !

Sa voix de stentor résonna à travers la section du vaisseau dévolue à la nature, portant les mots d'un langage non humain alors que leur sens s'inscrivait clairement dans l'esprit de Mallory.

— As-tu pris soin de mes tonelkas ? demanda-t-il.

Mallory chancela sous la puissance de la voix télépathique. Myriade vint à son aide en joignant ses pensées aux siennes et atténua l'impact des paroles du primordial. Elle se redressa et fixa la plus grande paire d'yeux du gigantesque alien.

— Ils n'appartiennent plus à personne, mais oui, je les ai aidés.

Comme lui, elle répondait dans sa langue tout en projetant la signification des mots à travers le lien mental que le primordial avait ouvert en la reconnaissant.

Elle avait encore du mal à se faire à l'idée qu'il avait basculé dans leur camp, les aidant à contrecarrer les plans de ses congénères.

Elle vit Hanosk porter la main au boîtier traducteur placé près de son rostre, tandis qu'Alrine et Laorcq utilisaient leurs navcoms pour suivre la conversation.

Le primordial s'adressa au vohrn :

— Je n'ai pas progressé concernant les coordonnées des mondes de mon peuple. Cette partie de ma mémoire est morte. J'ai dû passer trop de temps sur Vlokovia.

Évidemment, se dit Mallory, *ça aurait été trop facile.*

Les primordiaux possédaient une mémoire sélective, dont le fonctionnement échappait encore aux scientifiques vohrns.

Elle évitait aux primordiaux d'être submergés par leurs souvenirs après des milliers d'années d'existence, au prix d'amnésies partielles. À ce stade, personne ne savait si cette particularité était naturelle ou induite.

— Nous continuons à étudier ce sujet, dit Hanosk.

Ezqatliqa se pencha vers le vohrn.

— Votre nouvel agent est-il parvenu à repérer le réseau des porteurs de ktol ?

— En effet, primordial Ezqatliqa, répondit Hanosk. Les éléments que vous nous avez donnés pour concevoir nos propres ktols se sont révélés très utiles.

Mallory se tourna brusquement vers son employeur. Elle était complètement perdue par le tour que prenait la conversation. Quel nouvel agent ? Et depuis quand les vohrns s'étaient mis à fabriquer des ktols ?

Comme souvent dans ces cas-là, Mallory refoula sa frustration. Il lui était impossible de deviner quoi que ce soit en examinant l'alien, mais l'inverse n'était pas vrai.

Décryptant avec aisance les réactions physiologiques de la terrienne grâce à son rostre renfermant des organes hypersensibles, Hanosk s'expliqua :

— Durant l'année écoulée, le primordial Ezqatliqa a collaboré avec nous sur un nouveau projet. Nous avons pu concevoir des modules génotechs dont le fonctionnement est très proche de celui des ktols utilisés par les primordiaux pour contrôler des êtres conscients. Après nous être assurés de leur bonne marche, nous en avons doté l'un de nos agents. Il se trouve maintenant sur un des mondes de Starlix.

Mallory se demanda aussitôt d'où sortait ce nouvel agent. Non que des renforts ne soient pas bienvenus, mais elle n'avait guère envie qu'un inconnu débarque au sein de leur équipe bien soudée. Elle dut faire appel à toute sa maîtrise pour ne pas interrompre l'alien et poser la question qui lui brûlait les lèvres.

— Notre agent a pu identifier un porteur de ktol. Nous lui avons donné pour instruction de l'approcher afin de confirmer si les primordiaux sont à l'origine de la situation dans le système d'Altaïr.

Alrine devança alors Mallory en s'adressant au vohrn :

— Qui est cet agent ?

Pour une fois, Hanosk ne répondit pas tout de suite, comme s'il avait besoin d'un temps de réflexion. Enfin, il dit :

— Il s'agit de l'humain Cole Vassili. Nous avons mené à bien notre projet le concernant.

L'alien pointa son rostre droit sur Mallory. Malgré ses vêtements, elle se sentit soudainement nue. Quand les vohrns les avaient informés de leur intention de ramener Vassili à la vie, Mallory avait clairement exprimé son désaccord sur le sujet. Apprendre que les vohrns avaient passé outre la décevait, mais ne la surprenait pas : ils considéraient Vassili comme un atout dans la lutte contre les primordiaux.

La logique implacable des vohrns se heurtait de front aux sentiments de Mallory. Vassili l'avait trahie et utilisée sans vergogne, la laissant stérile à moins d'une lourde intervention chirurgicale. Elle l'avait tué de ses mains lors d'un violent combat et avoir de nouveau affaire à lui la rendait malade.

— Capitaine Sajean, dit Hanosk. Nous sommes conscients de vos réticences concernant Cole Vassili, même si nous ne les comprenons pas. L'individu que nous avons reconstruit à partir des matériaux organiques originaux possède ses souvenirs et est capable de se comporter exactement comme lui, mais il s'agit en fait d'une autre personne, une sorte de reconstitution qui travaille pour nous.

Grâce à ses organes sensoriels extrêmement développés, le vohrn avait dû détecter la soudaine tension de Mallory et il essayait de la rassurer. Hélas, le fossé entre terriens et vohrns était bien trop grand pour cela. Que le nouveau Cole Vassili dispose de la mémoire de l'ancien suffisait amplement à mettre Mallory au supplice...

Assise dans la cambuse du *Sirgan*, Mallory buvait lentement une canette de Borga Kerium. Elle se concentrait sur la boisson rose au goût acidulé et sucré, s'efforçant – sans succès – d'oublier la réapparition de Vassili et ses inquiétudes au sujet de Théo et Torg.

— *Guerrière humaine !*

Choquée par l'intrusion mentale, Mallory avala de travers et se mit à tousser.

— Que... Quoi ? dit-elle à voix haute, avant de se repende. *Vous pourriez...*

Elle hésita, un peu agacée. *Puisqu'il débarque comme ça dans ma tête, autant le tutoyer.*

— ... *tu pourrais m'appeler sur mon nav !* finit-elle.

— *Ce serait gâcher ton talent. Tu es aussi facile à joindre qu'un porteur de ktol !*

— *Et alors ? C'est pas une raison.*

La voix de Jazz jaillit de l'un des haut-parleurs de bord :

— Que t'arrive-t-il ? Tu n'aimes plus ton poison rosâtre ?

Mallory leva la main, paume tendue vers la caméra de l'Intelligence Naturelle, tout en secouant la tête.

— Ah, fit Jazz, vexé. Encore une de ces petites discussions dont je suis exclu.

Ne pouvant entendre Jazz, Ezqatliqa parla en même temps :

— *Si tu veux une raison, que penses-tu de celle-ci : je peux t'aider à développer ce don.*

Une proposition sensée en apparence, mais Mallory n'était pas prête à un tel niveau de collaboration avec le primordial.

— *Je ne sais pas. Mon niveau actuel me suffit.*

— *Erreur. Tu dois t'améliorer, apprendre à mieux canaliser tes pensées, afin que tu ne sois pas prise au dépourvu si l'un de mes congénères t'entraîne dans un combat mental.*

— *Je ne suis pas sûre qu'une autre occasion d'affronter mentalement un primordial se reproduira ! Le contexte sur Vlokovia était particulier...*

— *Tu as encore tort. Nous sommes presque aussi friands de ce type de confrontation que d'une bonne manœuvre lors d'une manche du Jeu. Si tu te mêles d'une partie en cours avec un esprit aussi réceptif, cela arrivera très certainement.*

Mallory poussa un soupir en essuyant les quelques gouttes de liquide rose échouées sur la table pliante.

— *Et comment comptes-tu procéder ?*

— *En t'apprenant à susciter un univers mental et à t'en servir comme d'une arme.*

Exactement le genre de réponse qu'elle redoutait.

Vassili arracha ses yeux du ciel orange sombre et piqueté de rares étoiles. Autour de lui s'étendaient une ville et ses bâtiments bas, strictement utilitaires et dont les longues cheminées vomissaient des flots de fumée jaunâtre. L'atmosphère de Starlix II était délétère pour la plupart des peuples et son biotope peu intéressant pour les autres. Les grandes firmes multimondiales humaines et réguliennes s'étaient empressées d'y installer leurs industries les plus polluantes, comme le raffinage du *stérium*. Vohrns et antariens brillaient par contre par leur absence.

Le masque qui adhérait au visage de Vassili émettait un bruit de succion à chacune de ses inspirations. Avec une température avoisinant les quarante-cinq degrés, la sueur s'accumulait sous ses vêtements et les collait à sa peau.

Un humain ordinaire aurait rêvé d'un endroit où se défaire

de son appareil respiratoire ou d'eau fraîche. Vassili ignorait ces sources d'inconfort. Son attention était rivée sur un régulien qu'il suivait discrètement, se faufilant entre les robots de manutention et les rares aliens qui parcouraient aussi les rues de la grande ville industrielle.

Dissimulé par le corps sphérique d'un robot d'entretien doté de dix bras, Vassili s'approchait de sa proie. La tôle mince qui couvrait les bâtiments régurgitait la chaleur accumulée durant la journée, alors qu'elle cuisait sous les rayons d'une étoile rouge.

Main sur son épaule, arracher le masque et planter deux doigts raidis dans l'orifice nasal avant qu'il ne réagisse. Vassili déroulait l'assaut mentalement. Les réguliens ne faisaient pas des adversaires conséquents : proches de l'humain d'un point de vue physiologique, ils ne s'en écartaient que par leur peau verdâtre et un trou en guise de nez.

Un mouvement sur la gauche. Un chariot motorisé dépassait le robot de manutention. Vassili se coula derrière, fluide et silencieux, même si ce dernier point n'avait guère d'importance au sein de la cacophonie mécanique qui baignait la ville en permanence.

Le régulien portait un ktol, Vassili en était certain : il l'observait depuis des jours. Il semblait aussi que le primordial qui le contrôlait n'avait pas jugé bon d'enclencher de modification corporelle. La démarche du régulien, les mouvements de ses bras, jusqu'à sa respiration : tout s'inscrivait dans les paramètres habituels pour son espèce.

Le chariot arriva à hauteur du régulien. Profitant du passage d'autres machines, Vassili bondit sur l'alien et lui arracha son respirateur. Le pseudo-ktol dont l'avaient doté les vohrns faisait merveille : Vassili était plus rapide et plus fort, sans outrepasser les contraintes de son anatomie.

Le régulien poussa un hoquet de surprise, qui se transforma en grognement de souffrance quand l'index et le majeur de Vassili s'introduisirent brutalement dans son orifice nasal. Terrassé par la douleur provenant de son organe hypersensible, le régulien s'effondra entre les bras de Vassili. Ce dernier l'empoigna fermement, et s'empressa de quitter la rue pour emmener sa victime entre deux bâtiments, dans un étroit passage en cul-de-sac.

L'opération s'était parfaitement déroulée. Durant les jours passés à épier le régulien, d'abord pour s'assurer qu'il s'agissait de la bonne cible, ensuite pour organiser son attaque, Vassili avait maintes fois eu l'occasion de reconnaître le terrain et de repérer la minuscule ruelle.

Il installa l'alien dos au mur puis s'accroupit afin de lui réajuster le masque respiratoire. Le régulien inspira brusquement et ouvrit les yeux pour poser sur Vassili un regard impénétrable. L'instinct de l'humain tout autant que ses sens affûtés par les soins des vohrns l'avertirent aussitôt d'un danger. Aussi vif qu'un serpent, il se redressa et se retourna pour examiner la ruelle.

L'étroit passage entre les murs d'acier était vide. *Étrange, j'aurais juré que...* Vassili jeta un œil au régulien, mais l'alien n'avait pas bougé d'un pouce. La tension reflua et ses nerfs se relâchèrent. Il se penchait pour interroger le régulien quand une violente décharge électrique irradia à travers son corps, le plongeant dans le néant.

Il se réveilla avec le goût du sang dans sa bouche et le nom de l'arme qui avait eu raison lui surnageant dans ses pensées en désordre : un crache-foudre.

Sa nouvelle conscience était bâtie sur les souvenirs de l'homme qu'il avait été. Il possédait assez de la mémoire de l'ancien Vassili pour apprécier l'ironie de la situation : il avait hérité des défauts de son incarnation précédente, à savoir une trop grande confiance en ses capacités surhumaines. À l'évidence, le régulien l'avait repéré et s'était arrangé pour le piéger.

La pièce où il se trouvait était faiblement éclairée. Il ne distinguait au-dessus de lui qu'une vague forme qui devait être celle d'un plafond en tôle ondulée. Il se tourna vers la source de la lumière et découvrit une petite fenêtre recouverte de poussière et dont les angles étaient envahis d'un lichen rouge. De l'autre côté se dressait un établi presque dissimulé sous un manteau de pièces détachées et de cartes électroniques.

Vassili tenta de se redresser pour s'apercevoir qu'il était solidement attaché par des sangles à une table métallique. Il mobilisa toute la force dont il disposait, mais ne réussit qu'à faire grincer ses liens. Pour lui résister ainsi, ils devaient être faits d'un alliage spécial, voire à base de filaments monomoléculaires. Un regret inattendu s'empara de lui. Quand il avait été au faîte de sa puissance, après avoir subi par deux fois les transformations du ktol des primordiaux, il aurait pu se libérer sans même y penser.

Le chuintement d'une porte s'ouvrant et se refermant attira son attention. Le régulien venait d'entrer dans la pièce et s'approchait. Il avança jusqu'au ras de la table et pencha son visage vers celui de Vassili. Ses traits auraient pu être ceux d'un homme dans la trentaine si l'on faisait abstraction de sa carnation verdâtre et de l'orifice où palpitaient de multiples membranes en lieu et place d'un nez.

— Je suis Oneïs'Lij, déclara le régulien. Axaqateq désire s'entretenir avec vous avant votre mise à mort.

Vassili soupira. D'après Ezqatliqa, les primordiaux étaient seize. Seize ultimes représentants d'une espèce se livrant à un jeu cruel. Il avait fallu que sa cible soit l'un des porteurs d'Axaqateq. Une chance sur quinze en excluant Ezqatliqa. Comment tirer parti de ce développement ?

Le régulien approcha sa paume du front de Vassili. Du creux de la main s'extirpa un filin aussi mince qu'un cheveu, qui s'étira vers le crâne de l'humain. Encore une erreur : le régulien avait bel et bien été modifié. Vassili tenta de détourner le visage, mais Oneïs'Lij lui saisit la mâchoire de l'autre main et le força à revenir à sa position initiale. Le fil se planta dans sa peau, traversa la boîte crânienne en traçant une ligne brûlante et Vassili se retrouva projeté sur un monde à la fois familier et totalement étranger.

Il se tenait sur le rivage d'un océan à l'écume brune et pouvait voir au loin les ruines d'une cité qui avait dû être conçue pour des géants. Une présence s'imposa, jaillie du néant.

Il s'attendait à voir un primordial, mais se retrouva confronté à un être longiligne à la peau bleu pâle et luisante ne portant aucun vêtement. Il devait mesurer près de trois mètres et se dressait sur quatre longues jambes. Une tache blanche couvrait la majeure partie de son étroit abdomen. Surmontant un cou étroit, une tête sphérique était dotée de trois yeux rouges braqués sur Vassili. Au sommet du crâne lisse, des évents s'ouvraient et se refermaient régulièrement.

Un tarcax ! réalisa Vassili. *Étrange.*

L'alien s'exprima dans sa langue, des sons rauques, entrecoupés de bruits de gorge évoquant des croassements.

La signification des mots venait à l'humain sans qu'il comprenne comment.

— Ainsi tu es toujours en vie. Nous pensions que le mange-monde avait eu raison de toi et de ta folie.

— Nous ? rétorqua Vassili ? Qui est ce nous ? Je ne t'ai jamais vu.

Une large langue rose passa sur les lèvres épaisses et bleu foncé de l'alien.

— Nous sommes Axaqateq.

Vassili s'efforça de masquer sa surprise.

— On m'annonce Axaqateq et je vois un tarcax.

L'alien fléchit les jambes et se rapprocha de l'humain d'un bond.

— Tu t'es amusé avec le ktol que nous t'avions donné, sans en appréhender les capacités. Tu nous as beaucoup déçus.

Tout dévoué qu'il était désormais à la cause des vohrns, Vassili conservait un peu de son ancienne personnalité. Il répliqua en cherchant à provoquer l'alien.

— Toujours à ressasser la petite manche du Jeu que tu as

perdu par ma faute ? Tu sais, une menace réelle pèse sur nous tous. Des créatures nommées stolrahs…

Le nom ne suscita aucune réaction. Vassili aurait pu ne rien dire. Ezqatliqa avait prévenu les vohrns à ce sujet : la mémoire des primordiaux ne pourrait pas être réactivée aussi facilement. Encore fallait-il que ce soit vraiment Axaqateq qui s'exprime par la bouche du tarcax. Vassili avait plutôt l'impression qu'il s'agissait d'une version amoindrie du primordial : le lien mental lui rappelait ce qu'il avait ressenti lors de ses précédents contacts avec lui, tout en étant affaibli.

Si je comprends bien, pensa Vassili, *Axaqateq a supplanté l'esprit d'un tarcax en se servant d'un ktol. Il en a fait une sorte de proxy, mais pourquoi ?*

Le tarcax tendit une main à trois doigts palmés vers le visage de Vassili. À des années-lumière de là, il sentit l'alien sonder ses pensées, s'immisçant dans son cortex comme un filet d'eau glacée. Une éventualité prévue par les vohrns. Peu de temps après sa résurrection, ils avaient inculqué à Vassili des techniques de blocage mental, renforcées par d'adroites interventions chirurgicales sur son réseau neuronal.

Le tarcax/proxy découvrit ce que les vohrns avaient décidé de montrer et rien d'autre : un Vassili amoindri, dont on avait retiré le ktol d'Axaqateq et qu'on avait enfermé durant près de deux ans. Une évasion inespérée, grâce à un accident survenu lors d'un transfert entre un croiseur vohrn et un monde où ils comptaient l'emprisonner indéfiniment.

Vassili estima que le proxy en avait assez vu et rejeta sèchement l'intrusion. La réaction fut immédiate :

— Tu portes à nouveau un ktol ! Qui te l'a procuré ?

L'humain haussa les épaules et laissa son regard se perdre en direction des ruines. Le moment était venu d'improviser.

— Un autre primordial.

— Dans ce cas, les leçons de notre échec avec toi n'ont pas été retenues. Si tu nous donnes le nom de ce primordial, nous saurons nous montrer généreux.

Vassili puisa dans les souvenirs qu'il avait d'Axaqateq, les examina à travers le nouvel esprit calme et rationnel dont l'avaient doté les vohrns. Ces derniers l'avaient informé de la situation d'Altaïr. La probabilité que les primordiaux soient à l'origine de ces évènements était très élevée. Il comprit alors la nécessité du proxy pour le primordial. Axaqateq devait se trouver dans le système d'Altaïr et la sphère de Négyl l'empêchait de communiquer avec ses autres porteurs. Il avait dû trouver une façon de déléguer. L'esprit logique de Vassili en déduisit les implications. Pour la première fois, la localisation d'un primordial était connue et, du moins pour un temps, il ne pouvait se déplacer librement !

Après avoir pesé le pour et le contre, Vassili revint à sa conversation avec le proxy :

— Je tiens mon nouveau ktol de l'un des joueurs avec qui tu disputes une manche dans le système d'Altaïr.

Impossible de savoir si l'assertion avait déstabilisé l'alien, qui répondit :

— Pourquoi agir de manière aussi stupide ? Notre bêtise a amplement prouvé que les humains sont inaptes au ktol.

Vassili masqua sa jubilation *– J'ai vu juste ! –* en répondant :

— Pour avoir un porteur de ktol supplémentaire à sa disposition. Car tu vas tout faire pour que je puisse entrer dans le système d'Altaïr.

Le proxy s'accorda un instant de réflexion, puis demanda :

— Quel prix cet adversaire est-il prêt à payer ?

Vassili n'avait aucune idée du niveau d'information du proxy, mais si le bluff fonctionnait, Axaqateq allait devenir malgré lui l'allié des vohrns et de leurs agents.

— Je vais te livrer l'humaine à l'origine de ta défaite dans le système d'Aldébaran. Tu pourras faire d'elle ce que bon te semblera.

    Trois jours étaient passés depuis leur entrevue avec le primordial Ezqatliqa. Trois jours d'inactivité forcée, à attendre le retour de Vassili. Laorcq était coutumier de ces périodes creuses mettant les nerfs à rude épreuve. Pendant la guerre contre les orcants, les accalmies entre deux combats s'étiraient à n'en plus finir. Près de deux décennies s'étaient écoulées, mais il s'en souvenait encore très bien. Comme il n'avait pas oublié que de nombreuses recrues avaient recours aux drogues pour émousser la tension qui menaçait de les briser entre deux assauts.

    Il se souciait par contre de l'effet que l'attente pourrait avoir sur Mallory. Il aurait fallu être sourd et aveugle pour ne pas remarquer à quel point la simple mention de Vassili avait un impact négatif sur elle. L'inactivité lui laissait trop de temps pour s'inquiéter du sort de Théo et Torg.

    La voix d'Alrine s'éleva dans son dos :

— J'entends cliqueter les rouages de ton cerveau.

    Il se détourna du hublot dont disposait leur cabine. Dans cette région, il n'y avait de toute façon que peu de choses à voir. Quelques étoiles réduites à des têtes d'épingle, sur un fond noir à peine troublé par le centre galactique situé à des milliers d'années-lumière.

— Je me demande si Mallory n'a pas raison à propos de Vassili. Après tout, les vohrns se trompent souvent quand il s'agit d'interpréter les émotions humaines. S'ils ne le contrôlent pas aussi bien qu'ils le pensent...

    Alrine chassa d'une main la projection holographique affichée devant elle : le dernier rapport envoyé par l'ambassadeur vohrn depuis Urnit-Fa, qu'elle lisait allongée sur la couchette double.

— J'ai travaillé pendant des années sur un monde qu'ils

administraient. Ils sont parfois pris au dépourvu par nos réactions, mais j'ai pu constater à de nombreuses reprises qu'ils ne laissent rien au hasard. Jamais ils n'auraient fait de Vassili un de leurs agents s'ils n'étaient pas certains de le maîtriser.

Alrine abandonna la couchette et s'approcha de Laorcq. Pieds nus, elle était vêtue d'un pantalon treillis et d'un haut noir qui dévoilait ses épaules. Il la contempla, oubliant un moment primordiaux, stolrahs et la menace qu'ils représentaient. Il s'attarda sur ses traits un peu durs et son nez dont la ligne trahissait une cassure. Un visage encadré de longs cheveux blonds où il était facile pour lui de lire de la beauté. Un même contraste caractérisait la silhouette de l'ancienne policière. Grande et athlétique, tout en restant féminine.

Alrine surprit le regard de Laorcq.

— Hum... fit-elle. Au moins, j'arrive encore à te distraire.

Elle s'approcha de lui et l'enlaça. Leurs lèvres se frôlaient quand retentirent les quelques notes indiquant une communication.

Ils s'écartèrent à regret l'un de l'autre et Laorcq toucha d'un doigt le verre de sa montre pour ouvrir la ligne. Une voix dépourvue d'intonation, typique des boîtiers traducteurs, annonça :

— Commandant Adrinov. Lieutenante Lafora. Veuillez vous rendre sur la passerelle.

Cinq minutes plus tard, le couple s'introduisait dans la grande salle de commande du croiseur. Pour une fois, aucun hologramme n'était projeté au centre de la pièce. Seule la faible lueur émanant des pupitres trahissait l'activité des vohrns. Dans la pénombre, Laorcq repéra l'éclat d'une luciole génotech. Elle accompagnait un humain : Cole Vassili.

Ce dernier parlait avec Hanosk, que Laorcq reconnaissait maintenant facilement : outre sa toge pourpre qui le désignait comme un dirigeant parmi les siens, il avait une façon bien à lui de se tenir lorsqu'il s'adressait à un humain. Le rostre légèrement penché en avant, comme pour mieux capter les mots.

Alrine et Laorcq les rejoignirent, certains qu'on les avait convoqués à seule fin de rencontrer Vassili.

Laorcq étudia attentivement l'homme reconstruit par les vohrns. S'il existait une différence entre l'individu qui se trouvait devant lui et le Vassili de ses souvenirs, il était incapable de la déceler. Même physique avantageux, même visage aux traits avenants. Difficile de croire qu'il avait eu le crâne broyé, victime de la furie vengeresse de Mallory.

La luciole qui l'accompagnait bourdonna tandis que son champ antigrav variait en intensité pour qu'elle se repositionne. La lumière éclaira Vassili sous un autre angle, mettant en évidence son regard. En découvrant ses yeux, Laorcq fut à la fois rassuré et à nouveau inquiet. Rassuré, car toute trace de la folie et de l'arrogance qui caractérisaient Vassili lorsqu'ils l'avaient rencontré dans le système d'Aldébaran avaient disparu. Et inquiet d'une autre façon, car cette nouvelle version de l'homme semblait aussi froide et implacable qu'une machine.

Imperméable à ce que pouvaient ressentir les humains, Hanosk salua les arrivants et leur résuma en quelques mots la mission de Vassili sur Starlix II.

Laorcq n'aima guère ce qu'il entendit. Tout comme Alrine, qui s'empressa de formuler à voix haute ce qu'il pensait :

— Mallory n'acceptera jamais de passer pour la prisonnière de Vassili.

Hanosk parut déstabilisé par la remarque. Ses longs bras remuèrent, signe d'agitation chez lui.

— Je ne comprends pas. Elle ne sera pas en danger, ni réellement prisonnière. Il s'agit d'une ruse pour qu'elle entre dans le système d'Altaïr avec Cole Vassili.

Laorcq essaya de tourner la chose différemment :

— Le problème n'est pas là, elle comprendra très bien tout

ça. Vous lui demandez de rester seule, à bord d'un vaisseau, avec un homme qui a abusé d'elle.

Vassili ne montra aucune réaction à la mention des crimes de son ancien moi. Hanosk garda le silence durant une bonne poignée de secondes. Enfin, il dit :

— Dans ce cas nous trouverons un moyen pour que d'autres agents l'accompagnent.

Il abandonna les trois humains pour s'approcher d'un vohrn assis à l'une des consoles et lui délivrer des instructions.

Mal à l'aise, Laorcq surveillait Vassili du coin de l'œil. Maintenant qu'il était en sa présence, il devait admettre qu'il partageait les réticences de Mallory. En présence d'un humain normal, Laorcq lui aurait demandé des détails de son passage sur Starlix II. La moindre information pouvait s'avérer précieuse, mais la façon dont il se tenait, droit et le regard vide, coupait court à toute velléité de conversation. Sans le soulèvement régulier de sa poitrine, il aurait pu passer pour une statue.

Dès qu'il en eut terminé avec son subordonné, Hanosk revint.

— J'ai donné des instructions pour tenir compte de votre remarque. Nous allons utiliser le *Sirgan* pour infiltrer Altaïr. Un environnement familier et la présence de l'Intelligence Naturelle nommée Jazz devraient la rassurer. J'ai aussi chargé une équipe d'ingénieurs d'étudier une solution permettant de dissimuler deux personnes à bord. Souhaitez-vous participer à cette mission ?

Laorcq et Alrine acceptèrent sans hésiter.

IV
MISSION

Vassili avait quitté la passerelle, laissant Hanosk et les deux humains organiser la mission vers Altaïr. Il s'était rendu dans l'un des secteurs du vaisseau abritant une zone naturelle. Une reproduction d'un environnement très spécifique, que l'on ne trouvait que sur une île proche du pôle Sud, sur le monde d'origine des vohrns.

Autour de lui, un paysage de rocs gris, piqué d'arbustes aux branches noires et aux feuilles rouges, occupait tout l'espace. Une impression renforcée par un habile aménagement destiné à dissimuler les cloisons du gigantesque croiseur. D'étranges créatures ressemblant à de gros scarabées couverts de lichen marron filaient d'une anfractuosité rocheuse à une autre, si vite qu'il était difficile de suivre leurs mouvements. En haut, un large globe émettait une lumière blanche, reproduisant le rayonnement de l'étoile Cébalraï.

Cet endroit était peu fréquenté, même par les vohrns. Son existence tenait surtout à la diversité biologique qu'il apportait à l'écosystème artificiel du *Lyoden'Naak*. Vassili aimait s'y retirer, appréciant le calme qui régnait dans cette partie du croiseur. Dans le cas présent, il voulait être à l'écart pour mettre de l'ordre dans ses pensées.

Il se souvenait très bien de l'ex-militaire et de sa compagne. Le décalage entre les sentiments qui avaient guidé ses actions à l'époque et la froide logique avec laquelle il pouvait désormais analyser la situation avait quelque chose de déroutant. Il se rappelait avoir provoqué Laorcq en faisant des remarques à propos de ses relations avec Alrine et Mallory, sans pour autant comprendre ce qui avait pu le motiver.

Ses pensées se tournèrent vers la capitaine du *Sirgan*. La nuit qu'ils avaient passée ensemble ne signifiait plus rien pour lui. Cet aspect de son ancienne vie avait été cautérisé par sa reconstruction. Les vohrns avaient été transparents à ce sujet : ils étaient intervenus sur certaines zones de son cerveau, afin d'atténuer sa capacité à ressentir des émotions. La peur, par exemple, ne prenait jamais le dessus sur son intellect, elle restait un simple signal en adéquation avec ses mécanismes de survie.

Vassili ne se souvenait pas clairement de ses derniers moments avant sa mort ni du réveil qui avait suivi. Il avait souffert, de cela il était certain, mais son corps reconstruit n'en gardait aucune séquelle.

Une froide logique prédominait dans ses raisonnements. En examinant la succession d'évènements qui le plaçait dans sa position actuelle, il n'éprouvait pas plus de rancœur que de gratitude envers les vohrns. Il était à leur service, mais ils avaient fait de lui un être rationnel, efficace, à mille lieues du sadique mégalomaniaque qu'était devenu le précédent Vassili.

Il ressentait parfois un vide, l'absence d'un but personnel, mais la satisfaction procurée par ses missions accomplies lui suffisait pour le moment. Sous son ancienne personnalité, il s'était rebellé contre l'emprise d'Axaqateq. Participer au combat contre les primordiaux lui était naturel, et il soupçonnait les vohrns d'avoir fait de lui un agent pour cette raison.

De toute façon, qu'aurait-il pu faire d'autre ? Après les transformations successives que son organisme avait subies grâce au ktol et à sa résurrection, il n'envisageait pas un instant de reprendre place au sein de l'humanité. Il s'en sentait trop éloigné.

Tout le contraire de Mallory, qui représentait à ses yeux la quintessence de l'espèce terrienne avec tous ses défauts et qualités. Imprévisible au point d'en être dangereuse et capable de prouesses comme de stupidité.

Alors qu'il évoquait les souvenirs qu'il avait d'elle, son regard s'arrêta sur une forme oblongue nichée entre les branches d'un des petits arbres. Il s'en approcha et constata qu'il s'agissait d'un nid de chenilles blanches, longues comme le doigt. Elles grouillaient par centaines à l'intérieur du gros cocon tissé entre les branches. Une partie s'était lancée à l'assaut des feuilles tandis que quelques autres, beaucoup moins nombreuses, descendaient le long du tronc.

L'une d'elles atteignit le sol rocheux. Elle progressa sur quelques dizaines de centimètres, puis l'un des étranges scarabées habillés de lichen brun surgit de nulle part et se jeta sur elle. Vassili observa la scène avec fascination. Le scarabée ne cherchait pas à dévorer ni à tuer la chenille. D'entre ses mandibules avait jailli un tube, qu'il plongea dans le corps de la chenille comme l'aiguille d'une seringue, perçant la peau blanche et s'enfonçant dans la chair palpitant de vie.

Le scarabée injecta alors une substance qui noircit la chenille de l'intérieur, puis des nodules qui déformèrent le tube sur leur passage. Des œufs. Des larves allaient éclore et parasiter la chenille, avant de donner naissance à d'autres scarabées.

Une image vint à l'esprit de Vassili. Pas un souvenir, plutôt un fragment de pensée, de rêve, issu de son ancienne personnalité, de l'homme qu'il avait été. Grisé par le pouvoir que lui avait conféré le ktol, il s'était vu créer une nouvelle espèce. Des humains améliorés, forts, unis et sans scrupules. Il avait profité de la nuit partagée avec Mallory pour tenter une expérience.

Une sorte d'insémination artificielle, qu'il avait pratiquée sur la jeune femme lors de leur rapport sexuel. Vassili n'avait aucune idée de ce qu'il était advenu de l'embryon généré par le ktol et sa volonté, mais il savait que la haine de Mallory à son égard venait de là.

Un regret l'effleura, vite étouffé par le conditionnement imposé par les vohrns. Il ferait le nécessaire pour garantir le succès de sa mission.

Sur une surface plane et grise s'étirant à l'infini se dressait une colonne de milliers de kilomètres de haut. Rouge sombre et de section carrée, elle ne montrait ni aspérité ni défaut.

— *Bien,* dit Ezqatliqa. *Maintenant, tu vas l'élargir et la rendre creuse en même temps.*

Mallory ne s'était jamais concentrée aussi longtemps et aussi profondément. Le primordial faisait un maître exigeant.

L'immense colonne incarnait l'esprit de Mallory dans un espace qui n'existait pas. Une projection qu'elle avait érigée en suivant les instructions d'Ezqatliqa. Sa première tentative réussie de création d'un univers mental.

Elle s'efforça de ressentir la totalité de la structure, l'appréhendant comme s'il s'agissait de son corps. Elle chercha ensuite à s'étendre.

La colonne se déforma, gonfla de quelques mètres sur sa

longueur puis reprit sa forme initiale. Mallory essaya encore. Cette fois la colonne ne s'élargit qu'à sa base avant de se tordre puis se déliter, emportée comme du sable dans une tempête.

L'humaine ouvrit les yeux dans sa cabine. Une couchette, une minuscule douche dans un angle et des placards encastrés dans les cloisons, rien d'autre. Le brusque retour dans son propre corps lui donna l'impression d'être tombée du haut d'une falaise pour s'écraser sur de la roche. Grondant de frustration, elle serra les poings et soupira.

— *Encore raté ! Je ferais nettement mieux avec une représentation de mon être physique.*

— *Ne sois pas têtue. Ce type d'incarnation te limite.*

— *Peut-être, mais au moins...*

— *Tu n'arrives pas à maintenir ta concentration,* assena Ezqatliqa. *Si tu avais été ainsi sur Vlokovia, tu ne m'aurais jamais vaincu. Je dois avouer que cela m'inquiète.*

— *Merci pour les encouragements.*

— *Je ne suis pas là pour ça. Non seulement tu as des problèmes pour te concentrer, mais tu dresses un mur entre nous. Nous n'aboutirons à rien si tu ne me fais pas confiance.*

Mallory se garda de répondre. Elle n'arrivait pas à s'ouvrir au primordial. En conséquence, il ne parvenait pas à la guider. Elle était une enfant qui veut apprendre à marcher en refusant l'aide d'un adulte.

— *J'ai besoin de repos,* lâcha-t-elle en se redressant sur sa couchette.

Les unités de Myriade, restées dans un recoin de la minuscule cabine, vinrent lentement entourer Mallory. Plusieurs d'entre elles s'approchèrent de son visage, jusqu'à le toucher délicatement, en un geste de réconfort. D'autres allèrent se placer sur ses tempes, au niveau de sa nuque et de ses muscles trapèzes, exerçant une pression bienfaisante sur ces points sensibles.

Depuis que Mallory avait appris le rôle accordé à Vassili

par les vohrns, une vive tension s'était emparée d'elle et refusait de la quitter, ce qui ne l'aidait en rien dans ses exercices avec Ezqatliqa. Sur le dos de ses mains et de ses avant-bras, ses tatouages sensitifs n'étaient qu'entrelacs de ronces noires aux longues épines.

— *Je détecte une surproduction d'hormones chez toi, indiquant un stress élevé,* déclara Myriade. *Il semble que la proximité de Vassili nuise au bon fonctionnement de ton organisme. Il représente pourtant un spécimen mâle de qualité.*

Mallory poussa un soupir. La candeur de Myriade, ainsi que sa méconnaissance des interactions humaines, n'étaient pas sans lui rappeler celles de Torg.

À contrecœur, elle se remémora son passage à l'hôpital, dans le système d'Aldébaran, et la découverte de ce que lui avait infligé Vassili. Elle sentit Myriade absorber les images et les concepts associés à travers leur lien télépathique.

La puissante voix mentale d'Ezqatliqa s'immisça dans ses pensées.

— *Intéressant. Je comprends mieux ta défiance à l'égard de Vassili.*

Mallory s'emporta :

— T'es encore là ? Et je croyais qu'il y avait un mur entre nous ?

— *Je n'ai perçu qu'un écho. La distance que tu gardes vis-à-vis de moi vient de me rendre service. Je n'aurais pas voulu goûter à la pleine saveur de ce souvenir. Il est temps pour moi de te laisser. Repose-toi, puisque tu le souhaites.*

— Ouais. Salut !

La conscience d'Ezqatliqa s'éloigna d'elle puis disparut.

Une sonnerie stridente retentit des haut-parleurs de bord. Mallory accueillit la diversion avec plaisir :

— Jazz, mollo avec les sirènes, tu veux bien ?

— Désolé capitaine, mais une navette vohrne est en approche. Hanosk désire venir à bord du *Sirgan*. Je lui dis d'aller se faire voir ?

Un demi-sourire creusa la joue de Mallory. Le boîtier traducteur du vohrn ne risquait guère d'appréhender l'expression. De toute façon, elle ne pouvait se permettre d'envoyer balader son employeur...

— Non, laisse-le s'arrimer.

Elle disposait de quelques minutes, qu'elle mit à profit. La séance d'entraînement l'avait trempée de sueur.

Les cheveux encore humides après s'être douchée et changée, elle se posta devant la porte intérieure du sas pour accueillir Hanosk. Le lourd panneau d'acier coulissa pour révéler le vohrn. Elle esquissa un mouvement en arrière pour lui indiquer d'entrer, mais il resta dans le sas et s'adressa aussitôt à elle :

— Capitaine Mallory Sajean, dit-il, toujours aussi formel. La mission de l'agent Cole Vassili sur Starlix II s'est correctement déroulée.

À la seule mention du nom de Vassili, Mallory sentit son estomac se nouer. Faisant de son mieux pour cacher son trouble, elle dit :

— Il a réussi à savoir ce que les primordiaux manigancent ?

— Sa mission a pris une tournure inattendue. Le hasard a voulu qu'il tombe sur un porteur de ktol soumis à Axaqateq. Cela aurait pu lui être fatal, mais il est parvenu à retourner la situation en concluant un accord avec le primordial.

— Un accord, vraiment ? Avec Axaqateq ?

Pour une fois, le vohrn ne répondit pas directement.

— Nous sommes conscients de votre réticence à travailler avec la reconstruction de l'humain Vassili. Toutefois votre présence est indispensable pour la suite de cette opération. Nous avons donc pris les mesures nécessaires pour que le commandant Adrinov et la lieutenante Lafora vous accompagnent.

Dans la tête de Mallory, les signaux d'alarme virèrent au rouge. Depuis des années qu'elle côtoyait les vohrns et Hanosk en particulier, jamais elle n'avait entendu l'un d'eux prendre autant de précautions oratoires...

Elle faillit dire : « D'accord, crache le morceau », mais opta pour un plus civilisé « De quoi voulez-vous parler ? »

Hanosk s'expliqua :

— Afin d'approcher le primordial Axaqateq, Vassili lui a offert votre personne.

En entendant l'étrange tournure, Mallory se demanda si le traducteur n'avait pas eu un raté. Elle comprit qu'il s'agissait d'un faux espoir quand Hanosk continua :

— Nous allons nous servir du *Sirgan* et de son caisson de stase, dans lequel vous prendrez place. Le commandant et la lieutenante seront à bord de votre aéroglisseur. Une équipe de mes ingénieurs met en ce moment au point un système permettant d'en faire également une sorte de caisson de stase, afin de masquer la présence d'êtres vivants. Nous l'accrocherons à l'extérieur de votre vaisseau où une double coque le dissimulera. Le *Sirgan* est ancien et a été modifié à plusieurs reprises. À moins d'un examen détaillé, cette altération dans son apparence n'éveillera aucun soupçon.

Mallory recula d'un pas sans s'en rendre compte, son dos allant rencontrer une des cloisons du *Sirgan* pour la deuxième fois de la journée. Elle resta appuyée contre la froide plaque de métal, cherchant à organiser ses pensées. Ce plan ressemblait à une grossière improvisation, loin des habitudes des vohrns en la matière.

De multiples objections lui vinrent à l'esprit, qu'elle hiérarchisa rapidement afin d'évoquer la plus importante :

— Pourquoi une telle précipitation ?

La main aux doigts fins et agiles de l'alien se porta au boîtier traducteur fixé près de son rostre. Il en ajusta la position et répondit :

— D'après le déroulement de la conversation entre Vassili et Axaqateq, il est hautement probable que ce dernier soit présent dans le système d'Altaïr, ainsi que d'autres primordiaux. Par sa nature, la sphère de Négyl bloque toute forme de communication. Les échanges que nous avons pu avoir avec notre ambassade ont transité par une ouverture temporaire.

La révélation eut l'effet d'un électrochoc sur Mallory. Si Axaqateq était dans le système d'Altaïr, il n'était pas arrivé là par magie. En mettant la main sur lui, ils pourraient localiser le monde où se terraient les primordiaux. Les implications d'une telle découverte étaient importantes : les primordiaux avaient beau posséder une considérable avance technologique, leur espèce agonisait. Seuls la distance et l'anonymat dans lequel ils agissaient les protégeaient.

Mallory avait encore nombre de questions, qu'elle laissa de côté : les vohrns avaient déjà dû prévoir ces éventualités. Elle récapitula :

— Je vais avoir pour équipier un homme qui m'a trahie de la pire des manières, prétendre être sa prisonnière et servir d'appât pour un primordial. Autre chose ?

— Oui, répondit le vohrn, imperméable aux sarcasmes de Mallory. Une fois à l'intérieur de la sphère de Négyl, je ne pourrai vous procurer aucun soutien, vous devrez vous contenter des ressources de notre ambassade sur place.

Quand Axaqateq sentit la connexion s'établir avec le ktol de son proxy, l'étonnement le disputa à l'inquiétude. Seul un évènement grave avait pu pousser le tarcax subjugué par sa conscience à venir le retrouver dans le système d'Altaïr, se coupant ainsi des porteurs disséminés dans les autres systèmes.

Dès que le lien se stabilisa, un pan entier de mémoire s'ajouta à celle d'Axaqateq, au prix de quelques anciens souvenirs perdus.

Toutes ses craintes s'envolèrent. Le retour inattendu de

Vassili lui offrait d'intéressantes possibilités.

Il se concentra sur son environnement immédiat, chassant de sa vue la cabine de vaisseau où se trouvait le tarcax.

Une multitude d'hologrammes l'entouraient, matérialisant le complexe programme de simulations et de contrôle que les primordiaux utilisaient quand ils s'adonnaient au Jeu. Il passa en revue la séquence qu'il déroulait dans le système d'Altaïr et se livra à des ajustements en fonction des variables introduites par l'accord conclu avec Vassili.

Le résultat s'avéra satisfaisant.

Sa conscience se porta à nouveau sur le proxy. Axaqateq ignora le fac-similé de lui-même et se focalisa sur le ktol du tarcax, dissimulé sous la paroi abdominale. Sur une pensée du primordial, l'artefact répandit un poison dans le sang du tarcax. La substance ravagea la physiologie de l'alien, provoquant l'apparition de tumeurs se développant à grande vitesse. En moins d'une minute, les organes vitaux du tarcax défaillirent. Il s'écroula sur le sol de sa cabine, tandis que le ktol dans son ventre se dissolvait sans laisser de traces.

La perte du proxy était regrettable, mais Vassili l'avait identifié. L'humain avait pu transmettre l'information à un de ses semblables ou l'avoir stockée pour la monnayer ensuite. Les porteurs hors de la sphère de Négyl devraient se débrouiller un moment en autonomie. Axaqateq ne pouvait risquer de voir une version affaiblie de lui-même tomber entre des mains ennemies.

Le *Sirgan* était prêt et Mallory se demandait si elle ne le serait jamais. Deux jours durant, une équipe de techniciens et d'ingénieurs vohrns avaient – une fois de plus – œuvré avec acharnement sur le *Sirgan*. Le caisson de stase destiné à Torg avait été adapté, la coque recouverte d'une deuxième peau d'acier noir mat, afin de camoufler la présence de l'aéro. Ce dernier avait nécessité presque autant de travail : son habitacle pouvait désormais servir de caisson de stase, maintenant en état d'animation suspendue ses passagers. Placé à proximité des contrôleurs de puissance du propulseur synergétique, il serait indétectable, noyé par l'activité du réacteur.

Installée dans le siège du pilote, Mallory contemplait la petite lueur verte symbolisant une navette vohrne. À bord se trouvait Vassili. Enfin pas vraiment Vassili, se répéta-t-elle pour la millième fois. Un nouveau Vassili, reconstruit par les vohrns et, d'après eux, totalement dévoué à leur cause. Quand Mallory avait émis des doutes à ce sujet, Hanosk s'était contenté de dire :

— Nous lui avons implanté un blocage cérébral qui l'empêchera de vous nuire, mais je vous assure que son conditionnement rend cette précaution inutile.

Sans quitter des yeux l'affichage, elle gratta machinalement son avant-bras gauche, juste au-dessus de la pliure du coude : là où les vohrns avaient greffé un module génotech, leur propre version des ktols et identique à celui que portait maintenant Vassili. Il agissait comme un relais télépathique, pouvait au besoin libérer des substances dans le sang de Mallory et influer sur son système nerveux, simulant ainsi les capacités d'un véritable ktol. Les vohrns avaient réussi à le mettre au point avec l'aide d'Ezqatliqa. D'après Hanosk, elle pourrait s'en servir pour communiquer mentalement avec Vassili, mais elle s'était gardée de la moindre expérimentation dans ce sens.

Le geste n'avait pas échappé à l'attention de Jazz.

— Mallory, cesse de triturer ton implant...

Elle abandonna son siège et le cockpit pour emprunter d'un pas traînant la coursive. Une fois devant le sas, elle s'apprêta à recevoir son passager. Alrine et Laorcq, à bord de l'aéro dissimulé sous la nouvelle apparence du *Sirgan*, étaient déjà plongés en stase. Si un problème survenait avec Vassili, elle ne pourrait compter que sur Jazz et les sécurités prévues par les vohrns.

Un claquement métallique la tira de ses pensées. La navette venait de s'arrimer au *Sirgan*. Bien trop vite au goût de Mallory, les étapes de fonctionnement du sas s'enchaînèrent et la porte intérieure coulissa pour dévoiler Vassili.

De prime abord, il parut tel que Mallory s'en souvenait. Un grand et bel homme brun, dont les traits agréables, mais pas tout à fait naturels, étaient sublimés par des yeux noisette. Puis elle nota de subtiles différences qui s'ajoutèrent les unes aux autres, révélant de profonds changements. Ces mêmes yeux, qui l'avaient contemplée avec amusement et désir, au moins au début de leur relation, avaient perdu une partie de leur éclat. Ses cheveux étaient coupés court, sans aucune recherche. Il semblait également moins imposant que dans les souvenirs de la pilote, la tenue simple qu'il portait, coupée dans un tissu gris clair, accentuant encore cette impression. L'image que Mallory avait de sa première rencontre avec lui, celle d'un homme soigné et fier de lui, ne collait plus.

— Puis-je passer à bord ? demanda-t-il d'une voix neutre.

Mallory faillit sursauter, s'apercevant avec embarras qu'elle l'avait fixé tout en lui bloquant le chemin. Elle s'écarta un peu trop vivement et répondit :

— Oui. Ta cabine est juste là, à côté de l'automed.

Elle lui montra la porte du doigt.

Vassili n'émit aucun commentaire et se dirigea vers la cabine. Pour tout bagage, il tenait à la main un sac de la même couleur que ses vêtements.

Le nouvel équipier de Mallory pénétra dans ses quartiers, sans se douter que la porte s'était ouverte sur un signal de Jazz et non d'un système automatique. Une précaution supplémentaire.

Vassili se contenta de poser son sac sur l'étroite couchette et se tourna vers Mallory.

— Nous devrions partir.

Il avait raison. Les vohrns avaient terminé leurs modifications et vérifié celles-ci plusieurs fois. Chaque seconde écoulée était maintenant une perte de temps. Mallory résista à l'impulsion d'ordonner à Vassili de rester enfermé. Cela ne ferait que reculer l'inévitable : elle allait devoir s'habituer à sa présence, alors autant commencer tout de suite.

Elle hocha la tête pour signifier son accord et se dirigea vers le cockpit, où elle se glissa lestement dans le siège du pilote. Vassili suivit sans un mot et prit place dans l'autre siège.

Mallory mit la main droite au-dessus de l'interface neuronale installée par les vohrns. Un frisson d'anticipation la parcourut, comme toujours avant de se connecter avec le *Sirgan*, puis elle plaqua la paume sur la demi-sphère gélatineuse et luisante, évoquant une excroissance de chair rose. Le contact s'établit et elle oublia Vassili, tandis que sa conscience s'unissait avec les systèmes de son vaisseau. Ils formaient un tout, presque une entité distincte, à la fois plus élaborée et plus froide qu'un être vivant. Une foule d'informations assaillit la pilote, qu'elle canalisa en se concentrant sur les étapes de check-up. Quelques secondes lui suffirent pour s'assurer que tout était en ordre. Elle lança le *Sirgan* vers Altaïr d'une simple pensée.

Lentement, elle ramena son attention vers son environnement immédiat. Les unités de Myriade s'étaient réparties vers le haut du cockpit, planant à quelques centimètres du plafond.

— *Les données physiologiques de Cole Vassili n'indiquent rien d'inquiétant,* déclara l'entité multiple. *Toutefois, son rythme cardiaque est anormalement régulier. Son pseudo-ktol doit l'influencer.*

Tout en surveillant les projections holographiques qui dansaient au-dessus du tableau de bord, Mallory répondit à travers leur lien télépathique :

— *Oui. On ne peut pas se fier à ces informations. Peu importe ce que dit Hanosk, je n'ai aucune confiance en ce type. Je veux que tu interviennes au moindre doute.*

Mallory évoqua le souvenir de sa rencontre avec Myriade, pour qu'il comprenne bien ce qu'elle attendait de lui : alors qu'elle explorait une épave de vaisseau saharj sur Vlokovia, Myriade, la prenant pour un ennemi, s'était servi de ses sept cent vingt-neuf unités pour la plaquer au sol et l'immobiliser. Chaque unité disposant d'un module gravitique, le résultat donnait la sensation d'être écrasé sous une pression monstrueuse. De quoi maîtriser même un humain sous l'emprise de stimulants vohrns.

Ce souvenir déclencha une réaction inattendue de la part de Myriade.

— *Crois-tu que nous pourrons retourner un jour à bord de* Dague-Lame *?*

Grâce au lien télépathique, Mallory sut aussitôt que *Dague-Lame* était le nom du vaisseau saharj. Tout à fait le type de patronyme que pourraient choisir des êtres portant des noms tels que « Ombre-Néant ». Elle sentit aussi une certaine nostalgie, presque de la tristesse.

— *Oui, mais il n'y a plus rien là-bas. Je ne serai pas surprise si le vaisseau est complètement englouti maintenant.*

— *Justement, c'est cela qui m'inquiète,* dit Myriade. *Sur le coup, cela ne m'était pas apparu comme une priorité, mais j'aimerais récupérer les lames de l'équipage pour les remettre aux saharjs survivants. C'est ce qu'ils auraient voulu.*

La requête n'était pas déplacée, au contraire. Après tout Myriade avait servi des années à bord de *Dague-Lame*, connu son équipage aussi longtemps et veillé sur son épave devenue sépulture durant des milliers d'années.

— *Alors c'est promis, nous irons,* répondit Mallory.

L'échange télépathique avait été bref. Elle coula un regard vers Vassili, se demandant s'il avait noté quelque chose.

S'il se doutait des précautions prises par Mallory, il n'en montrait rien. Il s'était sanglé dans le siège du copilote et consultait des documents projetés par son navcom, qu'il portait sous la forme d'un large bracelet argent au bras gauche. La pilote reconnut l'une des images : une représentation d'Altaïr et ses neuf planètes.

De longues heures s'écoulèrent sans que rien ne vienne troubler le calme régnant à bord. La présence de Vassili tuait dans l'œuf toute velléité de conversation.

Mallory décida de s'octroyer une pause, laissant son vaisseau filer en ligne droite sous la surveillance de Jazz. Une occasion de s'éloigner un peu de Vassili. Elle emprunta la coursive jusqu'au renfoncement où se trouvait la cambuse, se prépara un chocolat chaud et s'assit en s'efforçant de faire le vide dans son esprit.

— *Guerrière humaine !*

Cette fois, Mallory tressaillit à peine.

— *Tu ne me ficheras jamais la paix ?*

Ezqatliqa ne releva pas la remarque.

— *Nous devons tester une approche différente,* dit-il. *Il te faut un monde mental plus familier.*

Mallory comprenait l'idée sans voir comment la mettre en application.

— *Tu veux que je recrée une version géante du* Sirgan *?*

— *Ton vaisseau ? Intéressant, mais trop complexe.*

L'enthousiasme du primordial transparaissait à travers le lien télépathique, mais elle avait trop de soucis en tête.

— *Écoute, si on voyait ça un autre jour ?*

Il ne lui prêta aucune attention.

— *On ne peut pas se baser sur ton vaisseau, par contre l'environnement dans lequel il évolue...*

— *Le vide ?* tenta Mallory malgré elle.

— *Non ! Les étoiles...*

L'idée n'était pas sans attrait et elle avait l'intuition qu'Ezqatliqa ne la laisserait pas tranquille tant qu'elle n'aurait pas essayé. Une profonde inspiration et elle bascula avec facilité hors de son corps, dans cette zone qui n'existait que par la force de son esprit. Les séances avec le primordial commençaient à porter leurs fruits, en dépit des échecs répétés de Mallory.

Le néant de l'espace ne présenta aucune difficulté. Au lieu de la colonne des exercices précédents, Mallory s'incarna dans une étoile rouge.

— *Parfait !* l'encouragea Ezqatliqa. *Maintenant, grandis !*

Elle se concentra, cherchant à oublier les contraintes physiques qu'elle avait toujours connues. L'étoile rouge scintilla et grossit lentement, jusqu'à tripler de taille.

Le primordial l'exhorta :

— *Continue ! Tu n'as pas d'entraves ici.*

L'étoile grandit encore, puis se figea. Mallory sentit sa concentration se troubler. Elle lutta pour repousser les limites de l'étoile. Sa conscience se retournait contre elle, lui imposant des normes qui n'avaient pas cours dans cet univers. Une présence se matérialisa soudain, l'englobant et l'aidant à grandir. L'étoile rouge s'étendit, gonfla à l'infini.

Et dans la fraction de seconde suivante, elle perdit son éclat pour s'effacer au profit du néant.

Mallory venait de comprendre que la présence qui l'entourait était l'esprit d'Ezqatliqa. Elle s'était aussitôt recroquevillée mentalement, cherchant à mettre le plus de distance possible entre sa conscience et celle du primordial.

Elle se retrouva assise dans la cambuse, le reste de chocolat froid posé devant elle.

— *Tu aurais dû me prévenir !*

Ezqatliqa laissa transparaître un amusement certain.

— *Nous ne serions arrivés à rien. Cette version de ton univers mental est la bonne. Tu vas continuer à travailler dessus même lorsque la sphère de Négyl nous empêchera de communiquer.*

Il se retira sur ces mots, permettant à l'humaine de se reposer avant de retourner prendre sa place de pilote.

Le voyage se poursuivit sans encombre deux jours durant.

Le troisième commençait à peine quand les hologrammes et les cadrans du tableau de bord virèrent au rouge. Les instruments du *Sirgan* transmirent à Mallory des données indiquant une importante fluctuation électromagnétique sur leur trajectoire, à une seconde-lumière. Elle comprit aussitôt de quoi il s'agissait, comme le confirma Jazz :

— Nous arrivons à proximité de la sphère de Négyl. Il faut que tu te prépares, ma capitaine...

V
PASSAGE

Rompant le lien avec le *Sirgan*, Mallory ôta la main de l'interface génotech et examina les étoiles à travers la baie du cockpit. L'une d'elles était un peu plus grosse que les autres et brillait d'un éclat soutenu. Ce ne pouvait être qu'Altaïr. En regardant attentivement, on devinait un léger voile, comme une texture superposée à l'étoile. La sphère de Négyl distordait la lumière.

Une pression désagréable s'installa en plein dans la poitrine de Mallory. Elle s'extirpa du siège et posa les yeux sur Vassili pour la première fois depuis leur départ :

— Jazz va prendre le relais jusqu'à l'ouverture dans la sphère. Tout ce que tu as à faire, c'est prétendre que tu es en charge. Ne touche pas aux commandes.

Elle quitta le cockpit sans se retourner. Son comportement frôlait le puéril, mais elle ne pouvait s'en empêcher : la présence de Vassili la mettait dans une colère noire qu'elle ne parvenait jamais à étouffer.

Une douzaine d'unités de Myriade flottaient dans son sillage. Le reste surveillait Vassili. Elles s'élevèrent lentement pour s'approcher du visage de Mallory jusqu'à le toucher, imitant une caresse du bout des doigts. La tension qu'elle ressentait reflua en partie. Chassant ses doutes sur le plan des vohrns, la pilote se glissa dans le caisson de stase réservé d'ordinaire à Torg. De la taille d'une cabine standard, il était recouvert d'un capitonnage gris foncé d'où saillaient à intervalles réguliers des embouts arrondis à l'éclat argenté.

Elle effleura la commande de fermeture et se plaça au centre alors que la porte coulissait. Quelques diodes et le panneau de contrôle émettaient une lumière rougeâtre, peignant un rubis à l'extrémité des éléments métalliques du système de stase.

— Prête ? demanda Jazz, dont la voix jaillissait de l'intercom pour être aussitôt étouffée par le capitonnage.

Mallory se força au calme. Myriade et Jazz pourraient venir à bout de Vassili s'il se passait quoi que ce soit. Au pire, il ne leur faudrait qu'une petite minute pour la sortir de stase. Elle inspira profondément et lâcha :

— Oui, finissons-en.

La première sensation fut l'apesanteur. Ses pieds quittèrent le sol et elle flotta à quelques centimètres du plancher. Avant qu'elle ne commence à dériver, elle sentit l'air autour d'elle s'épaissir, devenir comme de l'eau, de la boue translucide, une gangue de verre qui empêchait le moindre geste. Les embouts métalliques qui quadrillaient les parois du caisson de stase s'illuminèrent, prenant une teinte bleutée. Une intense panique s'empara d'elle. Le temps d'un battement de cœur affolé, un néant absolu l'engloutit et oblitéra ses pensées.

Jazz n'aimait pas du tout ça. Rien à voir avec un mauvais pressentiment : plutôt une importante quantité de variables qui pouvaient mal tourner, combinées au peu d'informations dont il disposait. Son attention était partagée entre la manœuvre du *Sirgan*, la surveillance de Vassili et la sphère de Négyl. En basculant les caméras extérieures du vaisseau sur des spectres non perceptibles aux humains, il pouvait observer la bulle d'énergie dans tout son gigantisme : un réseau de lignes rouges, flamboyantes, entrecroisées comme la trame d'un tissu. Cette surface paraissait n'être qu'un mur s'étendant à l'infini dans toutes les directions.

Droit devant le *Sirgan*, un œil noir s'ouvrait sur le système d'Altaïr, juste assez grand pour laisser passer des vaisseaux de moyen tonnage. Autour de l'ouverture étaient stationnés des navires de forme sphérique au centre desquels béaient quatre tubes synergétiques. La dernière configuration élaborée par les altaïriens.

Jazz se concentra sur eux, pour les découvrir lourdement armés. Qu'un conflit de succession au pouvoir les frappe et les marchands d'Altaïr profitaient de l'attention de la moitié de la galaxie braquée sur eux pour exposer leurs produits. À distance respectable, mais assez près pour se livrer aux mêmes observations que venait de mener Jazz, se trouvait une flotte disparate : les navires mis en attente par la soudaine apparition de la sphère.

Les altaïriens n'affichaient aucun scrupule concernant la vente de matériel militaire. *De toute façon,* songea Jazz, *on est mal placés pour leur faire la morale. Si on ne vend pas beaucoup de nos armes, c'est surtout parce qu'elles n'intéressent personne.*

Sans relâcher sa surveillance sur Vassili, il s'efforça de capter les transmissions entre les navires privés d'accès au système. Certaines étaient indéchiffrables, la plupart sans intérêt. Il persévéra et fut récompensé en interceptant une conversation entre un capitaine gibral et un homologue antarien. Ce dernier regrettait de ne pas être à l'intérieur de la sphère de Négyl, pour assister à un évènement appelé « Rin'Liln ». Creusant un peu, Jazz apprit qu'il s'agissait d'un tournoi durant lequel s'affrontaient des champions de chaque clan altaïrien.

Le sujet avait beau l'intriguer, il dut reporter son attention sur la navigation : le *Sirgan* arrivait dans la zone de contrôle délimitée par les navires de guerre sphériques. Il allait devoir céder, au moins en partie, les commandes à Vassili, même si l'idée lui répugnait autant qu'à Mallory. Jazz n'ignorait rien de ce que cet individu avait fait subir à sa capitaine et ne demandait qu'à voir Torg le réduire en bouillie.

— Eh, le ressuscité ! lança-t-il sur les haut-parleurs disséminés à bord du *Sirgan*. C'est le moment d'entrer en scène.

Hors de question de lui accorder la moindre latitude : au premier mot ou geste suspect, il suffirait à Jazz d'émettre un signal sonore dont il avait convenu à l'avance avec Mallory et les unités de Myriade se précipiteraient sur l'homme pour l'écraser au sol ou contre une cloison.

Vassili ne montra aucune réaction au ton employé par Jazz. *Il est trop malin pour céder à la provocation. Ou alors, les vohrns l'ont vraiment bien reprogrammé.* Toujours assis dans le siège du copilote, l'homme tendit la main vers le joystick qui permettait de contrôler le *Sirgan*, vestige de l'ancien système de commande. L'objet n'était resté là qu'en cas de défaillance de l'interface neuronale, les vohrns ne laissant rien au hasard.

Vassili mena le *Sirgan* avec assurance, décevant Jazz qui n'attendait qu'une occasion de l'accabler de reproches. L'ouverture dans la sphère de Négyl bondit à leur rencontre, ainsi que les navires la bordant. Les altaïriens bombardèrent le vaisseau-courrier d'appels et de mises en garde.

Jazz ouvrit un canal audio et la voix monocorde d'un système de traduction s'éleva dans le cockpit.

— Aucun navire n'est autorisé à entrer dans le système

tant que le Rin'Liln n'est pas terminé. Veuillez rejoindre les appareils en attente.

Devançant Jazz, Vassili effleura l'un des hologrammes du tableau de bord pour répondre.

— Je dispose d'un code d'autorisation.

Il porta la main à son bracelet navcom. De nouveaux hologrammes se mêlèrent à ceux du tableau de bord, forçant les différents affichages à se reconfigurer pour rester lisibles. En quelques gestes, Vassili transmit un fichier contenant le code crypté fourni par Axaqateq.

Jazz se tint aussitôt sur ses gardes, mais la réponse fut celle attendue.

— Identité et autorisation confirmées. Préparez-vous à recevoir deux détecteurs à bord.

Des détecteurs ? se répéta Jazz en silence. L'étrange formulation laissait penser à des êtres vivants plutôt qu'à des machines. Rongeant son frein, il dut patienter jusqu'à l'arrivée d'une navette qui s'arrima au *Sirgan*. Il commanda l'ouverture du sas et observa avec attention le flux vidéo en provenance de la caméra à l'intérieur. À un autre niveau de perception, il vit Vassili se lever et emprunter la coursive pour accueillir leurs visiteurs.

Une fois la pression entre les vaisseaux équilibrée, deux altaïriens franchirent le sas. Jazz s'étonna de les voir dépourvus de leurs houppelandes, malgré les informations à ce sujet transmises par Théo et Torg. Il étudia avec curiosité la physionomie d'insecte des aliens, leurs longs bras et jambes hérissés d'ergots aux pointes acérées. L'élément massif et d'une seule pièce qui composait leur torse était couvert de larges plaques de chitine, entre lesquelles on pouvait distinguer les ouvertures de tubes respiratoires. Juste en dessous du cou, qui supportait une tête cylindrique, certaines des plaques étaient colorées d'un jaune vif, indiquant qu'ils appartenaient au même clan.

Ils pénétrèrent dans la coursive et s'immobilisèrent devant Vassili. Il s'adressa à eux en détachant ses mots, pour

faciliter le travail des boîtiers traducteurs.
— Bienvenue à bord. Par où souhaitez-vous commencer ?
— Menez-nous au caisson de stase, coupa l'un des aliens. Nous voulons observer le spécimen promis à notre clan.

Théo avait senti son moral grimper en flèche en apprenant l'arrivée de Mallory dans le système d'Altaïr. Depuis, les jours s'écoulaient à un rythme horriblement lent. Il l'avait laissée sur Cixtani au prétexte qu'il n'était guère utile aux tonelkas, mais ce n'était vrai qu'en partie. Il avait compris qu'elle avait besoin d'être seule, du moins sans autre humain autour d'elle. Sans s'en rendre compte, une distance s'était creusée entre eux, faite de non-dits et de travail acharné, dont Mallory ne manquait jamais, avec tout un peuple dépendant d'elle.

En recoupant les propos glanés auprès de Jazz et Torg, Théo avait réalisé qu'il devait lui donner du temps. Il savait aussi qu'elle avait beaucoup souffert, de la mort de son père, puis de son oncle et de la perte de contact avec sa mère. Quelque chose de grave lui était également arrivé dans le système d'Aldébaran, mais Théo n'avait jamais réussi à apprendre quoi. Torg et Jazz étaient restés muets, et Alrine et Laorcq avaient soigneusement détourné la conversation à chaque fois.

Un choc, suivi d'un tintement de verre brisé, ramena son attention sur les dvas. Ils s'agitaient en tous sens dans le labo où ils élaboraient un programme de traitement de l'information capable d'analyser les invraisemblables quantités de données qui transitaient dans le système d'Altaïr. Certains étaient rivés à leur console, pianotant furieusement sur leurs claviers-boule. D'autres passaient d'un endroit à l'autre, leurs grappes d'yeux jaunes tournant de droite à gauche alors qu'ils sautillaient sur leurs quatre pattes préhensiles. Ils semblaient mieux réfléchir en marchant, ce qui n'était pas sans causer quelques problèmes dans un espace aussi restreint.

Le dva à l'origine du bris de verre se précipita à la recherche d'un robot de nettoyage, en marmonnant dans sa langue :

— Chiii pla ! Chhh plu, ti !

Théo coula un regard vers Torg. Posté comme toujours devant la baie vitrée, il ignorait ostensiblement les petits extraterrestres et leur manège.

Rupo, le dva maladroit, se distinguait des autres par une partie de ses yeux d'une couleur plus claire, suite à une blessure reçue en aidant Mallory et Torg à échapper aux saharjs, dans le système de Jaris.

Le dva sortit d'un placard un robot génotech qui évoquait un scarabée de la taille d'une pastèque, dressé sur des dizaines de courtes pattes. Pendant que le robot ingurgitait les débris, Théo s'approcha de Rupo.

— Est-ce que tu as pu faire la recherche dont je t'ai parlé ?

Rupo tordit son corps filiforme pour fixer l'humain.

— Oui ! L'ordre de succession et les pouvoirs de la reine ont été figés après une guerre entre les trois clans. À l'époque, les altaïriens ne vivaient que sur Enot-Ka, leur monde d'origine, et envisageaient à peine d'explorer Urnit-Fa...

Rupo continua, expliquant à Théo les fondements de l'actuelle monarchie altaïrienne.

Les trois clans s'affrontaient constamment, chacun mené par son propre souverain. Un état qui remontait aussi loin que l'histoire des altaïriens, peut-être plus tôt encore : l'existence des clans précédait l'invention de l'écriture. Ponctué par de brèves périodes de paix, le conflit reprenait toujours. Malgré tout, la violence décrut avec les progrès technologiques et l'extension spatiale, glissant vers une guerre économique.

Alors que les entreprises remplaçaient les armées et les flux monétaires les batailles, les castes les plus basses des clans commencèrent à cohabiter. Une ère qui ressemblait enfin à la paix s'établit, pour durer l'équivalent de trois siècles terriens.

Altaïr se retrouva au bord du chaos quand l'expansion économique se heurta aux limites techniques de cette période. Les ressources du monde mère s'épuisaient et l'exploitation des autres planètes du système, trop complexe et coûteuse, restait une lointaine possibilité. La récession frappa de plein fouet, attisant les rivalités claniques.

Cette situation précaire se trouva bousculée par une avancée technologique : l'un des scientifiques du clan Nar-Strikolc mit au point le premier réacteur synergétique altaïrien. La colonisation d'Urnit-Fa et Auna-Sil devenait envisageable, au moins pour l'un des clans.

Cédant à la panique, les autres clans tentèrent de s'emparer de la découverte du Nar-Strikolc. Ils échouèrent, et en représailles, une série d'assassinats frappa leurs dirigeants. De nouveaux assassinats eurent lieu en retour et la spirale de la violence accéléra. La guerre ouverte reprit, à une échelle sans précédent : les armes dont disposaient maintenant les clans firent des ravages. La folie guerrière culmina avec l'usage de têtes nucléaires.

Des millions d'altaïriens perdirent la vie, tandis que la surface d'Enot-Ka était saccagée, prenant l'aspect désertique que les humains lui connaissaient désormais. La destruction atteignit une telle échelle que la population en garda un traumatisme inaltérable.

Les survivants n'eurent d'autre choix que d'opter pour une collaboration totale. Enot-Ka n'étant plus en état de nourrir ses habitants, les altaïriens se tournèrent vers Urnit-Fa, qu'ils transformèrent en monde grenier.

L'appartenance aux clans perdura, mais seulement sous forme culturelle. Petit à petit, une nouvelle caste de dirigeants apparut, plaçant l'intérêt général au-dessus de leurs clans : le sénat altaïrien était né. Le système de règne par roulement fut instauré et le rôle de la reine limité. En cas de profond désaccord, le sénat, désormais élu, pouvait annuler ses ordres.

Théo était songeur. Ce que venait de lui révéler Rupo expliquait les vives tensions autour du cycle de succession. Toutefois, un point le gênait :

— Comment se fait-il que personne n'ait su cela avant ?

— Ces évènements remontent à des milliers de vos années terrestres, répondit Rupo, et les altaïriens détestent évoquer cette période de leur histoire, même entre eux.

Trois notes claires égrenées par son navcom indiquèrent à Théo qu'il avait reçu un message d'Hanosk. Profitant de cette interruption, Rupo fila à sa console pour se replonger dans son travail.

Théo effleura son bracelet et un hologramme apparut devant lui, imitant un courrier papier. Le vohrn expliquait qu'Alrine et Laorcq allaient rejoindre Urnit-Fa avec l'aéro furtif de Mallory, mais que cette dernière et un nouvel agent vohrn nommé Cole Vassili iraient par contre directement sur Enot-Ka dans le cadre de leur mission.

L'estomac de Théo se noua. Sans les restrictions en place depuis le décès de la reine, Mallory aurait opté pour un détour, même bref, afin de retrouver Torg et lui. Une question demeurait : pourquoi Enot-Ka ? Le déroulement du Rin'Liln là-bas imposait-il que deux agents des vohrns s'y rendent sans délai ? *Et d'où sort ce Cole Vassili ? Laorcq et Alrine doivent le savoir, je finirai bien par leur tirer les vers du nez...*

À peine cette pensée formulée, un autre signal sonore retentit. Il s'agissait d'une annonce provenant justement du sénat altaïrien. Théo balaya d'une main la lettre d'Hanosk, qui disparut, remplacée par une image montrant un immense bâtiment couleur ivoire, en forme de U. Entre ses bras culminant au moins à cinq cents mètres s'étendait une surface plane, recouverte de sable rouge.

Minuscules en comparaison, des aliens se tenaient au centre de cette arène. La caméra zooma sur eux, dévoilant six altaïriens. Deux pour chaque couleur d'un clan. Du texte se superposa à l'image, indiquant les noms et positions des six altaïriens. Des sénateurs, élus par leurs pairs pour organiser le Rin'Liln et être les garants d'une compétition loyale.

Théo se demanda à quel point ils respecteraient ce mandat. Seraient-ils plus intègres que des humains en de pareilles circonstances ?

L'un des sénateurs s'avança et prit la parole :

— Nous déclarons le Rin'Liln ouvert. Les clans disposent d'une demi-journée pour choisir et présenter leurs combattants.

Le navcom de Théo afficha dans un angle de l'image l'équivalent en temps terrien d'une demi-journée sur Enot-Ka : 18 h 27 min 43 s.

L'arrivée du *Sirgan* était prévue peu avant. Théo n'aima guère cela. La parution de la liste des participants serait suivie d'importantes manifestations, dont certaines pourraient s'avérer violentes. Mallory et son coéquipier allaient débarquer sur le monde capital d'Altaïr au plus mauvais moment...

Les deux altaïriens portaient le jaune du clan Taq-Kavarach, constata Vassili. Il ne s'attarda qu'une seconde sur la tête cylindrique des aliens et leurs jambes interminables, aussi épineuses que leur bras. Que voulaient-ils dire en parlant de spécimen qui leur avait été promis ? Axaqateq devait agir en sous-main, tirant les ficelles d'une manière ou d'une autre. Tout à fait le style des primordiaux.

Vassili se demanda jusqu'où pouvait aller leur influence

dans le système d'Altaïr. Axaqateq semblait bien implanté. *Dans ce cas, pourquoi envoyer quelqu'un contrôler le Sirgan ? A-t-il des soupçons ?*

Pour la première fois depuis sa résurrection, Vassili ressentit de l'inquiétude. Une sensation légère, qu'il parvint facilement à bloquer. Voilà qui était intrigant. Se pouvait-il que l'intervention des vohrns à ce niveau perde en efficacité avec le temps ? Son cerveau revenait-il à son état normal, comme quelqu'un de temporairement paralysé réapprenant à marcher ?

— Le caisson de stase, répéta l'alien le plus proche.

Vassili hocha la tête et s'enfonça dans le vaisseau, invitant les aliens à le suivre d'un geste par-dessus son épaule. Ils se plantèrent devant la lourde porte du caisson abritant Mallory. L'un des altaïriens tenait entre ses quatre longs doigts une tige dont l'acier poli brillait sous les lampes de la coursive. Il le brandit et prononça un mot qui échappa aux boîtiers traducteurs.

Un cône lumineux jaillit de la tige, pour dessiner un disque blanc sur la porte du caisson. Son éclat devint insoutenable, forçant Vassili à détourner le regard, puis la lumière disparut brusquement. Un trou de près d'un mètre de diamètre perçait le panneau métallique, dévoilant Mallory.

Passé un premier instant de surprise, Vassili comprit qu'il ne s'agissait pas d'une véritable ouverture. L'instrument employé par l'alien permettait de voir à travers la matière. Les deux altaïriens examinèrent l'humaine en état d'animation suspendue. Discrètement, Vassili jeta un œil au plafond. Les unités de Myriade flottaient au-dessus de lui, immobiles, mais prêtes à intervenir.

Enfin, l'altaïrien qui tenait la tige baissa le bras et désactiva son étrange outil en utilisant la même commande vocale.

— Les caractéristiques du spécimen correspondent. Nous allons faire le nécessaire pour que vous soyez admis à l'intérieur de la sphère.

Jazz regarda avec soulagement les altaïriens quitter le *Sirgan*. Une peur rétrospective lui fit oublier son aversion pour Vassili, auquel il adressa la parole :

— S'il avait pointé son joujou qui voit à travers les murs du mauvais côté, il tombait directement sur Alrine et Laorcq !

Ce n'était pas tout à fait vrai, mais l'alien n'aurait pas manqué de découvrir l'aéro collé à la véritable coque du *Sirgan*, ce qui aurait soulevé un minimum de questions.

Pas le moins du monde troublé par cette possibilité, Vassili s'assura que le sas était bien verrouillé.

— Tu peux lancer la procédure de réveil. Mallory n'a sûrement pas envie de rester plus que nécessaire en stase.

Surpris par cette remarque trahissant un intérêt pour le bien-être de Mallory, Jazz s'exécuta en silence, tandis que Vassili retournait au cockpit et reprenait la place du copilote.

Ils n'eurent pas à attendre longtemps avant de recevoir l'autorisation formelle de pénétrer dans le système. Certains navires durent détecter le mouvement du *Sirgan* quand Vassili agit sur la commande, car un concert d'indignations plus ou moins polies envahit les fréquences disponibles. Les capitaines des appareils en souffrance acceptaient mal le traitement de faveur du navire-courrier.

Jazz se désintéressa des communications et reporta son attention sur l'aéro dissimulé entre deux couches de composites de la coque, lançant également la procédure de réveil de ses passagers. Le système installé par les vohrns dans l'aéro, plus moderne, délivra Laorcq et Alrine plus vite que Mallory. Ils venaient à peine de pénétrer dans la sphère de Négyl quand Laorcq contacta Jazz.

— Situation ?

L'inquiétude faisait ressurgir les vieilles habitudes chez le militaire. Jazz en aurait souri... s'il l'avait pu.

— Nous sommes à l'intérieur. Pour l'instant, le ressuscité ne fait pas de vague. Mallory sera réveillée d'ici peu.

— Comment prend-elle la présence de Vassili ?

— Pas trop mal, mais... tu la connais. Va savoir s'il ne va pas dire un mot de trop qui va la faire exploser.

— Peut-être. Elle est quand même moins impulsive que lorsque je l'ai rencontrée.

Laorcq se tut un instant, comme pour mieux se remémorer cette période. Enfin, il ajouta :

— Tu sais, c'est dans ce système que s'était réfugié Morsak, après que Mallory, les vohrns et moi avions fichu en l'air son plan pour s'emparer des richesses de Procyon.

Jazz trouva l'ex-militaire inhabituellement loquace. Il sauta sur l'occasion d'en apprendre un peu plus sur la fin du PDG corrompu.

— Qu'est-ce qu'il pouvait bien faire ici ?

— Il possédait un ancien cargo aménagé en résidence de luxe et s'était planqué là, en orbite entre les dernières planètes du système, attendant que les médias humains l'oublient.

— Et ? dit Jazz, laissant libre cours à sa curiosité.

— Moi, je ne l'avais pas oublié et j'étais au courant pour le cargo bricolé. Je suis venu jusqu'ici et me suis assuré qu'il ne ferait plus souffrir personne.

Jazz et Mallory s'en étaient toujours doutés, mais l'entendre de la bouche de Laorcq avait quelque chose de satisfaisant. Morsak avait été une ordure de la pire espèce, qui ne voyait en autrui que des outils pour son profit.

Une voix féminine se joignit à la conversation :

— Et pour ça, tu as dû enfreindre une dizaine de lois, du côté humain comme du côté altaïrien.

— Tu regrettes de ne pas m'avoir arrêté ?

— Pour que tu finisses en prison ? lâcha Alrine. Bien trop

dangereux pour les autres détenus. Je préfère t'avoir à l'œil.

Le sérieux reprit très vite le dessus. Laorcq et Alrine procédèrent à un check-up, s'assurant que l'aéro était à cent pour cent opérationnel. Jazz confirma que les charges explosives destinées à se débarrasser de la fausse coque répondraient au signal de mise à feu.

Il venait de terminer quand le caisson de Mallory s'ouvrit. Jazz la vit jaillir dans la coursive avant même que la porte ne finisse de coulisser. Les unités de Myriade qui étaient entrées dans le caisson avec elle allèrent rejoindre le reste de l'essaim, filant comme de gros bourdons bleus vers le cockpit.

— Ma capitaine ! lança Jazz. Nous sommes passés dans le système d'Altaïr. Si tu veux papoter avec tes amis, ne traîne pas, nous approchons du point où nos routes devront se séparer...

VI
ARRIVÉE

Mallory rechignait à voir Laorcq et Alrine prendre un autre chemin, même s'ils n'avaient pas vraiment été à bord avec elle. Qu'ils aillent en plus retrouver Théo et Torg ne faisait qu'ajouter un pincement au cœur de la pilote. Plutôt que de se rendre au cockpit, elle remonta la coursive en silence et se glissa dans sa cabine, peu pressée de rejoindre Vassili.

Mallory se jeta sur la couchette et, après s'être allongée sur le dos, activa son navcom. Son regard s'arrêta sur l'une des icônes projetées dans son champ de vision : une demi-sphère rouge, brillante comme du verre, qui symbolisait son aéro. Le navcom repéra les mouvements de ses yeux et ouvrit une communication avec le petit appareil.

— Mallory !

La voix de Laorcq se doubla de celle d'Alrine.

— En personne, répondit-elle. Dans quel état vous a laissé le système de stase ?

— Rien de spécial. Quelques picotements par-ci par-là, dit Laorcq

— Veinards ! Je suis à plat. Dire que Torg ne s'est jamais plaint ! Je vais demander aux vohrns de mettre le caisson du *Sirgan* à niveau.

Laorcq dut sentir qu'elle n'était pas seulement fatiguée physiquement.

— Ne t'inquiète pas, tu le reverras bientôt. Et Théo sera avec lui.

Bientôt, c'est encore trop long, pensa-t-elle avant de changer de sujet.

— J'espère que l'ambassadeur ne va pas traîner pour vous trouver une couverture.

Nantis d'autorisations transmises par les altaïriens sous la coupe d'Axaqateq, Mallory et Vassili pouvaient se présenter sur les différents mondes du système sans problème. Contrairement à leurs coéquipiers, qui allaient devoir se reposer sur l'inventivité de l'ambassadeur vohrn d'Altaïr.

— S'il est aussi efficace que les autres vohrns, il doit déjà avoir fait le nécessaire, la rassura Alrine.

Mallory n'en doutait pas. Sa principale inquiétude restait Vassili, mais elle n'osa le dire tout haut : durant toute la préparation de cette mission, elle ne s'était pas privée de rappeler à tout le monde le peu de confiance qu'elle accordait à ce nouveau membre de l'équipe. À tel point que même Hanosk avait fini par montrer des signes d'agacement lors d'un dernier briefing. *À moins qu'il n'ait eu faim,* songea Mallory. Après tout ce temps, le langage corporel des vohrns demeurait une énigme.

— Mallory ! s'exclama Laorcq. T'es avec nous ?

Elle sursauta sur sa couchette et faillit tomber. S'en voulant d'avoir laissé ses pensées vagabonder en pleine conversation avec ses amis, elle s'accrocha à la première excuse venue :

— Désolée. J'ai cru entendre quelque chose dans la soute...

Laorcq n'était sûrement pas dupe, mais il laissa couler.

— C'est le moment. Si tout va bien, on vous retrouve sur Enot-Ka dans moins d'une journée.

Mallory leur souhaita bon voyage et coupa la communication avec un soupir. Plus rien ne justifiait son absence du cockpit. Le pas traînant, elle sortit de sa cabine et alla rejoindre son copilote imposé.

Une dizaine des unités de Myriade l'accueillirent. L'entité n'était pas très bavarde, mais sa connexion télépathique avec Mallory lui permettait de jauger l'état dans lequel se trouvait l'humaine. Les unités se glissèrent dans son dos, pour appuyer sur ses muscles noués avec autant de dextérité que les doigts d'un masseur.

S'arrêtant au seuil du cockpit, Mallory tendit les bras pour poser les mains sur les cloisons et savoura l'attention de Myriade.

— Mmm... laissa-t-elle échapper. J'en avais besoin.

Elle fit durer un peu le plaisir, puis s'avança et s'installa aux commandes, tandis que les dix unités quittaient son dos pour rejoindre les autres, nichées dans un renfoncement du tableau de bord. Vassili leur jeta un regard curieux, mais ne dit rien.

La voix de Jazz s'éleva :

— Des tubes synergétiques !

Mallory, sur le point de lancer le *Sirgan* vers le monde capitale d'Altaïr, suspendit son geste.

— Comment ça, « des tubes synergétiques » ?

— De chaque côté de l'ouverture dans la sphère. Il y en a d'autres, à intervalles réguliers, aussi loin que peuvent porter les capteurs du *Sirgan*.

La pilote se prit au jeu de la spéculation.

— Une ceinture de tubes synergétiques ? Pour alimenter la sphère, non ? Hanosk se demandait comment les altaïriens font, on a la réponse.

— Pas qu'une ceinture, sûrement cinq ou six, inclinées à différents angles de l'écliptique, elles doivent former une ossature.

— On parle en milliers de tubes, alors.

— Oui, pas très subtil, mais efficace.

— Assez subtil pour qu'ils les installent sans que personne ne se doute de leur usage.

La prouesse des altaïriens méritait que l'on s'y arrête, mais l'attention de Mallory se porta sur un autre sujet. Elle parcourut des yeux les hologrammes et les indicateurs, pour constater que les données de navigation étaient peu nombreuses. Elle tendit la main et testa plusieurs configurations, sans obtenir plus de résultats.

— Jazz ? Tu sais pourquoi les informations de trafic sont réduites à presque rien ?

— Blocus sur les données. Seuls les altaïriens ont accès au réseau. Les non-altaïriens ne reçoivent que le strict minimum.

— Ennuyeux, mais prévisible, intervint Vassili. Ils craignent une ingérence dans la sélection de leur reine.

— Vu que les primordiaux tirent les ficelles, rétorqua sèchement Mallory, on pourrait presque en rire.

Décidément, elle n'arrivait pas à s'adresser à Vassili sans que perce de l'agressivité. Et pourtant, il ne semblait pas le remarquer, ou s'en moquait. À travers la vitre blindée du cockpit, il regardait Altaïr et le gros point noir qu'Enot-Ka dessinait devant.

Mallory posa la main sur l'interface neuronale, savourant la fusion avec les systèmes du *Sirgan*. Elle le lança vers leur destination et laissa le pilotage accaparer ses pensées.

Après quelques heures, le point noir avait mué en disque immense, occultant la lumière blanche bleutée d'Altaïr. À travers les caméras, elle contempla le monde capitale du système plongé dans sa phase nocturne. Des toiles d'araignées lumineuses indiquaient l'emplacement des villes à la surface de la planète, comme sur tous les mondes technologiquement avancés, mais leur organisation était surprenante. Elles formaient des lignes droites qui s'entrecroisaient pour tracer un maillage triangulaire. De couleur jaune, elles s'étendaient sans interruption, traversant les continents comme les océans, que l'on devinait à leur noirceur d'encre.

Parvenue à cinquante mille kilomètres de la planète, Mallory remarqua une multitude de satellites cylindriques. Ils étaient en orbite géostationnaire et disposés verticalement par rapport à la surface d'Enot-Ka. Mallory pointa les radars du *Sirgan* vers l'un d'eux. D'à peu près cent mètres de diamètre pour deux cents de long, ils se situaient tous à l'aplomb d'un des points de la planète où les lignes brillantes se croisaient.

Encore des tubes synergétiques, se dit Mallory. Ici, leur utilité était double : ils produisaient de l'énergie, dirigée ensuite sous la forme d'un faisceau invisible vers la surface. Ils protégeaient également la planète d'une intrusion massive, en forçant les navires à suivre des couloirs de descente verticaux pour ne pas heurter ces torrents d'énergie.

Mallory bascula les caméras sur une autre fréquence et Enot-Ka flamboya soudainement, hérissée de milliers de piliers lumineux la reliant à ses satellites artificiels.

— Un beau spectacle, non ? dit Jazz.

Un triple bip s'éleva pour tinter en boucle. Une alerte standard, indiquant que le contrôle spatial cherchait à joindre le *Sirgan*. Mallory relâcha son emprise mentale sur le navire-courrier, retrouvant le cockpit et son corps.

Elle eut un geste à l'attention de Vassili, qui savait déjà ce qu'elle attendait de lui. Il effleura l'hologramme représentant la demande de communication. Une voix neutre retentit :

— Vaisseau courrier humain. Empruntez couloir 10-23. Instructions complémentaires suivent.

Un son aigu, à la limite du perceptible, fusa l'espace d'une seconde. Vassili mit fin à l'échange en accusant réception.

Le regard de Mallory se posa sur l'une des caméras de bord, les yeux de Jazz. Répondant à sa question muette, l'Intelligence Naturelle déclara :

— Un message compressé et crypté. Il correspond à la clef qu'Axaqateq a donnée à Vassili.

Jazz devait s'habituer à la présence de l'humain ressuscité, car il retrouvait sa manie de faire durer le suspense.

— Et il dit quoi ? s'impatienta Mallory.

Jazz simula un éclaircissement de gorge et prit un ton grave :

— Dès que vous serez à terre, rendez-vous aux entrepôts du consortium régulien Trabark, afin de me remettre sans délai l'humaine Mallory Sajean.

Urnit-Fa occupait tout l'espace devant l'aéro piloté par Laorcq. Deuxième planète du système par ordre d'importance, elle évoquait la Terre, à une différence près : le vert dominait en lieu et place du bleu. Le moment n'était hélas pas à la contemplation, comme le rappela Alrine :

— Même si j'ai confiance dans la technologie des vohrns, j'ai du mal à croire que nous allons passer inaperçus.

Laorcq, qui avait déjà pu tester à plusieurs reprises les capacités furtives du jouet de Mallory, ne s'inquiétait pas de cela.

— Personne ne nous verra, c'est plutôt une collision que je redoute. Ça grouille de monde ici...

Ils avaient rendez-vous avec un navire, situé en orbite basse. Urnit-Fa abritait l'ambassade vohrne, mais c'était surtout l'importante activité autour de ce monde qui le rendait idéal pour établir la base des agents vohrns.

Les systèmes de détection de l'aéro, pourtant moins évolués que ceux d'un véritable vaisseau spatial, montraient un trafic dense. Laorcq examina les données qui défilaient, projetées contre la vitre blindée. Toute cette activité était due à de petits cargos, allant et venant en direction des autres mondes habités du système. L'aéro ne pourrait rejoindre son objectif sans passer à proximité de l'un d'eux.

Laorcq commanda le calcul d'une trajectoire au navcom embarqué et empoigna le volant en U dès qu'une ligne en pointillé vert apparut en surimpression à la vue d'Urnit-Fa et de sa proche banlieue. Le minuscule appareil en forme de larme rouge sang réagit aussitôt. Presque trop maniable, il ne laissait aucune place à l'erreur. Laorcq se consacra entièrement à la manœuvre.

Il frôla à plusieurs reprises les cargos, qui ne s'aperçurent jamais de la présence d'intrus. Ni leurs radars ni les membres de leurs équipages ne repérèrent l'aéro. De près, les cargos paraissaient gigantesques en dépit de leur faible tonnage. De forme cubique et dotée de tubes synergétiques aux quatre coins, leur coque portait les marques de nombreux allers-retours entre les mondes d'Altaïr.

Enfin, le navire vohrn apparut. Élancé et tout en courbes, il ressemblait à une longue ogive percée d'une extrémité à l'autre par son unique tube propulseur et contrastait nettement avec les autres navires. Sa soute était béante et l'on pouvait apercevoir l'éclat généré par un poste à soudure, une opération de maintenance servant de prétexte à garder le large hayon ouvert en plein espace.

Laorcq faufila l'aéro à bord et l'intervention simulée prit fin. Le hayon se referma derrière eux, les plongeant dans l'obscurité. Dès que la pression d'air fut équilibrée, un vohrn se présenta dans la soute. Il portait la toge pourpre des dirigeants de son peuple : ce devait être l'ambassadeur. Dans le faible halo de lumière d'une luciole génotech apparut également un humain accompagné d'un colosse à la silhouette aisément reconnaissable.

— J'ai l'impression que Torg a grossi, commenta Alrine.
— Peut-être qu'il manque d'exercice...

Ils retrouvèrent avec joie et Théo et le cybride, ce dernier allant jusqu'à les écraser entre ses bras immenses.

Malgré la gravité de la situation dans le système d'Altaïr, Alrine, soulevée par Torg, se mit à rire quand ses pieds quittèrent le sol et Laorcq et Théo lui firent écho.

Tous les quatre échangèrent quelques mots, puis le vohrn se présenta sous le nom d'Elask.

— Nous allons nous rendre à l'ambassade, où vous séjournerez pour le moment, déclara-t-il enfin. Vous aurez accès aux informations compilées par les dvas et à notre matériel militaire.

Elask les escorta à travers le navire vohrn, jusqu'à une navette dans laquelle ils prirent place pour rejoindre Urnit-Fa. L'alien alla trouver le pilote dans le cockpit, laissant Torg et les humains s'installer dans des sièges qui s'ajustèrent à leur morphologie. Disposés de part et d'autre d'un hublot, ils formaient un petit carré.

Tandis que la navette rentrait dans l'atmosphère d'Urnit-Fa, Laorcq contempla cette nouvelle planète à travers la vitre épaisse.

Une végétation dense la couvrait. L'ex-militaire savait qu'il s'agissait du monde grenier des altaïriens, mais il était impossible de distinguer les cultures des zones sauvages. Pour un humain, agriculture était synonyme d'environnement transformé, modifié et optimisé. Ici, rien de tout cela. Les altaïriens exploitaient Urnit-Fa en la respectant. Les espèces animales et végétales ne subissaient que des contraintes minimales.

Pour un terrien, il était facile de s'imaginer que cette façon de procéder impliquait un mauvais rendement, mais les altaïriens n'importaient aucune nourriture et leur population avoisinait les cent milliards d'individus répartis dans le système. Il était évident que leur méthode n'avait rien à envier à celle des humains.

Laorcq laissa échapper un soupir. *Des décennies que nous côtoyons d'autres peuples et nous n'avons toujours rien appris...*

Une main se posa sur son avant-bras, le tirant de ses pensées.

— Regarde là-bas, dit Alrine, en montrant du doigt une

montagne aux flancs abrupts et au sommet arrondi. On dirait une formation artificielle.

Peu intéressé par le panorama, Torg fouillait un compartiment logé entre son siège et celui de Théo. Ses gros doigts renforcés d'acier s'y glissaient avec peine, mais il parvint à en retirer un long cylindre jaune. Quand il se mit à le mâchouiller, une odeur poivrée s'en dégagea, envahissant l'habitacle de la navette.

Les trois humains échangèrent un sourire complice. Du menton, Théo indiqua la haute montagne.

— C'est notre destination, expliqua-t-il. Un des habitats altaïriens. Une sorte de termitière géante recouverte par la végétation.

Laorcq plissa les yeux pour mieux examiner la termitière altaïrienne. Des documents qu'il avait consultés, il gardait en tête les images des habitats du monde capital, aux parois nues et rougeâtres, très différents.

— L'atmosphère est assez tendue là-bas, reprit Théo, à cause du Rin'Liln.

Le jeune homme résuma en quelques mots ce qu'il savait du tournoi entre les clans. Pendant ce temps, la navette obliqua en direction de la construction massive, qui disparut du hublot pour ressurgir lors de la manœuvre d'approche. La couche végétale qui l'habillait était aussi colorée que grouillante de vie.

Pour la première fois depuis longtemps, Laorcq ressentit une vive inquiétude. De nombreux mondes faisaient appel au savoir-faire des altaïriens. Si le conflit autour de la succession de la reine s'envenimait sous l'influence des primordiaux, cela aurait des conséquences désastreuses pour les humains et les gibrals. Même les orcants et les réguliens pourraient être affectés à terme.

Les altaïriens, au contraire, souffriraient peu de leur isolement. Ils disposaient de l'essentiel au sein de leur système.

Sur une inspiration soudaine, Laorcq comprit pourquoi les

ambassades n'avaient pas été placées sur le monde capitale. Urnit-Fa et ses ressources naturelles colossales était le véritable joyau des altaïriens, plus encore que leur technologie ou leur flotte spatiale.

Pour les marchands d'Altaïr, accueillir les ambassadeurs des autres peuples sur ce monde revenait à déclarer : « Vous avez besoin de nous, mais la réciproque n'est pas vraie. »

Mallory amorça la descente vers la surface d'Enot-Ka. La précision requise pour rester à l'écart des piliers d'énergie et de leur influence demanda l'assistance de Jazz. Ne pouvant utiliser le tube synergétique dans ce cas de figure, la pilote luttait pour stabiliser le *Sirgan* en usant de toute la puissance des réacteurs conventionnels. Une insertion à la verticale était contraire à toutes les bonnes pratiques en matière d'entrée en atmosphère.

La forme en pointe de lance du *Sirgan*, idéale pour des entrées progressives, se retournait contre eux. Sous l'échauffement brutal dû aux frottements de l'air, l'ossature métallique du navire émettait des grincements inquiétants.

Alors que Mallory s'escrimait à maintenir l'appareil à égale distance des trois torrents d'énergie qui se ruaient vers le sol et les stations destinées à répartir cette puissance brute vers les villes termitières, Jazz avait basculé en mode d'urgence : un mélange de stimulants s'était diffusé dans le réseau sanguin qui sustentait son cerveau, dopant ses capacités. Sous l'emprise de ce produit, il jonglait plusieurs fois par seconde avec les cycles d'alimentation des réacteurs afin d'équilibrer leur fonctionnement.

Incapable de s'exprimer normalement dans cet état de concentration, il envoya un message texte à Mallory :

La structure du *Sirgan* n'est pas conçue pour subir un tel traitement, même avec les améliorations des Vohrns !

La pilote n'en était que trop consciente, mais ne voyait pas d'autre méthode pour rejoindre la surface. Elle ressentait dans ses propres tripes le stress qu'elle imposait à son navire, comme une agression qu'elle subissait en personne. Puis, avec la soudaineté d'un interrupteur que l'on bascule, les vibrations disparurent et la température de la coque chuta. Une brève variation de la pesanteur remua l'estomac de Mallory et la descente se poursuivit sans qu'elle n'agisse plus sur les commandes. Sa connexion avec le navire lui donna une explication, mais elle ne put s'empêcher de demander confirmation :

— Jazz ? Que se passe-t-il ?

La réponse apparut devant ses yeux :

Un champ de force nous enveloppe. J'ai dû couper nos réacteurs pour éviter une surcharge.

Elle ôta sa paume de l'interface neuronale, retombant à l'intérieur de son corps. Par la baie du cockpit, elle vit le sol rocailleux et rougeâtre d'Enot-Ka se ruer à leur rencontre. Au dernier moment, la main invisible qui s'était emparée du *Sirgan* le fit basculer à quatre-vingt-dix degrés et le déposa lentement à terre, laissant à peine le temps à Jazz de déployer le train d'atterrissage.

— Je n'aime pas ça du tout, pensa-t-elle à voix haute.

— Pourquoi ? demanda alors Vassili.

Mallory l'avait presque oublié. Il affichait un air détendu, comme si cette arrivée était des plus normales.

— Parce qu'entre les flux d'énergie et le champ de force, on ne quittera pas cette planète si les altaïriens ont décidé du contraire.

Vassili haussa les épaules, une habitude qu'il conservait de l'humain, au grand dam de Mallory qui ne voulait plus voir cet aspect de lui.

L'astroport occupait tout l'espace disponible dans l'une des mailles du gigantesque treillis qui recouvrait la planète. À chaque angle se dressait une structure tubulaire, servant de réceptacle aux flux d'énergie qui provenaient des tubes synergétiques en orbite. Des dizaines de navires entouraient le *Sirgan*, la plupart du modèle sphérique à quatre tubes des altaïriens.

Le sol disparaissait sous une épaisse couche de sable rouge, qu'un vent fort déplaçait constamment. Une rafale plaqua un voile poussiéreux sur les vitres du cockpit. Mallory eut un mouvement de recul en découvrant que la matière rouge grouillait d'insectes. Des fourmis à quatre pattes, guère plus grandes que les grains de sable dont elles partageaient aussi la couleur, des scarabées gros comme le pouce dont on ne pouvait situer la tête, à la carapace noire s'ouvrant sur le dos pour laisser jaillir une fourrure verte, de petites boules blanches, à la peau molle et translucide, qui se mouvaient en agitant des dizaines de pseudopodes... Tout un bestiaire à échelle réduite.

— Nous verrons comment partir le moment venu, dit enfin Vassili. Pour l'instant, je suis censé te remettre à Axaqateq.

Sur ces mots, il manipula son navcom et un hologramme apparut devant lui. Une image d'un cylindre métallique, dont les volumes pleins disparurent au profit d'une représentation en 3D fil de fer et de caractéristiques techniques.

— Un cryotube ! s'exclama Jazz, outragé. Tu veux la congeler dans cette antiquité ?

Vassili secoua la tête.

— Juste en apparence.

Il toucha plusieurs icônes projetées à côté du tube, et ajouta :

— Il va nous être livré dans dix minutes. (Il se tourna vers Mallory.) Je vais fausser ses capteurs pour que la température et l'activité cérébrale qu'il affiche soient conformes à celle d'un être en cryo-suspension.

— Hanosk n'a jamais parlé de ça, dit la pilote.

— Non, avoua Vassili, mais en exigeant que je te remette à lui sans délai, Axaqateq ne nous laisse pas le choix. Il refusera qu'on l'approche si tu n'es pas neutralisée. La dernière image qu'il a de toi remonte au moment où tu as tué... (il hésita une fraction de seconde) mon précédent moi. Pour lui, tu es encore plus dangereuse qu'un porteur de ktol devenu fou.

Elle braqua ses yeux sur Vassili tout en fronçant les sourcils. Rien à faire : elle n'arriverait jamais à lui faire confiance, en dépit des garanties données par les vohrns.

— Dans ce cas, nous irons avec Myriade. Il nous suivra à distance. Entre le sable et toutes ces bestioles, personne ne remarquera ses unités.

L'ombre d'un sourire passa sur les lèvres de Vassili, comme s'il s'était attendu à la condition imposée par Mallory.

— Je comprends. Si j'avais à ma disposition un tel équipement, je ne voudrais pas m'en priver.

— C'est un ami, pas un équipement !

Vassili parut sincèrement surpris.

— Vraiment ? Je le croyais artificiel.

— À moitié seulement.

Mallory jugea le sujet de sa relation avec Myriade trop personnel et l'évacua :

— Si ça t'intéresse, tu trouveras les infos à ce sujet dans les archives du *Sirgan*.

Comme prévu, un livreur se présenta devant le *Sirgan*. Un régulien qui poussait le cryotube commandé par Vassili sur un champ antigrav.

Une demi-heure plus tard, Mallory quittait son vaisseau, enfermée dans le tube d'acier. Sa seule connexion avec l'extérieur se limitait à son lien mental avec Myriade. Les images du monde altaïrien se succédaient, à la fois semblables et différentes selon la position des unités de l'être multiple.

— *Mallory, tu ne dois pas essayer de diriger le flux visuel.*

Laisse-toi porter.

Le conseil de Myriade s'accompagna d'une touche de chaleur rassurante. Mallory inspira, ferma les yeux et se détendit.

La multitude de points de vue défila de plus en plus vite, mais au lieu de se brouiller, elle acquit une clarté nouvelle. La pilote voyait mieux que jamais. Elle se retrouva hors de son corps, sans barrière de chair pour limiter son champ de vision.

L'astroport et les installations synergétiques qui les entouraient lui apparurent dans toute leur immensité et avec une foule de détails. Les bourrasques chargées de sable et d'insectes emplirent sa vision, pour disparaître dans la foulée, alors que Myriade se focalisait sur une autre échelle. Mallory voyait à la fois derrière elle le *Sirgan* qui s'éloignait, forme noire perdue entre d'autres navires de conception fondamentalement différente, et devant elle : une tour de composite, blanche, luisant sous la lumière crue d'Altaïr. Grâce aux sens plus développés de Myriade, elle pouvait aussi contempler le flux monumental d'énergie qui se précipitait depuis le ciel vers le sommet de la tour. Bouche cylindrique et vorace, elle l'engloutissait pour le diffuser vers les termitières dressées autour, doigts d'une gigantesque main rouge jaillie du sol désertique pour agripper l'installation.

Les êtres vivants autour de Vassili et du tube cryogénique se trouvaient écrasés, réduits à néant par la simple présence de telles constructions.

Alors que Mallory s'habituait à cette nouvelle façon de voir, ses pensées revinrent à sa mission. Vassili poussait sans peine le cryotube soutenu à un mètre du sol par les antigravs. Il se dirigeait avec assurance, comme s'il connaissait les lieux. *Il a sûrement consulté les plans de l'astroport. J'aurais dû en faire autant,* se reprocha-t-elle.

Un coup de vent chargé de sable gifla Vassili. Sans se départir de son calme, il balaya d'une main les insectes collés à ses vêtements.

Ils empruntèrent un trottoir mécanique, sur lequel ils traversèrent le tarmac à vive allure. Vassili le quitta au pied d'une des termitières. La base de la construction était percée de nombreuses entrées, où s'écoulait dans les deux sens une foule cosmopolite. Cela ne manqua pas d'étonner Mallory, qui s'était attendue à ne voir que des altaïriens. Malgré la sphère de Négyl et le Rin'Liln sur le point de commencer, les affaires continuaient.

Quoique... à bien regarder, une distance prudente existait entre les habitants du système et leurs hôtes. Gibrals, humains ou réguliens veillaient à rester à l'écart des altaïriens débarrassés de leur longue houppelande et affichant les couleurs de leur clan.

Vassili se mêla aux passants en tirant le tube derrière lui. Les unités de Myriade se glissèrent elles aussi dans le fleuve vivant, s'égrenant sur des centaines de mètres pour ne pas éveiller l'attention. Ainsi noyés parmi les nuées d'insectes qui vrombissaient dans les airs ou rampaient sur le sol couvert de sable rouge, personne ne les remarqua.

La perception de Mallory en fut affectée, la vision composite se muant en kaléidoscope. Le changement lui donna le vertige et elle repoussa les images transmises par Myriade, pour retrouver l'intérieur sombre et froid du cryotube.

Posée sur son estomac et serrée entre ses mains, se trouvait une arme conçue par les vohrns. Élaborée avec la coopération d'Ezqatliqa, elle dérivait des drones génotechs utilisés par les vohrns. Sa forme évoquait celle d'un bourdon de la taille d'un poing, doté de quatre pattes griffues et dont l'abdomen se terminait par un long dard effilé. Le venin qu'il inoculait était censé paralyser un primordial en quelques secondes.

VII
CONTRAINTE

Mallory sentit une légère secousse. Quelqu'un devait examiner le tube. Elle tendit ses pensées vers Myriade, le plus délicatement possible, afin de ne voir qu'à travers les unités à proximité immédiate. Une image se forma, montrant un large hall aux murs courbés qui paraissaient creusés dans un gigantesque bloc de marbre.

Au fond du hall, une ouverture en demi-cercle était soulignée par une arche en acier, sur laquelle clignotaient des symboles altaïriens. Les arrivants étant forcés de passer par là, il devait s'agir d'un détecteur ou d'un scanner.

Le cœur de Mallory battit plus vite. Le bourdon génotech ne comportait aucune partie métallique ni aucun des composites utilisés habituellement pour les armes. En réalité, il était plus proche d'un être vivant dépourvu de conscience que d'un simple objet. Une véritable prouesse des vohrns, mais, prouesse ou pas, la peur d'être découverte s'empara de l'humaine. La technologie des altaïriens venait de faire un bond en avant... Qui savait jusqu'où ?

À travers les unités de Myriade, Mallory repéra le cryotube à l'intérieur duquel elle était coincée et Vassili. Il parlait avec un altaïrien qui arborait une tache de vert éclatant sur sa carapace et portait un baudrier où pendait un revolver à canon long. Selon les standards humains, l'arme avait l'air disproportionnée. L'unité de Myriade était trop loin et les passants trop nombreux pour qu'elle puisse entendre ce que Vassili disait, mais cela parut satisfaire le garde (*ou est-ce un policier ?* se demanda la pilote). Il s'écarta pour aller interroger un gibral qui se tenait à quelques pas de là. Seul de son espèce dans les parages, le grand cyclope à la peau bleue et au cou démesuré attirait l'attention.

— *C'est le moment,* émit Mallory à l'attention de Myriade.

Une à une, les unités de Myriade se faufilèrent entre les voyageurs et les altaïriens chargés de la sécurité. Elles filèrent se regrouper sous le cryotube, à l'abri des regards. Elles formèrent un petit amas pareil à un essaim d'abeilles au repos. Myriade utilisa ses générateurs pour augmenter la température de ses unités, rendant leur revêtement en xyzall juste assez collant pour qu'elles adhèrent au tube. Une fois certain qu'aucune ne pouvait tomber, il réduisit leur activité au strict minimum. Une seule resta mobile, qu'il positionna contre le panneau de contrôle du tube, pour ne pas attirer l'attention tout en pouvant continuer à surveiller les alentours.

Vassili agrippa le tube et se dirigea avec nonchalance vers le portique. Mallory se crispa, s'attendant au pire. Par la vision qu'elle partageait avec Myriade, elle vit Vassili passer sous l'arche métallique, puis vint le tour du tube cryogénique. Sur l'arche, les caractères lumineux changèrent, puis revinrent à leur état précédent.

La tension qui s'était emparée de Mallory se relâcha alors que Vassili s'enfonçait vers le cœur de la termitière. Il parvint sans encombre au lieu de rendez-vous : une simple porte dans une matière ocre qui ressemblait à de la céramique. Vassili posa une main dessus et elle s'ouvrit sans bruit, révélant un espace juste assez grand pour l'humain et son encombrant bagage. Myriade détacha son unité encore active au moment où la porte se refermait derrière eux.

Un brusque écart de pression et de pesanteur projeta l'unité et Vassili contre l'une des parois, tandis que les antigravs du tube cryogénique le maintenaient de justesse en place.

— *Mallory ?*

La voix mentale de Myriade était chargée d'inquiétude.

— *Que s'est-il passé ?*

— *Nous venons de parcourir une distance de 5654 kilomètres.*

— *D'un seul coup ? Dans une pièce de la taille d'un ascenseur ? Impossible !*

L'esprit de Mallory se rebiffa à cette simple idée, puis elle se souvint des portails utilisés par les saharjs, dans le système de Jaris. Ce peuple de guerriers artificiels s'était réfugié dans une ceinture d'astéroïdes et un réseau de portails leur permettait de passer instantanément de l'un à l'autre.

La technologie en question était nocive à long terme pour la plupart des êtres vivants, mais les primordiaux l'avaient peut-être améliorée. *Ou alors ils s'en fichent...*

Mallory se concentra sur son lien avec Myriade. Son unité encore libre se trouvait désormais à terre. La vue qu'il partageait avec l'humaine était en partie obstruée et il préféra ne pas bouger de crainte de se trahir. Le visage de Vassili était visible, tout près, la joue collée sur un sol recouvert de dalles blanches.

L'homme ouvrit les yeux et repéra aussitôt l'unité. Il se releva lentement en s'arrangeant pour poser une main sur l'unité, qu'il plaça discrètement entre ses doigts.

Les dalles blanches et hexagonales s'étendaient à perte de vue sous un plafond en coupole, lui aussi d'un blanc pur, presque aveuglant.

Au centre de la pièce, une ombre se dessina, devint une

silhouette. D'abord translucide, elle acquit de la substance et du volume. La forme se figea pour révéler un être massif, deux fois plus haut et large qu'un homme, vêtu d'une tunique moirée. Un colosse à la tête disproportionnée d'où saillaient six paires d'yeux qui surmontaient une grande bouche sans lèvres, tel un coup de couteau en travers du visage.

Axaqateq !

Mallory se tendit, prête à agir, mais le primordial était apparu trop loin. Sa voix porta sans peine malgré la distance.

— Cole Vassili. Tu voulais créer ton propre peuple et te voilà au service des vohrns. Quelle déception.

Vassili eut un geste nonchalant de la main, loin d'afficher l'inquiétude qui venait de submerger Mallory à la mention des vohrns. Le primordial était-il censé savoir cela ? Qu'avait pu lui dire Vassili lors de leurs précédents contacts ? Elle aurait dû lire le rapport qu'il avait fait à Hanosk.

— Ils sont un moyen comme un autre d'atteindre mon but, déclara Vassili.

Comparée à celle du primordial, sa voix semblait fragile et se perdait dans l'immensité des lieux.

— Remets-moi l'humaine, ordonna Axaqateq, nous verrons ensuite si ce but peut également servir mes intérêts.

Vassili se rapprocha du cryotube et posa une main dessus. Masquées par le corps de l'homme, quelques unités de Myriade se détachèrent du tube. À travers le lien télépathique, les perceptions de Mallory gagnèrent en précision.

— Le primordial que je sers a requis ma présence dans le système, dit Vassili, mais j'ai aussi une demande.

La posture d'Axaqateq changea, mais Mallory ne put l'interpréter.

— Tiens donc. Et quelle est-elle ?

Il était difficile d'en juger, mais le ton employé par le primordial paraissait trop léger, comme s'il s'amusait à leurs dépens.

Vassili répondit :

— Quand les vohrns m'ont capturé, j'étais sur le point de m'emparer de la technologie des saharjs, en particulier de leur système de reproduction par clonage et implantation de mémoire. Je veux toutes les informations pour le maîtriser.

Le primordial prit un moment avant de continuer. De son côté, Mallory se demanda si Vassili jouait simplement son rôle ou s'il manigançait quelque chose.

— Soit, dit Axaqateq, tu les auras. Maintenant, le cryotube. Pousse-le vers moi et reste où tu es.

L'adrénaline fouetta les nerfs de Mallory : elle avait craint que le primordial ne soit qu'une projection, mais cette dernière phrase prouvait le contraire. Elle se concentra sur un point dans son avant-bras, déclenchant une injection de décupleur dans ses veines. Depuis leurs premiers essais avec cette substance destinée à égaler les capacités de porteurs de ktol, les vohrns avaient progressé. Le décupleur agissait plus longtemps et ses effets secondaires étaient devenus plus supportables.

Le liquide se mêla au sang de Mallory. Ses muscles se gorgèrent d'une force nouvelle et ses sens s'affûtèrent. Le temps lui-même parut ralentir. À travers les unités de Myriade restée en arrière, elle vit Vassili donner une poussée à son cryotube, qui flotta en ligne droite vers le primordial.

Le tube parvint à portée recommandée par Hanosk pour utiliser le bourdon génotech. Pour plus de sûreté, Mallory attendit encore. La lente course se poursuivit, la rapprochant du grand alien. Un mouvement de ce dernier la décida à agir. En un clin d'œil, elle rompit son lien avec Myriade et retrouva l'intérieur du tube. Une main serrée autour du gros bourdon, elle lança brutalement l'autre contre le panneau d'acier qui l'enfermait. Il s'arracha dans un déchirement de joints et le craquement des charnières brisées.

Axaqateq apparut devant Mallory. Il se tenait de biais, le corps tordu pour esquiver le couvercle projeté vers lui. Sous l'effet du décupleur, les sens à l'acuité surdéveloppée de l'humaine lui montraient la scène au ralenti, le panneau encore sur sa trajectoire, un peu au-dessus de l'épaule droite du primordial.

Sans perdre un instant, Mallory activa d'une pression le bourdon génotech, se redressa et le lança sur Axaqateq. L'objet fila comme une balle de revolver et percuta l'alien en plein torse qui se figea sous le choc.

— Je l'ai eu ! s'exclama Mallory.

Elle voulut se tourner vers Vassili, mais son corps refusa de répondre. Une masse invisible et dure l'enveloppait de toutes parts, lui interdisant le moindre mouvement.

Un son évoquant le hennissement d'un cheval retentit. Axaqateq riait.

Vassili comprit que le primordial avait déjoué leur plan en le voyant esquiver avec aisance le couvercle du tube cryogénique.

Il n'a pas l'air surpris...

Pourtant, Mallory parvint à lancer le bourdon sur l'alien. Envahi par le doute, Vassili chercha à s'approcher, mais découvrit qu'il était privé de tout contrôle sur son corps. Une force colossale l'empêchait de bouger d'un cheveu. Il était pris dans une gangue de verre qui l'enveloppait avec une précision de l'ordre de l'atome et qui, cependant, lui permettait de respirer. L'équivalent d'une mise en stase qui ne stopperait pas les activités cérébrales.

Il entendit le rire d'Axaqateq, puis le vit tendre la main vers le bourdon immobilisé contre son torse. Les doigts épais à la peau rugueuse de l'alien entourèrent l'arme génotech et la broyèrent.

— Vous faites de piètres adversaires, dit l'alien. Dire que vous m'avez tenu en échec dans le système d'Aldébaran...

Mon arrogance m'a coûté cher. (Axaqateq fixa Vassili.) Tu t'es trahi dès ta prise de contact sur Starlix II. Je n'ai qu'un seul opposant dans cette manche du Jeu. Un opposant qui se garderait d'utiliser un membre de votre espèce.

Il se pencha ensuite sur le cryotube, pour examiner Mallory de près. Il la scruta avec attention, ses douze yeux braqués sur le visage de l'humaine.

— Elle lutte de toutes ses forces et pourtant c'est inutile.

Il plongea une main dans sa tunique aux couleurs changeantes et en ressortit un instrument ressemblant à un scalpel. Avec une dextérité que ne laissaient pas soupçonner ses doigts monstrueux, il planta l'objet près de la tempe de Mallory, à l'endroit où l'os de la mâchoire rejoignait celui du crâne. Une goutte de sang perla et glissa le long de sa joue.

Malgré la distance, Vassili vit un frémissement de rage s'emparer de Mallory. Il crut un instant qu'elle parviendrait à briser l'emprise du champ de stase, mais celui-ci tint bon. L'autre extrémité du scalpel se déploya pour former une fleur d'acier. Axaqateq passa la main devant et de multiples hologrammes apparurent.

— Ses capacités télépathiques sont par contre intéressantes, dit le primordial. Ses contacts mentaux avec des espèces différentes les ont renforcées. Voilà qui explique pourquoi elle a réussi à convaincre un gardien kisani de s'allier à elle.

Axaqateq retira la tige d'acier de la tempe de Mallory d'un geste sec.

— Cette manche du Jeu va devenir amusante, déclara-t-il sans s'adresser à personne en particulier.

Abandonnant Mallory, il fit quelques pas et vint se planter devant Vassili.

— Toi et cette humaine, ajouta-t-il, allez tous deux participer au Rin'Liln, le tournoi dont l'issue désignera la prochaine reine d'Altaïr. Vous défendrez la couleur du clan Taq-Kavarach.

La stase empêchait Vassili de parler, mais le primordial

s'aperçut qu'il cherchait à s'exprimer. L'alien tendit le bras vers Vassili et traça un rectangle dans les airs avec le bout de son doigt, à hauteur de la bouche de l'humain. La pression disparut à cet endroit.

— Si l'on doit se faire tuer, dit Vassili, je ne vois pas pourquoi l'on prendrait la peine de vous aider.

Le primordial fixa l'humain avec une expression indéchiffrable.

— J'ai prévu de quoi assurer votre obéissance.

Il continua sur un ton presque professoral :

— Dans le système d'Altaïr se trouvent près de quatre cents stations spatiales. Les plus petites d'entre elles hébergent quelques dizaines d'individus. Les plus grandes plusieurs millions. J'ai chargé un porteur de ktol d'installer un mange-monde sur l'une d'elles. Si vous ne donnez pas le meilleur de vous-même dans le Rin'Liln, je lui ordonnerai de le déclencher.

Avant que Vassili puisse ajouter quoi que ce soit, le primordial eut un nouveau geste de la main. Le champ de stase se referma sur le visage de l'humain. Il entendit l'alien prononcer des mots dans une langue qu'il ne comprenait pas, puis il sombra dans l'inconscience, englouti par un voile noir.

Quand il rouvrit les yeux, Mallory, Myriade et lui étaient de nouveau dans la petite pièce de l'astroport. La jeune femme était toujours allongée dans le cryotube et revenait à elle. Vassili voulut s'approcher, mais les unités de Myriade s'interposèrent. Flottant à distance égale les unes des autres, elles formèrent un rideau destiné à protéger Mallory.

Mallory ne ment pas, pensa Vassili. *Myriade se comporte comme un proche, pas seulement comme une sorte d'IA.*

Il se demanda quel effet aurait un lien télépathique entre lui et un esprit composite comme Myriade. À cette idée, une étrange sensation s'empara de lui. Cela dura à peine une seconde, mais il sentit s'ouvrir en lui ce vide qui l'envahissait parfois.

Quand Mallory reprit connaissance, son premier geste fut

de porter une main à sa tempe. L'appareil du primordial avait laissé une petite coupure à laquelle perlait encore du sang. La colère s'inscrivit sur ses traits en voyant ses doigts tachés de rouge. La partie visible de ses tatouages, sur le dos de ses mains, se mua en un entrelacs de ronces noires.

— J'espère que cette ordure ne m'a pas injecté une saleté en douce, lâcha-t-elle avec dépit. Il s'est bien foutu de nous. Comment a-t-il su ?

— Je ne pense pas qu'il ait su quoi que ce soit. Il a dû partir du principe que je chercherais à le tromper.

Les unités de Myriade se regroupaient près de Mallory. Après coup, Vassili se demanda si l'insistance de Mallory à être accompagnée par l'entité multiple n'avait pas été une erreur.

— Axaqateq est si vieux. Il a déjà dû rencontrer des êtres tels que Myriade. S'il nous surveillait lors de notre arrivée, la présence de ton ami a dû nous trahir.

— Rien ni personne n'a détecté Myriade, objecta Mallory.

— Rien en ce qui concerne l'astroport, mais il devait certainement y avoir un porteur de ktol quelque part dans le hall d'arrivée. Nous aurions dû y penser.

Mallory plaqua les mains sur son visage et soupira bruyamment.

— Tu veux dire que c'est de ma faute, c'est ça ? J'ai *insisté* pour que Myriade nous accompagne.

Vassili se contenta de hausser les épaules. Geste qu'il regretta aussitôt, car il accentua encore la mauvaise humeur de Mallory. Il repéra au sol le panneau destiné à fermer le cryotube. Il se pencha pour le ramasser et le présenta à Mallory. Comprenant ce qu'il attendait, elle se rallongea à l'intérieur du tube et Vassili replaça tant bien que mal le couvercle abîmé dessus. Il quitta alors la petite pièce en poussant le cryotube et entreprit de rejoindre le *Sirgan*.

Le bilan n'est pas si terrible, pensa Vassili. Le primordial n'avait pas pu s'empêcher de les mêler à la partie qu'il jouait dans ce système. Un adversaire pragmatique les aurait tués, éliminant définitivement la menace. *En tout cas, c'est ce que moi j'aurais fait.*

Une atmosphère particulièrement tendue pesait sur le secteur des ambassades. Alrine pouvait presque la ressentir physiquement. L'intérieur de la termitière ressemblait au pont d'un navire de guerre en état d'alerte. Un navire où toutes les espèces se côtoyaient et où personne ne portait d'uniforme.

Les altaïriens restaient à l'écart, ce qui n'arrangeait en rien la situation, car leur absence était propice aux rumeurs les plus farfelues. Il se murmurait que la sphère de Négyl ne disparaîtrait jamais, ou que, dans un lointain passé, un précédent Rin'Liln avait conduit les clans à s'entretuer.

Alrine secoua la tête à ces idées, s'attirant les regards étonnés d'un groupe de réguliens alors qu'elle traversait un long couloir pour rejoindre Torg, Laorcq et Théo. Les murs à l'aspect de marbre poli brillaient sous la vive clarté provenant de puits de lumière. Veinés de brun et de blanc, ils rappelaient à Alrine la mousse d'un café au lait.

Guidée par son navcom, elle parvint à une sorte de hangar, un large espace au sommet de la termitière, qui béait sur l'extérieur. Elle retrouva la navette qui les avait amenés un peu plus tôt. À côté se trouvait maintenant une grande caisse métallique, peinte en gris mat. Sur l'un de ses flancs s'étalaient des caractères vohrns. Ses compagnons se tenaient là, de même qu'Elask. Torg avait les mains posées sur la caisse et il en soulevait le couvercle au moment où Alrine arriva près d'eux.

D'un geste négligent, le cybride repoussa le lourd panneau de tôle qui glissa jusqu'au sol. Le crissement du métal sur le composite arracha une grimace aux humains.

Laorcq accueillit Alrine d'un geste de la main, puis se pencha pour examiner le contenu de la caisse. Théo se tourna vers Alrine et dit :

— Les vohrns ont réussi à vous trouver un peu d'équipement...

— Oui ! Et du bon, renchérit Laorcq, fouillant à l'intérieur pour en ressortir des tubes d'acier long d'une quinzaine de centimètres.

Il en tendit un à Alrine. Des tenues de combat. Elles jaillissaient sous forme liquide des tubes, pour envelopper tout le corps et le protéger des lames et des projectiles de petits calibres. Au marquage gravé dessus, Alrine constata qu'il s'agissait des dernières versions. Le bleu vif avait cédé la place à un gris mat beaucoup plus discret et elles formaient de véritables armures une fois déployées.

La caisse contenait également des armes de différents calibres et du matériel génotech. Des générateurs d'énergie de la taille d'un poing, des stockeurs de données et des objets ressemblant à de grosses olives. Elle tendit la main pour en prendre un et l'examiner. Une interface de commande s'afficha aussitôt parmi les hologrammes diffusés en permanence par son navcom. Les olives étaient l'équivalent vohrn des renifleurs, ces petits modules parvenaient à scanner une pièce sous tous les angles en quelques secondes. Les modèles auxquels Alrine était habituée pouvaient repérer jusqu'à des brins d'ADN. Connaissant les vohrns, elle en conclut que ceux-ci devaient avoir des capacités supérieures.

Alrine se tourna vers Elask, mais le visage du vohrn, ou plutôt son rostre, ne dévoilait rien de ses pensées. Il prit la parole, relayé sur un ton morne par son boîtier traducteur :

— Pendant que la capitaine Sajean et l'agent Vassili tentent de neutraliser Axaqateq, vous allez enquêter sur la présence de porteurs de ktol dans le système.

Laorcq et Alrine avaient déjà convenu de cela avec Hanosk. Les yeux de l'humaine se posèrent sur le boîtier disposé près du rostre d'Elask. Tout comme Mallory, elle en était venue à soupçonner les vohrns de ne pas laisser leurs traducteurs transmettre d'émotions, tout en interprétant celles des humains.

Elle attendit avec curiosité qu'Elask détaille leur plan d'action.

— Les données recueillies et analysées par les dvas nous ont fourni plusieurs pistes à explorer, dit-il. La plus intéressante se trouve sur Auna-Sil et concerne la multimondiale Nival.

Le vohrn résuma en quelques mots l'histoire de cette compagnie : née de la fusion entre deux entreprises altaïriennes, l'une spécialisée dans les matériaux composites destinés à la construction des ossatures des stations spatiales et l'autre dans la fabrication des tubes synergétiques. La Nival était un poids lourd de l'industrie d'Altaïr, équipant près de quarante pour cent des navires du système et fournissant les matériaux de base pour presque autant d'entre eux.

Le vohrn marqua une pause et Théo en profita pour préciser :

— Les dvas ont découvert que depuis trois ans, une part importante du budget de cette entreprise est consacrée à un projet mené dans le plus grand secret. La Nival est active depuis plus de deux siècles, pourtant un tel comportement est inédit chez eux.

Alrine s'assit sur le bord de la caisse. Elle n'était pas très enthousiaste au sujet de cette piste.

— Vous pensez que ce projet est dû à une manœuvre des primordiaux, mais ce pourrait être une simple coïncidence.

— C'est possible, en effet, toutefois il faut nous en assurer,

La suite fut plus surprenante.

— Nous avons décidé d'envoyer le commandant Adrinov sur place, précisa le vohrn. L'humain Théo Maral l'accompagnera. Il se fera passer pour le représentant d'une firme terrienne et le commandant pour un de ses associés.

Théo regarda tour à tour Alrine et Laorcq en faisant de grands yeux. Pas la peine de lui demander s'il était au courant. Il se tourna vers le vohrn.

— Vous êtes certain ? Je ne suis pas un agent de terrain...

Le vohrn agita ses longs bras, signe qu'il n'avait pas envie de discuter de ce point.

— Vu les circonstances, vous êtes le meilleur choix.

S'adressant ensuite à Alrine, il ajouta :

— Quant à vous et au cybride Torg, nous n'avons pas d'identité factice à vous fournir. Vous allez donc enquêter sur ce monde, dans la ville-termitière de Fa-Quova. Nous avons déterminé un itinéraire sûr et discret.

— Et d'où viendra la couverture pour Théo et moi ? demanda Laorcq.

— Nous avons fait appel aux laboratoires Kaumann, qui possèdent une succursale dans le système. Leur PDG nous est redevable depuis son implication dans les évènements sur Kenval.

Laorcq eut un hochement de tête approbateur, Alrine fouilla dans sa mémoire et s'aperçut que le nom ne lui était pas inconnu. Par appât du gain, les laboratoires Kaumann s'étaient retrouvés complices involontaires dans la tentative de génocide contre les vohrns, sur Kenval. Son PDG avait dû s'expliquer devant Mallory, Laorcq, Torg et Hanosk en personne.

La conversation se poursuivit un long moment, le temps que chacun dispose de toutes les informations nécessaires. Gagné par un certain ennui, Torg poussa un grognement et se réfugia dans la navette pendant que les humains revoyaient les détails des deux missions avec Elask. Au bout de quelques minutes, un puissant ronflement retentit.

VIII
PRÉPARATIONS

Le Jeu était bien engagé. Axaqateq était ravi de l'usage qu'il faisait des agents vohrns. Non seulement il avait percé le bluff de son ancien porteur de ktol, mais il disposait maintenant d'un atout dans la partie concernant le système d'Altaïr.

Cole Vassili était parti du principe que le primordial ne saurait pas si l'un de ses opposants l'avait recruté. Une erreur. Les primordiaux impliqués dans une partie à plusieurs communiquaient régulièrement. Ils n'évoquaient jamais leur stratégie, mais discutaient abondamment les règles et n'hésitaient pas à les faire évoluer. Quand un Jeu se déroulait sur une échelle si vaste, l'adaptation était de mise. Les négociations en cours de partie formaient un Jeu à l'intérieur du Jeu, fait de joutes verbales où chacun s'efforçait de deviner les motivations des autres.

Voilà longtemps qu'il n'avait pas participé à une manche sur une aussi courte durée. Il excellait à préparer une stratégie en agissant par petites touches, parfois sur plusieurs générations des peuples choisis pour une partie. Le changement de rythme était stimulant. L'objectif semblait anodin, comparé aux enjeux des précédentes manches, mais Altaïr occupait une position importante. Déterminer quel clan se retrouverait à la tête de ce peuple était le prélude à une partie beaucoup plus vaste. Axaqateq avait de bonnes raisons de soutenir le clan Taq-Kavarach et il était certain que son adversaire avait soigneusement pesé le pour et le contre avant d'opter pour le Vir-Nyastrel.

Ses réflexions s'interrompirent. Il sentait une traction sur son esprit, le fil invisible qui le reliait aux autres primordiaux était sollicité. D'un ample geste du bras, il effaça les dizaines d'hologrammes affichés devant lui puis ferma les yeux.

Son esprit rejoignit ce qu'il nommait le terrain neutre. Une projection mentale dont il avait convenu avec son adversaire, afin de communiquer si besoin.

Autour de lui apparut une terrasse pavée, entourée d'un muret derrière lequel s'épanouissait une végétation dense. La nuit régnait sur cet endroit simulé, et les cinq lunes de Nalcoxa, le monde des primordiaux, brillaient dans un ciel aux rares étoiles.

L'image d'une primordiale émergea, masse de brume noire qui prit lentement forme.

Ivaxilaqita était plus grande que lui, avoisinant les cinq mètres. Son ventre proéminent trahissait son sexe, bien qu'elle n'ait plus pondu le moindre œuf depuis vingt mille ans.

— Ton audace au Jeu n'a pas de limite, dit-elle.

— De quoi parles-tu ? répondit-il en feignant l'ignorance.

— Les humains ! Ceux qui ont réduit à néant tes efforts lors de ta manche en solo. Crois-tu vraiment pouvoir les utiliser ici ?

— J'ai toujours de l'influence sur l'ancien porteur de ktol.

Un mensonge, mais il n'allait sûrement pas livrer un indice à Ivaxilaqita. Qu'elle ait pu repérer les humains aussi vite montrait déjà ses excellentes aptitudes au Jeu. Elle avait dû infiltrer la société altaïrienne en profondeur.

— Justement, répliqua la primordiale. Il devrait être considéré comme un porteur. Tu l'as fait inscrire sur la liste du Rin'Liln. Nous avons convenu en début de partie que les participants ne devaient pas être dotés de ktol.

Axaqateq laissa passer la remarque. Ce sujet avait été discuté quelques fois au cours des deux ou trois cents dernières manches. Les anciens porteurs étaient rarissimes, mais pas inconnus. Il avait été décidé depuis longtemps de s'en tenir à la définition stricte : un porteur disposait d'un ktol fonctionnel au sein de son métabolisme. Tout autre cas était exclu de la catégorie.

— Les humains sont instables, continua Ivaxilaqita, de la mauvaise matière pour le Jeu. Pourquoi prendre un tel risque ? Le tirage au sort t'a favorisé. Le clan Taq-Kavarach est le plus fort des trois.

— Peut-être, mais je sais que le clan que tu soutiens va s'adapter. J'ai maintenant hâte d'assister au Rin'Liln.

Ivaxilaqita se redressa, toisant le mâle de toute sa taille.

— Soit. Si jamais la situation t'échappe à nouveau, les autres te sanctionneront.

L'image mentale disparut, laissant le primordial seul dans la vaste salle blanche au plafond voûté.

Ivaxilaqita était la meilleure joueuse du moment. Lors de sa dernière partie en solo, à l'aide d'un unique porteur, elle avait poussé les nageks à perpétrer un génocide sur les panjiens. La vaincre sur une manche ou deux ne serait pas suffisant, Axaqateq voulait une victoire éclatante.

Dès qu'elle entendit le hayon de la soute se refermer,

Mallory repoussa des deux mains le couvercle du faux cryotube et s'en extirpa. Vassili quittait déjà la soute, la laissant seule avec Myriade, dont les unités se regroupèrent en essaim.

— *Je sens une intense colère dirigée vers toi-même,* dit l'entité à travers leur lien.

— *Je pensais coincer Axaqateq et le contraire s'est produit... par ma faute.*

— *Nous n'en sommes pas certains. Il s'est peut-être joué de Vassili dès le début.*

Mallory émit un marmonnement peu convaincu. Elle était dépitée. Jazz, dont les caméras ne manquaient rien à bord du *Sirgan*, dut s'en apercevoir. Sa voix jaillit des intercoms, adoptant un ton neutre :

— Les choses se sont mal passées ?

Mallory lui résuma la façon dont le primordial avait retourné sur eux leur propre piège. Jazz se montra plus enclin à accepter l'échec que Mallory.

— Vos chances de réussite étaient maigres de toute façon. Ce n'est pas pour rien qu'Hanosk a envoyé Laorcq et Alrine sur d'autres pistes. Au moins, tu es revenue saine et sauve et Vassili ne nous a pas trahis.

Une petite voix narquoise fit écho à Jazz dans les pensées de Mallory : *« Pas encore »*. Se souvenant de l'objet qu'Axaqateq lui avait planté près de la tempe, elle fila dans la cabine où se trouvait l'automed. Elle s'installa dans le fauteuil du robot médical et ne le quitta qu'après s'être fait examiner de la tête aux pieds à trois reprises, sans que rien d'anormal ne soit détecté. *Finalement, ce truc ne servait qu'à évaluer mes capacités télépathiques. Les prims me rendent parano !*

Rassurée, elle se mit en marche vers sa cabine. Tandis qu'elle remontait la coursive, Jazz déclara :

— Je suis assez inquiet de la maîtrise d'Axaqateq concernant les infrastructures de cette planète. Il est bien mieux implanté que nous le pensions. Quant au Rin'Liln,

Vassili et toi allez passer un sale quart d'heure.

Mallory entra dans sa cabine et se jeta sur sa couchette, suivie de Myriade qui logea ses unités dans un des angles entre les murs et le plafond.

— Ton optimisme est contagieux, lâcha la pilote en croisant les mains derrière la nuque.

Un vif regret la saisit brusquement aux tripes. Elle n'avait pas eu l'occasion de revoir Théo et avait l'intuition qu'elle ne le pourrait plus avant un long moment...

Elle n'eut pas le temps de s'apitoyer : un hologramme apparut devant ses yeux, signalant un appel entrant. Le logo clignotant ne lui disait rien. Elle hésita à prendre l'appel, puis se souvint que les communications dans le système d'Altaïr étaient réduites au minimum depuis la promulgation du Rin'Liln. Cela devait donc être important. Ses doigts se refermèrent sur l'image, qui éclata en fines particules lumineuses. La poussière brillante tourbillonna pour constituer un nouvel hologramme : la projection en buste d'un altaïrien. Le jaune du clan Taq-Kavarach était visible sur les plaques de chitine à la base de son cou.

— Humain. Votre identité correspond-elle à Mallory Sajean ?

Elle passa les jambes par-dessus le bord de la couchette pour s'asseoir.

— Humaine, pas humain et oui, je suis Mallory Sajean.

Les mandibules de l'alien remuèrent brièvement, comme s'il marmonnait, mais Mallory ne put saisir le moindre son. La voix lui parvint après coup : le système de traduction n'était pas très performant.

— Nous avons reçu votre candidature au Rin'Liln pour la couleur du clan Taq-Kavarach. La recommandation du sénateur Niealk-Provi vous a permis d'être retenue. Veuillez confirmer les autres noms de votre trinôme.

Eh bien, notre cher primordial n'a pas perdu de temps... Mallory enregistra l'information à propos du sénateur, maudissant au passage Axaqateq pour l'avoir inscrite au

Rin'Liln sous son vrai nom. Au moins pouvait-elle répondre aisément à l'altaïrien :

— Cole Vassili et Myriade.

Une seconde de silence, l'alien prenant note d'une manière ou d'une autre. Il continua en expliquant à Mallory le déroulement du tournoi :

— Chaque clan défend sa couleur dans trois catégories différentes. La phalange : combat par groupe de dix-sept soldats. Le meneur : duels entre les meilleurs éléments de chaque clan. Les champions : combat entre des non-altaïriens sélectionnés par chaque clan, pas de nombre fixe, chaque combat doit être équilibré en fonction des capacités des champions.

L'alien marqua une pause bienvenue, permettant à Mallory de digérer les informations.

— Combien d'affrontements en tout ?

— Chaque clan doit rencontrer les deux autres, pour toutes les catégories, soit neuf combats. Chaque victoire rapporte des points. Les combats auxquels vous participerez en tant que champions vaudront chacun pour soixante-cinq. Les phalanges cinquante-sept et les meneurs quatre-vingt-un.

Ça va être facile pour compter les points, se dit Mallory, en s'efforçant de garder un visage impassible. Les chances qu'un altaïrien puisse lire ses expressions faciales étaient faibles, mais la prudence lui dictait de ne rien laisser transparaître.

La conversation se termina et Mallory reçut un fichier décrivant en détail le déroulement du Rin'Liln, ainsi que l'histoire de cette tradition multimillénaire. Ce document comportait près d'un million de mots. Fixant l'icône appropriée de sa projection navcom, Mallory activa le transfert et l'envoya à Jazz. Peut-être en tirerait-il des informations utiles.

Les premiers combats auraient lieu dans quatre jours. Elle se souvint que son androïde d'entraînement était toujours dans la soute du *Sirgan*. Un moyen de passer le temps plus agréable qu'un long et gênant tête-à-tête avec Vassili.

Alrine se préparait à quitter l'appartement mis à sa disposition par Elask, au sein du quartier des ambassades. Elle faisait l'inventaire de son nécessaire de survie tout en glissant les différents éléments dans les poches de son treillis et de sa veste. Torg venait de la rejoindre et partageait son attention entre la baie vitrée donnant sur la jungle d'Urnit-Fa et les restes du petit déjeuner d'Alrine, avalant goulûment des rations qui essayaient de passer pour du pain.

Le blocus sur les communications et le réseau de données se faisait ressentir. Trois jours en temps humain s'étaient écoulés, sans qu'aucune nouvelle ne leur parvienne au sujet de Mallory. Laorcq et Théo avaient quitté la planète la veille, en direction d'Auna-Sil, le monde industriel d'Altaïr.

S'estimant prête, Alrine noua sa longue chevelure blonde en natte puis parcourut une dernière fois les informations transmises par Elask. Elle et Torg allaient se mettre en quête d'un altaïrien soupçonné de porter un ktol, un certain Soch-Nochra du clan Nar-Strikolc. Ils devaient pour cela se rendre à Fa-Quova, une autre termitière à des centaines de kilomètres au sud.

Soch-Nochra possédait une petite entreprise d'import-export. Il agissait en tant qu'intermédiaire avec les producteurs installés sur Urnit-Fa et leurs potentiels clients sur les autres mondes du système. Il s'était assuré une position enviable en se spécialisant dans la distribution de xosts, des animaux endémiques à Urnit-Fa dont la finesse de la chair était très appréciée.

Un rectangle violet occulta brièvement la baie vitrée, signalant l'arrivée d'une communication importante. Prise par le rapport d'un agent vohrn, Alrine ne leva pas tout de suite la tête.

Devant Torg, la jungle venait de disparaître au profit d'un plan fixe. Une étendue de sable rouge, enserrée entre les deux branches d'un gigantesque bâtiment en forme de U. En bas de l'image défilait une liste de noms écrits en plusieurs langues.

Un beuglement animal brisa la concentration d'Alrine. Balayant d'un geste les hologrammes de son bracelet navcom, elle se tourna vers le cybride :

— Que t'arrive-t-il ?

Torg émit un grognement en désignant la projection qui occultait la baie vitrée. Le sable rouge lui évoqua d'abord Mars, puis elle vit au loin, derrière l'immense bâtiment, un pilier d'énergie pure s'élever en ligne droite vers le ciel. Il devait s'agir d'Enot-Ka. Le point de vue changea alors que la caméra zoomait sur la zone entre les branches du bâtiment. De petits points apparurent, qui se muèrent en êtres vivants au fur et à mesure qu'ils grandissaient. Des altaïriens, séparés en quatre groupes.

À première vue, il s'agissait d'une cérémonie en lien avec le Rin'Liln. Alrine se demandait en quoi les affrontements entre clans pouvaient mettre Torg dans un tel état, quand elle repéra Mallory, Myriade et Vassili parmi les membres du groupe portant du jaune...

— Je vais étrangler Vassili, annonça Torg de sa grosse voix.

Alrine connaissait assez le cybride pour savoir qu'il ne s'agissait pas d'une simple expression.

— Laisse-lui une chance, dit-elle en réactivant son navcom. Ce n'est peut-être pas de sa faute.

Elle chercha à joindre Jazz, mais la communication hors monde lui fut refusée. Elle se rabattit sur Elask, espérant qu'il puisse lui dire pourquoi Mallory et Vassili se retrouvaient impliqués dans le Rin'Liln.

Le vohrn ne la rassura guère :

— J'ai visualisé cette transmission en compagnie des dvas. Ils ont repéré un signal lumineux, invisible pour nous, émis par une des unités de Myriade. La capitaine Sajean et l'agent Vassili sont victimes d'un chantage.

Au fil des explications du vohrn, l'inquiétude d'Alrine ne fit qu'augmenter. Un mange-monde ! Sur une des stations du système ? Ces armes étaient dévastatrices. Déclenchée sur une station, elle pourrait très bien s'emballer et anéantir la planète la plus proche...

— Lieutenante Lafora ?

La voix d'Elask convoyait une interrogation, malgré le ton plat du traducteur. Alrine avait laissé échapper les dernières paroles du vohrn.

— Votre cible reste la même, répéta-t-il. L'altaïrien Soch-Nochra a récemment séjourné sur plusieurs stations et certains rapports montrent un comportement anormal. Il est possible que Soch-Nochra soit un porteur de ktol au service d'Axaqateq, chargé du déploiement du mange-monde. Vous et le cybride Torg devrez tout faire pour retrouver cette arme avant la fin du Rin'Liln. Les chances pour deux humains de remporter le tournoi sont faibles.

— Et rien ne nous indique qu'Axaqateq ne déclenchera pas le mange-monde dans le cas contraire, ajouta Alrine qui voyait l'enjeu grimper de seconde en seconde.

— Exact, approuva Elask. Je vous envoie les informations dont nous disposons au sujet de ces armes.

Sur Urnit-Fa, voyager revenait à emprunter l'un des tubes de transport qui reliait les termitières géantes entre elles, les voies aériennes étant réservées aux allers-retours hors planète.

L'annonce du Rin'Liln et des restrictions qui l'accompagnaient avait provoqué un coup de frein aux échanges entre les cités. Pour passer d'une termitière à l'autre sans attirer l'attention, Alrine et Torg allaient procéder différemment.

Ils quittèrent le quartier des ambassades pour l'étage

inférieur où ils retrouvèrent un soldat vohrn équipé d'un boîtier traducteur. Il leur remit des harnais antigravs et les guida vers ce qui était la principale attraction touristique de la termitière.

— Nous avons obtenu les autorisations sans difficulté, dit le soldat. Nombreux sont les membres de l'ambassade à avoir exploré la jungle au pied de la ville.

Le soldat les guida à travers un des boyaux qui semblaient percés dans le marbre jusqu'à une plateforme qui s'ouvrait sur le flanc de la termitière. Un altaïrien arborant le bleu du clan Nar-Strikolc les accueillit et contrôla minutieusement leur équipement et la tenue de l'humaine. *Je comprends pourquoi Elask nous a dit de ne pas prendre d'arme avec nous,* pensa Alrine qui se languissait déjà de son revolver. Se contenter d'un bracelet contenant des doses de décupleur ne lui plaisait pas.

L'altaïrien leur envoya ensuite un itinéraire à suivre grâce à leur navcom. Il portait un traducteur d'un modèle plus élaboré que celui du Vohrn.

— Les *tirilix* sont en fleur, dit-il. Restez à distance, car ils attirent des insectes qui peuvent s'attaquer aux humains.

Alrine et Torg enfilèrent des harnais antigravs remis par le soldat et se jetèrent du bord de la plateforme. Cinq cents mètres plus bas, ils touchèrent le sol dans un secteur envahi par une espèce d'arbustes qui arrivaient à hauteur d'épaule d'Alrine. Leurs pieds brun clair s'élevaient en torsades, puis se divisaient en de nombreuses branches, très fines, couvertes de minuscules fleurs orange vif et d'épines noires.

Un parfum entêtant imprégnait l'air autour d'eux, qui n'était pas sans évoquer le cognac favori de Laorcq.

Intéressant, se dit Alrine, *il faudra que je revienne avec lui...*

Ayant en tête le conseil de l'altaïrien, elle s'éloigna de la végétation orangée, entraînant Torg dans son sillage. Ils s'écartèrent très vite de l'itinéraire touristique. Elask leur avait indiqué un point d'accès au réseau d'irrigation. Il se présenta sous la forme d'une bouche se découpant dans l'humus de la jungle, fermée par un couvercle métallique que Torg n'eut aucune peine à ouvrir.

Alrine vérifia l'heure. D'après les informations obtenues par les dvas, le système d'irrigation serait désert, et ce pour une bonne raison : de gigantesques pompes allaient submerger les canaux souterrains afin de répartir l'eau entre différentes réserves.

Elle se glissa à l'intérieur et Torg suivit en maugréant : le passage était un peu étroit pour un cybride claustrophobe. L'échelle qu'ils empruntèrent les mena à un passage heureusement nettement plus large, une passerelle de béton, qui longeait un canal souterrain. Seules quelques veilleuses, placées au ras de l'eau tous les quatre ou cinq mètres, émettaient une lueur jaunâtre.

Le réseau d'irrigation s'étendait sur des centaines de kilomètres. D'un fonctionnement entièrement automatisé, il représentait pour Alrine et Torg le moyen le plus sûr de se rendre à Fa-Quova, la termitière où était censé se trouver Soch-Nochra.

— Torg, demanda Alrine, tu vois l'un des chariots dont Elask a parlé ?

Dans cette faible lumière, elle comptait sur la vue au spectre élargi du cybride. Il répondit par l'affirmative, et en effet, un véhicule apparut alors qu'ils avançaient le long du canal. De conception sommaire, il comportait six roues, une banquette devant un panneau de contrôle et un plateau à l'arrière, prévu pour transporter du matériel.

Torg s'installa sur le plateau et Alrine aux commandes. Très au fait des techniques permettant de contourner les verrouillages de par sa carrière de policière sur Kenval, elle vint facilement à bout de la protection du chariot.

Ils roulaient depuis près de cinq heures quand le niveau de l'eau se mit à monter, envahissant la plateforme de béton.

Après une interminable attente, Théo et Laorcq avaient enfin posé le pied sur Auna-Sil, laissant derrière eux une des rares navettes autorisées à transporter des non-altaïriens durant le Rin'Liln. Alors qu'ils avançaient vers la sortie, celle-ci repartait vers Urnit-Fa. Théo ajusta machinalement le masque filtrant qui lui couvrait le bas du visage. Un humain pouvait respirer sur Auna-Sil, mais pas longtemps : la composition de l'air s'écartait des normes terrestres et la présence de quatre-vingt-dix pour cent de l'industrie lourde d'Altaïr n'arrangeait rien.

Théo découvrait un monde très différent de ceux qu'il connaissait : ses précédentes occupations ne l'avaient jamais conduit sur une planète aussi artificialisée. L'astroport lui-même était de dimensions considérables, adoptant la forme d'une arène pavée de composite noir et marquée par les allées et venues de milliers d'appareils. De grands bâtiments cernaient la piste, reliés entre eux par de hauts murs de béton.

Il risqua un œil vers Laorcq. L'ex-militaire avançait sans difficulté parmi le flot de voyageurs. Il se retournait régulièrement pour s'assurer que Théo le suivait. Pour cette mission, l'apparence de Laorcq avait été altérée : ses cheveux, qu'il portait d'ordinaire coupés ras, avaient poussé de plusieurs centimètres et leur noir semé de blanc avait cédé la place à un blond cendré. Le plus surprenant restait la disparition de la cicatrice qui courait de sa tempe jusqu'à son cou. Cela suffisait à le changer complètement. En le découvrant ainsi, Théo avait réalisé à retardement que Laorcq aurait pu la faire effacer longtemps auparavant. Il ne lui avait pas posé la question, mais il était prêt à parier que la balafre était seulement dissimulée et que Laorcq l'arborerait à nouveau après cette mission.

— C'est aussi cosmopolite que je le pensais, dit Laorcq, mais les humains ne courent pas les rues pour autant.

— Tout ça est surtout immense, dit Théo.

Laorcq se tourna vers lui. Autour de ses yeux, de fines rides laissaient deviner le sourire caché par un masque identique au sien.

— Attends de voir Solicor. Là-bas, tout est tellement urbanisé qu'ils ont construit un anneau en orbite pour accueillir les navires.

Solicor, se souvint Théo, était le monde capitale du système d'Aldébaran. L'endroit où Laorcq et Mallory avaient croisé le fer avec un primordial pour la première fois. Théo appréciait Laorcq, mais il était aussi un peu jaloux de sa relation avec Mallory, tout amicale qu'elle fût. Avec Alrine, Torg et Jazz, ils formaient une véritable famille et Théo se demandait souvent s'il parviendrait à en faire partie.

Laorcq ralentit pour que Théo se retrouve à sa hauteur et ajouta :

— Ne te laisse pas prendre par le côté citadin : ce genre de lieu est plus dangereux que la jungle d'Urnit-Fa.

Ils atteignirent le bâtiment où transitaient tous les arrivants. Après une série de fastidieux contrôles et de questions sur les raisons de leur présence dans le système, ils purent enfin quitter l'enceinte de l'astroport.

Sur Auna-Sil, tout était strictement utilitaire. Le résultat aurait pu être laid, mais l'agencement sans faille pensé par les altaïriens donnait une impression de symétrie et d'économie agréable à l'œil.

La sortie de l'astroport débouchait sur une avenue parfaitement rectiligne, qui s'étirait devant les deux humains jusqu'à se réduire à un point à l'horizon. À peine visibles dans l'air pollué, des colonnes d'énergie brute tombaient du ciel pour alimenter la planète et ses usines. Durant leur descente vers la surface, Théo avait pu voir les milliers de tubes synergétiques placés en orbite qui en étaient à l'origine.

Des bâtiments aux formes géométriques bordaient

l'avenue : cubes, parallélépipèdes, quelques cylindres. Peu importe leur type, ils avaient tous la même hauteur. *Une bonne centaine de mètres,* estima Théo, *donc dans les trente étages.* Il en résultait l'impression de se trouver au milieu d'un canyon artificiel.

Le sol était pavé de grands carrés dont la matière tenait à la fois de l'acier et de la nacre. Ces dalles sonnaient creux sous les pas des passants, un son faible, mais immanquable, grondement bas évoquant un tonnerre lointain.

Le temps d'atteindre l'avenue, un froid mordant s'attaqua à la peau de Théo. L'écart avec l'intérieur surchauffé de l'astroport lui arracha un frisson. Même l'impassible militaire remonta le col du long manteau noir qu'il portait. Haute dans le ciel gris et nuageux, Altaïr n'était qu'une malheureuse bille blanche et glacée.

Peu visible au premier regard, un quadrillage mouvant se dessinait en surimpression sur le fond nuageux. Des lignes pointillées qui étaient rejointes de loin en loin par d'autres traits provenant du sol. En approchant de la base de l'une d'elles, Théo et Laorcq découvrirent un moyen de transport : des cylindres fixés sur des plateaux antigravs pouvant recevoir un ou deux passagers chacun. Ils se succédaient sur des lignes montantes et descendantes, en un ballet incessant.

Après un long trajet à bord d'un de ces cylindres, ils arrivèrent dans un quartier où devait se trouver la totalité des non-altaïriens : le temps de rejoindre leur hôtel, Théo dénombra une dizaine d'espèces différentes. Gibrals, réguliens et altaïriens se bousculaient. Il crut aussi voir un antarien, mais l'alien au corps ballonné disparut trop vite pour être certain.

Ils s'installèrent dans un hôtel niché entre deux tours jumelles, comme si leur nouveau lieu de résidence avait été pensé après coup. Une façon d'organiser l'espace qui jurait avec le soin apporté à l'agencement du monde industriel.

L'hôtel se constituait d'un assemblage de modules d'habitation cubiques, reliés entre eux par des passerelles en verre et des puits antigravs à peine assez larges pour deux humains. Théo entra dans son logement, rassuré de savoir Laorcq juste à côté.

L'intérieur était d'une banalité frappante : des murs blanc cassé, un matelas à forme programmable, disposant heureusement d'un réglage convenant aux humains, une chaise et une table, adaptables également. Un carré translucide découpé dans la paroi du fond laissait passer la lumière d'Altaïr. Une porte coulissante donnait sur un espace sanitaire, à peine mieux qu'un placard. Nouveau soulagement : là aussi, tout était modulable.

Un système de filtration de l'air lui permit de quitter son masque. À peine eut-il posé son sac à dos près du lit, que des coups retentirent à la porte. Théo l'ouvrit pour accueillir Laorcq. Ce dernier sortit d'une poche un petit objet sphérique. La grosse bille s'envola et fusa à plusieurs reprises à travers la pièce tout en la balayant d'un faisceau lumineux. La salle d'eau subit le même examen, puis la sphère revint dans la main de Laorcq.

— Rien à signaler, dit-il en ôtant son masque lui aussi. Ça m'aurait étonné alors que l'on vient juste d'arriver, mais...

Laissant sa phrase en suspens, il tendit l'objet à Théo. La bille d'acier pesait plus lourd qu'elle n'en avait l'air et il sentait une tension, une force s'exerçant à l'intérieur, comme celle d'un gyroscope. *Un renifleur,* se souvint Théo. Un accessoire prisé par les policiers. Sûrement un cadeau d'Alrine.

— Amuse-toi avec, dit Laorcq en lui confiant l'objet. Je veux que tu maîtrises cet outil. Prends l'habitude de vérifier qu'aucun mouchard n'a été planqué dans ta chambre à chaque fois que tu y reviens. Si tu trouves quelque chose, surtout n'y touche pas : on pourra s'en servir pour remonter à quelqu'un d'intéressant.

Théo s'agenouilla pour glisser le renifleur dans une poche de son sac à dos.

— Tu penses que l'on va attirer l'attention à ce point-là ?

demanda-t-il en se relevant.

— Pour l'instant, non, mais puisque nous sommes deux représentants d'une importante entreprise terrienne, autant jouer notre rôle tout de suite.

Désignant d'un geste ample la porte et surtout ce qui se situait au-delà, il ajouta :

— Le secteur dédié aux loisirs est à moins d'une demi-heure. Des types de notre genre ne resteraient pas à se morfondre dans une chambre d'hôtel en attendant leur rendez-vous d'affaires. Viens, allons parier sur les résultats du Rin'Liln et visiter les clubs réguliens...

Théo ravala un soupir : parmi les dvas et à l'abri à l'ambassade il ne demandait qu'à se retrouver sur le terrain, mais maintenant il se sentait dépassé. Sa petite amie était pilote de vaisseau, ses amis à elle une policière et un militaire, sans parler de son équipage ou de son employeur vohrn... Il eut soudain l'impression d'être là par erreur et que celle-ci allait être corrigée brutalement.

IX
TESTS

Mallory s'efforçait d'exploiter au mieux le temps imparti avant le Rin'Liln. Autrement dit, elle consacrait chaque minute dont elle disposait à deux choses : s'entraîner au combat avec le robot instructeur qui occupait toujours un coin de la soute, ou se reposer. Elle aurait également dû travailler sa capacité à susciter son univers mental, comme le lui avait demandé Ezqatliqa, mais elle avait décidé que sa remise en forme physique avait la priorité.

Vassili avait lui aussi régulièrement affronté le robot, tout en évitant de perturber Mallory. L'intention était louable, mais elle ne parvenait pas à l'apprécier.

Une journée s'était écoulée ainsi, sans que rien de particulier n'advienne et, malheureusement, sans nouvelles des autres.

Allongée sur sa couchette, elle regardait un vieux film datant des débuts de l'ère spatiale : deux gangsters se retrouvaient dans une voiture à l'intérieur barbouillé de sang et de cervelle après une maladresse. Un de ses classiques préférés, mais elle n'arrivait pas à se détendre.

Un message de l'altaïrien en charge de l'organisation du Rin'Liln interrompit le film.

CAPITAINE SAJEAN, VEUILLEZ VOUS PRÉSENTER AVEC VOS PARTENAIRES POUR L'EXAMEN DE VOS CAPACITÉS AU COMBAT.

Le bref texte était suivi de l'horaire et du lieu.

Le moment venu, Mallory, Myriade et Vassili se rendirent aux coordonnées indiquées. Celles du grand bâtiment en U, où les participants au Rin'Liln avaient été présentés à une foule de caméras. Il se situait au centre de l'une des gigantesques mailles triangulaires qui découpaient la surface de la planète.

Trois altaïriens, chacun portant la couleur de l'un des clans, les accueillirent. Leurs jambes hérissées de pointes se terminaient à hauteur de menton de Mallory et leurs courts bustes ovales plaçaient leurs têtes aussi inexpressives que mobiles à près de deux mètres de haut. Ils menèrent l'humaine et ses compagnons dans l'aile droite du bâtiment, puis montèrent de plusieurs étages par un puits antigrav. Un long couloir apparut devant eux. D'un côté, des fenêtres étroites comme des meurtrières laissaient passer la lumière d'Altaïr et sur le mur opposé s'alignaient des portes. Cela ressemblait fort à un quartier d'habitation.

Les altaïriens s'arrêtèrent devant l'une des portes qui coulissa d'elle-même. Mallory jeta un œil à l'intérieur. Un appartement, comme elle l'avait soupçonné.

L'altaïrien portant du jaune désigna l'appartement de sa main aux doigts griffus et dit :

— Voici votre résidence pour la durée du Rin'Liln, capitaine Sajean. Cole Vassili occupera celle d'en face. Nous avons cru comprendre que votre… symbiote logerait avec vous.

Mallory n'avait jamais pensé à sa relation avec Myriade comme à une symbiose, mais ce qui la préoccupait était tout autre :

— Doit-on vraiment rester ici ? Mon vaisseau n'est pas loin et...

— La règle est la même pour tous les participants étrangers, coupa l'altaïrien arborant du vert.

Mallory n'insista pas. Ce n'était pas le moment d'irriter ses hôtes.

On leur transmit les clefs numériques des appartements et les aliens les menèrent ensuite au rez-de-chaussée. Une salle d'entraînement serait à leur disposition durant le tournoi. Mallory découvrit avec surprise que cet espace était vide. Fallait-il qu'elle réclame son robot instructeur ?

— Ce local est équipé de projecteurs holographiques haptiques. Vous pourrez générer les obstacles et les adversaires de votre choix, à tout moment.

Pour la première fois depuis leur échec avec Axaqateq, Mallory ressentit de l'excitation. Elle était curieuse de mettre ce matériel à profit.

Le reste s'avéra moins réjouissant : une série de prélèvements sanguins, des tests de vue, d'audition, d'endurance, de vitesse, de réflexes. Mallory s'inquiéta. *Et s'ils trouvent le pseudo-ktol greffé dans mon bras ?*

— *Il est dormant,* dit alors Myriade. *Si tu ne l'actives pas, rien ne le distinguera de ta musculature.*

Ces propos rassurants n'empêchèrent pas Mallory de se crisper quand on l'installa au centre d'un anneau d'acier qui s'éleva pour la scanner des pieds à la tête.

Pas d'alarme stridente ni de gros voyant rouge, remarqua-t-elle avec soulagement. *Ça doit être bon...*

Les altaïriens allèrent jusqu'à éprouver sa connexion mentale avec Myriade. Même l'impassibilité de Vassili s'estompa au fil des examens. Quand les aliens en eurent terminé avec eux, Mallory n'avait plus qu'une envie : s'écrouler sur la literie de son nouvel appartement.

Notre timing est mauvais, pensa Alrine. Le niveau montait trop vite. Les roues du chariot baignaient déjà d'un bon tiers dans l'eau. Encore quelques minutes et ce serait le tour du châssis.

Alrine insista sur quelques kilomètres, mais, comme elle le craignait, le niveau atteignit un point où le chariot commença à ralentir.

Elle s'efforça en vain de percer les ténèbres devant et derrière eux. Le tunnel rempli d'eau se perdait dans l'obscurité de plus en plus profonde alors que les lampes au ras de la plateforme de béton étaient submergées.

Un grognement sourd s'éleva derrière Alrine. Torg n'appréciait guère la situation. Ils ne pouvaient réclamer de l'aide, puisque passer par les canaux était leur moyen de rejoindre la termitière de Fa-Quova incognito.

— C'est bouché derrière nous, annonça platement Torg.

Alrine ne comprit pas tout de suite, puis se souvint que le cybride disposait d'une vision largement supérieure à la sienne.

— Comment ça ? Tu vois quoi exactement ?

— Un panneau. De l'acier.

Alrine retint un juron.

— Sûrement un système de cloisonnement pour diriger les flux. C'est pour ça que le niveau monte vite !

Les dvas avaient-ils laissé passer ce point ? Ou la fermeture de la cloison n'était pas prévue ? Alrine chassa ces questions : à ce stade, elles n'avaient aucune importance. Cessant de scruter en vain l'extrémité sombre du tunnel, elle se tourna vers Torg.

— Il n'y a rien d'autre devant nous ? Pas de sortie ?

D'aération ?

Les immenses yeux bleus de Torg se levèrent. Il parcourut du regard le tunnel devant eux.

Le chariot choisit ce moment pour s'arrêter. Un choc le secoua et un message s'afficha sur le tableau de bord, indiquant qu'il s'était arrimé à la plateforme suite à la montée de l'eau. Alrine poussa un soupir irrité quand un second message apparut, suggérant au conducteur d'évacuer le réseau d'irrigation.

Torg quitta le chariot et elle le suivit en réprimant un frisson quand ses pieds plongèrent dans l'eau froide.

— On dirait qu'il y a une ouverture plus loin, en haut, dit Torg.

Le cybride accéléra, laissant Alrine en arrière. L'eau entravait ses mouvements sans être assez haute pour qu'elle puisse nager. Le moment n'était pas à la fierté mal placée...

— Attends ! Tu veux bien me porter ?

Sans un mot, Torg vint se poster dans son dos et l'attrapa par les hanches. Ses gros doigts l'enserrèrent fermement, mais sans lui faire mal. Il la souleva avec une facilité déconcertante – *Mince, je suis quand même d'un gabarit supérieur à Mallory !* – et l'installa sur ses épaules.

Ils parvinrent à l'endroit repéré par Torg en quelques minutes. Une ouverture dans le plafond, un puits d'où filtrait un rayon de lumière, comme l'espérait Alrine. La lourde grille qui l'obstruait n'était pas au programme, par contre. En regardant à travers, elle crut en distinguer une autre identique au sommet du puits.

Pire encore, même juchée sur les épaules de Torg, Alrine ne pouvait atteindre le plafond. Les mains du cybride s'emparèrent à nouveau d'elle et il la déposa délicatement au sol. L'eau lui arrivait maintenant à mi-cuisse. Il s'éloigna de quelques dizaines de mètres, se retourna et s'élança vers elle.

Voir la masse de muscles et de fourrure lui foncer dessus à toute vitesse avait quelque chose d'hypnotisant. Elle se sentit comme ces animaux surpris en pleine nuit sur une route, piégés dans le faisceau lumineux d'un véhicule.

— Qu'est-ce que...

Elle n'avait pas fini sa phrase qu'il était déjà sur elle. Un courant d'air la frôla quand le corps noir zébré de rouge fila devant elle. En un bond, Torg avait atteint la grille et s'y agrippait. Sous son poids et sa poigne, les barreaux se déformaient.

La grille resta pourtant en place.

Le cybride grogna et donna des secousses sans succès.

— Il te faudrait un point d'appui ou une autre prise ! lança Alrine.

Elle jeta un œil au chariot immobilisé plus loin. Peut-être qu'ils pourraient le rapprocher et...

Un autre grognement du cybride poussa Alrine à reporter son attention sur lui. Toujours solidement agrippé à la grille, il ramena lentement ses jambes vers le haut, leva son bassin et plia son dos jusqu'à coller ses pieds au plafond, de part et d'autre de la grille. Il tira alors de toutes ses forces, en s'aidant de ses jambes.

— Torg, non ! Tu vas...

La grille s'arracha du plafond dans un craquement sec, les fixations cédant d'abord à droite et puis à gauche. Le cybride tomba comme une pierre. Alrine plongea sur le côté pour ne pas finir écrasée...

Et se retrouva à patauger dans l'eau. Trempée, elle vit Torg jeter la grille comme un vulgaire morceau de carton puis se mettre debout, sans paraître souffrir le moins du monde de sa chute.

Comment peut-on être aussi idiot et efficace à la fois ? se demanda-t-elle en se relevant.

Le niveau de l'eau avait encore monté. Alrine grimpa de nouveau sur les épaules de Torg. Quand ils arrivèrent sous l'ouverture, elle examina le puits qui s'étirait jusqu'à la surface. Des barreaux saillaient à intervalle régulier, formant une échelle à crampons. Une échelle malheureusement hors de portée. À moins que...

J'espère que Torg gardera ça pour lui... Si Jazz apprend un truc pareil, il va me le resservir pendant des années.

— Torg ? Est-ce que tu pourrais me lancer assez haut pour que je m'agrippe à un des barreaux ?

Le cybride grogna son assentiment et la saisit par la taille, l'ôtant de ses épaules pour la poser devant lui et, dans la foulée, la propulser à la verticale.

Le souffle coupé par la vitesse à laquelle le cybride s'était exécuté, elle faillit manquer l'échelle. Elle jeta les bras en avant et réussit à s'accrocher de justesse, tandis que sa poitrine heurtait durement le béton et que ses jambes se retrouvaient pendantes dans le vide.

D'une traction, elle passa au barreau suivant, disparaissant dans le puits. Après avoir progressé de trois ou quatre mètres, elle entendit un choc sourd, suivi d'un grincement d'acier. Torg venait de la rejoindre. L'ascension ne leur causa pas de problème, du moins jusqu'à la grille positionnée au ras de l'ouverture en surface. Trois gros verrous la maintenaient en place.

Alrine dut laisser Torg passer dans son dos, aplatie contre l'échelle. Collé contre elle et agrippé d'une main au dernier barreau, il mit l'autre contre la grille au-dessus d'eux et poussa. Alrine vit avec horreur le barreau de l'échelle se tordre sous la pression exercée, menaçant de s'arracher. Ils ne disposaient d'aucun autre appui et, cette fois, la grille s'ouvrait vers le haut : si jamais le barreau ne tenait pas le coup...

Un grincement agressa les oreilles d'Alrine, tandis que les verrous cédaient un à un dans de petits craquements, comme en s'excusant.

Le cybride et l'humaine surgirent au sommet d'un monticule dont la régularité trahissait l'origine artificielle. Autour d'eux s'étendait une jungle foisonnante de vie et de couleur, débordante de sons. Loin au sud se dressait une montagne aux flancs abrupts : Fa-Quova.

Alrine envoya un message à Elask, résumant la situation.

À la requête du vohrn, l'un des dvas participa à la conversation. Comme elle l'avait soupçonné, l'inondation complète de leur canal faisait suite à un imprévu.

— Vous devez continuer, dit Elask. Il existe des infrastructures de transport non loin de votre localisation. Rejoignez-les.

— Cela risque de prendre du temps. Comment justifier notre absence prolongée ?

— Je vais informer les altaïriens que vous avez décidé de passer plus de temps dans la jungle.

Alrine ne put dissimuler ses doutes.

— C'est tout ?

— Oui, les altaïriens n'ont pas une très bonne connaissance des habitudes humaines.

Le vohrn coupa la communication. Pour une fois que les différences de comportement entre espèces jouaient en leur faveur, Alrine n'allait pas s'en plaindre. Elle s'adressa alors à Torg :

— Tu m'aides à trouver comment finir le trajet ?

À court d'excuses pour repousser encore l'exercice imposé par Ezqatliqa, Mallory flottait dans l'univers mental constitué avec l'aide du primordial. Isolée dans ses pensées, elle avait été jusqu'à se couper de Myriade. Elle parvenait désormais sans problème à susciter un petit univers qui n'appartenait qu'à elle et s'y projeter sous la forme d'une étoile rouge.

L'étape suivante, qui consistait à dépasser les barrières de la représentation physique lui était difficile. Trop habituée à utiliser une image de son propre corps, elle n'arrivait pas à exister dans ce plan sans tenir compte des contraintes de taille. À un niveau conscient, elle savait que dans ce monde mental cela n'avait aucune importance, qu'elle pouvait être infiniment grande ou petite, mais les limites imprimées dans sa psyché par une vie humaine la restreignaient.

L'étoile rouge s'étendit, enfla sans égaler, et de loin, son précédent essai avec Ezqatliqa. Elle eut alors une sensation étrange, la certitude qu'elle n'était pas seule. L'équivalent mental d'un *déjà-vu*. Durant un instant elle sentit une présence familière.

Ezqatliqa ? Impossible ! La sphère de Négyl bloque tout...

La pensée liée au monde physique acheva de la déconcentrer. L'étoile s'écroula sur elle-même comme une nova devenant trou noir et disparut. Le néant prit une teinte rouge sombre et les yeux de Mallory s'ouvrirent sur l'appartement affecté par les organisateurs du Rin'Liln.

Elle était assise au bord du lit. Ses mains reposaient sur ses genoux et leurs dos s'ornaient de roses noires. Mallory était à la fois soulagée et déçue de ne pas avoir réussi à stabiliser la connexion naissante avec Ezqatliqa. Elle avait des difficultés à se situer vis-à-vis du primordial. Il semblait lui accorder une forme de respect, voire un attachement mâtiné de curiosité, mais qui pouvait savoir ce que pensait un être aussi différent et âgé ?

D'ailleurs, le doute s'empara d'elle. Avait-elle vraiment touché Ezqatliqa à travers la sphère ? L'impression avait été des plus fugaces. Elle se faisait peut-être des idées.

Quelqu'un frappa à la porte. Imaginant mal un altaïrien s'annoncer de la sorte, elle se leva et alla ouvrir, certaine de qui elle trouverait. Sa connexion avec Myriade s'était rétablie sans qu'elle ait à y songer. Les unités se répartirent au-dessus d'elle.

Comme prévu, la porte coulissa pour révéler Vassili.

— Nous devons parler, dit-il.

Mallory sentit ses tatouages se muer en ronces noires. Elle haussa les épaules :

— Je me préparais à un entraînement.

Elle n'avait pas envie d'évoquer ses exercices avec Ezqatliqa.

Les yeux noisette de Vassili, qui avaient tant plu à Mallory lors de leur première rencontre, se rivèrent aux siens. Elle dut faire un effort pour ne pas se détourner.

— Justement, poursuivit-il. Je venais te voir à ce propos. Nous ne pouvons pas continuer à nous entraîner séparément. Dans l'arène, je vais risquer ma vie tout comme toi.

La remarque relevait du bon sens. Mallory savait que ce moment arriverait, elle avait simplement traîné des pieds.

Ils descendirent tous les deux au niveau inférieur, un silence tendu régnant entre eux.

— J'ai suivi ton conseil, dit Vassili, alors qu'ils sortaient du puits antigrav pour s'engager dans le long couloir.

— Comment ça ?

— À propos de Myriade, ou plutôt de son origine. J'ai consulté les informations à ce sujet à bord du *Sirgan*.

— Ah ? fit Mallory, qui se demandait où il voulait en venir.

Essayait-il de recréer une relation entre eux ?

— C'est dommage que ses concepteurs aient disparu et leur technologie avec – par la faute des primordiaux d'ailleurs. J'aurais aimé avoir un gardien télépathe moi aussi. Quelqu'un sur qui compter, pouvant m'aider à prendre mes décisions.

L'idée était loin d'enthousiasmer Mallory. Elle trouvait Vassili assez dangereux avec les capacités dont les vohrns l'avaient doté en le reconstruisant.

Puis elle comprit pourquoi cette conversation lui donnait l'impression de clocher :

— Tu as dit « aimé » ? Je croyais que les vohrns avaient inhibé tes émotions !

— Pas complètement, juste très atténué. Les émotions incontrôlées sont contre-productives, mais leur absence tout autant. Si je n'ai aucune peur, je perds mon sens du danger.

Dire que je suis désagréable avec lui depuis le début de la mission... C'est malin. Elle lança la première chose qui lui passa par la tête :

— Je suis désolée, mais Myriade est le dernier de son genre. Tu devrais peut-être demander à un dva de faire équipe avec toi ? Ils sont très intelligents.

Vassili prit la suggestion au sérieux.

— Peut-être. Mon ancien moi croyait tout réussir seul, je ne veux pas reproduire cette erreur.

Ce que j'aimerais savoir, pensa Mallory, *c'est à quel point le nouveau est différent.*

Le lien mental qu'elle avait avec Myriade s'amplifia, annonçant le début d'un échange, avant de revenir à son état de repos. Comme si son compagnon voulait lui dire quelque chose puis avait changé d'avis. Plutôt que de forcer la chose, elle décida de lui laisser l'initiative. Si c'était important, il n'aurait pas hésité.

L'aile du bâtiment était déserte. Mallory se demanda comment les organisateurs du Rin'Liln parvenaient à garder isolés les compétiteurs les uns des autres. Quoique... La catégorie des champions ne représentait que peu de monde. Les altaïriens des catégories phalanges et meneurs devaient s'entraîner chez eux, tout simplement.

Elle oublia ces suppositions et les idées étranges de son coéquipier quand ils pénétrèrent dans la salle aux hologrammes haptiques. À l'aide de son navcom, elle parcourut le catalogue d'adversaires simulés et sélectionna un orcant. Avec ses quatre pattes massives, ses mains griffues et sa carapace, il faisait une excellente entrée en matière.

L'hologramme apparut au centre de la pièce. Mallory et Vassili se positionnèrent de façon à ne pas se gêner. Myriade choisit cet instant pour se manifester :

— Le but de cet entraînement étant d'assurer votre coordination, je vais me limiter à un rôle d'observateur.

Mallory eut juste le temps d'acquiescer. L'orcant virtuel se lança à l'attaque, et le premier round d'une longue série démarra.

Mallory et Vassili se transmettaient des directives par de courtes phrases. Si leur passé divergeait, tous deux avaient suivi une formation élaborée par les vohrns et donc similaire. Ils trouvèrent très vite un mode de fonctionnement adéquat pour se battre en duo. À l'orcant succéda une paire de réguliens en armure, et aux réguliens, un être composite généré aléatoirement par le simulateur. Haut de trois mètres, doté de grands bras et d'organes de vision sur tout le pourtour d'une tête sphérique, cet être à la musculature hypertrophiée et recouvert de fourrure jaune leur donna du fil à retordre.

Pourtant, malgré de nombreux coups encaissés et autant de reproches qui fusèrent d'un côté comme de l'autre, ils réussirent à en venir à bout. Mallory dut admettre que son association avec Vassili fonctionnait plutôt bien.

Restait à savoir ce qu'elle deviendrait dans l'arène du Rin'Liln, quand leurs vies seraient en jeu...

L'entraînement en compagnie de Mallory laissait Vassili avec une agréable fatigue, alors qu'un humain normal aurait été au bord de l'épuisement. De retour dans son appartement, il se dénuda, plaça ses habits dans un compartiment de nettoyage, prit une douche et récupéra sa tenue grise et ses sous-vêtements, de nouveau propres et secs.

Mallory et lui étaient capables de se coordonner durant un combat, aucun doute à ce sujet. Il regrettait tout de même d'être isolé du troisième membre de l'équipe. Quelle facilité cela serait d'être reliés par télépathie tous les trois ! Un avantage certain dans l'arène. Dommage que la pilote ne veuille pas en entendre parler.

Mallory lui avait suggéré de collaborer avec un dva. L'idée n'était pas mauvaise : leurs aptitudes à la réflexion étaient supérieures à celles des humains et leur petit corps cachait des ressources insoupçonnées, leur conférant un excellent rapport poids-puissance. Cependant, il leur manquait l'atout de la télépathie. S'il se trouvait un partenaire doté de cette capacité, peut-être que, comme Mallory, il parviendrait à cultiver ce talent.

Vassili prit un temps de recul, étonné par son propre train de pensées.

Ainsi, une envie a germé en moi. Celle d'un coéquipier et de pouvoir communiquer mentalement avec lui. Intéressant.

Le conditionnement imposé par les vohrns autorisait-il un tel développement ? Ou les spécialistes mandatés par Hanosk pour ressusciter Vassili avaient-ils commis une erreur ?

Il réfléchit à la question et conclut que, pour l'instant, cela ne changeait rien. Il éprouvait un besoin simple, qui, s'il le satisfaisait, comblerait en partie le vide qu'il ressentait parfois. Cela n'était en rien incompatible avec sa mission. Au contraire : les vohrns étaient bien plus logiques que les terriens. Tant que Vassili serait utile, tant qu'il ne représenterait pas un danger, ils se contenteraient de le laisser vivre, tout en suivant de près son évolution.

Assis au bord de son lit, il se perdit dans les infinies possibilités que la situation offrait.

Jazz s'ennuyait ferme. Il avait laissé de côté l'énorme pavé transmis par Mallory et contenant les chroniques du Rin'Liln. Il s'agissait surtout de comptes-rendus à n'en plus finir des précédents Rin'Liln, dans un style plat et terne qui devenait vite lassant. Les passages les plus intéressants avaient trait à l'histoire des altaïriens. S'ils avaient été jusqu'à déclencher une guerre nucléaire, pas étonnant qu'ils soient aussi rigides concernant la succession des reines, et donc des clans, à la tête de leur peuple.

En tout cas, se dit Jazz en observant le sable rouge et grouillant d'insectes qui s'accumulait sur la coque du *Sirgan, ils n'ont pas raté leur coup. Enot-Ka était peut-être fertile à une époque, mais aujourd'hui elle n'a rien à envier aux déserts de Mars.*

Cherchant à tromper son ennui, Jazz se connecta au réseau. Il ne se faisait pas d'illusions : avec le filtrage opéré par les altaïriens, il n'espérait pas trouver grand-chose d'intéressant.

Il parcourut les flux d'information, passant sur les bulletins météo des trois mondes principaux, les actualités au sujet de la production agricole sur Urnit-Fa et industrielle sur Auna-Sil. Au sein des grands consortiums, quelques voix s'élevaient pour réclamer un assouplissement dans l'usage de la sphère de Négyl, mais elles étaient minoritaires. Empêcher toute ingérence dans le Rin'Liln, et donc dans la succession royale, restait la priorité absolue des altaïriens.

Les nouvelles du sénat révélaient combien les tensions induites par le changement inattendu dans la ligne de succession étaient intenses. Les reportages officiels, certainement édulcorés par rapport à la réelle teneur des débats au sein de l'institution altaïrienne, faisaient état d'un nombre dix fois plus important que la normale de propositions de lois et d'amendements de la part des Taq-Kavarach et des Vir-Nyastrel. Le Nar-Strikolc ayant perdu sa reine, les deux autres profitaient de cet affaiblissement temporaire pour avancer leur agenda politique, au cas où le Rin'Liln ne tournerait pas à leur avantage.

N'ayant pas grand-chose à faire, Jazz décortiqua les vidéos que les altaïriens laissaient circuler sur le réseau ouvert à tous.

Le sénat, un haut bâtiment rouge aux formes organiques

rappelant un épi de maïs piqué debout, se situait contre l'une des milliers de jonctions qui servaient également de réceptacles énergétiques. Depuis le décès de la reine, il fonctionnait en permanence. Une grande partie des élus ne quittaient leurs sièges que pour satisfaire leurs besoins corporels.

En voyant la ribambelle d'assistants qui passaient d'un sénateur à l'autre en un ballet bien organisé, Jazz devint songeur. *Quelques porteurs de ktols au milieu et ce sera la pagaille assurée...*

Sa curiosité maintenant éveillée, son premier réflexe fut de joindre Elask puis il se souvint que ce n'était pas possible. Mallory avait assez de soucis et il était hors de question de s'adresser à Vassili. Ce qui laissait... Myriade. Après tout, pourquoi pas ?

— C'est la première fois que tu me contactes par navcom, déclara dans un parfait humain standard l'entité multiple. Un problème ?

En quelques mots, Jazz partagea son inquiétude au sujet du sénat. Il savait que Myriade disposait d'un excellent esprit de synthèse, de surcroît très logique. *Enfin sa partie artificielle. Si j'ai bien compris. Bref.*

— Les mêmes informations parviennent à l'ambassade vohrne sur Urnit-Fa, dit Myriade. Nous pouvons compter sur la vigilance de l'équipe de dvas en charge des données. Et au vu de la situation, tout autre type d'intervention aurait des conséquences diplomatiques désastreuses.

— Donc, tu préconises de rester les bras croisés ? Je veux dire, reprit Jazz en corrigeant l'expression inadéquate pour lui comme pour son interlocuteur, nous ne faisons rien ?

— Nous ne faisons pas rien. Nous ne prenons pas de risques et nous savons que les dvas étudient ces textes. En cas de nécessité, l'ambassadeur Elask usera de ses privilèges diplomatiques pour communiquer d'urgence avec nous et nous délivrer des instructions.

Jazz insista :

— Si des porteurs de ktol se mêlent de tout ça, ça peut vite dégénérer.

— Le contexte du Rin'Liln limite leur champ d'action comme le nôtre, dit Myriade.

Jazz trouva là un prétexte pour céder à ses travers.

— Si on allait fouiner du côté des organisateurs, justement ? À cette heure, Mallory et Vassili dorment, non ? Tu ne t'ennuies pas un peu ?

— Jamais. Je veille sur Mallory, en accord avec mon moi organique et mon moi artificiel.

La réponse déstabilisa Jazz. *Sur combien de niveaux fonctionne-t-il ? Deux personnalités fractionnées, ça fait beaucoup de morceaux.*

— Tu n'as pas d'envies ? De souhaits particuliers ?

— Je regrette que le navire auquel j'étais attaché soit resté sur Vlokovia, mais cette situation est due aux primordiaux. Je suis très content d'assister Mallory et les vohrns, puisque leur but est de mettre un terme au Jeu.

Jazz se souvint de la façon dont Mallory avait réussi à être adoptée par Myriade. Elle avait découvert une épave saharje au fond de l'océan couvert de glace de la planète. En contournant les sécurités des systèmes toujours actifs du vaisseau en question, elle s'était débrouillée pour figurer sur la liste de l'équipage et ainsi bénéficier de la protection de Myriade. Ceci pour sa partie artificielle. La partie organique était déjà d'accord. Enfin, si Jazz avait bien saisi.

— Je comprends que ton ancien vaisseau te manque. J'aurais le même sentiment si l'on m'installait ailleurs que dans le *Sirgan*.

On a plus de points communs que je ne le pensais, réalisa Jazz.

— J'ai servi à son bord durant des milliers de vos années. Quand l'équipage était encore en vie, je connaissais chacun de ses membres aussi bien que Mallory.

L'idée avait quelque chose de dérangeant. Après tout, il s'agissait de saharjs. Des guerriers biogènes, conçus pour vaincre un ennemi ou mourir en essayant. *Et tout autant victimes des manigances de ces vieux barjos de prims, d'ailleurs.*

— Je suis désolé que ton ancien équipage te manque, dit Jazz, mais tu n'as pas envie de te changer les idées justement ? Un petit tour en toute discrétion...

— Je ne comprends pas très bien ce que tu veux dire. Notre connexion étant uniquement verbale, de nombreux éléments ne m'apparaissent pas aussi clairement qu'avec Mallory.

Jazz se chargea avec plaisir de lui expliquer en détail ce qu'il avait en tête.

Quelques minutes plus tard, une unité de Myriade quittait l'essaim et Mallory endormie pour se frayer un chemin à travers les systèmes de ventilation jusqu'au secteur occupé par les organisateurs du Rin'Liln.

Jazz eut un peu honte de sa mauvaise influence sur Myriade, mais cela ne dura pas longtemps. Myriade partageait avec lui différents modes de perception de l'unité 447. Elle remontait les conduits à grande vitesse, ne s'arrêtant que pour ralentir les pales de ventilateur grâce à une utilisation simultanée de son champ de force et de son antigrav afin de franchir ces obstacles.

447 se retrouva bloquée par une grille solidement fixée et au maillage trop étroit pour qu'elle puisse passer à travers. Myriade aurait pu recourir à ses capacités pour se frayer un chemin, mais jugea plus sage de n'en rien faire. Être parvenu jusque-là suffisait à satisfaire la curiosité de Jazz : la grille donnait sur le local où se trouvaient les organisateurs du Rin'Liln.

Une pièce unique, très grande, qui devait approcher les cent cinquante mètres carrés. Les murs, sol et plafond se couvraient d'une substance qui rappelait la roche, de couleur ocre. Le mobilier, de la même matière, se fondait dans cette masse. À l'autre bout de la pièce, six alcôves abritaient chacune un couchage.

Au centre s'alignaient face à face trois bureaux équipés de terminaux et autant de petits bancs, chacun occupé par deux des altaïriens en charge du Rin'Liln. À la surprise de Jazz, les binômes incluaient des membres de différents clans.

— Je détecte de nombreux systèmes de surveillance, dit alors Myriade.

— Ça ne m'étonne pas ! Je crois que nous pouvons être rassurés quant à une gestion équitable du tournoi. Ces types se tiennent à l'œil les uns les autres.

À travers le flux vidéo et audio de l'unité 447, Jazz observa un moment les aliens. Ils parlaient tous en même temps, générant un brouhaha impénétrable.

— Tu comprends ce qu'ils racontent ? demanda-t-il à Myriade.

— Quelques mots. Le champion du Vir-Nyastrel vient d'être livré.

— Comment ça, « livré » ? Tu veux dire « arrivé », non ?

— Le terme est le bon.

L'unité 447 quitta son poste d'observation et s'engagea à nouveau dans le dédale tubulaire. Si Jazz avait eu des lèvres, il aurait souri : Myriade se prenait au jeu... 447 fila à travers des centaines de mètres de conduit, ne marquant des pauses que pour se repérer, et aboutit dans un long couloir similaire à celui des salles d'entraînement. Elle se situait dans l'autre branche du gigantesque bâtiment en U. Des portes blindées s'alignaient des deux côtés et des engins de manutention encombraient le couloir. L'unité vola en silence au ras du plafond et s'arrêta au-dessus de la porte la plus large. Deux gardes lourdement armés et portant le vert du Vir-Nyastrel, se tenaient devant.

447 pointa ses senseurs sur le battant métallique, scrutant ce qui se trouvait à l'intérieur.

— Alors, il y a quoi là-dedans ? demanda Jazz.

— L'adversaire que Mallory, Vassili et moi allons affronter.

Jazz perdit patience.

— Je m'en doute bien ! Mais à quoi il ressemble ?
— Aucune idée. Mes capteurs sont perturbés, les données que je reçois sont incohérentes. Ma seule certitude concerne sa masse : elle est très élevée.

X
ARTVOAX

Laorcq se réveilla tôt, nauséeux et victime de maux de tête. Il avait pris son rôle de commercial décidé à se détendre un peu trop au sérieux. Pour sa défense, la *Formosa Beer*, importée à grands frais par le tenancier humain du dernier bar qu'ils avaient visité, était particulièrement traîtresse.

Après une douche bienvenue et s'être habillé, il ouvrit un placard encastré dans la cloison et en tira une canette rectangulaire. Dès qu'il retira l'opercule qui la gardait fermée, le fond monta en température et l'odeur alléchante du café s'en échappa.

Il sirota la boisson chaude en consultant son navcom. Il ne vit rien d'intéressant ou qui aurait pu le concerner, ni sur les flux d'informations, ni dans ses messages. Rien de surprenant à cela : le blocus imposé par les altaïriens était efficace. De nombreux médias traitaient par contre du Rin'Liln. Laorcq parcourut l'un des articles et manqua de renverser son café à moitié plein en découvrant la liste des combattants du clan Taq-Kavarach. Les noms de Mallory et Vassili y figuraient en bonne place.

Il se demanda ce qui avait pu se passer lors de la tentative pour piéger Axaqateq. Au moins Mallory et Vassili étaient-ils toujours en vie. Quant à participer au Rin'Liln... Quel intérêt ? Quelques années plus tôt, quand Laorcq venait tout juste de rencontrer Mallory, elle aurait été capable de s'inscrire au tournoi juste pour le plaisir, mais la pilote avait changé depuis. La tête brûlée s'était effacée, remplacée par une personne plus réfléchie. *Enfin, la plupart du temps...*

Un autre élément ne collait pas avec une initiative de Mallory : la présence de Vassili dans la même équipe. Un tel choix n'était sûrement pas de son fait, donc son implication dans le Rin'Liln non plus.

Elle doit être d'une sale humeur. Espérons que ça ne nuise pas à sa concentration lors des combats.

Il écarta d'une main les hologrammes qui encombraient son champ de vision, termina son café et s'apprêta à retrouver Théo. Avait-il mieux résisté que lui aux effets de la bière ?

En enfilant sa veste, il sentit le renifleur former une boule dans sa poche. Il hésita puis décida de vérifier à nouveau sa chambre. La bille d'acier arpenta la pièce en émettant son habituel bourdonnement, ses pinceaux lumineux balayant le moindre espace. Le renifleur revint se poser dans la paume tendue de Laorcq, un point rouge clignotant sur sa coque. Le compte-rendu s'afficha :

> DÉTECTION. UN TRANSMETTEUR NON AUTORISÉ. TRACES ADN NON HUMAIN. ANALYSE COMPARATIVE IMPOSSIBLE SANS ACCÈS BASE DE DONNÉES GLOBALE.

Les sourcils de Laorcq se froncèrent : cette saleté de blocus ne leur facilitait pas les choses. Les mots s'effacèrent, remplacés par un trait rouge pointant vers le transmetteur en question. Le trait désignait la chemise portée par Laorcq la veille, qui pendait sur le dossier d'une chaise.

Il s'en empara et l'examina, découvrant un minuscule disque noir, dissimulé sous le col. La mémoire de Laorcq ne se montra guère coopérative, probablement en représailles des excès de la veille. Il s'efforça de remonter le fil chronologique, depuis le départ de l'hôtel jusqu'à leur retour par les transports antigravs. À quel moment l'avait-on approché d'assez près pour lui coller ce mouchard ? Ou l'avait-on fait à distance ?

— La nagek !

Dans le deuxième bar, alors qu'il allait s'asseoir pour profiter avec Théo d'une simulation holographique du précédent Rin'Liln. Le contact avait été si léger qu'il en avait douté, mais la présence de la nagek avait retenu son attention : comme les masliks, son peuple était réfractaire à la technologie. Un demi-siècle plus tôt, les nageks s'en étaient pris aux panjiens, les créateurs des cybrides, pour cette raison, allant jusqu'au génocide. En la voyant, il s'était félicité que Torg fut en compagnie d'Alrine sur Auna-Sil. Connaissant Torg, il aurait pu ignorer la nagek... ou la réduire en bouillie. Cinquante-cinquante.

En tout cas, on avait bel et bien mordu à l'appât. Restait à voir quel genre de poisson ils allaient pêcher...

Nausée et mal de tête envolés, Laorcq s'équipa de son masque filtrant et quitta sa chambre pour aller réveiller Théo.

Le jeune homme ne tarda pas à ouvrir la porte, mais ne semblait pas au mieux de sa forme : ses yeux bruns se résumaient à deux fentes, sa chevelure présentait des épis et son masque était de travers.

— Tu veux retourner au bar ? demanda-t-il à Laorcq. C'est un peu tôt, non ?

— On a mis le doigt sur quelque chose. Je te raconterai en chemin.

Théo obtempéra en traînant les pieds. *Difficile de lui en vouloir,* pensa Laorcq en se remémorant leur soirée. Il a dû boire encore plus que moi. Prudent, et surtout habitué, l'ex-militaire avait veillé à ne pas vider ses verres trop vite. *J'aurais dû garder un œil sur ses consommations. Quoique... Vu sa tête, la leçon doit être rentrée, au moins pour un temps.*

Il expliqua la raison de ce réveil en fanfare le temps de rejoindre le réseau de transport antigrav et ils retournèrent en quelques minutes au Deimos. De jour, le bar présentait un visage très différent. La rue qu'il occupait était moins fréquentée et l'on voyait peu de non-altaïriens. Mis à part le patron du Deimos, Laorcq et Théo devaient être les seuls humains dans le quartier.

La façade étroite du Deimos s'étirait sur trois niveaux. Constituée de lamelles de verre bleu et rose serrées les unes contre les autres, elle luisait doucement sous la lumière blanche d'Altaïr. L'effet à l'intérieur était surprenant : alors que la nuit précédente hologrammes et néons régnaient en maîtres, une mosaïque bicolore recouvrait les lieux de nuances pastel. À cette heure de faible affluence, on entendait ronronner les systèmes de purification de l'air.

Les trois étages étaient percés en leur centre par un bar hélicoïdal qui s'élevait du sol jusqu'au toit. Des antigravs à portée limitée, répartis le long de son axe central, permettaient aux barmen de circuler aisément entre les niveaux.

Laorcq s'en approcha et ses yeux remontèrent le long du comptoir en hélice. Le patron n'était pas là. Dommage. *J'aurais dû m'en douter,* se reprocha-t-il en ôtant son masque. *Il doit encore dormir.* Une régulienne l'aperçut depuis le sommet du bar et descendit à sa rencontre, comme si elle parcourait le corps central d'une station spatiale dépourvue de gravité.

Mince et élancée, elle portait une tenue moulante dont le tissu évoquait de l'argent liquide et mettait en valeur sa peau et ses cheveux vert sombre. De tous les peuples connus, les réguliens étaient les plus proches physiquement des humains : à part sa couleur de peau, seul son unique orifice

nasal la distinguait d'une terrienne.
— Bienvenue au Deimos ! dit-elle en terrien standard.
Son accent était à peine perceptible.
Laorcq s'installa et laissa Théo le rejoindre avant de demander deux cafés. La fatigue revenait à l'assaut. La régulienne apporta la commande et il en profita pour échanger quelques mots avec elle. Il lui dit qu'ils étaient passés la veille et avaient eu l'occasion de discuter affaires avec une nagek.
Habitué à fréquenter des réguliens, Laorcq crut lire de la suspicion sur le visage de la barmaid : ses yeux s'étaient brièvement écarquillés à la mention de la nagek.
Laorcq s'empressa de décrire cette dernière et la tenue qu'elle portait la veille, espérant que ces détails rendraient son histoire crédible.
— Vous vous êtes fait avoir, déclara alors la régulienne. Je ne vois qu'une nagek qui correspond à votre description, pour la simple raison qu'elle est la seule du secteur. Si elle vous a pris de l'argent, vous ne la reverrez jamais.
L'aubaine était trop belle. Laorcq décida de la saisir, intimant à Théo de rentrer dans son jeu d'un discret coup de genou.
— Vous plaisantez ? Nous lui avons avancé plusieurs centaines d'unités standard pour organiser une entrevue avec les responsables du consortium Navorlei. (Il avait vu le nom sur la façade d'un bâtiment, en chemin pour le Deimos.) Vous savez où on peut la trouver ?
La régulienne leva les deux mains, paumes ouvertes et à plat, en un geste qui signifiait l'apaisement.
— Ne vous donnez pas cette peine. Votre argent est perdu.
Laorcq fit de son mieux pour prendre un air désabusé, en espérant que la régulienne soit au service d'un humain depuis assez longtemps pour savoir lire une telle expression.
— Écoutez, dit-elle sur un ton de confidence, le premier tour du Rin'Liln va avoir lieu. D'ici une heure, l'endroit sera noir de monde. Votre amie nagek sera sûrement là. Par

contre, à la moindre violence, j'appelle les agents de sécurité, vu ?

Laorcq et Théo attendirent patiemment. La régulienne n'avait pas menti, il ne fut bientôt plus possible de s'asseoir, ce qui n'empêchait pas les clients d'affluer dans l'établissement. Le patron était également arrivé, ne manquant pas de saluer ses compatriotes humains.

Enfin, un hologramme s'afficha au-dessus des tables et des salons privatifs, sur chacun des étages du bar. Le Rin'Liln débutait.

Une étendue ocre apparut, entre deux hauts murs de béton gris, percés de multiples balcons. L'image changea de perspective, dévoilant les combattants du clan Taq-Kavarach.

— Mallory ! s'écria Théo en la découvrant dans l'hologramme.

— La nagek ! lui fit écho Laorcq.

Mallory pénétra dans la gigantesque arène avec appréhension. Faire équipe avec Vassili la hérissait et les séances d'entraînement ne l'avaient guère rendue optimiste : elle s'était gardée de le montrer, mais les hologrammes lui avaient mené la vie dure. *Ça m'apprendra à jouer la maman pour tonelkas orphelins. Je suis rouillée,* se dit-elle en triturant le bandeau jaune à son bras gauche. Vassili portait le même, indiquant ainsi leur affiliation au clan Taq-Kavarach.

Grâce à la petite incursion de Jazz et Myriade dans la seconde aile du bâtiment, ils s'attendaient déjà à se battre contre un gabarit hors du commun. Quant à sa forme...

On va vite savoir. Mallory n'avait pas oublié une chose essentielle : le doute est le pire ennemi d'un combattant. Elle chassa toute pensée parasite, s'ouvrant à la présence rassurante de Myriade, acceptant même celle de Vassili. Ses yeux scrutèrent l'étendue ocre, notant l'absence des insectes qui pullulaient normalement à la surface d'Enot-Ka.

Elle en comprit la raison en percevant une légère déformation au loin, à l'extrémité des branches du grand bâtiment en U. Un champ de force les coupait de l'extérieur. Un regard en arrière lui indiqua que la porte s'était refermée derrière eux. Au niveau du sol, les murs ne comportaient aucune autre ouverture. D'où était censé venir leur adversaire ?

Les étages du bâtiment qui cernait l'arène disposaient quant à eux de nombreux balcons, remplis de spectateurs majoritairement altaïriens. *Et sûrement regroupés par couleur de clan,* pensa Mallory. Pas besoin de savoir lire leur physique pour deviner l'impatience qui les animait.

À une vingtaine de pas devant elle, le sol se déforma. Une bosse apparut pour se résorber aussitôt. Mallory se figea, imitée par Vassili. Les unités de Myriade se déployèrent plus largement.

— *Tu as vu ?* demanda Mallory à travers leur lien mental.

— *Oui. Mes senseurs détectent une masse organique à trois mètres sous la surface.*

Mallory inspira profondément, se tenant prête à tout. Sans lâcher des yeux l'endroit où le sol avait bougé, elle s'adressa à Vassili :

— Notre adversaire est sous terre, juste devant nous.

— Étrange, répondit-il, avec autant de calme que s'il prenait un thé dans la cambuse du *Sirgan*.

L'ignorance dans laquelle les altaïriens les avaient gardés allait bientôt prendre fin.

— Allez, montre-toi, murmura Mallory.

Malgré sa concentration, le sol devant elle s'ouvrit si brutalement qu'elle eut à peine temps de se jeter en arrière. À une fraction de seconde près, elle aurait été engloutie.

Devant les deux humains et Myriade béait maintenant une large fosse. De la poussière retombait lentement autour

d'eux, irritant leurs yeux et sinus. Une masse colorée se dessina progressivement au fond du trou.
— C'est une blague ? s'écria Mallory.
Un amas de boules blanches tachetées de bleu ou de vert tremblotait dans la fosse, évoquant des bonbons gélatineux de près d'un mètre de diamètre. Mallory n'arrivait même pas à savoir s'il s'agissait d'un ou plusieurs individus. Étaient-ils (ou elles ?) collés les uns contre les autres ? Où leurs flancs soudés comme ceux de jumeaux siamois ? Et surtout :
— Comment est-on censé se battre contre ça ? On va pas descendre leur mettre des coups de pied !
Myriade lança ses unités au-dessus de la chose et l'examina de tous les outils à sa disposition.
— *Rien,* déclara-t-il enfin. *Aucun senseur ne parvient à traverser leur peau. On dirait qu'elle absorbe les ondes.*
Mallory avisa une motte de terre à ses pieds. Cédant à une impulsion, elle tapa dedans du bout de sa botte. La motte fila droit sur l'une des boules, qu'elle heurta en produisant un son mat.
Les boules cessèrent de trembloter et un fin trait noir apparut sur chacune d'elles. La peau tachetée s'ouvrit suivant cette marque, comme deux paupières s'écartant sur un monstrueux œil noir et luisant. Ils avaient beau être uniformes, Mallory eut la certitude que ces yeux la fixaient.
Elle n'eut pas le temps de préciser cette pensée : les globes jaillirent soudainement des enveloppes entrouvertes et se précipitèrent sur elle et Vassili. Elle réussit à esquiver les deux premiers, repoussa du pied un troisième, mais le quatrième la heurta de plein fouet, s'écrasant contre son ventre.
Le choc lui coupa le souffle et la projeta en arrière, roulant au sol sur plusieurs mètres. Une brusque montée d'adrénaline lui permit d'ignorer la douleur et elle se redressa, prête à encaisser un nouvel assaut.
Les boules avaient déjà disparu. Non loin Vassili se relevait en grognant, victime lui aussi de ce premier assaut.

— *Les membres sphériques sont attachés au corps principal par des tentacules, dont la créature module à volonté la longueur,* expliqua Myriade.

Mallory allait lui demander s'il avait décelé un point faible ou le siège d'une conscience, mais l'apparition d'un hologramme au-dessus d'eux l'interrompit.

Les altaïriens avaient le sens de la mise en scène. Aux balcons des étages supérieurs, la foule composée émit des cris aigus en découvrant les images. Mallory se vit géante, sculptée dans la lumière et l'air à grande échelle, des commentaires défilant devant elle en plusieurs langues, décrivant ses capacités. Taille, poids, vitesse de mouvement, force de frappe...

Une image de Vassili remplaça celle de Mallory, accompagnée des mêmes informations. Myriade lui succéda, d'abord sous la forme d'essaim, puis sous une seule unité. Vint le tour de leur adversaire. La large échelle le rendait encore plus insolite. L'humaine repéra les annotations en terrien et se hâta de les lire.

Artvoax sauvage unique. Champion du clan Vir-Nyastrel. Originaire de Lynak, Région polaire Sud, troisième monde Système Altaïr. Poids : deux tonnes. Dimensions : variables. Force de frappe : 120 kg/cm².

— Tu parles d'une carte de visite ! lâcha Mallory.

En pensée, elle enchaîna à destination de Myriade :

— *Tu ne décèles vraiment rien au niveau mental ?*

— *Non. Cela ne signifie pas qu'il soit dépourvu d'intelligence, seulement qu'elle nous est trop étrangère.*

L'hologramme disparut. L'attention de Mallory se reporta juste à temps sur l'animal extraterrestre. Les membres sphériques de l'artvoax se ruèrent à l'assaut des humains, balayant les unités de Myriade, qui rebondirent contre la surface lisse des boules noires.

Mallory se lança dans un sprint désespéré sur la droite, cherchant à s'éloigner sans perdre de vue les masses d'armes biologiques que l'artvoax jetait sur eux. Du coin de l'œil, elle nota que Vassili en faisait autant de son côté. L'une des sphères la frôla, manquant de la déséquilibrer. Elle dédia toute son énergie à la course et parvint à se mettre hors de portée.

Reprenant son souffle avec peine, elle entendit la foule altaïrienne pousser des cris sur une modulation irrégulière, un ton plus grave qu'à leur arrivée. Il ne lui fallut pas longtemps, ni l'aide d'un traducteur pour en comprendre la signification : la façon dont les humains agissaient déplaisait aux spectateurs. Ils voulaient un affrontement brutal, pas de prudentes esquives.

Sur ce point, les altaïriens ressemblaient beaucoup aux humains. L'enjeu particulièrement élevé du Rin'Liln exacerbait encore ce trait.

Mallory leva la tête, cherchant les unités de Myriade tout en le sollicitant à travers leur connexion mentale. L'entité multiple flottait à quelques mètres de haut, en un maillage qui couvrait la zone du combat.

— *Je pense avoir trouvé son centre nerveux,* dit-il en répondant à la question informulée de l'humaine. *Deux poches plus petites que les autres sont restées fermées lors des attaques.*

— *Un cerveau ?* demanda Mallory en marchant lentement, sans perdre de vue la tache noire de la fosse où se terrait leur adversaire.

— *Je ne détecte pas d'activité, mais la position centrale plaide en faveur de cette hypothèse. La double configuration cache peut-être un système de redondance naturel.*

— *En clair, il faut se charger des deux pour avoir sa peau.*

Vassili se tenait de l'autre côté, à distance équivalente de l'artvoax. Mallory attira son attention en agitant un bras.

— Tu vas le distraire ! cria-t-elle. Myriade a repéré un point faible. Puis, en direction de la foule massée sur les balcons : vous voulez du spectacle ? D'accord !

Théo enregistra à peine l'exclamation de Laorcq au sujet de la nagek : son attention était braquée sur l'hologramme. Il voulut se persuader qu'il faisait erreur, mais non : Mallory et Vassili avançaient ensemble vers le milieu de l'arène dédiée au Rin'Liln, les unités de Myriade flottant au-dessus d'eux. Ils portaient nouée au bras gauche une bande de tissu jaune. *La couleur du clan Taq-Kavarach ! Comment ont-ils fait pour se retrouver là ?*

L'angle de la vidéo changea, pour offrir une vue d'en haut. À part les deux humains et Myriade, l'immense arène prise entre les deux branches du bâtiment avait l'air déserte. Soudain, près du centre, un nuage de poussière jaillit du sol et retomba pour révéler un large trou. Un zoom avant de l'hologramme et Théo découvrit une créature qui lui parut en contradiction avec toutes les lois de la biologie. Un assemblage de gros bulbes colorés, collés les uns aux autres et dont la fonction n'avait rien d'évident.

Une main ferme secoua l'épaule de Théo.

— La nagek est juste là, insista Laorcq. Je vais avoir besoin de ton aide.

Théo lâcha à grand peine l'hologramme.

— Mais regarde ! s'exclama-t-il en montrant l'image. Mallory se retrouve dans le Rin'Liln !

Il s'attendait à lire de la surprise sur le visage de l'ex-militaire, mais celui-ci ne jeta qu'un vague coup d'œil à l'hologramme et reporta son attention sur la nagek. L'alienne se tenait debout, près d'un groupe disparate de réguliens et de gibrals. Sa silhouette évoquait une humanoïde, mais les proportions étaient mauvaises : les jambes longues et le torse trop court, les épaules beaucoup trop étroites. Elle portait un sarrau blanc, coupé dans une matière extensible qui dessinait son corps aux angles durs. Son crâne s'étirait vers le haut et se hérissait de grands pics rouges à l'extrémité blanche. Son visage n'était pas visible depuis la place qu'occupait Théo, mais, pour l'instant, il s'en moquait.

— Tu étais au courant et tu ne m'as rien dit, lança-t-il d'un ton accusateur à Laorcq.

Celui-ci prit un air gêné et répondit :

— Désolé. J'ai eu l'info à mon réveil, ce matin. Ça m'est sorti de la tête quand j'ai découvert le mouchard.

Théo ne pouvait quitter l'image des yeux. Les bulbes qui composaient l'étrange créature s'étaient ouverts et il en jaillissait des tentacules terminés par de grosses masses sphériques qui se jetaient sur Vassili et Mallory. Ces derniers en étaient réduits à courir pour leur échapper.

Laorcq lui secoua à nouveau l'épaule.

— Je n'aime pas ça non plus, mais rester assis à les regarder ne les aidera en rien. Tiens-toi prêt à filer dès que la nagek sortira d'ici.

Pour la première fois, Théo éprouva de la colère envers Laorcq. Mallory risquait sa vie et il lui demandait de ne pas s'en préoccuper ?

— Tu pourrais la suivre tout seul ! Je te rejoindrai après…

— Après quoi ? L'avoir perdue parce que j'aurais eu besoin de toi ? Qu'elle s'en soit prise à moi parce que seul, justement ? (Son ton se radoucit.) Je sais ce que tu ressens, mais tu dois passer outre.

Théo acquiesça à contrecœur. À peine eut-il reporté son regard sur l'hologramme que Laorcq se leva.

— La nagek s'en va ! dit-il en remettant son masque. Elle a dû profiter de la foule pour placer quelques mouchards.

Il se fraya un chemin à travers la clientèle de plus en plus dense, entraînant Théo dans son sillage. Dépité par la tournure des évènements, ce dernier mettait en doute les arguments du militaire. *Il se débrouille très bien sans moi… Si quelqu'un veut l'agresser, il ne changera pas d'avis à cause de ma présence.* À un moment, il songea à faire demi-tour pour retourner au bar. Seule la crainte de décevoir Mallory si elle l'apprenait le retint.

Ils retrouvèrent les rues parfaitement droites de la ville industrielle sans fin. Un picotement à la gorge rappela à Théo de passer son masque. Un inconvénient qui n'affectait pas la nagek, son espèce s'accommodant sans difficulté de l'atmosphère d'Auna-Sil. Elle avançait devant eux, facile à suivre : elle atteignait les deux mètres et les pics rouges qui ornaient sa tête se détachaient clairement.

La filature devint vite fastidieuse. La nagek flânait d'un endroit à l'autre, comme une personne qui se détend après le travail. D'ailleurs, c'était probablement le cas.

Théo résistait d'autant plus mal à la tentation de se connecter au réseau pour assister au Rin'Liln. Il tenait le coup, car il ne voulait pas hésiter ou être distrait au mauvais moment. Si quelque chose devait mal tourner, pas question que ce soit de sa faute.

Comme si la nagek se délectait du supplice ainsi infligé à Théo, elle s'arrêta devant une boutique, continua sa route, acheta ensuite à manger dans une autre. Enfin, alors que la patience de Théo arrivait à ses limites, l'alienne changea de rythme. Elle opta pour un trajet en ligne droite, en direction d'une des stations de transport antigrav. Les humains la suivirent, restant à une prudente distance.

Vassili leva un pouce pour signifier son accord à Mallory. *Distraire l'artvoax...* Un cynisme inattendu imprégna ses pensées : *Rien de plus facile.*

Il avança de quelques pas vers la fosse, assez pour être à portée des masses de gélatine. Celles-ci jaillirent à nouveau, fonçant sur lui pour l'écraser. La première sphère arriva dans une trompeuse lenteur. Il l'évita d'un pas de côté suivi d'une torsion du bassin. La suivante l'obligea à se jeter au sol, où il roula avant de se relever d'un bond.

Un regret l'effleura : à l'époque où il était sous l'emprise du ktol, il se serait saisi de l'un de ces appendices pour le broyer entre ses bras. Au moins, s'il n'était plus un surhomme, les capacités physiques dont les vohrns l'avaient doté en le reconstruisant le situaient en haut de l'échelle humaine.

Alors qu'il dansait entre les frappes de l'artvoax, un mouvement de Mallory attira son regard : elle s'approchait de la fosse contenant l'animal géant.

Cet instant d'inattention faillit lui coûter cher : l'artvoax ramena brutalement à lui l'une des boules. Le tentacule qui la rattachait à la partie centrale se tendit dans un claquement de fouet et la masse organique repartit en arrière, cognant Vassili à l'épaule. La force du coup le fit pivoter sèchement sur lui-même et le déséquilibra. Il tomba à quatre pattes, s'écorchant les paumes sur le sol.

Une autre sphère se précipita sur lui. Il roula de nouveau par terre pour lui échapper, se mettant sur la trajectoire de la suivante. Il eut alors une idée un peu folle. Il s'arrangea pour finir sur le flanc, tourné en direction de la fosse. Les muscles bandés en prévision du choc, il accompagna la frappe du globe gélatineux contre son abdomen en s'enroulant autour. Il lança dans la foulée ses mains en arrière du globe et les plaqua dessus. La surface était lisse, légèrement collante, à peine tiède.

Il eut pourtant l'impression d'avoir saisi du fer porté au rouge à pleines mains. De ses paumes irradia une brûlure qui oblitéra ses sens. Un homme normal aurait perdu connaissance. Vassili puisa dans ses dernières ressources et s'agrippa avec obstination. Il sentit que l'artvoax le ramenait vers la fosse. Plantant les talons dans le sol, il s'arc-bouta et tira de toutes ses forces, contrariant les efforts de la créature.

Mallory se lança dans un sprint effréné : l'idée saugrenue de Vassili lui offrait une ouverture, tandis que l'artvoax luttait contre l'homme. Presque pliée en deux, Mallory couvrit en un éclair la distance qui la séparait de la fosse. Elle scruta le sol devant elle, à la recherche d'une pierre ou même d'un petit caillou. Les altaïriens avaient une notion de l'équité toute relative, songea Mallory : ils auraient quand même pu lui laisser une arme blanche.

Rien de rien. Que du sable rougeâtre. Elle commençait à se résoudre à utiliser ses dents. Au bord de la fosse, elle repéra enfin un morceau de roche, probablement délogé lors de l'apparition de l'artvoax.

L'animal géant s'aperçut alors de son manège. Dans le même mouvement, elle jeta ses jambes en avant, glissa à terre pour esquiver un tentacule et son extrémité massive, attrapa la pierre et continua sur sa lancée en basculant dans la fosse.

Une cuisante douleur émana de sa cuisse, puis de son dos qui heurta la paroi. Elle se reçut en étouffant un cri : son pied venait de déraper dans un creux, lui infligeant une entorse. Elle avança en boitillant vers les bulbes de l'artvoax.

Elle se rendit compte qu'à hauteur de l'artvoax, il devenait difficile de situer les bulbes centraux.

— *Myriade ! Par où je vais ?*
— *Sur ta droite, entre les deux bulbes aux taches rouges.*

En se faufilant entre les boules gélatineuses, Mallory frôla l'une d'entre elles de sa main libre : elle retint un hurlement sous la brûlure qui en résulta. Elle serra la pierre à s'en faire mal et jura entre ses dents soudées par la souffrance.

Elle franchit l'obstacle en manquant de basculer dans un

bulbe ouvert, au moment où celui-ci rapatriait son tentacule. L'extrémité du membre faillit l'assommer en revenant dans son logement. Elle le contourna avec prudence, guidée par Myriade.

Trop concentrée pour entendre les cris de la foule qui jouissait de la scène, elle vit enfin sa cible : deux bulbes plus petits que les autres, dont les taches colorées prenaient le pas sur le blanc. Levant haut la main qui tenait la pierre, elle l'abattit avec violence sur la plus proche.

Le caillou entra en contact avec la peau épaisse et élastique pour rebondir sans le moindre effet.

— Et merde ! Je vais vraiment devoir mordre ce truc !

La colère l'emportant, elle frappa à plusieurs reprises, sans que le résultat varie. Dans sa rage, elle ne vit pas les minces filins translucides qui s'étiraient de ces bulbes particuliers. De l'épaisseur d'un cheveu, ils se faufilèrent au sol puis le long de sa botte, entre le cuir et le tissu de son pantalon, puis continuèrent jusqu'à sa peau nue.

Son corps cessa de lui obéir. Elle était une statue de chair. Sa colère s'évanouit, remplacée par une brutale prise de conscience : elle se trouvait à la merci de l'artvoax. Avec une horreur croissante, elle sentit de minuscules fibres remonter le long de ses jambes.

— *Mallory ! L'artvoax accorde son système nerveux au tien.*

La voix de Myriade, d'ordinaire égale, convoyait une vive inquiétude.

— *Tu dois le vaincre mentalement,* ajouta l'entité multiple.

Étrangement, cela rasséréna Mallory. Elle comprenait pourquoi les altaïriens n'avaient pas jugé utile de leur confier des armes pour ce combat. Sa conscience s'ancra à celle de Myriade comme on prend appui sur le sol pour encaisser une attaque frontale. Rassurée par ce lien, elle se prépara à affronter l'esprit de l'artvoax.

En l'espace de quelques années, elle était entrée en contact mental avec de nombreux êtres, certains pacifiques, d'autres ne souhaitant que sa mort. Intelligents ou purement émotifs. Avec l'artvoax... La façon dont l'animal extraterrestre appréhendait le monde différait de tout ce qu'elle savait. Pas d'envie ni de souffrance. Ni de logique à laquelle s'accrocher. Il agissait de manière viscérale, mais son champ de pensée n'avait rien de commun avec la vie telle que Mallory la connaissait.

En arrière-plan, Myriade luttait pour maintenir la liaison qui servait d'ancrage à l'humaine. Tout se mélangea dans l'esprit de Mallory. Les sons évoquaient des couleurs, ouïe et vision s'intervertissaient. La notion du temps se fracturait : tout allait vite. Tout était figé.

Comment une créature pareille peut-elle fonctionner dans notre univers ? La réponse lui parut évidente : l'artvoax ne fonctionnait pas, il survivait, il était un naufragé d'une autre dimension, projeté par accident dans un plan d'existence étranger. *Impossible !* Mallory se souvenait d'une explication d'Ezqatliqa, comme quoi ce qui venait d'une autre dimension finissait toujours par réintégrer celle-ci. *Et pourtant...*

Pour ce qu'elle en savait, l'artvoax pouvait simplement chercher à la comprendre plutôt qu'à la tuer. Le résultat serait le même : la conscience de l'alien se forait un passage à travers celle de Mallory, en une traînée de feu rouge et aiguë, dans une odeur de brûlé qui raclait les os.

Les repères de l'humaine s'effondraient un à un. Elle, qui avait affronté et vaincu un primordial, ne possédait pas les ressources pour contrer l'exploration ravageuse de l'artvoax. Elle avait besoin d'aide et pour cela ne disposait que d'une seule option. Son être entier se cabra à cette idée.

Non. NON. Pas lui. Pas Vassili dans ma tête ! Bordel, comment pouvait-elle y songer ne serait-ce qu'une seconde ?

Arrête de faire l'enfant !

La voix de la raison avait jailli d'elle-même. L'enjeu dépassait de loin son petit bien-être. *Et puis, ce n'est pas le Vassili que j'ai connu, Hanosk me l'a assez répété.* Aussi juste que soit l'analyse, l'accepter se révéla nettement plus difficile que l'énoncer.

Au moins, elle n'avait pas besoin de s'ouvrir complètement à lui. Rassérénée par cette pensée, elle se raccrocha au fil ténu qui la reliait encore à Myriade et chercha à travers ses sens intervertis à toucher son pseudo-ktol. Loin, comme un vague écho en pleine tempête, elle sentit une forme dure, qui se réchauffa à son contact.

Elle s'en voulut de ne pas avoir prêté plus d'attention à Hanosk quand il lui avait dit qu'une communication mentale était possible à travers les pseudo-ktols. *Trop tard pour les regrets...*

Agissant au jugé, elle se concentra sur le point dur et laissa sa chaleur se diffuser en elle.

— *Vassili ?*

— *Mallory ? Mais je croyais...*

— *Pas maintenant, je suis déjà submergée.*

Vassili n'avait aucune expérience de genre de situation. Mallory se reprit, sachant qu'elle tenait là sa seule chance. Elle essaya de le guider au mieux :

— *Puisque tu as attrapé un tentacule de l'artvoax, imagine que tu es un bloc d'acier inébranlable. Tu vas me servir d'appui mental.*

Vassili obtempéra et elle sentit sa présence renforcer la sienne, assourdir les cris colorés et repousser les images stridentes de l'artvoax. Au cœur de l'esprit animal et étranger, Mallory distingua une masse noire et irrégulière. Elle flottait devant elle, nettement visible maintenant qu'elle bénéficiait d'assez de soutien.

En pensée, forçant à son tour l'espace mental de l'alien, elle reconstitua son corps, dans la représentation qu'elle avait utilisée pour vaincre Ezqatliqa. Nue, couverte de la tête au pied de ses tatouages. Elle posa un pied sur une surface qui n'existait pas, puis l'autre et saisit à bras le corps la masse noire.

Elle s'attendait à ressentir de la douleur, une morsure,

peut-être un froid mortel. Rien de tout cela. Un désespoir au-delà de toute raison l'assaillit : celui d'un être coupé à jamais non seulement des siens, mais de sa propre réalité, des atomes frères de ceux qui constituaient son être. Une souffrance infinie, car l'artvoax, étranger aux règles de l'univers de l'humaine, ne pouvait mourir. Son supplice était éternel.

Le cœur de Mallory se gonfla de tristesse. Les altaïriens avaient-ils seulement la moindre idée de ce qu'endurait l'artvoax ? Leur peuple ne comptait pas de télépathes. Ils devaient le considérer comme une simple curiosité biologique, une branche morte de l'évolution du monde où ils l'avaient trouvé.

Lentement, rassurée par l'appui conjoint de Vassili et Myriade, elle examina les contours du mental de l'artvoax.

— *Mallory !*

La voix de Myriade était à peine audible, par-delà la tempête de sensations emmêlées qui se déchaînait autour et en elle.

— *Tes mains de chair sont plongées dans l'un des bulbes de l'artvoax. On dirait qu'il se laisse faire...*

— *Il ne se débat plus ? Alors, il pense que je peux l'aider, mais comment ?*

En surimpression à celles de son image mentale qui exploraient la masse noire, ses mains réelles parcoururent l'intérieur du bulbe et butèrent sur une excroissance. Un corps étranger à l'artvoax, mais aussi à cette dimension.

L'objet la repoussa et l'attrapa à la fois. Guère plus gros qu'un poing serré. Mallory décelait pourtant en lui une puissance colossale. Une poignée d'atomes, toujours reliés à leur dimension d'origine, comme si leurs électrons allaient et venaient entre les mondes.

L'artvoax ne comprenait pas de quoi il s'agissait, trop animal dans ses raisonnements. Tout s'éclaira alors pour Mallory : Ezqatliqa avait été formel : les dimensions ne pouvaient interagir entre elles sans une débauche d'énergie.

La présence de l'artvoax était une anomalie, une erreur cosmique. Le résultat d'un équilibre délicat et hautement improbable.

Il suffisait de briser l'équilibre en question pour mettre fin au cauchemar sans fin de la créature.

Sur deux plans distincts et pourtant étroitement liés, Mallory empoigna la matière venue de l'autre côté de sa réalité et la broya entre ses doigts. À l'intérieur, les atomes partagés entre les deux plans se déplacèrent, déclenchant une réaction en chaîne qui impliqua la totalité des particules de l'artvoax.

Il disparut en une fraction de seconde, laissant Mallory, Vassili et Myriade seuls, au milieu de la fosse ouverte dans l'arène.

XI
JUNGLE

Alrine et Torg avaient passé une courte nuit dans la jungle qui recouvrait Urnit-Fa. Ils s'étaient abrités dans un repli entre les racines gigantesques d'un arbre au tronc gris et lisse, aussi haut qu'un immeuble de dix étages. À son sommet, une couronne de branches ornée d'un manteau de feuilles jaunes bloquait les rayons d'Altaïr.

L'humaine avait peu goûté au repos, mais les ronflements sonores de Torg avaient dû tenir à l'écart toute forme de prédateur... Elle se leva en repoussant une couverture en mylar, qu'elle plia en un petit carré et remit ensuite dans sa veste.

Ils expédièrent un petit déjeuner tiré du même sac et trop sommaire au goût du cybride avant de reprendre leur route.

À peine une heure plus tard, Alrine se prit à envier Laorcq et Théo. Torg ouvrait le chemin, taillant un passage à l'aide de ses griffes d'acier. La végétation avait beau céder devant l'obstination et la force du cybride, leur progression était désespérément lente.

Tout ce rouge et ce jaune, combinés à la chaleur et l'humidité de la jungle, assaillaient les sens d'Alrine. Un inconfort mineur en comparaison de ce qu'elle subissait quand ils croisaient un essaim d'insectes. Elle n'avait d'autre choix que de se blottir contre Torg, qui la protégeait de son mieux. Ces insectes à l'allure de fourmis volantes orange et obèses n'étaient pas agressifs. Ils se contentaient de se cogner contre l'humaine et le cybride, mais la dureté de leur carapace combinée à la vitesse à laquelle ils se déplaçaient les rendait dangereux.

Passant la main sur son visage afin d'essuyer sueur et débris végétaux pour la centième fois, Alrine perçut un bourdonnement sourd. Elle craignit d'avoir affaire à un nouvel essaim, mais très vite, la régularité et l'écho métallique du son la détrompèrent.

Ils approchaient d'une installation artificielle, sûrement un des systèmes automatisés qui permettaient aux altaïriens d'exploiter les ressources de la planète.

— Torg, dit-elle, tu entends ça ?

Le géant grogna son assentiment et bifurqua en direction du bruit.

Une centaine de mètres plus loin, ils débouchèrent enfin de la jungle, passant sans transition sur une zone où rien ne poussait au-delà de dix centimètres de haut. Cette étendue rase formait une bande de trois mètres, entourant un espace circulaire où se dressaient des dizaines de cylindres, de la taille d'un homme.

Le ronron mécanique diminua en intensité et reprit de plus belle, provenant clairement de l'intérieur des cylindres. Alrine s'approcha de l'un d'entre eux et l'examina. Une écorce épaisse et rugueuse, d'un brun sombre, le recouvrait. De larges nervures en parcouraient la surface, ou plutôt des veines : elles pulsaient en accord avec le ronronnement, traversées par un liquide.

Alrine en suivit une des yeux, pour constater qu'elle se

prolongeait vers le sol, où elle continuait son chemin à travers le tapis de la végétation. Ni Alrine ni Torg ne les avaient remarqués, mais ces tubes se ramifiaient de toutes parts. Est-ce qu'ils collectaient la sève de certains arbres ? Ou puisaient-ils simplement de l'eau pour la filtrer ensuite ? L'humaine n'en avait aucune idée.

Elle se glissa entre deux cylindres, et se dirigea vers le centre. D'abord déçue de ne rien y découvrir de particulier, elle s'arrêta net. Torg, qui l'avait suivie, grogna à nouveau dans son dos.

Devant elle béait un puits, dont l'ouverture était trop large pour la franchir d'un bond. Il était assez peu profond : trois ou quatre mètres. En l'examinant, Alrine vit une ombre passer brusquement d'un côté à l'autre du fond.

Elle leva la tête et chercha des yeux leur destination. Le sud et la gigantesque termitière couverte de végétation se situaient sur sa gauche.

— Je crois que nous avons déniché notre nouveau moyen de transport, dit Alrine au cybride.

Il se pencha pour observer le trou à son tour et déclara :

— Encore un tunnel ? En plus, il a l'air étroit.

Alrine activa son bracelet navcom et contacta Elask. Le vohrn s'afficha en surimpression devant elle.

— Lieutenante Lafora. Quelle est votre situation ?

— Nous avons trouvé les infrastructures de transport dont vous nous avez parlé, mais il nous faut de l'aide pour nous y introduire.

— Je n'ai pas le temps, dit le vohrn.

La réponse désarçonna Alrine.

— Mais...

L'alien l'interrompit.

— Je vous affecte le dva Tipatavonastigatuvastarestilakilorvidasfolia. Je suppose que vous l'appellerez Tipa...

L'hologramme projeté par le navcom d'Alrine se scinda en deux parties et un dva apparut. Son corps en forme de gros bâton recouvert de fourrure noire oscillait doucement de droite à gauche, dressé sur ses quatre pattes préhensiles. Sa grappe d'yeux jaunes, qui indiquait l'emplacement de sa tête, presque tout en haut de son étrange anatomie, fixa l'humaine et le cybride.

Il s'exprima dans une voix flûtée, presque musicale, à laquelle les systèmes de traduction ne rendaient guère justice :

— Mes camarades et moi avons réussi à contourner en partie le blocus sur le réseau de données. Enfin, au moins au niveau de la planète. Dites-moi de quoi vous avez besoin.

Le vohrn eut un geste saccadé de sa main aux longs doigts, puis disparut. Alrine comprit après coup qu'il avait maladroitement imité un salut terrien... Reportant son attention sur Tipa, elle lui résuma le pourquoi de leur situation et ce qu'elle attendait de lui.

L'hologramme se troubla et l'image montra le dva qui tapait de ses trente-deux doigts sur son clavier sphérique. Quelques secondes plus tard, il répondait :

— Ce tunnel fait partie d'un réseau de transport pour denrées périssables. Vous avez raison, il mène à Fa-Quova. Je vais tenter d'accéder au système de gestion pour isoler l'un des conteneurs et vous permettre de prendre place dedans.

Alrine se relaxa. Contrairement à ce que leur apparence pouvait laisser croire, les dvas étaient redoutablement efficaces.

Au fond du puits, un cube d'acier s'immobilisa et une trappe s'ouvrit à son sommet. En découvrant la taille de l'objet, l'humeur d'Alrine s'assombrit : Mallory l'avait mise au courant de la tendance à la claustrophobie de Torg. Le cube devait tout juste être capable de recevoir le cybride et l'humaine.

Peut-être que si je descends en premier et m'installe tranquillement à l'intérieur, sa fierté l'incitera à en faire autant...

Alrine remercia le dva et coupa la communication. Elle avança vers le puits, fit un pas dans le vide en pivotant sur elle-même pour se rattraper au bord de l'ouverture dans le sol. Ainsi agrippée, elle se retrouvait les pieds à deux mètres du cube. Poussant sur ses paumes et ses pieds, elle s'écarta de la paroi et lâcha prise. Elle atterrit lestement sur le conteneur mobile.

Fixée sur son idée de forcer Torg à la suivre, elle se glissa jambes les premières par la trappe et disparut à l'intérieur du cube. Ses yeux eurent besoin d'un moment pour s'accoutumer à la pénombre. Elle s'aperçut alors qu'elle n'était pas seule.

Un insecte de la taille d'un gros chien se tenait en face d'elle. Son corps segmenté se composait de trois parties distinctes : la tête, pourvue de quatre yeux verts et de larges mandibules, un tronc d'où sortaient six pattes à l'allure de branches couvertes d'épines et un abdomen terminé par une longue pointe recourbée. Une pointe qui ressemblait beaucoup trop à un dard.

Cette fois, Alrine se souvint aussitôt qu'elle ne portait pas d'arme.

— Torg ! cria-t-elle, alors que l'horrible insecte se jetait sur elle.

Un choc au sommet du cube en ébranla la structure, coupant l'insecte dans son élan. Poussant un cri strident, il tordit la tête vers l'ouverture, prêt à mordre et à frapper de son dard.

Alrine se rencogna dans l'angle du conteneur, ne quittant pas du regard la créature. Ne voyant rien venir par la trappe, l'insecte reporta son attention sur l'humaine. Il avança lentement, agitant ses mandibules comme s'il savourait à l'avance la chair de sa victime.

Une masse sombre occulta la lumière d'Altaïr : Torg venait de sauter à pieds joints à l'intérieur du cube mobile. L'insecte bondit de côté, évitant in extremis l'écrasement, et se lança à l'attaque du cybride.

Torg contra l'assaut des deux mains : l'une serra le cou de l'insecte, l'autre bloqua le dard qui fonçait vers son ventre. Les six pattes griffues s'agitèrent frénétiquement. L'une d'elles passa si près du visage d'Alrine qu'elle manqua de l'éborgner. Les cris de la bête caparaçonnée devinrent plus aigus encore.

— Tais-toi ! dit Torg. Tu me perces les tympans.

L'insecte rua de plus belle, s'efforçant d'arracher son dard à la poigne d'acier du cybride.

Alrine vit les muscles se contracter sous la fourrure du géant, alors qu'il augmentait la pression sur le cou de la bête. Un craquement retentit, comme un morceau de bois sec qui se brise. Un ichor verdâtre coula d'entre les doigts de Torg et la tête de l'insecte se détacha lentement, avant de tomber en rebondissant sur le plancher du conteneur.

Torg jeta le corps à travers la trappe comme s'il s'agissait d'un vieux sac vide et infligea le même sort à la tête dont les mandibules remuaient encore. Il contempla sa main couverte de liquide vert, puis la secoua en grognant.

— Tu n'as rien ? demanda-t-il enfin à Alrine.

— Non, ça va, dit-elle en se redressant.

Elle n'avait pas en tête une telle ruse pour convaincre le cybride de la rejoindre dans le cube d'acier, mais puisque c'était fait...

Le temps d'un bref échange avec Tipa et le trajet vers Fa-Quova commençait, tandis qu'Alrine refermait lentement la trappe au-dessus d'eux. Torg s'était assis les bras autour de ses genoux, occupant les trois quarts de l'espace disponible.

Prise d'un mauvais pressentiment, Alrine appela Tipa et s'enquit de la durée du trajet.

— Environ une vingtaine d'unités horaires terriennes, répondit le dva. La vitesse n'est pas la priorité du système.

Si jamais Torg craque, pensa Alrine, il n'aura qu'à écarter les bras pour éventrer les cloisons...

Théo était étonné de découvrir un tel quartier sur Auna-Sil, au point d'oublier sa colère contre Laorcq. Leur filature les avait menés dans une zone qui hésitait entre forêt et friche industrielle. Le contraste avec ce qu'il avait vu du monde usine était d'autant plus frappant qu'il leur était apparu au détour d'une rue : Laorcq et lui marchaient dans les pas de la nagek, à quelques dizaines de mètres d'une station de transport, quand ils avaient débouché sur cette zone où la nature remportait un long combat sur le béton et la tôle.

Des milliers d'arbustes à l'écorce bleu foncé envahissaient des bâtiments réduits à leur armature, leur conférant un aspect moutonnant. La rue se muait en un sentier de plus en plus étroit, bordé d'herbes rouges coiffées de plumeaux blancs.

Les deux humains s'aperçurent vite que l'endroit était tout aussi fréquenté que le reste de la planète. Les habitants se montraient juste un peu plus discrets. Le rez-de-chaussée des immeubles végétalisés malgré eux accueillait une multitude d'abris de fortune, la plupart étant des conteneurs ou de grands et solides emballages, que l'on avait reconvertis avec plus ou moins de réussite.

La nagek continuait son chemin en se faufilant parmi ces habitations de bric et de broc. Laorcq accéléra, cherchant à réduire la distance entre eux et l'alienne. Théo le suivit et ils découvrirent ainsi, entre deux anciens bâtiments cylindriques, le logement de la nagek.

Au premier regard, Théo le prit pour une tente en toile brune, tendue sur des arcs métalliques. Un examen plus minutieux, alors qu'ils s'approchaient, le détrompa : il s'agissait d'un végétal, un bulbe qui avait grandi démesurément, occupant tout l'espace entre les deux bâtiments en ruine, moulant sa forme contre celle des murs au béton fendillé.

Laorcq s'avança jusqu'à la porte, un morceau du bulbe parfaitement découpé et monté sur charnières, et donna un léger coup de pied dedans.

La nagek ne devait se douter de rien, car elle ouvrit en grand et ne reconnut pas les humains. Du moins, pas tout de suite. Passé un instant d'étonnement, ses yeux rouges s'étrécirent et elle darda une langue qui n'avait rien à envier à celle d'un caméléon. Elle chercha à claquer la porte au nez de Laorcq, mais celui-ci la bloqua d'un geste vif.

— On n'a pas fait le chemin pour rien, annonça-t-il.

Le programme de traduction de son navcom se déclencha avec un léger retard, mais il convoya le ton menaçant de l'humain.

En dépit de sa haute taille, la nagek parut se recroqueviller. Théo se sentit mal à l'aise : il était évident que les gens qui vivaient dans ce secteur étaient des laissés-pour-compte, voire des parias. Personne ne viendrait en aide à l'alienne si jamais l'envie de la bousculer prenait Laorcq.

Alors qu'elle reculait craintivement à l'intérieur du bulbe, Laorcq la suivit, s'assurant que personne d'autre ne se trouvait à l'intérieur. Une chose à laquelle Théo n'avait pas songé. *Décidément, je ne suis pas fait pour ce genre de boulot.*

Ce qu'il vit de l'habitation végétale occulta aussitôt cette pensée morose. Il s'attendait à un endroit dépourvu du moindre confort, voire à un simple couchage à même le sol. Il découvrit un espace chaleureux, dont l'aménagement n'avait rien à envier à un studio moderne. Au fond, derrière un panneau de vitres dépolies, devait même se cacher l'équivalent nagek d'une salle d'eau.

Laorcq était peu intéressé par la décoration.

— Tu m'as collé un mouchard. Pour qui tu bosses ?

La nagek retrouva un peu de son assurance. Ses yeux

reprirent leur forme habituelle et elle passa une main à quatre doigts longs et fins sur un filament doré qui courait sur son avant-bras gauche. De ce navcom jaillit une projection holographique qui illumina l'intérieur du bulbe.

— Je ne travaille que pour moi, déclara-t-elle dans sa langue, un mélange de sifflements et de vocalises rugueuses. Je récolte des informations et les revends aux plus offrants.

Laorcq se détendit. Si la nagek n'était pas à la solde de quelqu'un d'autre, les choses devenaient beaucoup plus simples. Avec un tel gagne-pain, elle devait en savoir long sur les clans altaïriens et les guerres intestines qu'ils se livraient. Il tenta un coup de sonde :

— Et qui s'intéresserait à des humains en voyage d'affaires ?

— J'ai deux noms en tête, répondit la nagek, en commençant à faire défiler les hologrammes de son navcom, pour suspendre ensuite son geste entre deux images.

Elle semblait attendre quelque chose. Laorcq n'eut aucune peine à deviner :

— Combien tu veux ?

— Vingt jours de revenu standard.

Laorcq n'avait jamais aimé le jeu des négociations, mais il se força à donner le change pour ne pas éveiller les soupçons de l'alienne.

— Cinq.

— Quinze, rétorqua la nagek.

Sur une soudaine inspiration, Laorcq lança :

— Dix et tu pourras proposer tes services à nos employeurs.

La nagek eut un temps de réflexion, et demanda :

— Qui sont-ils ?
— Tu le sauras le moment venu. Je suppose qu'ils vérifieront d'abord s'ils peuvent te faire confiance.

Un sifflement s'échappa de la bouche de la nagek, impossible à interpréter. Enfin, elle déclara :

— Xycla-Xij et Sovan-Orth.

Des noms réguliens. Pas la réponse dont Laorcq avait besoin. Il fixa la nagek en fronçant les sourcils, puis se rappela qu'elle ne verrait pas la différence.

— Des intermédiaires ? Ça ne nous sert à rien.

L'alienne eut un nouveau sifflement, ponctué cette fois d'un son de gorge rauque et bref.

— Deux grandes compagnies en concurrence. La Kryn, du clan Vir-Nyastrel, et la Nival, du clan Taq-Kavarach. La Kryn est en train de prendre le dessus sur la Nival.

Laorcq échangea un regard avec Théo. La visite de la Nival était déjà au programme. Une bonne piste, puisque Mallory et Vassili défendaient la couleur du clan Taq-Kavarach pour le compte du primordial Axaqateq. L'implication d'Axaqateq dans le Rin'Liln ne tenait pas seulement de l'amusement ou d'un esprit revanchard. La guerre de succession des altaïriens faisait partie intégrante d'une manche de ce qu'Axaqateq et ses semblables nommaient le Jeu et auquel ils s'adonnaient avec tant de passion.

Restait donc à creuser du côté de la Kryn et de son clan, le Vir-Nyastrel.

Moyennant une nouvelle séance de marchandage, Laorcq obtint le nom et les coordonnées d'altaïriens de cette entreprise. Ils quittèrent la nagek en termes beaucoup plus amicaux qu'ils ne l'avaient rencontrée. Elle leur avait dit comment elle s'appelait : Aslionva'Ci.

Laorcq et Théo sortirent du secteur des parias et s'engouffrèrent dans le premier bar qu'ils trouvèrent, pour enfin assister au combat de Mallory et Vassili. Ils n'avaient pu s'empêcher de consulter le résultat, mais ils étaient tous les deux curieux de voir comment l'affrontement s'était déroulé. D'autant plus que les quelques informations disponibles faisaient état d'un dénouement surprenant.

Ils n'eurent aucune peine à convaincre le gibral qui tenait l'endroit de rediffuser le combat. Il semblait d'ailleurs n'attendre que cela. Laorcq s'installa confortablement et se débarrassa de son masque.

— Tu vois bien que tu n'avais pas besoin de moi, grommela Théo.

— Non, je ne vois pas, rétorqua Laorcq. Cette petite filature aurait pu mal tourner d'un millier de façons différentes. Il se trouve que nous avons eu de la chance. Ne compte pas trop là-dessus à l'avenir.

Il appréciait Théo, mais cela n'était pas une raison pour lui accorder plus de mou qu'à un bleu débarqué de nulle part, au contraire. Il continua :

— Ta relation avec Mallory ne facilite pas les choses, mais quand on est sur le terrain, on doit laisser de côté ce genre de considérations. La moindre distraction peut coûter cher.

Le jeune homme garda le silence, mais Laorcq vit que ses arguments avaient porté. Il décida d'en rester là. S'il insistait au point de braquer Théo contre lui, il ne pourrait plus rien lui apprendre.

Sachant que Mallory était saine et sauve, Théo et lui pouvaient prendre la diffusion comme une simple détente. Juste ce qu'il fallait. La journée à venir s'annonçait chargée : ils allaient se présenter dans les bureaux de deux multimondiales et se lancer dans l'espionnage industriel.

Mallory s'éveilla épuisée, avec l'impression qu'un convoi

de poids lourd lui avait roulé dessus. Se retrouver dans un lit vide, en particulier vide de Théo, n'arrangeait rien. Le blocus sur les communications commençait à lui taper sur le système.

Mais pourquoi avait-elle laissé Théo filer ? Elle avait regretté son départ de Cixtani dans l'heure qui avait suivi. Et maintenant les évènements se liguaient pour les garder isolés l'un de l'autre.

Elle n'osait penser à la tête qu'il avait dû faire en apprenant qu'elle participait au Rin'Liln.

L'après-combat s'était avéré sans fin : la disparition pure et simple du champion du clan Vir-Nyastrel, renvoyé dans sa dimension, avait marqué les esprits.

Et encore, les règles strictes du Rin'Liln avaient tenu à distance la plupart des curieux, en particulier les non-altaïriens. Vassili, Myriade et elle avaient néanmoins dû subir un véritable interrogatoire de la part de leur sponsor, le sénateur Niealk-Provi, et du comité organisateur du Rin'Liln, soit deux membres de chaque clan.

Après moult discussions et une dernière salve de questions, durant laquelle Mallory avait invoqué jusqu'à l'aide de Jazz pour présenter et commenter les données relatives au basculement transdimensionnel, la pilote et ses compagnons purent prendre du repos, tandis que le clan Vir-Nyastrel était autorisé à sélectionner un autre champion pour le prochain combat.

La lumière d'Altaïr perçait d'une grande fenêtre ronde au verre teinté de brun. Mallory soupira et s'assit au bord du lit en repoussant une épaisse couverture qui ressemblait à un tapis de mousse bleue. À quelques centimètres de son pied luisait un symbole évoquant un cours d'eau. Elle tendit la jambe pour poser un orteil dessus et une colonne sortit du sol. À l'intérieur de ce tube, elle trouva ses vêtements, nettoyés et remis en état. Elle les examina avant de les étaler sur le lit et d'aller prendre une douche.

Elle commençait juste à retrouver ses esprits quand elle

entendit frapper à la porte.

Ça doit être Vassili. Évidemment, il s'est réveillé avant moi et doit être en pleine forme.

Ces pensées grincheuses tenaient plus du réflexe que d'autre chose. Peu importe le passif de l'ancien Vassili. Elle avait combattu, manqué d'être tuée et vaincu avec le nouveau.

— Ouais ! J'arrive, lança-t-elle en veillant à ne pas paraître agacée.

Séchée et habillée, elle prononça la commande vocale d'ouverture.

Comme elle s'y attendait, Vassili se trouvait devant la porte. Les unités de Myriade, restées dans un angle de la pièce, filèrent pour se regrouper en vrombissant au-dessus de l'épaule droite de la pilote. Mallory n'éprouvait plus d'aversion pour Vassili, mais la confiance totale n'était toujours pas de mise.

Myriade réagissait en accord avec les sentiments de l'humaine, pourtant, elle crut déceler une fois encore une brève hésitation venant de lui.

Prise au dépourvu par une délicieuse odeur de chocolat chaud, elle oublia aussitôt ce qui était sans doute une fausse impression.

Vassili avait à la main une tasse d'où s'échappait un mince tourbillon de vapeur.

Il la lui tendit et elle accepta cette offrande de paix, qu'elle goûta du bout des lèvres. Du chocolat synthétique, certes, mais obtenir un tel breuvage sur Enot-Ka relevait quand même de l'exploit.

— J'aimerais revenir avec toi sur le déroulement du combat d'hier, dit Vassili. Et j'ai appris quelque chose qui devrait t'intéresser.

Mallory se demanda s'il n'ajoutait pas ce dernier élément pour la convaincre de se plier au premier.

Elle hocha la tête pour marquer son accord, avant de tremper les lèvres dans le chocolat chaud. Il leur restait un combat dans le cadre du Rin'Liln et sûrement quelques autres, plus officieux, à venir. Un débriefing ne pouvait pas faire de mal.

Vassili logeait dans un appartement pareil au sien, mais il la guida vers un ascenseur antigrav qui les mena au toit. Ils débouchèrent sur une terrasse surmontée d'un dôme qui l'isolait des tempêtes et des légions d'insectes charriés par le vent. Située à l'extrémité d'une branche du grand bâtiment où se déroulait le Rin'Liln, elle donnait l'impression de flotter au-dessus du désert rouge et ocre.

Le long d'une allée recouverte de quartz blanc poussaient des plantes rouges et jaunes, parmi lesquelles déambulaient des scarabées translucides gros comme le poing.

Le navcom de Mallory reçut une transmission automatique, une simple phrase expliquant que ce jardin sur toit était composé d'un biotope issu d'Urnit-Fa.

Tout en marchant vers le centre de la terrasse végétalisée, Vassili entra dans le vif du sujet.

— À quel moment as-tu su qu'il fallait frapper certains bulbes de l'artvoax et non les autres ?

Mallory termina son chocolat et haussa les épaules.

— Je n'ai pas compris grand-chose. C'est Myriade qui a décelé ces bulbes qui abritaient une forme de conscience. Frapper à cet endroit m'a semblé la seule solution.

— Tu aurais pu me le dire ou demander à Myriade de me transmettre l'info par navcom. Elle aurait pu m'être utile.

Exact. Où avait-elle eu la tête ? La pression d'un véritable combat comparé à l'entraînement n'expliquait pas tout : elle n'avait rien d'une débutante. Non, la raison en était simple. À ce moment-là, elle n'avait toujours aucune confiance en lui. La suite lui avait donné tort. Vassili s'était montré à la hauteur.

En se souvenant du bref échange télépathique avec lui, elle s'arrêta et dit :

— Si ça ne te dérange pas, nous réserverons les contacts mentaux aux cas d'urgence.

Vassili, qui avait continué à avancer, se retourna pour répondre, un mince sourire aux lèvres :

— Tu me surestimes, je ne saurais recommencer sans que tu le veuilles de ton côté. Je n'ai pas une telle maîtrise de mon pseudo-ktol.

Les deux humains reprirent leur marche, l'essaim de Myriade volant près de la jeune femme.

Au centre du jardin sous cloche, ils découvrirent un arbre au tronc noir et torsadé, couronné de fines branches alourdies de fleurs roses. Il était superbe et contrastait vivement avec le reste de la végétation, toute d'or et d'écarlate.

Vassili lui accorda à peine un regard, son indifférence à la beauté ravivant la méfiance de Mallory.

Elle avisa un rocher blanc près de l'arbre aux fleurs roses et alla s'asseoir dessus. Pensive, elle remonta un pied sur le haut du rocher, croisa les mains sur sa cheville et posa le menton sur son genou.

— De quoi tu parlais, quand tu disais avoir appris quelque chose ? demanda-t-elle, comme s'il s'agissait d'une arrière-pensée.

Vassili eut le tact de ne pas sourire, mais l'éclat de ses yeux montrait qu'il n'était pas dupe de la curiosité de Mallory.

— Si les champions choisis par un clan font montre d'une habileté particulière lors de combats, il est de coutume que la reine de ce même clan leur accorde une audience. Qu'en penses-tu ?

Les mondanités n'avaient guère d'attrait pour Mallory, mais elle doutait qu'il en aille autrement pour Vassili. Puis elle saisit ce que cela impliquait : si les champions se battaient bien, ainsi que les autres représentants du clan, la reine en question serait celle de tous les altaïriens ! Quelle meilleure occasion Mallory aurait-elle d'évoquer le danger représenté par les primordiaux et les stolrahs ?

Elle se leva, contempla le bel arbre à l'écorce noire, puis déclara :

— Donc, en plus de remporter le Rin'Liln, nous devons le faire en nous surpassant.

XII
RÉSEAU

Un appel arriva sur l'un des canaux longues distances, ce qui ne manqua pas de surprendre Jazz. Intrigué, il ouvrit aussitôt la ligne.
— Bonjour, Jazz. Je suis Arzopuligaramiloti...
Ah. Un dva, conclut l'Intelligence Naturelle.
— ...nigtalubesulev.
— Salut Arzo, répondit Jazz. J'ai l'impression que tu as de bonnes nouvelles pour moi.
— En effet. Nous sommes parvenus à contourner partiellement le blocus sur le réseau interplanétaire.
— Pas mal ! Mais je sens venir un « mais » justement, je me trompe ?
— Je ne sais pas ce que vous sentez : je n'ai pas ce type de connexion, répondit le dva, sans réaliser que la traduction avait buté sur l'ironie de Jazz. Nous avons besoin de votre aide pour joindre les autres agents des vohrns, en particulier Laorcq Adrinov et Théo Maral.

Le dva révéla alors à Jazz comment lui et ses camarades avaient circonvenu les mesures de blocage en installant une épissure sur l'un des faisceaux de communication laser qui connectait les ambassades et les satellites télécoms d'Urnit-Fa. Ils avaient ainsi pu contacter Jazz, car il se trouvait sur la planète capitale, mais le reste du système leur était encore inaccessible.

— Le processeur principal est gravé dans un cristal obtenu par réaction chimique avec du fluide céphalique de ménotarp, poursuivit Arzo. Cela lui confère une rapidité extrême, mais sa structure interne change aléatoirement. Les programmes qu'il exécute sont conçus en tenant compte de ces variations, ce qui nous pose problème : le temps de les analyser, il est trop tard pour envoyer une commande.

Jazz comprit que le dva voulait son aide, pour effectuer ces analyses avant la variation suivante. Une tâche à sa portée sous l'emprise de son mode d'urgence : quand ses capacités mentales se trouvaient accélérées grâce à une injection de stimulant dans son système sanguin artificiel et l'asservissement complet des équipements du *Sirgan* à ses besoins cognitifs.

— C'est bien beau tout ça, mais à une planète de distance, je serai toujours en retard.

— Nous avons une possibilité de contourner ce problème : votre présence sur le monde capital est un heureux hasard. En reproduisant une procédure similaire à la nôtre, vous pourrez accéder en temps réel à l'un des nodules principaux.

— Ah oui ? Et comment je vais me débrouiller pour poser une épissure sur une fibre optique ? Je suis un cerveau logé dans un navire-courrier, je te rappelle !

Voilà longtemps que Jazz n'avait pas ressenti de frustration par rapport à son état. Le blocus sur les réseaux de données lui tapait sur le système.

— Un de mes camarades est en route, dit Arzo. Il vous rejoindra à l'astroport d'ici cinq virgules deux heures terriennes.

— Comment ça ? s'étonna Jazz. Nous avons pu venir sur Enot-Ka parce qu'Axaqateq tire les ficelles d'une partie de l'administration altaïrienne. Même l'ambassade vohrne ne peut envoyer un délégué ici tant que le Rin'Liln n'est pas terminé.

— Mon camarade voyage dissimulé dans un colis de denrées alimentaires. Notre morphologie est peu connue dans ce système, nous pensons qu'il passera pour un animal enfermé dans les conteneurs de nourriture par accident.

Si Jazz avait eu des yeux plutôt que des caméras, il les aurait volontiers levés au ciel.

— Dans le genre optimiste, les dvas sont en tête du classement à ce que je vois...

— Il existe un classement de ce type ? demanda Arzo.

— Non, pas vraiment, c'est... Bref. Oublie ça, et décris-moi en détail votre procédure pour contourner le blocus sur les communications.

Théo et Laorcq sortirent d'un gratte-ciel en forme d'aiguille, ivres de chiffres, de diagrammes et d'holographies des produits de la Nival. La couverture fournie par les laboratoires Kaumann s'avérait idéale : les humains avaient été reçus en clients potentiels et les employés de la Nival avaient fait de leur mieux pour les convaincre de travailler avec eux.

Malheureusement, les deux humains avaient eu beau poser toutes sortes de questions, ils n'avaient rien relevé de suspect. Au contraire, dès qu'ils avaient abordé le chapitre de la recherche, il s'avéra que les soupçons des vohrns étaient infondés. La Nival avait conclu un accord avec un consortium antarien, qui avait massivement investi dans ce domaine en échange de la moitié des parts de l'entreprise. Les récents progrès de la Nival ne devaient rien aux primordiaux.

Théo espérait que le résultat serait meilleur avec la Kryn, mais il en doutait.

— Tu penses vraiment que nous allons trouver la piste d'un primordial en discutant boutique avec des commerciaux ? demanda Théo en ajustant machinalement son masque filtrant. Après tout, vu la manière d'agir des prims, nous ne croiserons que des gens qui ne sont pas au courant.

Laorcq passa une main dans ses cheveux. Sans leur habituelle nuance poivre et sel et sa balafre, il paraissait plus jeune. Seul son regard le trahissait parfois, du moins pour quelqu'un le connaissant.

— Les chances sont faibles, mais j'ai de quoi les améliorer.

— Comment ? Tu as des outils d'espionnage ?

Laorcq hocha la tête, et profita de la foule qui les entourait pour se rapprocher de Théo.

— Pas grand-chose. Un des renifleurs conçus par les vohrns et quelques programmes chargés dans mon navcom. Je les ai utilisés à la Nival sans rien trouver, espérons qu'il en aille autrement cette fois.

Le siège de la Kryn se situait à une petite demi-heure. En chemin, les pensées de Théo revinrent à Mallory. Elle avait pris un gros risque lors de l'affrontement avec la créature nommée artvoax. Tout en sachant le résultat à l'avance, Théo n'avait pu s'empêcher de frémir en la voyant se jeter sur l'immense créature. La tactique avait payé, mais il s'inquiétait pour la suite. Il tenta de se rassurer en se rappelant qu'elle avait Myriade à ses côtés.

Si seulement je pouvais parler avec elle ! Rien qu'une minute... Il maudit les circonstances qui les maintenaient à distance l'un de l'autre. Trop occupé à broyer du noir, il faillit rester sur la voie aérienne du transport antigrav alors que Laorcq en descendait. Il prit pied sur la passerelle perchée à une vingtaine de mètres du sol et le rattrapa.

Une rampe en pente douce menait au sol, qu'ils empruntèrent au milieu de représentants de nombreuses espèces. Le siège de la Kryn se situait dans un secteur bouillonnant d'activité, où entrepôts et usines n'étaient pour une fois que peu présents.

Le navcom de Laorcq les guida vers un bâtiment qui évoquait un assemblage de cubes, imbriqués partiellement les uns dans les autres sans ordre précis, et de tailles variables. Aucune ouverture ni la moindre fenêtre n'était visible. Un revêtement doré le recouvrait, parfaitement lisse et brillant. La ressemblance avec un bloc de pyrite était frappante et probablement voulue. Théo en conclut que l'exploitation de ce minerai devait avoir une place importante dans l'histoire de la Kryn.

Les deux humains s'approchèrent, pour constater que la surface brillante ne reflétait aucun des passants. Même à quelques centimètres de distance, la paroi dorée des cubes ne montrait que les autres bâtiments et une rue vide.

Cette extravagance architecturale ne laissait guère de doute : la Kryn se portait bien et tenait à le faire savoir. Ils ne purent repérer l'entrée qu'en voyant un régulien sortir d'un des cubes à quelques pas sur leur gauche. Laorcq se précipita, mais l'ouverture se referma devant lui, sans la moindre trace de jointure ou d'un appareil pour signaler leur arrivée.

— Notre amie nagek aurait pu nous avertir, se plaignit Laorcq. Je suppose qu'un système de surveillance va nous identifier...

Théo hésita, une idée lui venant, puis se pencha vers Laorcq pour murmurer :

— Envoie-leur un message tout de suite. Quelque chose qui laisse transparaître un peu d'impatience. Montre que le faste de leurs bureaux nous laisse indifférents.

Après tout, les laboratoires Kaumann n'étaient pas du menu fretin non plus. La rumeur disait que leur PDG possédait la totalité d'un cratère sur la lune et qu'il l'avait transformé en un vaste jardin à la japonaise. Un tas de cubes ne devrait pas impressionner ses représentants.

Laorcq approuva d'un hochement de tête. À voir ses yeux, l'idée lui plaisait. Il dicta un message à son navcom et l'expédia d'un geste. Trois secondes plus tard, l'ouverture réapparaissait au sein du mur brillant.

Ils s'engagèrent dans un couloir cylindrique, un court tunnel à travers une matière rouge et iridescente. Le sol donnait une sensation élastique, se déformant légèrement sous les pas de Théo. En observant un peu mieux la paroi, il distingua un mouvement, puis plusieurs. De petits mollusques noirs, pourvus de trois yeux verts et évoquant les calamars nageaient en agitant leurs tentacules. Le couloir n'existait que par l'entremise d'un champ de force : ils traversaient un aquarium...

Une fois dans le hall d'entrée, une pièce toute en longueur au dallage blanc et lisse comme un miroir, une IA les accueillit. Sur une poutre en acier doré qui filait jusqu'au plafond, une bille noire de la taille d'un poing roulait de haut en bas au mépris de la gravité. Elle s'immobilisa brusquement, étrange œil fixé sur les humains. Une voix s'éleva de la bille.

— Le Rek-Niv va vous recevoir en personne, déclara-t-elle dans un terrien parfaitement neutre.

Voilà qui était bon signe : en étudiant la structure complexe de la société altaïrienne, Théo avait appris que le titre de Rek-Niv désignait une position d'importance pour un employé. Il avait d'ailleurs été surpris en découvrant qu'un Rek-Niv pouvait par contre occuper une place des plus mineures dans son clan : l'élévation au sein d'un clan ne dépendait pas de la réussite sociale, et inversement.

Théo se secoua : il devait jouer son rôle et non pas avoir la tête ailleurs ! Il glissa un regard vers Laorcq, qui affichait malgré son masque l'expression convenant à un représentant d'une grande entreprise terrienne. Le jeune homme s'efforça de l'imiter.

Dans le mur devant eux, une ouverture apparut et un altaïrien en jaillit. Son buste d'un bloc arborait le vert de son clan. Ses bras pendaient vers le bas, oscillant imperceptiblement. Il se mouvait d'une démarche fluide sur ses jambes moitié plus longues que celles d'un humain. Les épines aux pointes acérées qui les recouvraient déclenchèrent un frisson dans le dos de Théo. *Décidément, je ne m'habituerai jamais à les voir sans leurs houppelandes.*

Il déglutit, mal à l'aise. Leur hôte prit la parole :

— Messieurs Strickland et Nicholson, je vous souhaite la bienvenue au nom de la Kryn.

La voix du Rek-Niv était tout aussi dénuée de chaleur que celle de l'IA. Théo repéra un boîtier traducteur, minuscule protubérance placée juste sous la tête en cylindre de l'altaïrien. Il arracha ses yeux de l'objet, craignant d'être malpoli. *Souviens-toi plutôt que Strickland c'est toi et que Nicholson est Laorcq.*

L'altaïrien les guida à l'intérieur du bâtiment, passant par un couloir plus commun que celui de l'entrée et empruntant un ascenseur antigrav. Enfin, il les mena dans une pièce circulaire, où se trouvaient des sièges adaptables à la morphologie humaine. Théo s'installa dès que l'alien le leur proposa et s'apprêta à subir une nouvelle séance de torture technico-commerciale.

La suite lui donna raison, jusqu'à ce qu'une des projections holographiques éveille un souvenir en lui. Il ne réagit pas tout de suite, laissant une image chasser la précédente. Pourtant, l'appareil entrevu lui était familier, il aurait pu en jurer.

Deux plaques, très longues, larges d'un ou deux mètres, l'une fixée au sol et l'autre la surplombant. Celle d'en bas était d'un noir profond, comme si elle avalait la lumière. Le panneau de taille identique, placé environ quatre mètres plus haut, était au contraire d'un blanc pur, éclatant. Les surfaces contrastées avaient en commun un aspect grumeleux, mais en se remémorant l'hologramme, Théo revint sur ce point. Les plaques étaient hérissées d'une multitude de pointes, comme des aiguilles. À l'extrémité de chacune d'entre elles, une bulle s'était formée, ce qui conférait à première vue cet aspect irrégulier à la surface des longs panneaux.

Où avait-il pu voir quelque chose de similaire ? Il fouilla sa mémoire, en vain, tandis que Laorcq tenait le discours prévu par les vohrns :

— Les laboratoires Kaumann ne se contentent pas de la biologie. Nous pouvons sous-traiter pour vous des tâches de recherche dans de nombreux domaines. Un récent accord conclu dans le système d'Aldébaran nous a donné accès à du matériel génétique de premier plan.

L'altaïrien mordit aussitôt à l'appât :

— Voilà qui est prometteur. Les gibrals sont souvent protectionnistes.

Théo abandonna la conversation, simulant un intérêt pour un graphique aux multiples courbes. Il revenait sans cesse à ces deux plaques de couleurs opposées. Quand il comprit enfin à quoi elles faisaient écho dans sa mémoire, il faillit se trahir en appelant Laorcq par son vrai nom, oubliant leurs rôles et l'altaïrien pourtant à deux pas de lui. Il se maîtrisa juste à temps et laissa l'entretien se poursuivre.

Il avait eu du mal à établir le lien. La dernière fois qu'il avait vu quelque chose de similaire, ce n'était pas du tout à la même échelle ni sous la même forme : il s'agissait du basculeur dimensionnel du primordial Ezqatliqa, dissimulé sous les glaces de Vlokovia...

Un léger choc ébranla la structure du conteneur mobile, marquant la fin du trajet. Soulagée de pouvoir enfin échapper à leur prison sur roulettes, Alrine n'en attendit pas moins avant d'ouvrir la trappe d'accès. Elle tendit l'oreille, attentive. L'absence de sons autres que mécaniques la rassura.

— Encore un peu de patience, dit-elle à Torg, et on sort de cette boîte.

Le cybride se contenta de remuer un peu la tête. L'étroitesse de leur moyen de transport et la durée du trajet l'avaient quasiment poussé à bout.

Alrine leva une main vers la trappe et fit coulisser le panneau juste assez pour glisser un renifleur à l'extérieur. La bille d'acier s'envola et l'humaine s'assura à travers une connexion avec son navcom que la voie était libre.

Cette vérification effectuée, elle rappela le minuscule appareil et ouvrit en grand. Avant qu'elle puisse réagir, Torg la prenait par les hanches et la soulevait pour l'aider à sortir. Comprenant qu'il ne supportait plus d'être enfermé, elle se hâta de lui laisser le passage, en roulant sur côté puis en sautant depuis le haut du cube de métal.

Elle se reçut souplement, puis se redressa pour mieux observer les lieux, tandis que Torg atterrissait près d'elle en faisant trembler le sol. Ils se trouvaient dans un hangar entièrement automatisé, où des milliers de conteneurs comme celui qu'ils avaient utilisé pour s'introduire dans la ville de Fa-Quova attendaient d'être pris en charge par des machines évoquant un fouillis de pinces et de câbles. Araignées mécaniques géantes, elles s'affairaient en silence, manipulant les conteneurs pour en extirper les marchandises.

Alrine avisa une passerelle un peu plus loin, qui s'étirait sur des centaines de mètres à travers le complexe. Des escaliers permettaient de la rejoindre. *Bonne ou mauvaise idée ?* se demanda-t-elle. Une chose était certaine : ils devaient filer. Il valait mieux partir du principe qu'un système de surveillance les avait déjà repérés. Tout allait dépendre du type d'alerte que leur intrusion générerait.

Elle montra les escaliers à Torg et ils se faufilèrent entre les autres cubes pour les rejoindre. La passerelle était déserte. Alrine haussa le rythme, puis finit par courir vers la porte qui se dressait à l'extrémité de la passerelle. Torg l'imita, malmenant la structure d'acier sous son poids.

Arrivée devant la porte, Alrine eut beau chercher, elle ne vit aucune poignée. Elle tendit les doigts vers le panneau en espérant activer un capteur, mais celui-ci coulissa brusquement avant qu'elle ne le touche.

Surprise, elle recula d'un pas, évitant de se retrouver nez à nez avec un régulien qui se tenait derrière.

Une alerte avait bel et bien été donnée.

L'alien se figea, ses traits presque humains plissés en une expression qui – si Alrine avait bonne mémoire – était de la colère. Le naturel reprit le dessus et elle porta la main vers son arme... pour ne rien trouver. Étouffant un juron, elle remarqua un changement dans l'attitude de l'alien à la peau verte.

Il avait oublié la terrienne, pour poser son regard sur Torg.

— De quelle espèce...

Le cybride écarta Alrine et fonça sur le régulien, plus rapide que ne le laissait penser sa masse. Le régulien se retrouva les pieds battant dans le vide, le cou pris entre les doigts aux griffes d'acier de Torg.

Alrine mit une main dans le dos de son compagnon.

— Ne lui fais pas de mal !

— D'accord, répondit-il de sa voix grave. Je l'assomme et c'est tout.

Joignant le geste à la parole, il leva le régulien d'un coup sec et la tête du malheureux entra brutalement en contact avec l'encadrement de la porte. Au son mat que son crâne produisit, Alrine rentra la tête dans les épaules. Torg s'avança dans le couloir d'où provenait l'alien et le reposa, inerte, au sol.

Ce qui est fait est fait. Je lui passerai un savon plus tard. Alrine se hâta de franchir la porte à son tour alors que celle-ci se refermait, et se pencha sur l'alien pour le fouiller. Ce devait être un employé chargé de la maintenance, car sa combinaison aux nombreuses poches recelait une douzaine d'outils. Alrine les mit de côté après un rapide examen. Elle parvint enfin à dégotter le navcom de l'alien : un stylet en métal orangé. La majeure partie de ses données n'étaient accessibles qu'à son propriétaire.

Alrine défit son bracelet navcom, dévoilant le connecteur standard. Elle sortit de sa poche un câble qu'elle utilisa pour relier son navcom et celui du régulien, puis ouvrit une ligne pour joindre le dva assigné à leur aide.

— Tipa ?

— Oui, lieutenante Lafora, répondit aussitôt le petit alien aux yeux en grappe.

— Tu pourrais fouiller la banque de données d'un navcom connecté au mien ?

— Cela dépendra du cryptage, mais je peux essayer.

Alrine activa les connexions logicielles requises et Tipa se mit au travail. Elle entendait les claquements secs des touches malmenées par sa frappe à haute vitesse.

Pendant ce temps, elle examina le couloir qui s'étirait devant elle. Un peu plus loin, des portes se trouvaient de chaque côté. Elle s'en approcha et chercha à les ouvrir. Les deux premières étaient solidement verrouillées, mais la troisième coulissa sous sa main.

Alors que le panneau glissait lentement, Alrine découvrit une grande pièce, envahie de robots et de drones dont aucun n'était entier. À certains, il ne manquait que quelques éléments de leur coque, d'autres étaient en menus morceaux.

Cet atelier de réparation devait être le lieu de travail du régulien. Alrine recula d'un pas et se tourna vers l'entrée du dépôt automatisé et l'alien assommé.

Torg avait disparu.

Elle se demanda où il avait pu passer, puis un froissement d'emballage que l'on déchirait lui parvint. Une des autres portes, juste après l'atelier, était également ouverte. Alrine s'en approcha en silence et jeta un rapide coup d'œil à l'intérieur.

Le cybride avait trouvé une salle destinée au repos du régulien. À moitié plongé dans un gros carton dont le couvercle était maintenant en lambeaux, il en fouillait le contenu.

— Torg ! Mais qu'est-ce que tu fiches ?

Le géant se redressa et se tourna vers Alrine. Entre ses larges mâchoires, une longue saucisse bleue dépassait.

— Hurmmprh ? marmonna-t-il, la bouche pleine.

Alrine dut prendre sur elle pour garder son sérieux : le cybride risquait d'interpréter cela comme un encouragement.

— C'est pas le moment ! lâcha-t-elle. Viens plutôt m'aider à cacher le régulien.

Torg s'exécuta en grognant, non sans arracher une deuxième saucisse au colis éventré.

Tipa les recontacta quand ils installaient le régulien inconscient derrière une pile de pièces détachées, au fond de l'atelier.

— Comme je le craignais, dit-il, les données sont en majeure partie cryptées, mais j'ai trouvé un plan de Fa-Quova beaucoup plus détaillé que celui dont nous disposons. Je vous l'envoie.

Déçue par ce maigre résultat, Alrine retint un soupir.

— Rien d'autre ?

— Rien d'utile, non. Par contre...

Tipa laissant sa phrase en suspens, Alrine devina que la vive intelligence du dva s'était déjà orientée vers un autre sujet. Elle fouilla les étagères de l'atelier, s'emparant de cordons d'acier et d'un morceau de film plastique. Après des excuses silencieuses au régulien, elle entreprit de l'attacher avec le cordon et de le bâillonner avec le film.

Ce travail achevé, elle envoya une note à Elask, afin que quelqu'un porte assistance à l'alien si personne ne s'apercevait de sa disparition. Une éventualité peu probable, mais elle refusait de prendre le risque.

La voix du dva s'éleva de nouveau :

— Le plan de la ville est destiné à du personnel de maintenance, il comporte les adresses des habitants. Soch-Nochra dispose de deux adresses en plus de celle de son entreprise.

Tipa afficha le plan en projection tridimensionnelle. Trois points rouges apparurent, tous localisés près du sommet de la gigantesque termitière. Deux se situaient dans des quartiers marqués comme résidentiels. Le troisième était presque invisible parmi une nuée d'enseignes commerciales. *Ce doit être le siège de l'entreprise,* se dit Alrine tandis que le dva poursuivait :

— La ville de Fa-Quova est au début de son cycle diurne et nous sommes dans les périodes habituelles d'activité pour les altaïriens. Il est donc probable que Soch-Nochra se trouve dans les locaux de son entreprise.

Alrine remercia Tipa et se concentra sur le plan.

— Devant nous, troisième issue à droite. C'est un passage de secours vers les quartiers d'habitation. On file en le suivant.

Torg partit en déglutissant le dernier morceau de saucisse bleue. En retrouvant le couloir, les yeux de l'humaine se posèrent sur les outils du régulien restés au sol. *Je ne peux pas les laisser là...* pensa-t-elle, en s'emparant du lot pour le glisser dans les poches de son pantalon-treillis.

Rejoignant Torg, elle s'engouffra avec lui dans le passage de secours. Leur intrusion ne devait pas avoir suscité trop de curiosité, mais quelqu'un s'y intéresserait tôt ou tard. En se basant sur les temps de réaction habituels des forces de l'ordre dans une ville d'importante densité de population, Alrine estima qu'ils disposaient d'une heure, peut-être une heure et demie, pour mettre la main sur Soch-Nochra.

Lorsque son navcom indiqua qu'ils parvenaient à la fin de l'itinéraire de secours, Alrine jeta un œil à l'horaire de la ville : ils étaient arrivés en pleine matinée. Le bureau de Soch-Nochra représentait leur meilleure chance. Elle demanda à son navcom de leur calculer le chemin le plus

rapide. Enfin, pointant du doigt le panneau qui les séparait de la partie habitée, elle s'adressa à Torg :
— Derrière cette porte, c'est un peu le centre-ville. Donc, tu n'assommes personne et tu ne voles pas de saucisses, d'accord ?

XIII
AGRESSION

Vassili goûtait à un autre sentiment nouveau pour lui : l'inquiétude. Mallory ne parvenait pas à lui faire confiance, même si elle faisait des efforts dans ce sens. En temps normal, cela n'aurait pas eu la moindre importance, mais en participant au Rin'Liln cela pourrait signer leur arrêt de mort. Et Vassili avait dans l'idée que, cette fois, son corps dépourvu d'un véritable ktol ne pourrait être reconstruit par les vohrns.

Depuis qu'il avait annoncé à Mallory qu'une victoire leur donnerait accès à la reine des altaïriens, elle prenait pourtant les choses au sérieux et n'était pas à blâmer.

Non. Le problème trouvait sa source dans la blessure que l'ancien Vassili lui avait infligée. Elle était trop difficile à effacer. Il faudrait du temps, de longues années. Dont ils ne disposaient pas.

Vassili ressassait ces pensées alors qu'il venait de s'entraîner dans la salle attribuée par les altaïriens. Par curiosité, il avait poussé les réglages du projecteur d'hologrammes solides à la limite autorisée et sélectionné l'adversaire le plus redoutable possible. Un géant à quatre pattes et autant de bras, au corps recouvert d'écailles dures comme de la pierre. Les côtes droites de Vassili, qui le lançaient, et seraient ornées de bleus très bientôt, pouvaient en témoigner.

Fatigué, mais toujours alerte, il regagnait son appartement quand un crissement à peine perceptible lui parvint. Il se retourna, découvrant un long couloir vide. Le strict planning interdisait les rencontres imprévues dans le secteur réservé aux champions des clans.

Le crissement retentit de plus belle. Vassili se retourna encore, pour trouver l'autre bout du couloir tout aussi vide. Le son désagréable pouvait provenir d'un équipement de ventilation ou d'un conduit soumis à une contrainte thermique. Et pourtant... Vassili acquit la certitude de ne pas être seul, en dépit de ce que ses yeux lui montraient.

Tous les sens en alerte, il poursuivit son chemin. Le sentiment de danger s'intensifia, se mua un véritable hurlement silencieux. Juste à sa gauche, une porte se découpait dans le mur. Vassili se figea, devançant son ouverture d'une poignée de secondes.

Nous y voilà, songea-t-il.

La porte grande ouverte donnait sur une pièce sombre. Depuis l'endroit où il se tenait, Vassili ne pouvait voir ce qui se trouvait à l'intérieur. Il resta immobile, espérant forcer un éventuel intrus à se découvrir.

Rien.

Pas de mouvement, plus un seul bruit. Et pourtant, il sentait toujours une présence hostile. L'attente se prolongea, les secondes devinrent minutes. Le couloir était étrangement désert. Vassili nota l'anomalie sans y penser. Sa résolution s'effrita. Il activa son navcom, effleurant le bracelet renfermant l'appareil, et afficha un hologramme. Un cube blanc jaune à peine plus gros que le poing apparut devant lui, alors qu'il se lançait vers la pièce obscure.

Sous la lumière crue de l'hologramme, la pièce se révéla banale. Toute en longueur, elle abritait des récipients couverts de symboles altaïriens, rangés sur des étagères. Un simple débarras où ne se tenait nul agresseur. Dans le halo lumineux dessiné au sol, un insecte au corps plat et ovale fila derrière l'un des bidons. On aurait dit un galet blanchâtre, monté sur une douzaine de courtes pattes.

Vassili l'ignora. Comment pouvait-il se fourvoyer ainsi ? Il avait pourtant senti une présence. La sentait toujours !

Jaillissant d'entre les bidons empilés, une horde d'insectes se précipita sur lui. Pris au dépourvu, et ne sachant se défendre contre autant d'adversaires aussi nombreux et petits, il recula en se protégeant le visage. Un réflexe salvateur : lardant sa peau de morsures, de grosses blattes volantes le recouvraient déjà. La douleur qui émanait des blessures se combina en une accumulation qui lui arracha un cri.

Dans un éclair de lucidité, il comprit que les mandibules plantées dans sa chair lui injectaient une sorte de venin. Les hologrammes de son navcom lui apparaissaient en surimpression de ses mains, plaqués sur son visage. Il lutta pour ne pas succomber à la souffrance qui enflammait chaque centimètre de sa peau et se concentra sur l'icône d'appel.

La connexion prit un temps infini pour s'établir. Il jeta aussitôt :

— Mallory ! Une horde d'insectes est en train de me tuer !

Myriade lut la surprise sur le visage de Mallory autant qu'il la sentit à travers leur lien mental.

— Des insectes ? s'exclama l'humaine. D'où peuvent-ils...

Elle oublia la question.

— *Myriade, fonce vers Vassili !* dit-elle en ouvrant la porte de son logement. *Je te suis.*

L'entité multiple lança ses éléments à travers le secteur dévolu aux champions, non sans en laisser une cinquantaine veiller sur Mallory.

L'essaim fila dans le long corridor et plongea dans l'ascenseur antigrav en accélérant encore, perturbant au passage les systèmes de sécurité, qui répondirent à grand renfort de sonneries et de voyants aux couleurs vives.

Par l'unité 234, qui occupait la tête de l'essaim, il repéra Vassili. L'homme était réduit à une forme vague, une silhouette grouillante de vermine blanchâtre. Myriade compara l'image de l'un des insectes avec ses bases de données. Des *nacroms*. Une espèce endémique à Enot-Ka, à mi-chemin entre cafard et fourmi. Venimeux, mais en général inoffensifs, les nacroms se nourrissaient d'insectes plus petits et de larves. Aucun cas similaire à ce que subissait Vassili n'était référencé.

Ils avaient eu le dessus sur lui par le nombre. Myriade bénéficiait du même avantage. Restait à éliminer les insectes sans blesser l'humain. Sous la masse d'insectes, Vassili faiblissait. L'unité 651 se détacha de l'essaim et fonça sur un nacrom isolé. Tout en modelant le micro-champ de force dont elle disposait, elle se positionna de manière à coller la tuyère de son micropropulseur à la jonction entre la tête et le corps ovoïde. L'insecte essaya de se libérer, mais le champ le soudait à l'unité.

Les unités de Myriade tiraient leur énergie d'une sphère contenant des particules d'antimatière. Sollicitant le minuscule système au maximum de ses capacités, Myriade généra une impulsion électrique qui électrocuta le nacrom et en grilla le cerveau. La méthode ayant fait ses preuves, Myriade lança le reste de ses unités à l'assaut des insectes.

Mallory surgit dans le long couloir au moment où Myriade en terminait avec les nacroms. L'entité multiple lui résuma la situation. Elle approcha prudemment, surveillant les insectes morts autour de Vassili. L'homme gisait à terre, des perles de sang marquant les morsures sur sa peau.

— *Comment va-t-il ?* demanda Mallory.

Le voir ainsi était perturbant. Après avoir été quasiment invincible, son retour à la condition humaine se trouvait brutalement illustré.

— *Les blessures sont minimes et l'effet du venin devrait se dissiper en quelques heures. Le pseudo-ktol implanté par les vohrns soutient son métabolisme.*

— *Rien de grave, alors ?*

— *Parce que nous avons interrompu les nacroms. À force de lui injecter du venin et de le mordre, ils auraient fini par provoquer des dégâts sur son organisme.*

Mallory s'accroupit près de Vassili et lui tapota la joue.

— Eh ! T'es KO ?

Vassili ouvrit les yeux, mit un moment avant de fixer son attention sur Mallory.

— Presque, dit-il d'une voix blanche. Je ne m'attendais pas à ça.

Il chercha à se redresser, mais parvint tout juste à se mettre à genoux. Mallory regarda autour d'eux. L'endroit restait désespérément désert. L'heure n'était pas encore à la venue des champions d'un autre clan.

Passant un bras sous l'épaule de Vassili, elle l'aida à se relever, puis s'adressa à Myriade :

— *Tu veux bien le porter jusqu'à son appartement ?*

L'essaim de Myriade se scinda. Un premier groupe se déploya autour des deux humains, à l'affût d'une nouvelle horde de nacroms, et un deuxième vint se coller dans le dos de Vassili et derrière ses jambes. Les unités se coordonnèrent et, sur une impulsion, firent basculer l'homme sur le dos. Il se retrouva flottant à un mètre du sol.

En retournant à leur étage, Mallory devint pensive. Un accident ? Elle n'y croyait pas. D'un autre côté, une attaque d'insectes n'était pas des plus efficaces.

À moitié inconscient et lardé de minuscules coupures, Vassili faisait peine à voir. Le découvrir ainsi vulnérable était perturbant.

— *Il a raison,* dit-elle à Myriade. *Il lui faut un partenaire qui soit proche de lui. J'aurais été à sa place, tu serais intervenu sans que j'aie à subir la moindre morsure.*

— *Tu lui as dit que je suis le dernier, mais ce n'est pas tout à fait exact.*

— *Comment ça ?*

— *Je suis désormais le seul de mon genre, mais cela peut changer. Les vohrns n'auraient qu'à fabriquer à l'identique d'autres de mes unités et quand j'aurai atteint le nombre de mille quatre cent cinquante-huit, je pourrai me scinder en deux parties.*

Elle ne s'attendait pas à cela. Puis elle se rappela la brève hésitation qu'elle avait cru ressentir de la part de Myriade, lorsque Vassili avait évoqué l'idée d'avoir un coéquipier comme lui.

Un acquiescement non verbal fusa à travers leur lien, confirmant qu'elle avait vu juste. Myriade avait failli mentionner cette possibilité, mais s'était retenu.

— *Vraiment ?* s'étonna-t-elle. *Ce serait un double de toi alors ?*

— *Au début oui, mais il deviendrait autonome en acquérant ses propres souvenirs.*

— *Donc, tu peux te multiplier à l'infini ?*

Cela tenait un peu de l'égoïsme, mais Mallory aimait l'idée que son lien avec Myriade soit unique.

— *Non. Je ne peux réaliser cette opération qu'une seule*

fois. La limitation est inscrite en dur dans ma partie artificielle.

— Ah ? (Elle ne put cacher son soulagement et ressentit un léger amusement de la part de Myriade.) *Et tu serais prêt à le faire pour Vassili ?*

— *Je n'ai pas encore assez d'éléments pour me décider.*

La conversation s'interrompit sur cette remarque. Ils étaient arrivés devant le logement de Vassili. Mallory déplaça l'homme sur sa civière antigrav improvisée et s'empara de sa main pour la plaquer sur la porte. Le panneau coulissa et ils entrèrent, Myriade déposant délicatement son fardeau sur le lit.

Les pensées de Mallory revinrent à un sujet plus immédiat. Réfléchissant à voix haute, elle dit :

— Si j'ai bien compris, les nacroms sont un peu des blattes, mais organisées comme des fourmis. Elles ont une reine ?

— *Exact,* confirma Myriade. *J'ai envoyé trois de mes unités à sa recherche.*

Mallory le remercia et s'attaqua à un autre aspect du problème. Elle activa son navcom et appela Jazz.

Une fois informée des déboires de Vassili, l'Intelligence Naturelle demanda :

— Il est toujours en état de combattre ?

— Pas à l'instant, mais d'après Myriade, il sera remis pour le prochain round du Rin'Liln.

— Bon, on s'en fout alors.

— Jazz !

— Quoi ? Tu vas me dire que tu l'aimes bien maintenant ?

Mallory inspira profondément en se pinçant l'arête du nez. Jazz avait raison. Et il adorait avoir raison quand c'était agaçant.

— Est-ce que t'as du neuf ? demanda-t-elle, pour changer de sujet.

— Oui, ma capitaine ! J'ai un invité.

— Comment ça ?

— Un dva est arrivé à bord.

Mallory perdit patience.

— Tu veux bien arrêter de tourner autour du pot ?

— Ah ! J'ai failli croire que tu te ramollissais. Il s'agit de notre ami Rupo.

Jazz ne put s'empêcher de marquer une pause, puis déclara :

— Nos petits copains sautillants ont contourné les restrictions sur les communications interplanétaires. Rupo est venu m'aider à en faire autant.

À l'idée de pouvoir parler avec ses amis et, surtout, avec Théo, Mallory pardonna les facéties verbales de Jazz. Elle n'écouta qu'à peine les explications techniques qui suivirent. Son attention revint toutefois au dva à bord du *Sirgan*.

— Mets-moi en ligne avec Rupo s'il te plaît, ça fait longtemps ! Au fait, comment est-il arrivé jusqu'ici ?

— Dans une caisse de grosses courgettes roses... Ces trucs sont en train de moisir dans la soute.

Trois unités de Myriade filaient à travers le fouillis de conduites et de câbles dissimulés dans un étage intermédiaire servant de zone technique. Le vaste bâtiment qui hébergeait le Rin'Liln disposait de beaucoup d'équipements de confort, correspondant aux besoins de plusieurs espèces. Divers liquides couraient à travers des tubes d'acier ou de plastique, à des températures largement au-dessous de zéro ou à plusieurs centaines de degrés au-dessus.

Malgré le passage régulier de drones de nettoyage, la complexité de l'installation et ses recoins favorisaient les colonies de nuisibles. Les nacroms étaient nombreux. Heureusement, autre similitude avec les fourmis, ils communiquaient en utilisant des phéromones. Les trois unités remontaient la piste des agresseurs de Vassili avec facilité.

Elles découvrirent le nid, entre deux blocs de traitement de l'air qui émettaient un bourdonnement si bas qu'il en devenait imperceptible. Les machines étaient hérissées d'ailettes destinées à la dissipation de la chaleur. Les nacroms avaient construit leur nid parmi celles-ci, au fond de l'étroit espace entre les blocs. Une masse verdâtre et grumeleuse évoquant de la boue séchée. Au ras du sol, une ouverture ronde marquait l'entrée du nid. Myriade lança ses unités à l'intérieur.

L'habitat était désert. Du point de vue d'un humain, cela ressemblait à un voyage dans les tripes d'une bête monstrueuse, morte et desséchée. Toujours guidé par les phéromones, Myriade déduisit la position probable de la reine et les unités s'enfoncèrent au cœur du nid. La température augmenta, ainsi que le taux d'humidité.

La reine apparut enfin, au fond d'une alcôve cylindrique. Son corps obèse n'avait rien à envier à celui d'un gros rat et ses mandibules avoisinaient les dix centimètres. De véritables dagues de chitine. Biologiquement inapte au mouvement, elle chercha pourtant à attaquer les unités dès qu'elle remarqua leur présence.

Myriade esquiva les mandibules, lança ses unités dans une combinaison de trajectoire qui excita encore la fureur de la reine. Dans sa rage, l'énorme insecte détériora son alcôve. La matière verte se craquela, puis céda par blocs entiers. Petites et agiles, les unités poursuivirent leur danse, se jouant de leur adversaire.

Tel un obscur et miniature volet du Rin'Liln, l'affrontement se prolongea. La stratégie de Myriade était simple et facilitée par l'acharnement de l'insecte. La reine nacrom s'épuisa en vain, ses coups de mandibules faiblirent, devinrent mouvements à peine perceptibles. Agissant de concert, le trio d'unités se plaça contre son cou et lui infligea le même sort qu'à sa progéniture : une violente décharge électrique qui lui grilla le cerveau.

Myriade examina l'insecte surdimensionné, le balayant de toutes les fréquences et tous les rayons dont ses unités disposaient. Il repéra un objet étranger à l'anatomie des nacroms, logé dans l'abdomen de la reine : la version miniature d'un ktol.

Mallory tournait en rond dans son logement. Vassili se remettait de sa rencontre avec les nacroms, sous la surveillance d'une centaine d'unités de Myriade. Le reste de l'essaim veillait sur elle. Son impatience arriva à un point culminant. Activant son navcom, elle appela Jazz.

— Alors ? La communication est établie ?

— Ma capitaine, elle le serait peut-être déjà si tu ne me dérangeais pas toutes les cinq minutes pour me le demander...

Mallory inspira profondément et se força au calme.

— Ah ! Nous y sommes ! s'exclama Jazz. Saleté de processeurs cristallins. Espérons que nos chers coéquipiers répondent.

Quelques secondes s'écoulèrent, durant lesquelles il ajouta sur un ton plus sérieux :

— Je vais devoir rester en ligne avec vous tout le long : ça ne sera pas très intime...

Comme quoi, Jazz savait aussi faire preuve de tact. Mallory étouffa une pointe de déception. De l'intimité avec Théo était ce qui lui manquait le plus en ce moment.

— Premier raté, lâcha Jazz. Alrine m'informe qu'elle et Torg ne peuvent pas être avec nous cette fois. Le gros poilu et elle sont sur la piste d'un porteur de ktol.

Un grésillement, à la limite de l'audible, accompagna la connexion du vohrn Elask.

— Capitaine Sajean, salua-t-il.

Un autre grésillement et les voix familières de Laorcq et Théo se joignirent à celle du vohrn.

Toujours très direct, Elask ne s'embarrassa pas de politesse et réclama aussitôt un rapport sur la situation de chacun des agents.

Mallory apporta des détails au sujet de l'affrontement avec l'artvoax, puis relata l'agression subie par Vassili et la découverte d'un ktol dans le corps de la reine nacrom.

— Faites en sorte de récupérer ce ktol, ordonna Elask. S'il n'est pas trop détérioré, nous pourrons peut-être en tirer des informations.

Mallory acquiesça tout en relayant la demande à Myriade. Le vohrn n'en avait pas terminé avec elle.

— Capitaine, je souhaite que votre coopération avec Vassili s'améliore. En visionnant le combat contre l'artvoax, votre défiance à l'égard de Vassili m'est clairement apparue. L'ambassadeur Hanosk m'en a expliqué la raison, mais vous devez la dépasser. L'enjeu est trop grand.

Mallory accusa le coup. Elask ne s'embarrassait pas de subtilité, même pour un vohrn. Le sujet étant clos pour l'alien, il interrogea ensuite Laorcq et Théo. Il écouta avec intérêt leur récit au sujet de la nagek et des renseignements qu'elle leur avait procurés. Laorcq envoya l'image qui avait rappelé à Théo la machine employée sur Vlokovia. Elask resta silencieux le temps de l'examiner, puis il dit :

— La ressemblance avec la technologie du primordial Ezqatliqa est importante, en effet. Trouvez qui a conçu cet appareil. Les probabilités qu'il soit un porteur de ktol sont élevées.

Enfin, Elask leur donna à son tour des informations concernant Urnit-Fa, expliquant pourquoi Alrine et Torg n'avaient pu se joindre à eux :

— L'altaïrien Soch-Nochra est notre meilleure piste pour remonter au mange-monde dont nous menace Axaqateq. Nous ne pouvons compter sur l'issue du Rin'Liln ni sur la promesse du primordial.

Elask les salua et coupa la communication.

— Il n'est pas très commode celui-là, dit Théo. Je préfère Hanosk.

— Moi aussi... approuva Mallory. Dites, les gars, comment ça se passe en vrai, sur Auna-Sil ?

— Sans surprise, déclara Laorcq, à part la trouvaille de Théo...

La conversation se poursuivit, Théo lui décrivant l'extravagance architecturale du siège de la Kryn. Laorcq apporta des détails quant à leur séjour sur le monde industriel, posa quelques questions en retour et laissa Mallory et Théo entre eux.

— Alors ? l'interrogea Mallory. Tu t'entends comment avec notre cher militaire ?

Une semaine en temps terrien depuis qu'elle était arrivée dans système d'Altaïr et enfin elle pouvait bavarder avec Théo.

— Eh bien, répondit-il, il est un peu raide parfois, mais il a à cœur de m'enseigner les bases que doit connaître quelqu'un sur le terrain.

Elle eut un léger rire.

— Oui, ça correspond à Laorcq !

— Tu sais, dit Théo sur un ton plus sérieux, je me demande si je suis fait pour ça. Je mourais d'envie de vous aider, mais je crois que je suis plus à l'aise à étudier les espèces extraterrestres.

Mallory s'empressa de le rassurer.

— Ne te mets pas sous pression. La sphère de Négyl complique tout, mais rien ne t'obligera à recommencer.

Théo n'avait pas l'air convaincu.

— Vraiment ? Tu me trouveras toujours à la hauteur si je reste en retrait ?

— Qu'est-ce tu te fiches dans la tête ? Regarde Hanosk. Il ne pose jamais un pied sur le terrain et aucun de nous ne lui arrive à la cheville. Tu peux prouver ta valeur de plein de façons.

Ses propos durent atteindre leur but, car le visage de Théo s'éclaira.

— Et si on retournait quelque temps sur Vlokovia ? Je veux dire, quand on en aura fini ici ? Au final je n'ai pas vu grand-chose de la planète et toi non plus.

L'idée plut à Mallory. Elle n'avait pas oublié la promesse faite à Myriade, concernant son ancien équipage. Ce serait aussi une occasion de retrouver son amie orcante installée là-bas.

— Oui ! Myriade souhaite récupérer des objets dans son vieux vaisseau. On pourrait rendre visite à Illanar et ses vingt-deux petits monstres. Elle doit toujours avoir son sous-marin. Je suis sûre qu'elle acceptera de nous servir de taxi !

— Moi, j'aimerais beaucoup voir les ménotarps. Pas toi ? Imagine : des coquillages si grands que l'on peut vivre à l'intérieur.

— Ce serait sympa, oui. Et par la suite, on ira dans le système de Procyon. Il faut absolument que tu découvres les jufinols.

Entre les primordiaux et les stolrahs, Mallory n'était pas convaincue qu'ils puissent prendre des vacances, mais le simple fait d'avoir des plans pour l'avenir lui suffisait, surtout s'ils incluaient Théo.

Ils ajoutaient de nouvelles destinations à leur liste, quand Jazz se manifesta.

— Je suis désolé de vous interrompre, mais Rupo s'agite dans tous les sens. Notre réseau bricolé montre des signes de faiblesse. Nous devons couper pour le reconfigurer...

Mallory et Théo écourtèrent à regret leur conversation, chacun disant à l'autre de prendre soin de lui.

L'appartement où logeait la jeune femme lui parut très vide. Elle s'allongea sur le lit et ferma les yeux, la tête pleine d'images de mondes lointains.

La voix télépathique de Myriade tira Mallory de sa rêverie.

— *Mon unité 452 a extrait le ktol du corps de la reine nacrom.*

Brusquement revenue à la situation sur Enot-Ka, elle répondit :

— *Ramène-la ici. Dès que Jazz et Rupo en auront fini avec les communications, on leur demandera de l'examiner avec toi.*

Une demi-heure plus tard, Mallory se penchait sur le ktol. Il était posé au centre d'une table et quatre unités de Myriade l'entouraient. La chose évoquait un oursin oblong d'à peine un centimètre de long et d'une blancheur d'os. Aux pointes de ses épines pendaient des filaments grisâtres, résidus organiques de la reine nacrom.

— Alors ? s'enquit Mallory. Vous avez découvert quelque chose ?

— Juste un détail, dit Jazz sur la ligne navcom ouverte, mais qui me paraît important. J'ai repéré une marque, qui se répète à plusieurs endroits. Presque rien : quelques nanomètres. A priori, une sorte d'identification. En raisonnant ainsi, cela devient intéressant.

Une pause théâtrale. Mallory leva les yeux au plafond.

— Oui ?

— Eh bien, je peux t'assurer d'une chose : celui-ci n'appartient pas à Axaqateq !

Mallory ne cacha pas sa déception.

— Bah ! On s'en doutait déjà ! Axaqatruc ne s'adonne pas au Jeu tout seul... Il nous l'a avoué lui-même.

— Exact. Maintenant, le deuxième point intrigant : nous savons que les primordiaux communiquent avec les porteurs par télépathie, mais ce ktol est particulier. En comparant avec les données que nous avons sur les ktols, je dirais qu'il s'agit d'une version simplifiée, prévue pour fonctionner sur des formes de vie aux capacités cognitives limitées. Je pense que celui qui contrôlait ce ktol s'en servait pour subjuguer la conscience de la reine nacrom. Et pour cela, une certaine proximité est indispensable.

L'idée qui excitait tant Jazz s'imposa enfin à Mallory.
— Mince ! Nous n'avons pas un, mais deux primordiaux sur Enot-Ka ?

XIV
POISSONS

En voyant à quel point Fa-Quova était cosmopolite, Alrine s'autorisa un léger relâchement. Ils avaient débouché d'un étroit passage pour plonger dans une rue noire de monde. Ce devait être le centre de la termitière, un espace d'un kilomètre de diamètre, dont le plafond en coupole culminait loin au-dessus d'eux.

Les non-altaïriens étaient suffisamment nombreux pour que personne n'accorde un regard à Torg et moins encore à Alrine. Elle régla son navcom afin qu'il affiche en surimpression l'itinéraire vers le bureau de Soch-Nochra.

— On en a pour près d'une demi-heure ! s'exclama-t-elle en notant l'estimation d'arrivée.

Leurs chances de mettre la main sur l'altaïrien avant que les forces de l'ordre de la ville ne se jettent à leurs trousses se réduisaient comme peau de chagrin.

— Marche derrière moi, dit Torg.

Sans laisser le temps à Alrine de lui demander pourquoi, il

se lança à travers la foule, qu'il fendit avec aisance. L'humaine se glissa dans son sillage. Ils gagnèrent l'extrémité du centre en moins de cinq minutes et s'engagèrent dans un puits antigrav.

Ils continuèrent ainsi, traversant des zones dédiées au commerce ou à la restauration, toujours très peuplées, parfois au point d'obliger Torg à jouer des coudes malgré son imposante stature. Une bousculade avec un gibral faillit mal tourner, mais, lorsque le grand cyclope bleu vit les griffes de Torg, il se détourna et poursuivit son chemin.

Alrine guettait en permanence les signes annonciateurs d'une filature ou d'une tentative d'arrestation. Chaque minute écoulée permettait aux services de sécurité de Fa-Quova de faire le rapprochement entre l'intrusion dans l'entrepôt automatisé et l'humaine accompagnée d'un colosse à fourrure.

Les nerfs tendus, elle était à l'affût de suiveurs. Elle se remémorait tous les trucs qu'elle avait elle-même utilisés pour traquer des criminels, s'arrêtant à peine sur l'ironie de cette inversion des rôles.

Enfin, avec quinze minutes d'avance sur l'estimation initiale et essoufflée par la longue et rapide marche à travers les méandres de la termitière de Fa-Quova, Alrine put examiner le secteur où – du moins l'espérait-elle – se trouvait Soch-Nochra.

Elle et Torg avaient abouti dans un grand corridor, dont les parois veinées de bleu et de blanc étaient parfaitement lisses. Large d'environ cinq mètres, il faisait un coude avant de se poursuivre. Dans l'angle, un renfoncement avait été aménagé. Une façade de verre sombre, d'un seul bloc, occupait tout l'espace. En étant attentif, on distinguait la découpe d'une porte.

Le flot de passants autour d'eux restait conséquent. Consciente de chaque minute qui s'écoulait, Alrine étudia leurs options, en particulier la configuration des lieux grâce à la carte détaillée. Le bâtiment disposait de deux accès : celui donnant devant eux et un autre, débouchant à l'opposé dans une galerie parallèle.

Prise par le temps et sans la certitude que leur suspect était là, la lieutenante opta pour une stratégie simple.

— Torg, il y a une seconde entrée. Tu vas aller là-bas et te tenir en retrait. Moi je vais débarquer dans les bureaux en demandant à voir Soch-Nochra de la part des vohrns. S'il cherche à filer en douce tu pourras le cueillir de l'autre côté.

Le cybride approuva d'un grognement et se fondit dans la foule. Alrine patienta avec la plus grande peine à rester en place. Un message s'afficha en surimpression devant ses yeux : Torg était en position. Elle se dirigea vers la façade de verre.

Quand elle se trouva à moins d'un mètre, un logo apparut sur la porte pour être aussitôt remplacé par un texte. Les caractères altaïriens se doublèrent de mots en terrien dès que l'IA en charge du bâtiment reconnut l'origine d'Alrine. L'humaine donna la raison de sa présence et la porte s'effaça pour la laisser passer.

Elle s'était attendue à un hall, quelques chaises ou fauteuils peut-être, mais pas à un bassin peu profond, au fond recouvert de sable bleu et où nageaient des crustacés gros comme le poing, à la carapace fuselée et d'un vert irisé.

Un léger miroitement au ras de la surface de l'eau trahissait l'existence d'un champ de force. Alrine avança un pied pour le poser prudemment dessus. Il s'illumina sous la semelle de sa chaussure, mais resta ferme. Elle avait traversé la moitié du bassin quand elle s'aperçut qu'un altaïrien au torse marqué en bleu du clan Nar-Strikolc se tenait à l'autre extrémité de la pièce.

Elle s'était laissé distraire. *Saleté de poissons !* Et en plus rien ne se passait comme prévu. Elle ne pensait pas tomber directement sur Soch-Nochra. Quoique... peut-être était-ce un autre altaïrien du même clan ? Se reprenant, elle demanda :

— Je voudrais voir...

L'alien fonça sur elle.

Alrine chercha surtout à survivre. Elle s'écarta vers la droite pour esquiver la charge, effleurant le bracelet injecteur qu'elle portait au poignet gauche, à côté de son navcom. Une icône apparut devant ses yeux, qu'elle activa d'un regard. Elle sentit aussitôt ses muscles se gorger de puissance artificielle, tandis que le moindre son prenait de l'ampleur.

L'altaïrien s'arrêta en dérapant sur la surface miroitante du champ de force et se rua de nouveau sur elle. Un pas de côté et elle s'apprêta à frapper l'alien qui paraissait maintenant se mouvoir au ralenti.

Rendue confiante par l'effet du décupleur, Alrine perdit une fraction de seconde pour avertir Torg : un signal de danger convenu à l'avance et qu'elle envoya d'un regard appuyé sur une des icônes permanentes de son navcom.

Cela suffit à Soch-Nochra. D'un large geste du bras, il lança une main griffue à la rencontre de l'épaule d'Alrine qu'il lacéra, continuant vers le biceps. Le feu de la douleur coinça aussitôt l'épaule de l'humaine dans un étau de souffrance. Le bras gauche invalide et dégoulinant de sang, elle mit le plus de distance possible entre elle et l'alien, les yeux rivés sur son agresseur.

Alrine se maudit. Ne pas se laisser griser par le décupleur ! Contrevenir à cette règle venait de lui coûter cher.

L'altaïrien attaqua encore, et elle resta de justesse hors de portée. Avec un bras inutilisable et face à un porteur de ktol, elle ne pouvait qu'espérer une intervention rapide de Torg.

Toujours en mouvement, elle tourna autour de Soch-Nochra, cherchant à gagner du temps.

Torg débarqua en fracassant la porte de verre, qui s'éparpilla en milliers d'éclats dans la pièce au bassin. En découvrant Alrine blessée, il émit un beuglement de rage.

L'alien s'immobilisa, parut examiner Torg, puis se rua à travers le couloir dont il était sorti.

Torg fit mine de s'approcher d'Alrine.

— Ça va ! dit-elle. Poursuis-le !

Le cybride fila à la suite de l'alien.

Hors d'haleine, Alrine colla son dos contre un mur et porta la main à sa blessure. En appuyant assez fort, elle parvint à endiguer le saignement.

Torg revint une minute plus tard. Ses grands yeux bleus et sa large bouche pleine de dents pointues n'étaient guère expressifs, pourtant Alrine devina qu'il était en colère.

— Je l'ai perdu. (Il poussa un grognement de dépit.) Trop d'altaïriens de sa couleur dehors. Et leurs odeurs se mélangent toutes : je n'arrive pas à les distinguer les unes des autres...

Assis au petit bureau de sa chambre d'hôtel, Théo examina à nouveau l'image devant lui, une copie de l'hologramme diffusé par l'altaïrien de la Kryn. Elle n'avait été visible qu'un instant, mais le navcom de Laorcq avait enregistré toutes les informations affichées lors de leur entrevue. Plus il la regardait et plus la ressemblance avec l'installation sur Vlokovia était évidente. Maintenant qu'elle avait été transmise au reste de l'équipe, les dvas devaient la décortiquer de leur côté. *Peut-être que...*

La projection disparut.

— Cesse de scruter cette photo, dit l'ex-militaire. J'ai l'adresse de notre nouvel ami de la Kryn et mon renifleur amélioré s'y trouve déjà.

Théo se tourna vers Laorcq, ses yeux s'attardant malgré lui sur l'emplacement où devait se situer la cicatrice.

— Comment as-tu fait ?

Laorcq eut un léger sourire.

— J'ai demandé à Aslionva'Ci de mettre ses talents à notre service. Hanosk ne m'en voudra pas de la dépense.

Théo buta sur le nom étranger puis se souvint : *la nagek qui nous a filés à notre arrivée !*

— Nouer de bons contacts fait partie intégrale du boulot, expliqua Laorcq. D'ailleurs, ça devait aussi être le cas dans ton ancien travail avec les xénoarchéologues, non ?

Théo hocha la tête.

— C'est vrai, mais c'était surtout le patron qui s'en chargeait.

— Ah ? Eh bien le prochain sera pour toi alors.

Laorcq consulta la vieille montre en inox qui abritait son navcom.

— Je vais aller me promener dans le quartier du Rek-Niv, proposa-t-il. Toi par contre, tu vas de nouveau aller au siège de la Kryn : j'ai repris rendez-vous.

Théo se trouva pris de court :

— Tu veux que je l'occupe pendant que tu fouilles chez lui ?

— Exactement !

La tâche n'avait rien d'insurmontable, mais il serait pour la première fois en solo sur le terrain. Il rêvait d'une occasion de faire ses preuves, ayant trop souvent l'impression de devoir sa place dans l'équipe à sa relation avec Mallory. Maintenant que cette occasion lui tombait dessus, il réalisait aussi qu'être impliqué comportait sa part de risques, mais il n'était pas question de reculer.

Laorcq se trouvait à une petite centaine de mètres du bâtiment où logeait le Rek-Niv. Installé dans l'équivalent altaïrien d'un café, il pouvait le voir à travers la fenêtre près de laquelle il était assis. Son architecture était simple et épurée, aux antipodes du siège de la Kryn. Un monolithe blanc mat, percé d'une grande ouverture donnant sur un hall d'entrée tout aussi immaculé.

Laorcq consulta son navcom. Il était en limite de portée, mais cela irait.

Un robot s'approcha de lui, une sphère rutilante qui lui proposa une dizaine de boissons dont il n'avait jamais entendu parler. Il se contenta prudemment d'un café de synthèse. Des clients entrèrent : deux gibrals, accompagnés par un souffle âcre aussitôt aspiré par les purificateurs d'air. Ils s'assirent à une autre table, qui s'adapta automatiquement à leur morphologie. Ils affichèrent un flux d'informations et se lancèrent dans une discussion animée. Le déroulement du Rin'Liln et les rumeurs qui l'entouraient faisaient toujours la une.

Le temps que sa commande arrive, Laorcq avait reçu confirmation de Théo : le Rek-Niv et le jeune homme se trouvaient tous les deux dans les bureaux de l'altaïrien. Laorcq appréciait la bonne volonté de Théo. Il caressa l'idée, après cette mission, de lui enseigner le maniement des armes et quelques rudiments de self-défense, afin d'en faire un agent autonome. Bien sûr, il faudrait d'abord convaincre Mallory, ce qui n'était pas une mince affaire.

Il bascula les projections holographiques de son navcom en mode privé, les rendant visibles uniquement de lui, et chercha des yeux l'icône d'activation du renifleur.

La nagek avait glissé le renifleur dans un conduit d'aération de l'immeuble, menant à l'appartement du Rek-Niv. Elle avait aussi affirmé à Laorcq que l'altaïrien vivait seul. De ce côté, pas de souci. Par contre, le renifleur jaillit dans une petite pièce sombre, une sorte de réduit renfermant les équipements de recyclage et de nettoyage du logement. Un réduit dont la porte était fermée.

Avec un renifleur standard, Laorcq n'aurait rien pu faire. Avec la conception inspirée des unités de Myriade de celui dont il disposait, deux minutes s'écoulèrent avant de franchir ce premier obstacle. En utilisant l'interface limitée de son navcom, il dut jongler avec l'antigrav, le champ de force et le système de propulsion pour appuyer sur la commande d'ouverture. Un bête verrou mécanique aurait réduit ses chances à néant...

Dès que la porte coulissa, le renifleur fila à travers l'appartement. En parfait contraste avec l'extérieur de l'immeuble, le logement était tout en courbes douces, murs, sols et plafond se fondant en un tout. On aurait dit de la terre ocre, compressée et modelée afin de recréer un environnement proche du lieu de vie naturel d'un altaïrien, tel qu'il devait être avant l'apparition de la technologie.

Le renifleur balaya une première pièce, au centre occupé par un terrarium rempli de sable rouge, où grouillaient des insectes d'un pouce de long. De multiples traces d'ADN maculaient le sol et les abords du terrarium. L'écrasante majorité provenait du Rek-Niv. Placées face à face, deux ouvertures arrondies menaient à des niches ovoïdes. L'une comportait des centaines de minuscules compartiments, creusés dans les murs ocre. Le faisceau lumineux du renifleur passa dessus. Ces alvéoles contenaient de la nourriture...

Laorcq envoya le renifleur dans l'autre niche. Elle possédait comme la précédente des alvéoles, mais plus grosses et pleines d'objets évoquant des livres. Dressé devant une sorte de tabouret à un pied, un cylindre argenté jurait au milieu des alvéoles rouge brun à l'aspect organique. Il s'agissait d'un terminal navcom capable de projeter des hologrammes solides.

Laorcq manipula les commandes du renifleur et l'approcha du terminal. Un faisceau lumineux en V jaillit du renifleur et balaya l'appareil. Ses caractéristiques s'affichèrent en surimpression du visuel transmis à Laorcq.

Nouvelle déconvenue : il ne réussirait pas à contourner l'identification. Le Rek-Niv disposait d'un équipement de qualité, à faire pâlir de jalousie les services de renseignement terriens. En utilisant toutes les fréquences, Laorcq pouvait par contre constituer une image très fine du bloc mémoire, à un niveau quasi moléculaire. Le résultat comporterait un nombre assez important d'erreurs, mais il lança tout de même la copie. *Jazz et l'équipe de dvas parviendront peut-être à en tirer quelque chose d'utile...*

Laissant le renifleur à son ouvrage, il envoya un message à Théo, lui demandant de prolonger au maximum son entretien avec le Rek-Niv.

Théo vit le message s'afficher dans son champ de vision au moment où il prenait congé du représentant de la Kryn. *C'est une blague !* Dire qu'il était content d'avoir tenu la jambe de l'altaïrien aussi longtemps. Il s'était déjà levé et la conversation se terminait. Réfléchissant à toute vitesse, il se demanda avec quoi il pouvait appâter un employé de haut rang, membre d'une firme maîtrisant des technologies de loin supérieures à celle des humains.

Une idée lui vint, un peu osée, mais... Si Laorcq réclamait du temps, il devait être sur une piste ou un élément important. Le commandant n'était pas du genre à faire les choses à la légère. *Pourvu qu'Hanosk ne m'en veuille pas*, pensa-t-il avant de se retourner vers le Rek-Niv :

— J'oubliais un détail, mais cela vous intéressera peut-être. (Il espérait que cette proposition à la dernière seconde passerait pour une manœuvre bien rodée de commercial.) Nous avons un contrat avec les vohrns.

Le Rek-Niv ne cacha pas sa surprise :

— Il est de notoriété publique qu'humains et vohrns ne s'entendent pas très bien, en particulier depuis la prise de contrôle du système de Kenval par ces derniers.

Théo haussa les épaules et afficha un air neutre.

— Nous sommes des hommes d'affaires avant tout. Les

laboratoires Kaumann bénéficient d'un arrangement pour, disons, services rendus.

— Je vous écoute.

— En échange d'un accès à votre technologie, nous pourrions vous procurer certaines matières premières, exclusivement produites sur Stranda, le deuxième monde de Kenval, justement.

Le Rek-Niv suggéra aussitôt à Théo de s'asseoir à nouveau et une négociation s'engagea.

J'espère que cela va suffire à Laorcq, parce qu'après ça, je n'ai plus rien en stock...

Après les altaïriens de la sécurité, c'était au tour des responsables de l'organisation du Rin'Liln, un pour chaque clan, de venir présenter leurs plus plates excuses et assurer Mallory que des mesures étaient prises pour prévenir d'autres attaques contre elle ou Vassili.

Mallory les voyait, mais ne les écoutait pas vraiment. Elle savait pertinemment qu'un porteur de ktol pourrait toujours passer à travers les mailles de leurs filets. Elle caressa un instant l'idée de leur parler des primordiaux et de leurs manigances. Idée qu'elle repoussa aussitôt : les diplomates vohrns n'avaient pas réussi à se faire entendre sur ce sujet. Une humaine qui descendait dans l'arène ne ferait pas mieux.

Elle glissa un regard en coin à Vassili. Alors qu'elle était assise sur une chaise polymorphe, un coude posé sur une table – une façon un peu cavalière d'accueillir les représentants, mais l'attaque la laissait d'humeur peu conciliante – Vassili se tenait debout, les mains croisées dans le dos, comme un soldat au repos.

Rien n'indiquait qu'il avait frôlé la mort. Même si elle ne

voulait pas vraiment l'admettre, la tentative d'assassinat et la vulnérabilité de son coéquipier imposé changeaient sa perspective. Hanosk ne mentait pas : l'être quasi invincible et inhumain qui se nommait Cole Vassili et qu'elle avait tué de ses mains n'avait rien à voir avec celui-ci. Plus fort et agile que la moyenne certes, mais ses limites restaient sagement dans les normes terriennes.

Les altaïriens se turent, attirant de nouveau l'attention de Mallory par leur silence. Estimant qu'elle avait suffisamment enfreint le protocole, elle se leva pour les saluer, mais l'un d'eux (pectoral vert, donc clan Vir-Nyastrel, nota machinalement la pilote) braqua sa tête cylindrique vers elle et reprit la parole :

— La situation est inattendue. Le déroulement du Rin'Liln a dû être modifié suite à l'agression. Le prochain combat auquel vous participerez sera le dernier.

Mallory ne voyait pas où il voulait en venir.

— Ça ne change pas grand-chose, non ?

— Dans toute l'histoire du Rin'Liln, le score n'a jamais été aussi serré : l'issue de votre combat déterminera le clan gagnant.

Le représentant du clan Taq-Kavarach (pectoral jaune, donc celui des deux humains) utilisa un navcom pour afficher les résultats des affrontements, classés par couleur. Le système de notation était pour le moins compliqué.

— La situation inédite crée des tensions : nombreux sont les altaïriens mécontents qu'un combat de champions étrangers décide de la succession. Si la victoire n'est pas incontestable, il est possible que les choses dégénèrent et qu'Altaïr soit la proie d'émeutes. Les plus pessimistes parlent même d'une nouvelle guerre entre clans.

Mallory accusa le coup : la civilisation d'Altaïr avait frôlé l'extinction lors du précédent conflit. Et on lui annonçait qu'un autre pouvait éclater si elle et Vassili ne se montraient pas à la hauteur !

Elle eut alors une réflexion cynique : *les primordiaux en*

ont pour leur argent ! Aussitôt la pensée formulée, les récents évènements s'emboîtèrent comme les pièces d'un puzzle : *L'attaque contre Vassili n'a guère de sens, sauf pour les primordiaux et leur saleté de Jeu !* En perturbant le déroulement du Rin'Liln, ils avaient plongé Altaïr dans une situation explosive. Exactement le genre de choses dont ils raffolaient.

Les organisateurs se retirèrent, laissant Mallory seule avec Vassili – si l'on excluait la présence rassurante de la moitié des unités de Myriade, le reste surveillant les autres quartiers des humains.

— Il semble que l'adversaire d'Axaqateq est encore plus retors que lui, dit Vassili.

Mallory approuva la remarque d'un hochement de tête. Sur ses mains et ses avant-bras, ses tatouages sensitifs ne montraient que ronces virant au noir. Le chantage d'Axaqateq la mettait déjà sous pression, et voilà que l'enjeu grimpait plus haut. Une pensée lui vint et elle se frappa le front du plat de la main, s'attirant un regard curieux de la part de Vassili. Sans lui prêter attention, elle ouvrit une ligne avec son navcom.

— Jazz ?

— Ma capitaine ? répondit l'Intelligence Naturelle après une petite seconde.

— Maintenant que toi et les dvas êtes connectés au réseau de données, est-ce que vous pourriez nous dire quel sera notre prochain adversaire ?

Jazz la rappela quelques minutes plus tard.

— Vous vous battrez contre un spican.

— Quoi ? s'exclama Mallory. C'est tout ?

Elle ne s'attendait pas à cela. Un spican n'avait rien d'un freluquet, mais après l'artvoax, un grand costaud à quatre bras paraissait bien peu.

Jazz se hâta de doucher son enthousiasme naissant :

— Oh, ne te réjouis pas trop vite. Le clan Nar-Strikolc l'a équipé d'un symbiote de Régulus IV. Une sorte de méduse branchée sur son cortex. Elle se nourrit d'un fluide sécrété par le cerveau du spican, similaire à l'adrénaline des humains. En échange, elle stimule ses fonctions cérébrales, le rendant plus rapide et augmentant l'acuité de ses perceptions.

Vassili sortit de son mutisme.

— Mallory et moi pourrons nous en charger, d'où vient ton inquiétude ?

Le ton de Jazz se fit plus froid. Il n'appréciait pas que Vassili lise en lui aussi facilement.

— Il sera accompagné d'une centaine de *krix*. Des animaux originaires d'Urnit-Fa, quelque part entre la chauve-souris, le faucon et le bull-dog. Chacun doté d'un symbiote. C'est la réplique qu'oppose le Nar-Strikolc à Myriade. Les symbiotes de Régulus IV partagent une forme simple de télépathie, qui relie les membres d'un groupe. Un peu comme les saharjs et leur gestalt...

Une dernière précision dont Mallory se serait passée : ses contacts avec le surmoi extraterrestre dans le système d'Aldébaran n'avaient pas été de tout repos.

— Et les autres clans autorisent un truc pareil ? s'insurgea la pilote. C'est déséquilibré.

— Le clan Vir-Nyastrel n'est plus dans la course, son score est trop faible, en partie à cause de vous : il a donc apporté son soutien au clan Nar-Strikolc. Il y a eu des remarques, mais le Nar-Strikolc a obtenu gain de cause. Ce sera vous deux face au spican dopé et les krix contre Myriade.

XV
POURSUITE

Alrine et Torg avaient trouvé refuge dans une galerie de maintenance désaffectée, la carte détaillée prise au technicien s'avérant des plus utiles. Une douzaine d'heures s'étaient écoulées depuis qu'Alrine avait soigné sa blessure avec l'aide de Torg. Elle avait l'impression que son épaule gauche était un bloc de viande morte. Le traitement d'urgence, censé accélérer la guérison, laissait la zone autour de la plaie comme sous anesthésie, rendant ses gestes maladroits. Le contrecoup de l'usage du décupleur n'arrangeait rien. Il était toutefois plus que temps de se remettre en mouvement. Au troisième essai, elle réussit enfin à passer le bras dans la manche de sa veste.

Pour couronner le tout, elle et Torg devaient quitter la termitière de Fa-Quova discrètement : les policiers de la ville altaïrienne devaient être à leur recherche. *Oui, mais pour aller où ?* Alrine réfléchit. Deux possibilités. Un : Soch-Nochra était toujours dans la ville, caché quelque part. Dans ce cas, les vohrns devraient envoyer une autre équipe à sa poursuite, puisque Torg et Alrine étaient maintenant hors-jeu. Deux : le porteur de ktol avait fui.

Oubliant son bras à moitié endormi, elle activa son navcom et appela Tipa. La tête cylindrique et les yeux en grappes du dva apparurent entre elle et Torg, l'hologramme éclairant la galerie.

— Tipa, dit la policière, nous avons à nouveau besoin de ton aide. Soch-Nochra nous a échappé. Est-ce que tu peux vérifier le trafic sortant de Fa-Quova depuis notre rencontre avec lui ?

Le dva se mit aussitôt au travail. Alrine pouvait entendre le petit alien brutaliser son clavier. En admettant que l'altaïrien ait quitté la ville, les chances de le repérer ainsi restaient faibles : il pouvait avoir utilisé les transports en commun, ou un véhicule au nom d'une autre personne, ou encore s'être débrouillé pour tromper les contrôles aériens. L'espoir d'Alrine reposait sur le degré de précipitation de leur proie et sur le trafic limité en raison du Rin'Liln. Avec un peu de chance...

— Un seul résultat positif, annonça Tipa. Une navette appartenant à l'entreprise de Soch-Nochra vient de décoller. Destination déclarée : station logistique 7.

L'une des stations en orbite du monde agricole. Avec les restrictions imposées par le déroulement du Rin'Liln, Soch-Nochra – s'il était bien à bord de la navette en question – mettrait une ou deux heures pour prendre pied sur la station. Il lui faudrait ensuite au moins autant de temps pour embarquer dans un transport vers les autres mondes d'Altaïr.

Deux heures. Peut-être trois. Impossible pour Alrine et Torg de gagner la station aussi vite. À moins que...

— Tipa, contacte Elask et dis-lui que si on veut mettre la main sur Soch-Nochra, il faut que Torg et moi soyons à bord de la station 7 dans deux heures maximum. Pour ça, on a besoin de l'aéro de Mallory. Et demande-lui également de placer des armes de petit calibre dedans.

L'aéroglisseur était resté dans le vaisseau vohrn. En utilisant son système de camouflage, un vohrn pourrait les rejoindre à Fa-Quova et les mener ensuite à la station 7.

Les cliquetis en rafale reprirent. L'hologramme du dva rétrécit, tandis qu'une image d'Elask apparaissait.

— Agent Lafora. Vous semblez ignorer les enjeux diplomatiques en cours. Je ne puis ordonner à un de mes vohrns de vous retrouver en plein blocus.

Alrine retint un juron. L'alien avait raison. Elle allait avancer une autre possibilité, mais il la devança :

— Je juge par contre acceptable d'envoyer l'appareil en pilotage automatique. Il se posera dans la jungle, à l'extérieur de Fa-Quova. Charge à vous de le rejoindre. Si vous êtes interceptés, l'ambassade vohrne niera toute implication.

Elask coupa la communication dans la foulée.

— Il est raide comme la justice celui-là, commenta Torg. Je préfère Hanosk.

Alrine approuva machinalement, déjà occupée à organiser la suite de l'opération.

— Tipa, quel est le moyen le plus rapide pour sortir de la termitière ?

Le dva afficha le plan de Fa-Quova. Une ligne rouge apparut au milieu de la représentation, en partie verticale, puis s'inclinant à quarante-cinq degrés pour aller se fondre avec le trait matérialisant la bordure extérieure.

— Ce conduit d'évacuation est assez grand pour Torg et mène directement dehors, à peine au-dessus de la jungle, expliqua Tipa.

Un mauvais pressentiment s'empara d'Alrine.

— Un conduit d'évacuation de quoi ?

— De déchets, répondit le dva, mais uniquement organiques. Vous ne risquerez rien à leur contact. J'ai déjà transmis l'emplacement de sortie à Elask, afin qu'il envoie l'aéroglisseur au plus près.

Seul point positif : ils purent atteindre le conduit en restant dans les sections dévolues à la maintenance, ce qui leur évita une probable rencontre avec des policiers altaïriens. Au lieu indiqué par le dva, ils découvrirent une sorte d'écoutille, greffée sur une paroi incurvée. Un verrou mécanique empêchait de l'utiliser. Alrine en vint à bout grâce aux instructions de Tipa et aux outils du malheureux technicien assommé par Torg à leur arrivée à Fa-Quova.

L'écoutille se décolla de son joint avec un bruit humide et une bouffée d'air vicié en jaillit, menaçant de faire vomir Alrine.

Torg poussa un grognement, tout en reculant d'un pas : son odorat était plus sensible que celui d'un humain. Alrine s'approcha de l'ouverture en se pinçant les narines. Le conduit était large de trois mètres, obscur, et il y régnait une chaleur moite, propice à divers processus naturels de dégradation des déchets organiques. Le navcom de l'humaine traça un cercle lumineux sur la paroi maculée d'une boue brunâtre striée de vert, pour s'arrêter sur des excroissances rondes. Placées à intervalles réguliers, elles plongeaient en ligne droite vers le fond du conduit, formant une échelle absolument pas prévue pour une terrienne.

— Ça promet... lâcha Alrine avec dépit.

— Grimpe sur mon dos, dit Torg, qui s'était approché pour examiner le conduit à son tour.

— Hein ?

— Grimpe sur mon dos, je te dis.

Torg ouvrit en grand l'écoutille et continua :

— Tu n'arriveras pas à t'accrocher à ces trucs, mais moi si.

Et de mettre ses doigts aux griffes d'acier sous le nez d'Alrine. Le temps jouait contre eux.

— D'accord.

Le cybride s'agenouilla et Alrine s'installa sur son dos, les bras croisés sous sa tête hémisphérique. Torg se releva et se glissa dans le conduit, s'agrippant sans difficulté aux protubérances métalliques. Il referma l'écoutille derrière eux et entama la descente, Alrine éclairant la paroi avec son navcom.

Elle respirait par petites bouffées, essayant d'échapper à l'odeur qui empirait au fur et à mesure.

Soudain, un sifflement, un déplacement d'air.

— Torg !

Pas besoin d'en dire plus. Il se plaqua contre la paroi et Alrine ferma les yeux, s'attendant à un choc. Une masse informe et volumineuse la frôla en tombant, pour émettre un son mat en rencontrant un obstacle plus bas.

Ils continuèrent ainsi, descendant le plus vite possible entre deux chutes de substance dont Alrine ne préférait rien savoir. Quand ils parvinrent au fond du puits, à l'endroit où le conduit partait en pente abrupte vers l'extérieur de la termitière, Alrine allait lâcher Torg, mais il la retint en enveloppant de sa grosse main celles de l'humaine.

— Pas encore, dit-il. Croise tes jambes sur mon ventre.

Alrine obéit machinalement, trop occupée à lutter contre la nausée que provoquait la puanteur des lieux. Torg fit trois grands pas en direction de la pente et se laissa tomber sur les fesses, comme un gosse sur un toboggan.

— Torg ! cria Alrine. Non !

Trop tard. Elle se cramponna de plus belle au cybride. Ils prirent aussitôt de la vitesse.

La descente à travers le conduit se termina en un clin d'œil, et Torg et Alrine se retrouvèrent projetés hors de la termitière. Alrine s'agrippa encore plus fort au cybride. Ils plongeaient vers un étang artificiel. Durant cet instant dans les airs, elle put noter que l'eau était propre, les alentours bordés d'une végétation aussi luxuriante que sur le reste de la planète. Un bref soulagement : elle avait eu la certitude que le boyau les enverrait dans un dépotoir...

À cette vitesse, le choc avec la surface du lac fut brutal, mais Torg s'arrangea pour qu'il épargne au mieux l'humaine. Ils s'enfoncèrent de deux ou trois mètres puis remontèrent à l'air libre.

Alrine prit une grande inspiration, puis dit :

— Torg ! Tu es impossible. Et s'il y avait eu un broyeur ou je ne sais quoi au bout du tunnel ?

En un mouvement lent et fluide, le colosse se tourna pour nager sur le dos.

— Si Tipa nous a indiqué ce chemin, il n'y avait aucun risque.

Alrine laissa tomber le sujet. En rejoignant la rive, elle s'aperçut qu'elle flottait sans le moindre effort. Elle et Torg ne baignaient pas dans de l'eau, mais dans un liquide plus dense. Elle leva une main et examina un peu de la substance au creux de sa paume. Cela grouillait. Des dizaines de filaments translucides s'agitaient. L'un d'eux se dirigea vers une particule noire collée sur sa peau et l'avala. Elle vit le petit point noir se dissoudre en parcourant le tube digestif du vermisseau transparent.

— Bordel ! Une fosse septique à ciel ouvert !

Elle nagea vers le bord le plus proche, veillant à garder la bouche au-dessus du liquide.

Derrière elle, Torg répéta :

— Si Tipa nous a indiqué...

— Ouais ! coupa Alrine. Je sais.

Ils retrouvèrent l'aéro à quelques centaines de mètres, aux coordonnées fournies par le dva. Au grand soulagement d'Alrine, les milliers de vermisseaux couvrant elle et Torg s'étaient desséchés pour tomber en poussières au bout de quelques minutes, les laissant plus propres qu'ils ne l'étaient avant leur passage éclair dans les boyaux de la termitière géante.

Occulté par son système de camouflage optique, le petit appareil au profil en goutte d'eau se fondait dans la végétation. Sa portière en élytre s'ouvrit en découpant un trou dans la jungle. Torg se glissa sur la banquette arrière puis Alrine s'installa aux commandes. Elle nota la présence d'une mallette sur le siège passager. Sa demande d'armes n'était pas restée sans suite.

Un bref échange avec Tipa lui apprit que le vaisseau de Soch-Nochra était toujours en attente d'arrimage à la station 7. Elle décolla et lança l'aéro vers le ciel, pour ronger aussitôt son frein : elle ne pouvait pousser le bolide volant au maximum sans que sa signature thermique devienne visible. L'aéro venait d'ailleurs du monde usine d'Altaïr, se souvint-elle. Sans les constantes modifications apportées par les vohrns, il aurait été détecté depuis longtemps.

Alrine poursuivit son raisonnement. Tromper la surveillance à l'échelle planétaire d'un monde agricole était une chose, mais comment s'introduire dans la station, si possible avant que Soch-Nochra ne débarque ?

Laissant l'aéro filer sur sa trajectoire hors atmosphère, Alrine afficha sur le pare-brise une représentation de la station spatiale 7. Elle formait un gigantesque anneau tournant lentement sur lui-même. Une configuration qui remontait à un âge où les altaïriens ne maîtrisaient pas encore la gravité. La structure dont le diamètre approchait les cent kilomètres existait depuis près de trois siècles.

Une période durant laquelle la station avait subi de nombreuses modifications. Des ajouts boursouflaient l'anneau en maint endroit : volumineux hangars, modules d'habitation, quais d'amarrage et une jungle d'antennes, de capteurs et de relais de communication...

Comment glisser l'aéro à l'intérieur ? En examinant l'un des quais, une idée vint à Alrine, qui lui parut faisable. Elle dépendrait par contre de la situation réelle autour de la station.

Une heure s'écoula avant que l'aéro n'arrive assez près de la station pour que celle-ci soit visible à l'œil nu. Un grondement sonore montait dans le dos d'Alrine : Torg s'était endormi.

Minuscule en comparaison des navires sagement alignés sur l'orbite de la station, l'aéro se faufila jusqu'au quai repéré par Alrine sur le plan. Les emplacements étaient prévus pour la maintenance d'appareils de faible tonnage. Ils fonctionnaient comme des sas géants, un côté ouvrant sur le vide, l'autre disposant d'accès depuis l'intérieur de la station.

— Bon... souffla Alrine. On va voir si on a de la chance.

Autour de la station, le trafic était dense. Entre les transports de denrées en provenance de la planète et les vaisseaux qui venaient charger ces marchandises pour les distribuer dans tout le système, les quais de maintenance ne restaient jamais longtemps libres. Celui-ci comptait dix-huit emplacements. Tout en les gardant en vue, elle positionna l'aéro le plus près possible et s'astreignit à une activité qu'elle détestait, mais qui faisait partie intégrante de son travail : attendre.

Elle profita de ce temps mort pour envoyer un message texte à Tipa. Se souvenant des difficultés de Torg à identifier Soch-Nochra au sein de la foule d'altaïriens à Fa-Quova, elle lui demanda de construire une représentation de l'alien à partir des informations dont disposaient les vohrns et celles disponibles dans les données publiques.

Un œil sur les grandes portes d'acier des sas, elle déverrouilla la mallette déposée sur le siège passager. À l'intérieur se trouvaient un pistolet à balles hypertrophes, un autre à munitions conventionnelles, un mince tube en verre contenant du décupleur. Elle ouvrit son bracelet injecteur et remplaça le tube entamé.

Elle s'empara du pistolet à balles hypertrophes et découvrit en dessous un holster dont elle s'équipa. Prendre l'autre arme et ses balles mortelles ne lui traversa pas l'esprit. Les seuls véritables ennemis étaient les primordiaux, et elle n'en croiserait aucun sur la station.

Un mouvement attira son attention. Le sas à l'extrémité gauche du quai s'ouvrait lentement. Alrine agrippa le volant en U et approcha l'aéro. Elle nota avec un détachement amusé que Torg dormait toujours, ronflant de plus belle. Elle positionna l'appareil en dehors de toute trajectoire probable de sortie et scruta l'intérieur du grand sas. Peu après l'ouverture complète des portes coulissantes, un vaisseau en sortit. Un cube de vingt mètres d'arête, percé en son centre d'un tube synergétique. Il s'éloigna de la station et prit rapidement de la vitesse.

Craignant que le sas ne se referme aussitôt, Alrine ne perdit pas un instant. Elle glissa l'aéro à l'intérieur d'une impulsion sur les commandes. Des icônes d'avertissement s'affichèrent sur le pare-brise : elles indiquaient la présence de quatre caméras de surveillance. La moindre défaillance du camouflage optique et les deux agents vohrns n'auraient plus qu'à fuir vite et loin...

Alrine étudia la configuration des lieux. Le dock de maintenance pouvait recevoir des navires trois fois plus gros que celui qui venait de partir. Des pontons mobiles équipés d'outils de manutention bordaient chaque côté. Sur la cloison les séparant de la station, à mi-hauteur et alignée sur le plan horizontal, s'étirait une large passerelle où s'empilaient de lourdes caisses, solidement arrimées à la structure métallique par des sangles. Trois portes donnaient dessus. Leur position indiqua à Alrine l'orientation de la gravité artificielle. Le plancher se trouvait au-dessus d'elle... Deux autres portes permettaient d'accéder à cette zone.

— Parfait ! murmura la policière.

Placées au plafond, les caméras ne couvraient pas le dessous de passerelle, qui était dans un angle mort.

Alrine immobilisa l'aéro dans cet espace puis bascula sur le pilote automatique, chargeant le système de le maintenir indéfiniment à cet endroit. Elle mourait d'envie d'appeler Tipa pour avoir le dernier statut sur la position de Soch-Nochra, mais craignait qu'une émission radio depuis l'intérieur du sas n'alerte la sécurité de la station : les vohrns avaient certes amélioré l'aéro altaïrien, mais leur technologie avait aussi ses limites.

Une longue quinzaine de minutes s'écoula avant l'arrivée d'un autre vaisseau. *Jusqu'ici, je ne me suis pas plantée... Espérons que cela dure.*

Flanquée de Vassili et les unités de Myriade réparties autour d'eux, Mallory franchit la porte qui donnait sur l'arène du Rin'Liln et s'arrêta aussitôt.

L'étendue de sable rouge avait disparu, remplacée par un relief accidenté. Des milliers de cristaux de quartz hérissaient chaque pouce de terrain, certains aussi grands et larges qu'un humain. Toutes les couleurs de l'arc-en-ciel étaient présentes et les cristaux paraissaient luire de l'intérieur.

Tout ça en l'espace d'une nuit... Ils n'ont pas chômé.

Sur les balcons qui filaient le long du bâtiment en U, une foule d'altaïriens se pressait. Les maîtres du système formaient de petits groupes compacts en fonction de leurs clans, et les représentants d'autres espèces profitaient de l'espace laissé libre.

Mallory activa discrètement son navcom.

— Jazz ?

— Oui, oui ! Je regarde ce que les altaïriens vous ont concocté.

Les replis du terrain restaient de faible amplitude aux abords de l'arène. Mallory chercha des yeux une autre porte et vit le spican avancer et marquer la même hésitation qu'elle. *Au moins nous ne sommes pas seuls à être surpris...*

Une série d'hologrammes apparut devant elle, indiquant aux humains et à Myriade de se rendre au centre de l'aire de combat. Les projections se transformèrent en un long trait sur le sol. Ils suivirent ce fil d'Ariane, progressant avec difficulté parmi les cristaux. Plus ils approchaient du centre et plus les blocs translucides devenaient grands. Ils durent se faufiler entre d'immenses colonnes colorées. Mallory se demandait comment ils allaient affronter un gros gabarit tel que le spican dans pareil fouillis, quand ils débouchèrent sur une aire circulaire et plane.

Mallory s'extirpa d'entre les cristaux et marcha sur l'espace dégagé. Le sol était lisse, montrant une succession de formes hexagonales. On avait découpé les cristaux au ras du sol, sur une zone circulaire large de cinq cents mètres.

La voix de Jazz retentit au creux de l'oreille de Mallory.

— Capitaine ! Les cristaux qui recouvrent l'arène proviennent de Styga, la planète la plus proche d'Altaïr. Ils ont été implantés de façon à reproduire tout un pan de sa surface. D'après la presse du coin, les organisateurs ont voulu donner une nouvelle dimension au combat puisqu'il va déterminer le clan gagnant.

— Je suppose que leur idée du spectacle impliquait aussi de ne pas nous prévenir, marmonna Mallory.

— S'il n'y avait que ça ! Ces cristaux sont une vraie saloperie : ils sont semi-vivants et vont réagir à la présence d'êtres conscients.

— De quelle façon ?

Silence sur la ligne com.

— Jazz ? appela Mallory. T'es là ? Jazz !

Un texte holographique apparut devant elle, rédigé en terrien :

L'USAGE D'UN NAVCOM N'EST PAS AUTORISÉ DURANT LE COMBAT. NOUS AVONS NEUTRALISÉ VOTRE APPAREIL. UNE SECONDE TENTATIVE VAUDRA ÉLIMINATION.

— Et merde.

Mallory et Vassili avancèrent sur la partie plane et circulaire. À l'opposé, elle vit le spican s'extirper d'entre deux grands cristaux rouges et s'approcher. Derrière lui venait une nuée de petits animaux volants : les krix.

Au moins pouvait-elle encore communiquer avec Myriade. Le lien mental avec l'entité multiple était toujours présent, stable et clair. Sentant l'état d'esprit de l'humaine, Myriade la rassura d'une pensée dépourvue de mots.

— *Méfie-toi des cristaux,* l'avertit-elle.

— *J'ai voulu les examiner à l'aide mon unité 342, mais ils ne montrent rien de plus que des blocs de plomb. Impossible de savoir ce qu'ils renferment.*

Elle expliqua ensuite la situation à Vassili, dont le visage s'assombrit. *Une réaction ! Presque un sentiment,* nota Mallory. *Ce doit être la première fois depuis sa résurrection.*

De nouvelles projections holographiques apparurent, cette fois pour tracer de petits carrés sur le sol, surmontés du nom de chaque combattant. Avec les positions dévolues aux éléments de Myriade et aux krix, les caractères formèrent très vite un enchevêtrement lumineux difficilement lisible.

Mallory se concentra sur son lien avec Myriade et il partagea avec elle une vue de l'aire depuis une unité située en hauteur. Elle eut l'impression d'être une générale supervisant un affrontement entre deux armées : les positions des humains figuraient en jaune et celle du spican en bleu. Krix et unités étaient répartis en deux croissants opposés. Derrière chaque armée se trouvaient les places respectives des humains et de leur adversaire.

— Mallory ! Ne traîne pas.

La voix posée de Vassili la ramena à sa vision normale. En surimpression, un compte à rebours s'affichait : il ne leur restait qu'une poignée de seconde pour rejoindre leurs positions assignées. Craignant une pénalité, voire une élimination pure et simple, elle fila prendre sa place, imitée par Vassili, tandis que Myriade déployait ses unités.

De l'autre côté, le spican se dressait de toute sa hauteur : un bon deux mètres vingt. Torse nu, son épiderme cuivré recouvrait des muscles saillants, aussi nombreux qu'impressionnants. Ses quatre bras robustes n'avaient rien à envier à ceux de Torg. Devant l'alien, la horde d'animaux volants gros comme le poing s'assemblait, jaillissant de la forêt de cristaux géants.

« Quelque part entre la chauve-souris, le faucon et le bull-dog » avait dit Jazz pour décrire les krix. Il avait trouvé les mots justes : leur corps formait une masse dense, d'où sortaient de longues ailes en peau noire, parcourue de nervures épaisses d'un doigt. Ces animaux disposaient de deux paires de pattes, terminées par trois griffes recourbées. Une gueule de carnassier complétait cette anatomie déjà effrayante.

Le compte à rebours cessa de s'égrener. Un son bref et aigu retentit, salué par une acclamation assourdissante de la foule massée sur les balcons.

Les krix et les unités de Myriade se lancèrent les unes contre les autres. Poussant le lien télépathique à la limite de l'acceptable, Mallory s'efforçait de suivre la totalité des mouvements. À travers une vision fractionnée en une multitude de points de vue, elle se jeta à l'attaque en compagnie de Myriade. Les krix furent sur eux en un instant. Mallory eut l'impression de sentir l'haleine chaude et animale qui s'échappait de leur gueule ouverte aux dents jaunes et pointues.

Avec une soudaineté qui lui fit l'effet d'une collision avec un mur, elle se retrouva privée de sens.

INTERLUDE
EZQATLIQA

Un poisson couvert d'écailles vertes, au corps tubulaire tout en longueur, s'approcha en ondulant de la bouche d'Ezqatliqa qui était aussi immobile qu'une statue. L'animal, poussé par la curiosité et la faim, prenait l'orifice pour une anfractuosité dans le sol rocheux du lac. Il s'enfonça à l'intérieur, cherchant les petits crustacés qui faisaient son ordinaire. La bouche se referma brusquement et le poisson paniqué comprit trop tard son erreur.

Ezqatliqa mâcha lentement le poisson, faisant craquer sous ses gencives – dépourvues de dents, mais tout aussi dures – la tête et l'arête centrale. En dépit de son âge avancé, le primordial se surprenait à savourer des choses simples. Un repas, explorer les environnements naturels recréés par les vohrns sur leur croiseur, une discussion avec Hanosk…

Il sentait en lui l'optimisme supplanter la résignation qui s'était emparée de lui, quand il avait choisi de se cacher sur Vlokovia pour être à l'abri des terrifiants stolrahs. Une décision désespérée, mais qui le mettait désormais dans une situation inédite. Il était allié avec l'un des peuples les plus puissants à sa connaissance et s'apprêtait à défaire ses frères et sœurs primordiaux.

Un humain aurait eu le sentiment de trahir son peuple, Ezqatliqa y voyait un moyen de balayer ses adversaires au Jeu. Il ne pouvait le nier : avec le goût à la vie était revenue l'envie de jouer. Il n'avait pas oublié les stolrahs, loin de là, mais plutôt que de contrarier sa nature, il s'en servait pour atteindre un nouvel objectif : neutraliser cette menace une fois pour toutes.

Pour cela, l'ère des primordiaux devait s'achever et il serait l'artisan de cette fin. Quelle meilleure façon de remporter le Jeu que d'y mettre un terme ?

Et cette humaine et ses capacités télépathiques hors norme. Quel concours de circonstances ! Les probabilités qu'une terrienne se connecte télépathiquement à autant d'espèces différentes et que son esprit soit stimulé un peu plus à chaque fois... Il l'avait sentie effleurer ses pensées, malgré la barrière de la sphère de Négyl. Elle allait devenir un atout majeur, il en était sûr.

Le navcom qu'il portait en collier vibra contre sa peau. Ezqatliqa n'avait pas besoin d'autre indication : seul Hanosk était en mesure de l'appeler. Il se redressa au fond du lac, marcha jusqu'à atteindre la surface et prit pied sur la roche sombre qui bordait la pièce d'eau. Sa tunique sécha aussitôt, les gouttes glissant le long du tissu moiré en formant de minuscules billes.

— Primordial Ezqatliqa, dit le vohrn. L'équipe d'observation est de retour. Veuillez me rejoindre sur la passerelle.

Une certaine appréhension s'empara du primordial. Le traducteur ne laissait rien filtrer, mais il avait l'impression que l'équipe de vohrns envoyés pour surveiller – de très loin – le secteur où les stolrahs étaient censés se trouver ne ramenait pas de bonnes nouvelles.

Il se mit en mouvement, faisant fuir les insectes bleus et leurs prédateurs roses à grandes dents sur son passage. La longue et large coursive centrale du croiseur l'avala et il la suivit jusqu'à la passerelle, nullement gêné par l'obscurité qui régnait dans cette zone.

Hanosk et un vohrn portant un harnais de combat l'attendaient devant une projection holographique, au milieu des consoles d'une dizaine de vohrns. Ezqatliqa reconnaissait le dirigeant vohrn grâce à la texture de ses écailles et à la subtile différence de couleur qu'elles présentaient sous la lumière dégagée par l'hologramme.

Hanosk tendit une main aux doigts longs et fins pour désigner l'image. Il s'agissait d'une zone de l'espace beaucoup plus proche du centre de la galaxie, où la densité d'étoiles était très importante.

— Durant leur mission étendue, les observateurs ont analysé les émissions radio liées à des technologies avancées sur la zone que vous nous avez indiquée, d'abord pendant leur approche puis en position stationnaire.

Faute d'arriver à se souvenir de coordonnées exactes, Ezqatliqa avait suggéré cette méthode à Hanosk dès leur rencontre. Quand les stolrahs jetaient leur dévolu sur une civilisation, ils ne laissaient rien derrière eux. On pouvait donc reconstituer leur piste en repérant des signaux émis de manière régulière, puis cessant brusquement. La marge d'erreur était élevée : les espèces intelligentes, évoluées, qui attiraient les stolrahs n'apparaissaient pas en grand nombre, et une proportion non négligeable d'entre elles ne parvenaient à un niveau technologique élevé que pour mieux sombrer d'elles-mêmes.

Le chemin à parcourir constituait un autre obstacle : les observateurs étaient partis aussitôt, à bord d'un navire vohrn possédant ce qu'ils faisaient de plus performant en matière de propulseur synergétique. Une distance si importante vers le centre galactique que même l'esprit d'Ezqatliqa ne l'appréhendait que de manière très théorique.

Sur l'hologramme, plusieurs étoiles prirent une teinte orangée et clignotèrent.

— Ces mondes émettaient des ondes dénotant une civilisation avancée, puis ont stoppé brusquement, dit Hanosk. En recoupant avec la distance au moment de la détection, cela correspond à la période précédent votre installation sur Vlokovia.

La nouvelle réjouit Ezqatliqa.

— Je ne me trompais pas. Quel est le dernier système dont l'activité s'est arrêtée ?

Hanosk eut un geste de la main et les étoiles orange reprirent leur couleur blanche, sauf une.

— Celui-ci a cessé à peu près à l'époque où nos ancêtres ont débuté l'exploration spatiale, précisa le soldat vohrn.

— Les stolrahs doivent se trouver non loin dans ce cas, conclut Ezqatliqa. Peut-être sur l'un des mondes de ce système.

Le soldat poursuivit :

— Nous le pensions également, mais en approchant nous avons découvert une nouvelle série d'émissions interrompues.

D'autres étoiles changèrent de couleur, devenant vertes et clignotant à leur tour.

— Celles-ci sont beaucoup plus récentes, et n'ont été détectées que lorsque nous sommes arrivés à la distance maximale prévue.

Ezqatliqa étudia les étoiles vertes alors que le soldat faisait pivoter la projection en trois dimensions. Les points verts s'alignèrent. Le primordial comprit avant qu'Hanosk ne parle :

— Les stolrahs sont de nouveau en mouvement. Ils progressent lentement, mais tout indique qu'ils viennent dans notre direction.

XVI
TRIO

Les cristaux altèrent nos perceptions ! pensa aussitôt Vassili. Un néant absolu l'engloutissait, le laissant isolé de tout. En se concentrant au maximum de ses capacités, il obtint à peine une réponse physique : il parvenait à situer ses doigts, mais ne pouvait les remuer. Ils auraient pu être plongés dans de la glace ou du feu, sans qu'il sache faire la différence. Il sentait son cœur battre. Le rythme était régulier : son aptitude à supporter le stress, améliorée par sa résurrection aux mains des vohrns, lui permettait de rester calme et rationnel.

Les altaïriens aiment le spectacle, le Rin'Liln le prouve amplement, réfléchit-il. *Ils doivent être en mesure de visualiser l'action des cristaux sur l'esprit des combattants, ne serait-ce que pour en faire profiter le public. Si j'arrivais à voir aussi... Comment s'y prennent-ils ?*

Cela ne le menait nulle part : il devait voir pour vaincre sa cécité. Une évidence déguisée en apparente contradiction. Il aborda le problème sous un autre angle : si les altaïriens soumettaient les combattants à cette épreuve, il existait forcément un moyen de la surmonter, sinon l'affrontement n'aurait aucun sens.

Mallory et Myriade peuvent communiquer par télépathie, de même que le spican et les krix. Un talent qui faisait défaut à Vassili, mais les altaïriens l'ignoraient.

La solution reposait très certainement sur cette capacité. L'inquiétude se fraya un chemin dans ses pensées. Les premiers à remporter l'épreuve des cristaux allaient bénéficier d'un avantage sur les autres. Si Mallory et Myriade réagissaient trop lentement, ils seraient balayés avant d'avoir pu se battre !

Le pseudo-ktol. D'une manière plus simple et plus crue que l'original créé par les primordiaux pour asservir leurs victimes, il permettait la télépathie. Mallory s'en était servi pour contacter Vassili lors du premier combat, il devait pouvoir en faire autant. Il sentait ses mains et son cœur. Quelque part entre les deux se trouvait le pseudo-ktol. Il se concentra et chercha à le toucher de ses pensées.

Un néant absolu avait remplacé l'arène, effaçant le spican et les centaines de krix prêts à bondir sur Mallory et Myriade. Elle lutta pour s'en extirper comme on cherche à s'échapper d'un cauchemar, mais le néant se nourrissait de ses efforts.

Il lui fallait lâcher prise, pas s'acharner. Elle se laissa aller, acceptant le vide autour d'elle. Le néant changea, devint moins oppressant. Elle retrouva un premier repère : la gravité. Cette petite victoire en amena une seconde : elle remua les doigts. Toujours plus relaxée, elle essaya de reconquérir ses autres membres. Le suivant ne fut pas celui auquel elle s'attendait. Une masse dure, comme un noyau dans son... bras ? Le faux ktol implanté par les vohrns ! Il en émanait une sorte de pulsation, de minuscules vagues de chaleur, d'autant plus évidentes qu'elles étaient la seule sensation éprouvée par Mallory.

Intriguée, elle explora l'objet en focalisant toute son attention dessus. Le pseudo-ktol réagit et une connexion s'établit, identique à ce qu'elle connaissait en utilisant l'interface neuronale installée sur le *Sirgan*.

— *Mallory. Je ne pensais pas réussir,* fit une voix qu'elle reconnut sans peine.

Le lien était ténu, aussi fragile qu'un mince fil de verre. La répugnance de Mallory à s'ouvrir en totalité restait forte. Elle gardait une partie d'elle-même hors de la portée de Vassili, derrière un écran mental qui compartimentait sa conscience.

Malgré cette tricherie, l'emprise du néant sur les humains diminua. Mallory sentait à nouveau ses pieds reposer sur le sol. Elle dut admettre que l'initiative de Vassili était bonne.

— *Les cristaux ?* demanda-t-elle, formulant à peine la question.

— *Oui.*

La réponse laconique s'accompagna de sensations et de concepts rendant le verbal superflu. Les cristaux agissaient sur l'esprit comme des brouilleurs sur les ondes radio. Pour se tirer du piège, il fallait que Mallory et Vassili les supplantent. Le spican devait lutter lui aussi contre le néant sensoriel. *Il est seul, comment va-t-il faire ?* s'interrogea la terrienne. *En s'appuyant sur les krix ?*

L'idée la mena aussitôt à une autre :

— *Myriade ?*

Pas de réponse, puis la voix de Vassili.

— *Tu ne peux rien faire seule. Pas avec les cristaux actifs autour de nous. Il faut l'appeler ensemble.*

— *Comment ?*

— *C'est devenu naturel pour toi, comme mettre un pied*

devant l'autre pour marcher. Souviens-toi de tes débuts et je saurai.

Mallory évoqua son premier contact avec Myriade, sur Vlokovia. Quand, aidée par Squish, son jufinol adoptif pourtant éloigné de plusieurs années-lumière, elle avait visualisé la toile de pensée reliant les unités de Myriade entre elles.

Vassili appréhenda le concept et la toile mentale rougeoyante de Myriade se matérialisa autour d'eux. Mallory accueillit la présence familière avec soulagement.

— *Je sens une troisième conscience, dont tu te méfies*, déclara l'entité multiple. *Dois-je nous défendre ?*

— Non ! C'est Vassili, ça va. Pour cette fois...

La remarque avait fusé sans qu'elle réfléchisse. Tant pis. Ils avaient d'autres chats à fouetter.

— *Pas besoin de restreindre ton lien,* précisa-t-elle.

À peine la pensée émise, les sensations affluèrent de nouveau en l'humaine. En laissant le contact avec lui s'établir à plein, Myriade leur avait permis de dépasser le brouillage mental des cristaux.

Mallory n'eut guère le temps de retrouver ses repères : autour d'eux, une bataille aérienne à petite échelle faisait rage entre les krix et les unités de Myriade. Et, surtout, le spican se trouvait à moins d'un mètre d'elle, ses quatre poings massifs prêts à la réduire en bouillie.

Le vaisseau qui vint occuper le quai de maintenance était du même gabarit que le précédent. Alrine regarda l'ouverture donnant sur le vide spatial disparaître, au fur et à mesure qu'un lourd rideau métallique fermait le quai. Pas aussi rapide que les doubles champs de force vohrns, mais aussi efficaces.

Des grappins électromagnétiques arrivèrent au contact de la coque, emprisonnant le navire de leur poigne d'acier. D'autres bras mécaniques s'approchèrent, reliant l'appareil aux systèmes de recyclage d'eau et d'air. Un dernier se connecta à la poupe, près de la sortie du tube synergétique. Deux longues aiguilles de cuivre, épaisses d'un bras, s'enfoncèrent dans une prise prévue à cet effet. Dès qu'elles furent en place, un ronronnement diffus se répandit dans la structure du quai jusqu'à l'aéro. Désormais, le vaisseau dépendait entièrement de la station.

Les instruments de l'aéro indiquèrent à Alrine que la pression atmosphérique remontait. Bientôt, un groupe de techniciens déboucha sur la passerelle située à mi-hauteur du quai. Ils discutaient bruyamment entre eux. La langue était le régulien, mais l'un d'eux utilisait un boîtier traducteur. En tendant l'oreille, la policière décida qu'il s'agissait d'un humain. *Bon signe !* se réjouit-elle. Une fois qu'elle serait à l'intérieur de la station, sa présence ne choquerait personne, si l'on trouvait des humains jusque dans les équipes de maintenance.

— Torg ! dit-elle. Réveille-toi. Je n'entends rien avec tes ronflements.

Le cybride ronfla de plus belle. Exaspérée, Alrine glissa un bras derrière elle et le gratifia d'une tape énergique sur la tête. Il daigna enfin émerger de son sommeil en grognant.

— J'ai faim.

— Chut ! Nous sommes dans un quai de maintenance de la station. J'ai besoin d'entendre ce qui se passe autour de nous.

Torg haussa les épaules, mais obéit juste à temps pour qu'Alrine distingue le bruit d'une lourde porte qui coulissait et de nouvelles voix, toujours réguliennes. *Le sas du navire et l'équipage,* conclut-elle. La discussion se prolongea plusieurs minutes, le navcom de la policière réussissant à traduire quelques mots malgré les sons étouffés par la coque de l'aéro. Des termes techniques renvoyant à une panne du propulseur synergétique.

D'autres sons, des pas sur la passerelle, le chuintement indiquant le fonctionnement du sas du vaisseau. Le silence. Alrine attendit, puis décida de passer à l'étape la plus risquée de son plan.

— Torg, dès que je déclenche l'EMP, on sort de l'aéro et on s'attaque à la porte centrale du bas. Je compte sur toi pour la forcer.

Le cybride entrouvrit sa grande bouche et étira les lèvres, dévoilant ses dents longues et pointues.

— Un, deux... trois !

Alrine écrasa le bouton de commande de l'EMP. Une puissante impulsion électromagnétique balaya l'intérieur du quai. Les dégâts furent inexistants : tant le vaisseau que le quai étaient conçus pour se protéger de telles agressions. Les techniciens à bord du navire ne s'en rendraient même pas compte. Du moins, Alrine l'espérait-elle. Par contre, les caméras de surveillance cessèrent de fonctionner.

Les portières en élytre de l'aéro s'ouvrirent et Torg et Alrine défirent leurs harnais. La gravité de la station les attirait vers ce qui était maintenant le bas. Torg se laissa tomber tout en s'accrochant d'un bras au siège de l'aéro, ce qui plaça ses pieds à moins d'un mètre du sol. Il lâcha prise, atterrit sans un bruit et rattrapa Alrine, qu'il déposa avec délicatesse sur le plancher. Au-dessus d'eux, l'aéro se referma et redevint invisible.

Torg s'attaqua aussitôt à la porte désignée par l'humaine. Le système manuel, une barre d'acier qui pivotait de droite à gauche sur un axe planté au milieu de la porte, comportait un verrou assez solide pour résister à un humain ou un gibral. Torg empoigna la barre et tira dessus sans la moindre difficulté. Tout juste Alrine entendit-elle un « pop » retentir quand le verrou céda.

Ils débouchèrent dans un hangar fourmillant d'activité et violemment éclairé par des projecteurs émettant une lumière bleutée. Des réguliens, des humains et quelques spicans s'affairaient sous les ordres de contremaîtres altaïriens. Des nuées de petits drones volaient d'un endroit à l'autre, transportant des pièces détachées ou des débris.

Au sein de cette effervescence, l'humaine et le cybride passèrent inaperçus et traversèrent le hangar sans attirer l'attention. Ils parvinrent ensuite à un large corridor, qui s'étirait à perte de vue en épousant la courbe de la station en forme de roue. On pouvait circuler près des cloisons, tandis que le centre était occupé par une voie où défilaient les rames d'un métro.

Alrine consulta l'un des plans affichés à l'arrêt le plus proche et ils embarquèrent vers les terminaux destinés aux voyageurs, espérant arriver avant Soch-Nochra. Ils se pressèrent à l'intérieur de la rame bondée, Torg se tenant courbé au-dessus de la policière pour ne pas heurter le plafond. Tipa les contacta alors.

— Où est notre ami ? demanda Alrine.

— D'après les données de trafic, sa navette vient d'aborder.

La policière retint un juron. Ils allaient le manquer. Elle fixa l'affichage au-dessus de l'une des portes, représentant l'anneau du métro et leur position sur celui-ci. Encore trois arrêts.

— Comment se présente le secteur des voyageurs ?

— Les navettes en provenance de la planète arrivent toutes au même terminal. Un couloir le relie à une zone de détente. De là on peut accéder au métro de la station, ou à deux autres terminaux, destinés aux vaisseaux à long rayon d'action.

Alrine n'aimait guère ce qu'elle entendait. De multiples sorties et probablement beaucoup de monde. Soch-Nochra disposait de tous les atouts pour leur filer entre les doigts. Leur seul avantage résidait dans la surprise : l'altaïrien devait se croire hors d'atteinte maintenant qu'il avait quitté Urnit-Fa.

Le métro parvint au secteur des voyageurs et Alrine et Torg se précipitèrent vers l'aire de détente. Il s'agissait d'un espace rectangulaire, long de plusieurs centaines de mètres. Des chaises et des tables capables de s'adapter à de nombreuses morphologies en occupaient le centre. Des dizaines de portes, sur lesquelles s'étalaient de grands caractères rouges, étaient disposées à intervalles réguliers.

— Là-bas, dit Torg en tendant un bras vers le coin opposé. L'accès au terminal des navettes.

Alrine haussa le rythme, fendant de son mieux la foule hétéroclite. Une des portes s'ouvrit alors qu'ils passaient devant. Du coin de l'œil, elle vit deux gibrals et un altaïrien en sortir. Le contraste entre les cyclopes à la peau bleue et l'alien à l'allure d'insecte était frappant. L'humaine distingua derrière eux un salon privatif, pouvant servir à régler des affaires ou se reposer. Chaque porte devait donner sur un espace du même type.

Arrivés à proximité du corridor menant aux navettes, Alrine et le cybride se dissimulèrent derrière l'une des arches métalliques qui constituaient l'ossature de la station.

De nombreux altaïriens jaillissaient du couloir, compliquant la tâche des agents des vohrns. Alrine activa une fonction de son navcom qu'elle n'avait pas utilisée depuis qu'elle avait quitté Kenval : un système de comparaison morphologique et facial. Elle l'alimenta avec la représentation de Soch-Nochra que Tipa lui avait fournie en réponse à sa demande.

Grâce à ces données, à chaque passage d'un altaïrien, son navcom analysait ses caractéristiques physiques et indiquait le résultat par un marquage coloré dans le champ de vision de la policière. Elle guettait l'apparition d'un symbole rouge parmi la succession de verts.

— Merde, murmura-t-elle entre ses dents. On l'a raté...

Elle réfléchissait déjà à un moyen de ratisser le reste de la station, quand un marquage rouge apparut. L'altaïrien ainsi désigné portait bien la couleur du clan Nar-Strikolc et sa façon de se tenir, tout comme son allure, avait quelque chose de familier qui ancra la certitude d'Alrine. Elle donna un coup de coude à Torg qui était distrait par la présence d'un robot vendant des barres protéinées.

— Celui-là, dit-elle en montrant l'altaïrien en question.

Son navcom continuait d'afficher le repère rouge, leur permettant de garder un peu de distance. Ils n'avaient plus qu'à le suivre, en espérant qu'une opportunité se présente. Soch-Nochra traversa l'aire de repos en sens inverse, longeant les salons privatifs. Dans quelques secondes, il allait passer devant la porte ouverte de l'un d'eux.

— Le salon ouvert, trois portes devant lui, dit-elle à Torg.

— Compris.

D'un regard sur l'icône du décupleur, Alrine déclencha l'injection d'une dose. Son cœur s'emballa tandis que le monde ralentissait autour d'elle.

Mallory esquiva la charge du spican en se jetant au sol, roulant sur le dallage constitué de cristaux découpés. Un terrain aussi dur qu'une plaque d'acier. Elle se releva dans la foulée, ignorant la vive douleur qui montait de son poignet droit.

Le spican avait surmonté l'influence des cristaux plus vite que les humains. Heureusement qu'il était seul ! Perchée sur la pointe des pieds, Mallory dansait autour de son adversaire. Trop grand et trop lourd pour une attaque frontale, elle cherchait autant à le fatiguer qu'à le jauger, à l'affût d'un point faible.

Un voile noir descendit sur elle. Elle eut juste le temps de penser : *Encore les cristaux ?* Elle retrouva ses sens presque aussitôt, mais le spican était déjà sur elle. Il lança une jambe vers Mallory qui voulut bloquer ce coup dirigé vers ses côtes en se servant de son bras. Le pied de l'alien, enveloppé d'une chaussure aussi rigide qu'un casque, repoussa le bras et se fraya un chemin vers le flanc de l'humaine. Un craquement sinistre remonta de cette zone, accompagné d'une vive douleur.

Mallory s'écarta pour constater que respirer était devenue une torture. Poursuivant sa danse mortelle avec l'alien, elle manqua à nouveau de perdre sa concentration quand la voix de Vassili jaillit dans sa tête :

— *Je ne peux pas t'aider. Pas sur le plan physique, du moins.*

— *Qu'est-ce que tu racontes ?* s'emporta Mallory.

— *Je ne suis pas comme toi ou Myriade. J'ai voulu bouger et aussitôt le brouillage mental des cristaux a repris le dessus. Je dois me focaliser sur le lien avec toi et Myriade, pour que vous puissiez affronter nos adversaires.*

Génial, se dit Mallory. *Je cherchais un point faible chez le spican et j'en trouve un chez moi.*

Bien sûr, Vassili perçut cette pensée.

— *Je suis désolé,* dit-il.

Le spican chargea, abrégeant leur conversation télépathique.

Les krix n'avaient rien de stratèges, mais leur instinct animal les rendait dangereux. Myriade n'avait eu d'autre choix que de mobiliser la totalité de ses unités pour les contrer. Si l'une des petites créatures parvenait à s'en prendre à Vassili ou Mallory, le combat serait aussitôt perdu. Mallory était déjà en difficulté face au spican et Vassili devait rester à l'écart, trop occupé à renforcer leur lien mental pour ne serait-ce que bouger.

Myriade disposait de sept cent vingt-neuf unités. Il devait affronter deux cents krix. L'avantage numérique suffisait juste à équilibrer les chances. Les krix, nettement plus gros que les éléments de Myriade, étaient de véritables boules de muscles et de cartilage, dures comme de la pierre. Les trois ou quatre unités qu'il alignait pour chaque adversaire avaient fort à faire pour les empêcher de s'en prendre à ses compagnons.

Sa conscience fractionnée travaillait au maximum de ses capacités. *Unité 101 glisse sous une aile noire et se plaque contre le corps arrondi pour dévier sa trajectoire. 512 échappe de justesse à des dents longues et pointues. 428 et 367 repoussent un krix qui cherche à attaquer Vassili. 227 ricoche contre la tête d'un des animaux volants. Ce dernier est mis groggy par le coup, mais 227 termine sa trajectoire contre un grand cristal bleu. Une reconfiguration* in extremis *du micro-champ antigravité sauve l'unité du choc destructeur.*

À un plus haut niveau, Myriade observait la bataille avec l'œil d'un général. Le combat aérien s'était réparti autour de la zone aplanie, au centre de laquelle s'affrontaient Mallory et le spican. Vassili se situait en retrait, vers l'est. Dans ce secteur, Myriade avait assigné un peu plus d'unités, pour compenser l'immobilité forcée de Vassili. Au nord, quelques krix avaient réussi à avaler des unités, les piégeant sans les détruire. Les fronts sud et ouest s'avéraient difficiles à tenir. Dans les deux cas, les krix menaçaient de déborder les unités pour se précipiter sur l'un des humains.

Myriade réévaluait constamment la situation, tenant compte des données transmises par chaque élément de son grand tout. Il devait trouver une tactique pour neutraliser les krix, sinon d'ici... trente-sept à quarante-deux secondes, les chauves-souris extraterrestres prendraient le dessus.

46 indique que certains krix montrent des signes de fatigue. Mise en corrélation avec les rapports d'autres unités, notamment 227. Une solution se dessine.

La partie froide et logique de Myriade calcula les chances de réussite. Trop juste. L'autre facette de l'entité multiple réfléchit durant un dixième de seconde. *Il faut gagner du temps.* Une information de 334 : les krix réagissaient mal à une soudaine bouffée de chaleur issue de son propulseur miniature. Recalcul de la simulation en ajoutant une étape. Le taux de réussite devint acceptable et Myriade exécuta la manœuvre.

Avec une parfaite synchronisation, les unités se rapprochèrent le plus possible des krix et sollicitèrent brusquement leur propulseur. Les jets d'air surchauffé désorientèrent les krix alors que les unités s'éloignaient en chandelle, prenant de la hauteur avant de redescendre en piqué, au maximum de leurs capacités. Elles visèrent le crâne des animaux. Encore perturbés, les krix furent percutés de plein fouet. Chaque coup au but assomma l'un d'entre eux. Les quelques unités qui manquèrent leur cible rebondirent contre le sol cristallin, protégées par leur champ de force.

Bilan : quatre-vingt-sept pour cent des opposants neutralisés. Myriade regroupa ses unités et les lança à l'attaque des treize pour cent restants.

Mallory échappa au spican de justesse. L'attaque avait été maladroite. *Quelque chose le perturbe,* comprit-elle. Une boule sombre d'où pendaient deux ailes membraneuses tomba du ciel en lui percutant l'épaule. D'autres l'accompagnèrent, s'écrasant autour des deux combattants avec un bruit mat.

Les krix ? À travers son lien avec Myriade, des images lui parvinrent, résumant le tour de force de l'entité multiple en moins d'une seconde.

Mallory n'accorda pas plus de temps à la réflexion. Elle fonça sur le spican, déstabilisé par la mise KO des krix et ainsi livré au brouillage mental des cristaux qui les entouraient. À moins d'un mètre du spican, elle fit mine de vouloir lui porter un coup de poing. Il réagit en lançant l'un de ses bras droits vers elle, comptant sur son allonge pour la frapper en premier. Exactement ce qu'elle attendait de lui.

Elle ne termina pas son mouvement du poing, se déroba en pivotant sur son pied droit et propulsa le gauche vers la partie du torse laissée à découvert par le bras tendu de l'alien. Sollicité par cet assaut, son flanc meurtri la fit hurler de douleur. Si ses côtes brisées n'avaient pas encore perforé son poumon, ce devait maintenant être le cas. Son talon percuta le torse de son adversaire et le déséquilibra. Elle ramena son pied au sol, s'approcha d'un demi-pas et porta un coup similaire au genou de l'alien, remerciant l'évolution d'avoir équipé les spicans à peu près comme les humains à ce niveau-là.

L'articulation s'avéra solide, la frappe de Mallory violente. Le choc se répercuta le long de sa jambe, remonta à sa blessure aux côtes. Un flot de sang jaillit de sa bouche. Sous son pied, le genou céda dans un vilain craquement, et le spican s'écroula en grognant, l'autre genou et ses bras gauches à terre. Avant de succomber à la souffrance, elle envoya un direct du droit vers l'épaisse mâchoire du spican, mettant tout son poids derrière. Son poing s'écrasa sur une surface aussi dure que du béton, mais le coup porta : les yeux du spican se voilèrent et il tomba en une masse inerte, vaincu par l'assaut physique de l'humaine et la pression télépathique des cristaux.

Mallory n'était pas dupe : sans le brouillage mental des cristaux, son petit coup du droit n'aurait jamais étalé un spican de la sorte. *Au moins le résultat est sans appel.* Elle n'avait pas oublié les propos des organisateurs sur la nécessité d'une victoire nette.

Elle inspira avec précaution, toussa et cracha à nouveau du sang. Vacilla alors que les cristaux colorés se mettaient à danser autour d'elle. Deux mains vinrent la soutenir, l'empêchant de s'écrouler à côté du spican.

— Vassili ?

Les évènements s'enchaînèrent, ne lui laissant que des images floues. Vassili qui la portait en dehors de l'arène, aidé par quelques unités de Myriade. Le grondement assourdissant de la foule sur les balcons. Une pièce sans fenêtre, aux murs beiges, où un altaïrien arborant le jaune du clan Taq-Kavarach se penchait avec délicatesse sur elle pour lui ôter le haut de sa tenue de navigante et soigner ses côtes en y injectant une substance destinée à accélérer la soudure des os. Douleur qui refluait et sommeil induit par le traitement.

Quand elle retrouva la complète maîtrise de ses sens, elle s'aperçut que Myriade avait organisé ses unités en un quadrillage protecteur autour d'elle.

— *Comment te sens-tu ?* lui demanda-t-il.

— *Comme si un clan de corax tout entier m'avait piétinée.*

Grands et lourds crustacés vivant sur Vlokovia, les corax étaient en fait un peuple pacifique. Ils n'en restaient pas moins impressionnants.

— *Le spican était un spécimen particulièrement fort et les krix très agressifs. Sans l'intervention de Vassili pour limiter l'influence des cristaux, nous n'aurions pas pu remporter le combat.*

— *C'est vrai,* admit Mallory. *Pour un novice en télépathie, il s'est bien débrouillé.*

— *J'ai pris ma décision à son sujet. Si les vohrns acceptent de me fabriquer assez d'unités pour doubler mon essaim, je procéderai à une scission et lui confierai mon jumeau pour qu'il devienne son gardien.*

Mallory eut un petit pincement au cœur. Depuis qu'elle était au courant de cette capacité de reproduction, elle espérait le convaincre de donner son jumeau à Théo, mais Myriade était libre de ses choix.

— *Puisque tu as décidé, je plaiderai ta cause auprès d'Hanosk s'il le faut. Par contre, on ne le dit pas à Vassili avant d'en avoir terminé ici, d'accord ?*

Cela laissait à Mallory le temps de se faire à l'idée.

L'homme en question jaillit dans la pièce juste à cet instant. Il posa les yeux sur elle et déclara :

— Réveillée ? demanda-t-il. Parfait. Nous avons rendez-vous avec la nouvelle reine d'Altaïr.

XVII
BRAS

Alrine et Torg couvrirent en un instant la distance qui les séparait de Soch-Nochra, arrivant dans son dos au moment où il passait devant le salon vide. Torg se plaça sur le côté, faisant écran de son corps à la vidéosurveillance et Alrine agrippa l'altaïrien pour le pousser à l'intérieur. Torg entra aussitôt et ferma la porte derrière lui.

Soch-Nochra réagit vite. À peine remis de sa surprise, il se jeta sur l'humaine. Ses réflexes affûtés par le décupleur, Alrine esquiva l'attaque d'un pas de côté. Elle attrapa le poignet droit de l'alien, là où les épines étaient trop courtes pour la blesser profondément, et lui infligea une brusque torsion. Un craquement ponctua le mouvement.

Ce qui aurait dû suffire à neutraliser n'importe quel être vivant n'eut qu'un léger effet sur le porteur de ktol. Indifférent à la prise d'Alrine, il lança l'autre bras à l'assaut des yeux de Torg. Le cybride para le coup en interposant son avant-bras et les quatre griffes de chitine de l'altaïrien ripèrent sur sa peau épaisse, arrachant un peu de fourrure.

Ses muscles saturés d'adrénaline et d'oxygène par le décupleur, Alrine tira de plus belle sur le poignet de Soch-Nochra, le forçant à reculer d'un pas. Il riposta en lui envoyant un coup de pied droit dans la cuisse. Elle eut l'impression qu'un marteau venait de la percuter et un voile blanc occulta sa vision quand la douleur aiguë remonta du membre meurtri. Le décupleur effaça le plus gros de la souffrance et elle lança son poing vers le visage de l'alien, surpris de voir une simple humaine réagir ainsi. Le coup porta avec violence tandis que les phalanges d'Alrine s'écorchaient sur les mandibules de l'alien.

Torg intervint en se jetant sur l'alien. La masse du cybride déséquilibra l'altaïrien, qui s'étala au sol, non sans cogner le bord d'une table de la tête. Le meuble se brisa sous le choc, mais Soch-Nochra n'en fut pas affecté. Il rua et frappa de toutes ses forces pour échapper à l'emprise de Torg. Le cybride tint bon, plaquant le dos de son adversaire au sol, ses grandes mains à six doigts emprisonnant les poignets de Soch-Nochra.

— Le ktol ! cria Alrine. Il est dans son bras droit !

Malgré les ruades et les coups de griffes de l'alien, Torg procéda avec méthode : il remonta lentement une jambe, la plia et posa son genou sur l'abdomen de l'alien, appuyant de tout son poids sur le plastron de chitine coloré de bleu. Il lâcha le bras gauche de l'alien, replia aussitôt les doigts et envoya son poing bardé d'acier cogner brutalement la tête de Soch-Nochra, le laissant sonné. Torg s'attaqua ensuite au bras droit de l'alien. D'une main, il le serra au-dessus du coude, et de l'autre, plongea ses griffes d'acier entre les éléments de la carapace, au niveau de l'épaule. Un sang vert sombre s'écoula alors qu'il séparait en les déchirant muscles et tendons du torse. Il termina en tirant de toutes ses forces sur le bras de l'alien, qui se détacha avec un bruit humide et un jet d'hémoglobine.

— Je n'avais pas ça en tête, dit Alrine, stupéfaite par le

tour de l'affrontement.

Elle se reprit et avança en boitillant vers Soch-Nochra et Torg. Le cybride lui tendit le membre arraché. Il était fier de lui.

— Euh... Garde-le pour le moment, tu veux bien ? Il faut s'occuper de Soch-Nochra.

Elle s'accroupit en étouffant un cri : la zone touchée par l'altaïrien se rebellait contre cette sollicitation. Elle sortit d'une poche de sa veste son kit de premiers soins. Il commençait à être bien entamé. Alrine prit une petite bombe de mousse destinée à traiter les blessures ouvertes. Elle aspergea copieusement le trou verdâtre qui se trouvait maintenant à la place de l'épaule de l'alien. La mousse jaune bouillonna et gonfla jusqu'à stopper l'hémorragie.

Alrine se redressa et tendit une main vers Torg, qui l'aida à se relever. Le décupleur cesserait bientôt de faire effet, la laissant en proie à la fatigue et à la douleur.

Le salon était dans un piteux état, sans parler de l'alien blessé qui gisait au milieu. Elle dit à Torg de fouiller la pièce à la recherche de quoi dissimuler le bras sanguinolent qu'il tenait. Pendant que le cybride s'attaquait à la garniture de l'un des fauteuils, elle communiqua avec Tipa. Après un résumé de la situation, elle demanda :

— Est-ce que Soch-Nochra peut survivre sans recevoir de soins tout de suite ?

Le dva réfléchit, tout en entrant des commandes sur son interface avec le réseau de données.

— Oui, répondit-il. Le plus important était de stopper le saignement. (Il continua à taper sur un rythme plus rapide encore.) Elask va vous rejoindre. Le Rin'Liln vient de se terminer, le blocus à l'intérieur du système est progressivement levé. En usant de son statut d'ambassadeur, il devrait pouvoir aborder la station en priorité.

Le dva réserva le salon à distance, permettant à l'humaine et au cybride d'attendre le vohrn tranquillement. Ils purent ainsi assister à la fin du Rin'Liln, avec un léger décalage dans le temps. Torg faillit se jeter sur l'hologramme comme pour venir en aide à Mallory et ne se calma qu'en la voyant mettre le spican à terre.

Elask se présenta une demi-heure plus tard, accompagné d'une équipe de dvas qui entreprit aussitôt de soigner Alrine et l'altaïrien. Il écouta le rapport de la policière, alors que l'un des dvas lui recousait l'épaule, pour l'asperger ensuite d'une couche de peau synthétique. Le dva continua avec la jambe d'Alrine. Elle grimaça en encaissant cinq injections qu'il lui administra.

— Pour aider vos muscles à se régénérer, dit-il.

Le vohrn déclara :

— Vous avez pris des risques importants, qui n'auront servi à rien si nous ne retrouvons pas le mange-monde.

Le constat sonna comme une accusation aux oreilles de la terrienne, puis elle comprit qu'elle se fourvoyait en appliquant au vohrn un raisonnement terrien : l'alien se penchait sur Soch-Nochra, décidé à ce que les efforts de la policière et de Torg ne soient pas vains.

Avec fascination, elle observa pour la première fois l'acte que lui avaient décrit Mallory et Laorcq : un interrogatoire télépathique mené par un vohrn.

Elask, ses jambes repliées sous lui comme celle d'un oiseau, approcha son rostre du crâne de l'altaïrien, alors que la peau écailleuse recouvrant l'excroissance ultra-sensible se rétractait pour dégager une surface rose pâle. Elle entra en contact avec le sommet de la tête cylindrique de Soch-Nochra, déclenchant aussitôt de violentes convulsions chez l'altaïrien. Le vohrn se saisit de lui, contenant les mouvements brusques avec aisance. La mousse cicatrisante qui marquait l'emplacement de l'épaule droite de Soch-Nochra se fendilla et un dva se précipita en sautillant sur ses quatre pattes préhensiles pour la colmater.

Le spectacle mit Alrine mal à l'aise. Cela ressemblait beaucoup trop à une parodie de baiser. Lentement, les convulsions cessèrent. Elask maintint sa prise une longue minute puis se détacha de l'altaïrien.

Il se redressa et son rostre reprit son aspect habituel. Comme si tout cela était banal, il se tourna vers Alrine :

— L'esprit de cet individu a été altéré par son ktol, mais j'ai pu obtenir des informations utiles. L'arme d'Axaqateq se trouve à Tie-Solva, une station installée sur un astéroïde entre Urnit-Fa et Enot-Ka.

Elask et Alrine discutèrent rapidement de la stratégie à adopter. Le Rin'Liln venait de se terminer et la circulation entre les mondes du système n'avait pas encore retrouvé son niveau habituel. Elle et Torg allaient utiliser l'aéroglisseur pour se rendre à Tie-Solva. Elask ferait le nécessaire afin qu'on leur permette d'aborder. Il leur transmit aussi l'emplacement de l'arme, tel qu'il l'avait lu dans la conscience de Soch-Nochra.

Alrine se releva, testant prudemment la stabilité de sa jambe blessée. La douleur restait supportable. Elle se souvint alors de la situation de l'aéro. Elle expliqua en quelques mots où ils l'avaient laissé. Elask eut le geste typique des vohrns mécontents, agitant ses longs bras.

— Je m'occupe de faire libérer ce dock, dit-il. Hâtez-vous : je crois avoir décelé dans l'esprit de Soch-Nochra qu'il n'est pas le seul agent d'Axaqateq à connaître la localisation du mange-monde.

Axaqateq était euphorique. Les humains et le gardien s'étaient montrés à la hauteur de ses espérances. Les autres champions qu'il avait envisagés pour le clan Taq-Kavarach n'auraient jamais réussi à vaincre l'artvoax et la symbiose spican-krix. L'un des deux au mieux… Grâce à eux, il avait remporté sa manche du Jeu contre Ivaxilaqita.

275

Pour une fois, il se trouvait dans le camp de la stabilité, alors que son adversaire avait pour but de semer le chaos. Il trouvait cela presque dommage, d'une certaine façon : si le Rin'Liln ne s'était pas terminé par la franche victoire des champions Taq-Kavarach, quelques adroits ajustements auraient permis à Ivaxilaqita de plonger le système d'Altaïr dans un bain de sang.

En tant que pratiquant assidu du Jeu, Axaqateq reconnaissait qu'elle avait piloté avec talent la succession d'évènements qui avait mené au Rin'Liln. Toute cette partie était le fait de la femelle primordiale.

Dire qu'elle joue avec un seul porteur de ktol ! Axaqateq avait des soupçons quant à son identité, mais le doute l'empêchait d'agir directement contre les différents suspects. Ivaxilaqita était un adversaire habile : elle détecterait les porteurs d'Axaqateq avant qu'il parvienne à ses fins.

Il savourait donc sa victoire, tout en songeant à la manche suivante. Il se méfiait de l'humaine au service des vohrns. La menace du mange-monde la neutralisait pour le moment, mais elle chercherait à lui nuire, tout comme les vohrns et leurs autres serviteurs.

Il se tenait au centre de la salle voûtée aux pavés hexagonaux où il avait convoqué les humains. Il écarta les bras et lança une commande vocale.

— Bratchal'Ka !

L'espace autour de lui s'emplit d'hologrammes. Des données en temps réel de la situation dans le système, sous diverses formes. Des chiffres, des graphiques, des sons et des images. Ses six paires d'yeux les balayaient, lui permettant d'absorber et trier ces informations pour affiner une stratégie.

Il s'interrompit. D'un geste sec, il effaça les hologrammes statistiques et se concentra sur un rapport émis par l'un de ses porteurs de ktol : Soch-Nochra, l'altaïrien chargé du mange-monde ! Le rapport était incomplet, mais Axaqateq en apprit assez :

Une humaine et une créature hybride se sont lancées à ma

poursuite. Je leur ai échappé et suis maintenant en orbite d'Urnit-Fa, sur station 7. En attente de vos instructions.

Axaqateq chercha en vain à le contacter. Le ktol ne répondait pas : son porteur devait être mort.

— Une humaine et une créature hybride ? marmonna le primordial. Cela correspondait à Mallory Sajean et son garde du corps, mais les deux étaient séparés. Un autre agent des vohrns ?

Le déroulement du Rin'Liln l'avait absorbé et il avait encore commis une erreur, confiant dans le chantage qu'il exerçait sur les humains et les vohrns. La perte de Soch-Nochra ne le dérangeait pas, mais il ne pouvait abandonner le mange-monde.

Il ne pouvait remplacer un porteur en cours de partie, aussi il opta pour une alternative. Il ouvrit une ligne de communication et activa un programme qui masqua sa véritable apparence.

Nosva'lij était un individu dépourvu de la moindre particularité. Il ne possédait même pas de vice méritant d'être noté. Sauf si l'on considérait son attachement à un métier où le recours aux armes et à la violence était des outils comme les autres.

L'appel le réveilla au milieu de son cycle nocturne. Il allait refuser la communication quand il vit le nom affiché. Isaac Deval ! L'humain qui avait réservé ses services pour une courte durée et ne l'avait plus contacté depuis l'activation de la sphère de Négyl et le début du Rin'Liln. De longues attentes entre deux missions n'avaient rien d'inhabituel, mais l'absence de tout contact avait étonné Nosva'lij.

Il s'extirpa de son cocon synthétique, essuya du dos de la main la bave accumulée durant le sommeil autour son orifice nasal et prit l'appel.

Le buste d'un terrien à la peau mate et aux cheveux longs apparut devant lui. Ses traits étaient d'une étrange perfection, mais le régulien ne connaissait pas assez les terriens pour relever la bizarrerie.

— Nosva'lij, dit l'homme. Le moment est venu d'exécuter le contrat qui nous lie.

Le régulien leva la main gauche et ferma le poing : le geste correspondait à un hochement de tête affirmatif, tout en étant plus formel.

— Un équipement qui devait m'être livré est resté stocké sur la station Tie-Solva. Vous allez le récupérer pour moi et le déposer à cet endroit...

Des coordonnées s'affichèrent en bas de la projection holographique, aussitôt enregistrées par le navcom du mercenaire.

— Le temps presse, ajouta l'humain. J'ai des raisons de penser que l'on va chercher à me voler ce bien. Le cas échéant, je vous autorise à le détruire pour qu'il ne tombe pas dans d'autres mains.

Son employeur coupa la communication sans donner plus de précisions. Nosva'lij n'en avait pas besoin. La mission était des plus simples, même s'il se doutait que l'équipement en question n'avait rien de légal. La fin du Rin'Liln signifiait la reprise du trafic entre les mondes d'Altaïr. Toujours prêt à intervenir, il quitta son logement moins d'une minute plus tard : s'il pouvait maintenant se déplacer librement, il en allait de même pour les individus auxquels l'humain avait fait allusion. Il fallait donc les prendre de vitesse.

Mallory était curieuse de découvrir une véritable ville altaïrienne. Tout comme l'astroport, le bâtiment où s'était déroulé le Rin'Liln avait été pensé pour recevoir différentes espèces et s'éloignait beaucoup du standard altaïrien.

Elle voyageait en compagnie de Vassili et de Myriade, sous l'escorte attentive d'une douzaine de représentants du clan Taq-Kavarach. En les voyant serrés les uns contre les autres, elle nota que leurs carapaces variaient entre brun foncé et ocre clair. Humains et aliens se trouvaient à bord d'une rame d'un métro circulant à l'intérieur des immenses branches qui reliaient entre elles les villes d'Enot-Ka. La rame profilée comme la balle d'un revolver s'ajustait à la perfection au tube long de milliers de kilomètres dans lequel elle filait à haute vitesse, propulsée par un système électromagnétique.

Ils n'ont pas l'air très contents de nous présenter à leur reine, pensa Mallory en remarquant le mutisme des altaïriens au torse orné de jaune. Elle s'était attendue à des remerciements de leur part, voire à des commentaires sur les combats remportés par les humains et Myriade au nom de leur clan. À la place elle récoltait un silence qu'elle aurait jugé maussade venant de terriens.

Le trajet prit fin sans qu'un seul mot soit prononcé. Les altaïriens quittèrent la rame, menant les champions à un puits antigrav. Mallory leva alors les yeux et manqua de trébucher. Le puits s'étirait si loin vers le haut que le sommet en était invisible. *Nous sommes au plus bas d'une des villes-termitières et ce puits doit monter jusqu'au sommet...*

L'ascension s'effectua à rythme d'escargot et Mallory en conclut que la lenteur faisait partie intégrante du décorum pour rencontrer la reine : ils venaient de parcourir des milliers de kilomètres en une demi-heure, il devait forcément exister un moyen plus rapide d'atteindre le haut de l'habitat.

S'inspirant de Vassili, elle afficha un air d'une absolue neutralité, comme si rien de tout cela ne l'affectait. Les altaïriens ne pouvaient peut-être pas lire les expressions humaines, mais leurs IA s'en chargeraient pour eux.

Ils reprirent pied sur un palier en arc de cercle, qui semblait taillé d'une seule pièce dans un immense bloc de marbre jaune et blanc. Devant eux s'ouvrait un couloir, assez grand pour laisser passer une navette. Des soldats altaïriens, armés de lances à la pointe courbe, s'alignaient le long de murs constitués de ce même marbre jaune.

Le petit groupe s'engagea dans le couloir, sous le regard impassible des gardes à l'immobilité de statues. Au bout de trois cents mètres, estima Mallory, ils aboutirent dans une salle dont le plafond voûté s'élevait à plus d'une dizaine de mètres, coiffant un espace large de cent. Au centre, sur une couche creusée dans le marbre et remplie de rubans épais comme un bras évoquant du coton noir, se tenait une créature cinq fois plus volumineuse que les altaïriens rencontrés jusqu'ici par Mallory.

Les yeux de l'humaine étaient irrésistiblement attirés par le gigantesque abdomen, dont les plaques de chitine s'écartaient parfois pour révéler les ouvertures de tubes respiratoires plus grosses qu'un poing. Le couloir menant à la salle du trône n'était pas aussi vaste pour la parade, mais par nécessité.

Finalement, la similitude avec une reine fourmi était assez frappante. Placé en avant du ventre disproportionné, le reste du corps de la reine ressemblait à celui des mâles. Ses membres étaient plus longs et robustes, sa tête cylindrique plus volumineuse.

— Approchez.

Mallory repéra un boîtier traducteur, posé au sol, juste devant la reine. Il devait être très élaboré : la richesse et l'intonation de la voix féminine n'avaient rien d'artificiel. Elle évoquait celle d'une femme âgée d'une cinquantaine d'années, cultivée, à l'élocution sûre et travaillée.

Mallory resta immobile, s'attirant un regard interrogateur de Vassili. Elle eut un petit mouvement du menton pour lui indiquer d'avancer le premier. Tandis qu'il passait devant elle et marchait vers la reine, les unités de Myriade se déployèrent, sans pour autant occuper un volume trop important : il fallait éviter tout geste pouvant être interprété comme hostile. Mallory laissa sa conscience se noyer dans le flot d'images et de sensations transmises par les unités. Elle s'attacha en particulier aux données collectées par les senseurs dont disposait Myriade. Ce qu'elle vit lui permit d'écarter sa plus grande crainte : la reine ne portait pas de ktol. Elle revint à sa vision humaine. Vassili n'avait pas encore fini de saluer la reine. Nouveau flot d'images et d'informations venu de Myriade.

— *Les gardes dans cette salle ne portent pas de ktol non plus.*

Remerciant Myriade d'une pensée, Mallory eut ensuite une brève hésitation : elle se mouvait avec raideur et, sur le côté droit de son visage tuméfié, un œil au beurre noir s'épanouissait sur sa peau claire. Pas l'apparence idéale pour une rencontre avec la dirigeante de plusieurs mondes.

— *Tu dois ces blessures à un combat gagné pour elle,* lui rappela Myriade.

Il avait raison. Aucune honte à avoir, au contraire. Elle s'avança et rejoignit Vassili devant la reine. Les yeux d'insecte de l'alien s'irisaient de vert et d'or, lui conférant un regard insondable.

— Vous avez contribué à la victoire de mon clan. Des dispositions sont prises à l'instant même pour vous transférer les sommes prévues par le règlement du Rin'Liln. Ma reconnaissance vous est acquise. Le Taq-Kavarach sera toujours prêt à vous accueillir.

Des formules rituelles, pensa Mallory. Pas vides de sens, mais prononcées sans que personne ne songe réellement à invoquer les obligations qu'elles contenaient. Elle aurait préféré se trouver loin d'ici, à poursuivre Axaqateq en compagnie de Théo, ses amis et, surtout, d'une armée de vohrns.

Et si je réclamais ce que l'on vient de me promettre ? Elle eut une inspiration subite. Osée, mais après tout...

— J'aimerais avoir une conversation privée avec vous. De femelle à femelle.

Un lourd silence s'abattit sur la salle du trône. Vassili lui jeta un regard outragé, ce qui ne manqua pas de l'amuser : elle avait enfin obtenu une réaction humaine de sa part. Elle songea un peu tard qu'elle aurait dû employer un titre, « altesse » ou « majesté », peut-être. Tant pis.

Le torse de la reine se rétracta, comme si elle cherchait à s'éloigner de l'humaine, malgré l'immobilité imposée par sa propre masse. Une odeur étrange évoquant à la fois épices et animal se répandit dans la pièce. *Des phéromones ?*

— *Exact,* confirma Myriade. *Elle vient d'alerter les gardes.*

Mallory sauta sur l'occasion de prendre la reine au dépourvu.

— Pas besoin d'appeler vos soldats. Je veux juste vous parler.

Au fait des pensées de Mallory, Myriade regroupa ses unités et les colla dans le dos de l'humaine, comme une arme que l'on remet au fourreau pour montrer ses intentions pacifiques.

La reine reprit sa position première. Mallory s'efforça de ne rien laisser transparaître, mais l'impossibilité d'interpréter l'attitude de la reine la mettait au supplice. Le temps s'étira alors que la reine semblait examiner pensivement l'humaine. Une nouvelle volée de phéromones, au parfum différent, se répandit.

Deux gardes quittèrent leur poste et s'approchèrent des humains. Mallory se tendit, se demandant si elle ne venait pas de perdre la partie. Les aliens vinrent encadrer Vassili et l'escortèrent hors de la salle. Les gardes alignés le long des murs les suivirent dans un ensemble et une fluidité digne d'un ballet. Quand le dernier passa dans le couloir, une grande porte coulissante se referma derrière lui, laissant Mallory et la reine face à face.

XVIII
AUDIENCE

Laorcq coupa la projection holographique avec un sourire aux lèvres. Mallory et Myriade s'étaient montrés à la hauteur, tout comme Vassili. Le rôle de ce dernier dans la conclusion du Rin'Liln n'avait rien eu de spectaculaire, mais les abondants commentaires qui avaient accompagné la retransmission ne laissaient aucun doute : sans lui, l'affrontement aurait tourné à l'avantage du spican et du clan Nar-Strikolc.

Après son rendez-vous avec le Rek-Niv, Théo était venu rejoindre Laorcq au Deimos, le bar où ils avaient eu affaire à la nagek. Le jeune homme avait brillamment improvisé pour permettre à Laorcq de terminer son travail chez l'altaïrien, confirmant la bonne impression qu'il avait de lui.

En voyant Mallory s'écrouler à la fin du combat, le visage de Théo avait viré au blanc. Un verre plus tard et rassuré par un message de Vassili relayé par Jazz, il retrouvait peu à peu des couleurs.

— Je me demande si j'arriverai à m'y faire un jour... dit-il.

Laorcq resta silencieux. Il aurait aimé trouver les mots pour réconforter le jeune homme, mais la réflexion avait fait surgir le souvenir de sa femme, tuée avec son fils lors d'une tentative d'assassinat contre lui. Quelque temps après leur mariage, elle avait prononcé la même phrase. Être en couple avec une personne risquant sa vie au quotidien pouvait ruiner le moral le plus solide. Faute de meilleur remède, il attrapa la bouteille de bière forte qu'ils avaient commandée et remplit le verre de Théo.

La bouteille était finie quand Jazz les contacta d'un simple message texte qui disait :

MESSIEURS ! J'AI DU NEUF. TROUVEZ-VOUS UN ENDROIT À L'ABRI DES INDISCRETS ET APPELEZ-MOI.

Les deux hommes quittèrent le bar et filèrent à leur nouvel hôtel. Laorcq avait décidé d'en changer pour ne pas laisser une piste trop évidente derrière eux, au cas où le Rek-Niv se rendrait compte qu'il avait été joué.

Si l'adresse n'était plus la même, les chambres ne différaient en rien. Laorcq se servit d'un renifleur standard pour détecter d'éventuels systèmes de surveillance, puis, une fois certain d'être en sûreté, ouvrit une ligne avec le *Sirgan*, s'assurant qu'il utilisait toujours le réseau privé mis en place par les dvas.

— Ah ! Enfin ! répondit aussitôt Jazz. J'ai une bonne nouvelle : Alrine et le gros poilu ont réussi à coincer un porteur de ktol. Elask a pu l'interroger à la mode des vohrns, puisque Torg ne l'a pas complètement tué...

La mention arracha une grimace à Laorcq : il avait lui-même subi ce type de sondage mental, infligé à l'époque par Hanosk, et il savait à quel point il était douloureux. Jazz leur résuma la poursuite engagée par la policière et le cybride, puis conclut :

— Il s'agissait bien d'un larbin d'Axaqateq. Alrine et Torg filent vers la station Tie-Solva, pour récupérer le mange-monde déposé là-bas sur les ordres du primordial.

Laorcq aurait préféré qu'Alrine en personne lui raconte la course poursuite, mais il réprima l'envie d'exiger une communication avec elle. Il n'avait pas sermonné Théo pour tomber dans le même travers. Au moins savait-il que rien de mal n'était arrivé à sa compagne.

— Et pendant que tout le monde s'amuse, ajouta Jazz, moi et les dvas on bosse dur.

— Tu disais avoir trouvé quelque chose, dit Laorcq en se gardant de rentrer dans le jeu de l'Intelligence Naturelle, qui n'attendait qu'une occasion de se plaindre de son rôle subalterne.

— Oui ! Bon enfin, Rupo a trouvé. Et ça a sérieusement sollicité ses neurones. Il a réussi à créer un double virtuel de l'unité de stockage que tu as découverte. Il l'a analysée et en a corrigé les incohérences. Heureusement que le Rin'Liln est terminé, parce qu'il a dû se servir des IA privées de l'ambassade vohrne pour casser le cryptage.

Laorcq s'assit dans un fauteuil en faisant signe à Théo de l'imiter. La meilleure méthode avec Jazz consistait à le laisser parler.

— Après ça, continua Jazz, il nous a fallu trier tout ce fatras. Je ne pensais pas que les altaïriens pouvaient accumuler autant de données. Bref. Votre nouveau copain, il a fait de nombreux allers-retours vers Arixl, le deuxième monde de ce système.

Laorcq haussa les sourcils à cette mention. Arixl était un monde qui ressemblait à Vénus. Horriblement chaud et recouvert d'une atmosphère aussi épaisse que létale pour la plupart des espèces.

— Tu crois que ces voyages ont un lien avec la présence d'Axaqateq ? demanda Théo.

— Avec la technologie des primordiaux, en tout cas, dit Jazz. Le Rek-Niv a supervisé là-bas un important chantier et si le gros de la partie technique n'était pas détaillé dans son unité de stockage, j'ai trouvé assez de similitudes avec le basculeur dimensionnel d'Ezqatliqa pour en être certain.

Plongé dans ses réflexions suite à cette révélation, Laorcq porta la main à son menton, retrouvant avec plaisir le contact rugueux de sa courte barbe qui réapparaissait.

— Que peuvent-ils manigancer ?

Jazz ne pouvait hausser les épaules, mais le ton de sa voix concordait avec le geste :

— À ce stade, on peut formuler à peu près n'importe quelle hypothèse.

Laorcq se laissa aller dans le fauteuil qu'il occupait, ferma les yeux et déclara :

— Nous n'avons plus grand-chose à apprendre ici, dans ce cas. Il faut nous rendre sur Arixl et visiter cette installation...

La reine nouvellement désignée des altaïriens écouta Mallory lui relater la confrontation avec Axaqateq dans le système d'Aldébaran. La terrienne parla aussi d'Ezqatliqa et de sa tentative d'isoler Vlokovia.

Hanosk avait échoué à convaincre certains dirigeants, dont les terriens et les réguliens, du danger que représentaient les primordiaux. Ils avaient poliment écouté les mises en garde du vohrn, mais n'en avaient pas cru un mot ou avaient décidé que laisser d'autres peuples s'en débrouiller servait mieux leurs intérêts.

Elle avait une chance de gagner les altaïriens à leur cause et ne pouvait se permettre la moindre maladresse. Suivant en cela l'exemple d'Hanosk, elle n'évoqua pas les stolrahs. D'après ce qu'elle savait, ils pouvaient très bien ne pas se manifester avant cent ans. On verrait cela plus tard. Un péril après l'autre.

Quand Mallory se tut, la reine reformula le propos de la

terrienne, cherchant à écarter toute ambiguïté :

— Vous affirmez que certains des nôtres, parmi les plus haut placés à la tête des clans, seraient en réalité contrôlés par ce primordial, Axaqateq. Correct ?

Le boîtier traducteur laissait transparaître du scepticisme.

— Oui, confirma Mallory. Grâce aux ktols.

— Et Axaqateq serait sur Enot-Ka ? Et il vous a forcés à participer au Rin'Liln en ayant recours au chantage, menaçant de détruire une de nos stations spatiales ?

Ainsi résumé, cela ne paraissait guère vraisemblable. *Et pourtant...*

— Oui, c'est exact.

— Mais vous ignorez où il se trouve précisément. Vous n'avez pas non plus de preuves tangibles.

Mallory s'efforça à la patience. Les vohrns avaient à leur disposition Ezqatliqa et la technologie qu'il avait employée pour arracher Vlokovia à leur espace-temps, mais ils étaient pour l'instant du mauvais côté de la sphère de Négyl. La reine pouvait ordonner la désactivation de la sphère – elle allait de toute façon le faire sous peu, puisque le Rin'Liln était terminé –, mais Axaqateq et ses porteurs en profiteraient alors pour disparaître.

Un élément important revint à l'esprit de Mallory.

— Axaqateq a réussi à imposer Vassili, Myriade et moi en tant que champions de votre clan. Je ne serais pas surprise que la personne chargée de la sélection pour votre clan ou l'un de ses supérieurs soit sous l'emprise d'un ktol.

La reine parut devenir songeuse, du moins pour autant que Mallory pouvait en juger : la grande tête d'insecte se figea, les yeux alvéolés ne fixaient plus vraiment l'humaine et les mandibules s'agitaient doucement.

Les secondes s'écoulèrent, laissant Mallory de plus en plus mal à l'aise. Avait-elle commis un impair ? Et si la reine non seulement ne la croyait pas, mais se sentait insultée ? Ce ne serait pas la première fois qu'un extraterrestre réagissait à l'opposé de ses attentes.

— *Je détecte d'autres phéromones,* annonça Myriade.

Mallory n'avait rien remarqué cette fois.

— *Elles sont plus simples et en quantité limitée. On dirait que…*

Un brusque mouvement du bras droit de la reine interrompit Myriade. Mallory recula par réflexe et les unités de Myriade formèrent aussitôt un rideau défensif. Mallory se détendit en voyant une projection holographique apparaître devant la reine. L'image montrait un altaïrien et l'espace qu'elle occupait se divisa, pour en afficher un second, puis d'autres encore. En quelques instants, la reine communiquait avec des dizaines de membres de son clan.

Soit elle avait déconnecté son boîtier traducteur, soit elle utilisait un idiome spécifique, car tout ce qu'entendit Mallory se réduisit à une suite de sons aigus et de claquements.

Les visages altaïriens disparurent un par un et la reine s'adressa à Mallory.

— Certains éléments plaident en votre faveur, mais vous comprendrez que je ne puis prendre de décision à la légère. Je viens juste d'accéder à ma position et le déroulement du Rin'Liln n'a pas été du goût des autres clans.

Mallory se demanda comment prouver qu'elle disait vrai. Une sensation rappelant un déplacement d'air la poussa à se retourner. La grande porte de la salle du trône s'était rouverte et un garde altaïrien s'avançait en tenant devant lui un cube de cristal. À l'intérieur de ce réceptacle brillaient des centaines de filaments dorés qui dessinaient des motifs évoquant un circuit imprimé en trois dimensions.

— Je compte m'assurer de vos dires par communication mentale, dit la reine. Cet appareil va pallier ma déficience en ce domaine.

Le garde plaça le cube à mi-distance entre elles et recula sans un mot pour ressortir de la salle. L'objet resta suspendu à un mètre au-dessus du sol, flottant sur un champ antigrav. Dans le dos de Mallory, la porte se referma à nouveau. Tout juste eut-elle le temps d'accrocher le regard interrogateur de

Vassili, qui attendait de l'autre côté en compagnie des gardes et à qui elle adressa un hochement de tête qui se voulait rassurant.

La reine tendit les bras et agrippa le cube de ses doigts griffus, une main au sommet, la seconde sous la base.

— Approchez et posez vos mains de chaque côté.

Les unités de Myriade se regroupèrent en une sphère compacte, juste au-dessus de l'épaule de Mallory. Non sans appréhension, elle avança vers le cube. Elle n'en était pas à la première expérience de ce type et la douleur avait été au rendez-vous à chaque fois, sous une forme ou un autre. Sous ses paumes, l'objet était froid, lisse. Un bourdonnement se transmettait à ses os sous la forme d'une vibration à haute fréquence.

Mallory se crispa, prête à endurer la suite.

— Parfait ! dit subitement la reine en lâchant le cube. Vous avez été honnête.

— Hein ? Quoi ? laissa maladroitement échapper Mallory.

Elle perdait complètement pied. La reine avait-elle décidé de ne pas utiliser l'espèce de... cube mental ? Ou avait-elle bluffé et ce truc n'était qu'une jolie lampe ?

— *Dix minutes se sont écoulées depuis que tu as posé les mains sur le cube,* précisa Myriade.

Mallory n'eut guère le temps d'assimiler l'information, la reine partait déjà dans une nouvelle direction :

— Je suis convaincue que Stri-Vochna porte un ktol.

— Stri-Vochna ? répéta Mallory qui s'efforçait en vain de reprendre le fil de la conversation.

— Un de mes gestionnaires, qui a soumis vos candidatures pour être nos champions.

La reine pencha la tête d'un côté, ses grands yeux scrutant l'humaine.

— Vous n'avez pas reçu l'échange mental ? dit-elle. C'est fâcheux, mais nous n'avons pas le temps de corriger cela.

La reine se lança dans une autre conférence vidéo, laissant Mallory retrouver ses esprits.

Que s'est-il passé ? Le cube... n'a marché que dans un sens ?

— *Exact,* confirma Myriade à travers leur lien mental. *Il s'agit d'une nouvelle technologie altaïrienne, pas encore au point.*

Mallory n'aimait guère cela. Jusqu'où avait pu aller la communication ? Et si la reine avait fouillé dans tous ses souvenirs ? Émanant de Myriade, une sensation rassurante baigna l'humaine.

— *Ce n'est pas le cas,* dit l'entité multiple. *J'ai senti que tes pensées se figeaient et je me suis servi de notre lien pour le protéger. La conscience humaine est trop étrangère aux altaïriens, elle n'a pu accéder qu'aux informations que tu avais déjà évoquées avec elle.*

La tension de Mallory reflua, la laissant fatiguée.

Le bref échange avait suffi à la reine pour en terminer elle aussi.

— J'ai envoyé une escouade de soldats procéder à l'arrestation de Stri-Vochna. Ils sont assez équipés et entraînés pour affronter un porteur de ktol.

Entendre la reine parler ainsi des porteurs alors qu'elle ignorait tout de leur existence quelques minutes auparavant était déstabilisant, même avec les explications de Myriade.

Avant de congédier l'humaine, la reine ajouta :

— Si vous et les vohrns avez besoin de renforts, cette escouade sera ensuite à votre disposition.

Au moins nous avons rallié un peuple de plus à notre cause, se dit Mallory en partant. *Reste à mettre la main sur Axaqateq...*

Torg avait faim et, même s'il aimait courir après des

porteurs de ktol avec Alrine, le temps loin de Mallory lui pesait.

Le trajet avait été long, et l'approche de la station Tie-Solva, encore plus : la reprise à plein du trafic entre les planètes d'Altaïr générait une importante confusion.

Au moins Alrine et lui en avaient profité pour prendre du repos. Après deux doses de décupleur et plusieurs blessures, le métabolisme de l'humaine en avait eu plus que besoin.

Tie-Solva se dessinait maintenant à travers la baie du cockpit, un bloc de roche presque trop gros pour être qualifié d'astéroïde et recouvert à quatre-vingt-dix pour cent de constructions hémisphériques lui conférant un aspect grumeleux. L'astéroïde orbitait entre Urnit-Fa et Enot-Ka, servant de hub commercial et d'aire de loisirs pour les non-altaïriens.

— Près de dix millions de résidents, énonça Alrine, qui parcourait les données relatives à la station. Et on monte à trente avec les gens de passage.

Ces chiffres soulignaient le peu de cas que faisaient les primordiaux de la vie d'autrui : le mange-monde ne laisserait aucun survivant.

De par sa nature cosmopolite, Tie-Solva était un des lieux qui avait le plus pâti du ralentissement économique imposé par le Rin'Liln et la sphère de Négyl. Ils attendirent patiemment leur tour d'aborder en observant les allées et venues de navires issus de la plupart des mondes connus. Le plus impressionnant d'entre eux était un gigantesque parallélépipède, percé de cinq groupes synergétiques : un paquebot aldébaran.

Enfin, un quai avala le petit appareil rouge sang et Alrine et Torg purent prendre pied sur Tie-Solva.

Aussitôt traversée la zone de contrôle, Torg se dirigea vers un distributeur de nourriture. La machine sphérique était posée sur trois pieds, et l'on pouvait voir à l'intérieur le réseau de tubes conçu pour mélanger des dizaines de pâtes nutritives afin de créer des barres d'aliments compressés à destination de différentes espèces.

Il sentit une main agripper une poignée de fourrure dans son dos.

— Tu te rempliras l'estomac après, dit Alrine. Je ne serai tranquille que lorsqu'on aura débusqué le mange-monde.

Torg jeta un regard plein d'envie au distributeur, mais se décida à suivre la terrienne.

Les coordonnées arrachées à Soch-Nochra par Elask les menèrent dans une zone moins fréquentée, une sorte de consigne gérée par des drones et une IA administrative.

Dans un hall entouré de hauts murs où se découpaient les ouvertures de centaines de compartiments de stockage, une tige de verre se dressait au centre d'hologrammes bleutés.

Se trouvaient là également des altaïriens, des gibrals et un régulien. Alrine et Torg s'approchèrent du tube de verre, et s'adressèrent à l'IA qu'il matérialisait.

— Nous venons réclamer un dépôt, dit Alrine, en envoyant d'un geste les infos depuis son navcom vers l'IA.

— Je suis navrée, dit l'IA dans un terrien aussi neutre que parfait. Le dépôt en question a déjà été retiré.

Alrine laissa échapper un juron et Torg un grognement de dépit. La perspective d'un repas s'éloignait à nouveau. Alrine demanda à l'IA qui avait récupéré l'objet, mais elle ne reçut qu'une réponse polie à propos de confidentialité.

Torg regarda autour de lui, espérant par hasard trouver quelque chose qu'il pourrait avaler avant de se lancer – il n'en doutait pas un instant – dans une nouvelle course poursuite sur les instructions d'Alrine. Ses yeux s'arrêtèrent sur le régulien. Des drones de manutention posaient devant lui une lourde caisse, tout en longueur, qui n'était pas sans évoquer un cercueil. Du moins, si les cercueils étaient faits de cristal opalescent.

Le régulien s'aperçut que Torg le fixait et son attitude changea imperceptiblement. Une tension s'empara de l'alien, ses gestes se figèrent durant une fraction de seconde. L'instinct de Torg lui souffla qu'il tenait là l'individu qui les avait pris de vitesse.

— Le régulien là, dit-il à Alrine.

— Tu es sûr ?

— Oui !

Alrine soupira.

— Bon. Elask va nous mettre en cellule après ça... Allez, fonce.

Torg se lança sur le régulien. L'alien l'avait vu et pourtant il ne cherchait pas à fuir, mais s'efforçait d'ouvrir l'espèce de cercueil en cristal. Cette fois, l'instinct de Torg décréta l'alerte rouge. Bousculant sur son chemin deux altaïriens et un gibral, le colosse se précipita sur le régulien et l'empoigna par le cou, l'arrachant brutalement à son activité. Le hall de stockage s'emplit de cris et l'IA en charge de sa gestion enclencha aussitôt les systèmes de sécurité. Les accès se verrouillèrent, bloqués par des panneaux coulissants, la lumière vira au jaune et une séquence audio se mit à tourner en boucle, indiquant dans une dizaine d'idiomes que les vigiles de la station étaient en route.

Tandis que les autres clients se réfugiaient le plus loin possible du cybride, Alrine le rejoignit. Elle n'accorda qu'un vague regard à l'alien qui luttait pour échapper à la poigne du cybride et se pencha sur le contenu du caisson en cristal.

— Ça ressemble bien à un mange-monde, du moins si on se fie aux informations transmises par Elask.

Le régulien s'agitait entre les doigts de Torg, gesticulant à s'en faire mal, ses pieds remuant dans le vide alors qu'il cherchait à frapper. *Quelque chose cloche avec ce régulien*, songea Torg. Il se comportait comme un porteur de ktol, mais n'en avait pas les caractéristiques physiques : un porteur lui aurait donné bien plus de fil à retordre.

— Je peux taper dessus ? demanda-t-il à Alrine.

La terrienne se redressa, contempla le régulien aux mouvements frénétiques puis haussa les épaules.

— Calme-le, oui. Il risque de se blesser de toute façon.

Torg serra les doigts de sa main libre et, d'une magnifique

rotation du bras, envoya son énorme poing renforcé d'acier cogner le crâne du régulien, qui cessa aussitôt de bouger, assommé par le coup. Torg s'agenouilla, puis allongea l'alien inconscient au sol.

Alrine se servit de son navcom pour scanner le contenu du caisson. Un programme compara les caractéristiques de l'appareil avec les données dont disposaient les vohrns et confirma qu'il s'agissait du mange-monde.

— On doit refermer ce truc, dit-elle à Torg en désignant l'arme primordiale et sa boîte. Il faut le garder sous clef jusqu'à ce qu'Elask nous tire de là.

Torg aida l'humaine à sécuriser l'arme. Ils se retrouvaient dans une position délicate : les vigiles avertis par l'IA débarqueraient d'ici peu. Les usagers de la consigne s'étaient entassés le plus loin possible d'eux et les dévisageaient avec inquiétude.

Alrine repoussa sa longue natte blonde derrière son épaule et secoua la tête en avisant le groupe d'aliens à l'autre bout du hangar. La tournure des évènements ne lui plaisait pas. Elle porta la main à son bracelet-navcom.

Torg l'entendit expliquer la situation à Elask. En dépit du boîtier traducteur et de l'absence de projection holographique, il était évident que l'ambassadeur vohrn goûtait peu la manière dont Alrine et Torg avaient récupéré le mange-monde. Faisant abstraction de son environnement, il se concentra sur la voix d'Elask.

— Heureusement que la capitaine Sajean avait prévenu la reine au sujet du mange-monde, disait le vohrn. Sans quoi je devrais laisser la police altaïrienne vous arrêter.

L'échange se termina abruptement, plongeant Torg et l'humaine dans l'expectative. Quelques minutes plus tard, Elask les recontactait.

— J'ai encore une fois intercédé pour vous. Restez là où vous êtes en attendant qu'un équipage de l'ambassade vienne chercher le mange-monde.

Après un court silence, il ajouta :

— La situation politique n'est pas encore stable. L'altaïrien en charge de Tie-Solva ne fait pas partie du clan de la reine et se plaint sur tous les canaux possibles de votre intervention. Seule notre immunité diplomatique l'empêche de saisir la justice. Le risque posé par le mange-monde étant levé, veuillez vous abstenir de toute initiative.

Ivaxilaqita revit point par point le déroulement de la manche. En introduisant ses humains et le gardien dans le Jeu, Axaqateq avait réussi à la contrer sur tous les tableaux. Elle l'avait sous-estimé, convaincue que son fiasco avec les gibrals et les saharjs était un signe de déclin.

L'humaine d'Axaqateq ne manquait pas de ressources. Ivaxilaqita ignorait de quelle manière Axaqateq la contrôlait, mais elle ne laisserait pas la manche arriver à son terme sans neutraliser le meilleur atout de son adversaire.

Plongée dans ses pensées, elle étudia les différentes options qui s'offraient à elle. La manche qui se jouait dans le système d'Altaïr était particulière, tant par son déroulement sur une période courte que par l'isolation imposée par la sphère de Négyl. Ivaxilaqita disposait d'un porteur de ktol, et d'autres éléments qu'elle avait recrutés par l'intermédiaire de son porteur.

Utilisant le même artifice qu'Axaqateq pour dissimuler sa véritable apparence, elle contacta l'un d'eux en se faisant passer pour un investisseur gibral.

La multitude de données et de flux vidéo affichés devant elle disparut au profit de l'hologramme d'un altaïrien. Il arborait sur son plastron de chitine le vert du clan Vir-Nyastrel, mais cela n'avait guère d'importance : il était au plus bas de l'échelle de son clan, son allégeance à sa couleur de pure forme.

— J'ai besoin de renseignements concernant les humains présents dans le système, dit Ivaxilaqita à travers son avatar gibral.

Désœuvré et laissé à l'écart par son clan, l'altaïrien se prêtait volontiers aux requêtes de celui qu'il prenait pour un gibral excentrique.

Le blocus sur les données ne s'appliquant qu'aux non-altaïriens, il attribua ses droits d'accès au réseau à une IA et la chargea de la tâche confiée par Ivaxilaqita.

Il ne fallut guère de temps à la primordiale pour tirer parti de la masse d'informations ainsi récupérées. Depuis les déboires d'Axaqateq dans le système d'Aldébaran, elle avait décidé de s'intéresser de plus près à l'espèce humaine. Des êtres qui sombraient dans la folie sous l'influence des ktols pouvaient s'avérer dangereux. Elle disposait désormais d'une solide base de connaissances sur les humains. Elle savait tout de leur évolution, de leur histoire, de la façon dont ils interagissaient.

En utilisant ces informations et celles récoltées par l'altaïrien à son service, elle réfléchit à la meilleure option pour briser l'humaine et frapper Axaqateq par la même occasion, sans prendre le risque d'une attaque directe. Elle tenait de toute façon à rester dans l'esprit du Jeu.

XIX
NUIT

Avec la fin du Rin'Liln, les choses revenaient à la normale. Après la reprise du trafic entre les mondes d'Altaïr, était venu le rétablissement de l'accès au réseau de données pour tous. À la demande d'Elask, Jazz avait organisé une réunion d'équipe au grand complet. En retravaillant les programmes des systèmes de projection holographiques dont disposaient les uns et les autres, il avait réussi à inviter tout le monde dans un des jardins de l'ambassade vohrne. Bon, il ne serait arrivé à rien sans les dvas, mais quand même : il était fier du résultat.

Les agents des vohrns se tenaient, aussi vrais que nature, assis autour d'une grande table ronde. Un spectacle incongru, au centre d'une clairière rocailleuse, entourée d'arbustes aux branches noires et ornées de petites boules jaunes qui luisaient sous la lumière artificielle comme autant de minuscules soleils.

Jazz s'était amusé en s'affichant sous la forme d'un

rectangle noir, une plaque verticale dotée d'un objectif rouge cerclé de chrome à un tiers de sa hauteur. L'hologramme en question flottait entre ceux de Torg et Laorcq. Vassili apparaissait en noir et blanc et un peu flou. « Il doit y avoir un bug dans le programme », avait dit Jazz sans convaincre personne, sauf Elask peut-être, qui n'avait aucune idée des sentiments de Jazz vis-à-vis de l'humain reconstruit.

— ... je ne pensais pas vraiment réussir, terminait Mallory, mais la reine d'Altaïr est de notre côté désormais. Elle a même mis à notre disposition une escouade de ses soldats.

— Combien de temps peut-elle maintenir la sphère de Négyl en place ? demanda Elask.

Comme tous les vohrns, il allait droit au cœur du problème le plus pressant.

— Encore trois cycles d'Enot-Ka, répondit Mallory.

Un peu moins de cinq jours, donc, calcula Jazz.

— Son rôle donne à son clan une position avantageuse, dit Vassili, mais les autres font pression pour la réouverture. Ils ont hâte de rétablir les lignes commerciales vers l'extérieur du système. Et ils ne sont pas aussi convaincus qu'elle du danger des primordiaux.

Le visage de Mallory s'assombrit et ses tatouages sensitifs se muèrent en ronce noire.

— De la politique ! lâcha-t-elle avec dégoût. Ils n'ont pas digéré la victoire du clan Taq-Kavarach, alors ils essaient de lui mettre des bâtons dans les roues.

La réunion se poursuivit.

Un des dvas apparut en bout de table. Il exposa brièvement une théorie concernant le champ de stase défensif utilisé par Axaqateq pour piéger Mallory, Vassili et Myriade à leur arrivée sur Enot-Ka. D'après le petit alien aux multiples yeux en grappe, les objets inertes devraient échapper à l'influence du champ.

Jazz écoutait d'une oreille distraite. Il trouvait attendrissante la façon dont Mallory et Théo échangeaient des regards en étant persuadés que personne ne s'en rendait compte. Il avait assez de souvenirs de sa vie d'avant pour savoir à quel point ces deux-là manquaient l'un à l'autre et toutes les projections holographiques du monde n'y pouvaient rien.

Un peu de patience ma capitaine, les retrouvailles n'en seront que plus agréables, pensa-t-il.

Une fois la réunion d'équipe terminée, Mallory s'était isolée pour enfin avoir une conversation en tête à tête avec Théo. Après lui avoir raconté les détails de son enquête sur Auna-Sil avec Laorcq, le sujet avait dérivé sur les dvas. Elle l'écoutait parler, alors qu'il laissait transparaître sa passion pour les cultures extraterrestres.

— L'organisation des dvas en tant que peuple est définie au niveau génétique, disait-il. Ils ne sont pas artificiels au même sens que les saharjs ou les tonelkas, mais quelqu'un est intervenu sur leur génome, c'est certain.

Se contenter d'une image était frustrant, après des jours sans le moindre contact, mais Mallory n'allait pas se plaindre. La transmission était de qualité et elle en profitait pour se gorger des traits de cet homme qui lui manquait tant.

— Si j'ai bonne mémoire, dit-elle, ce doit être le peuple qui avait aménagé la ceinture d'astéroïdes où les saharjs avaient élu domicile.

— Exact ! Malheureusement, ces aliens maintenaient les dvas dans un strict isolement, il est donc difficile d'avoir ne serait-ce qu'une vague description de leur physique.

Mallory se laissait hypnotiser par le mouvement des lèvres de Théo. Elle s'imaginait volontiers les dévorer de baisers.

— Tu m'écoutes ? demanda-t-il soudain, avec un sourire montrant qu'il connaissait déjà la réponse.

Mallory avança une main, comme pour toucher l'hologramme.

— Les dvas sont adorables, mais c'est toi qui me manques…

Le sourire de Théo devint un peu triste.

— Pareil pour moi. J'espère que vous arriverez à coincer Axaqateq. Et, surtout, j'espère que tu ne prendras pas de risques inutiles.

Mallory s'offusqua :

— Comment ça ? Qui t'a dit que je suis de ce genre ?

Théo commença à compter sur ses doigts :

— Alors… Il y a Laorcq, Alrine, Jazz, Torg, Hanosk, à peu près tous les tonelkas et bien sûr, je l'ai constaté de mes yeux sur Vlokovia…

Une bouffée de chaleur monta au visage de Mallory. Elle était pourtant persuadée de ne plus être la jeune tête brûlée qui avait hérité du *Sirgan*.

— Ils exagèrent, se défendit-elle. Les vohrns me surentraînent depuis des années et nous fournissent de l'équipement dernier cri. C'est plutôt les primordiaux qui devraient faire gaffe à leur peau.

— OK, OK, ne te mets pas en colère contre moi. Je m'inquiète pour toi, c'est tout.

— La seule chose qui devrait t'inquiéter c'est de nous trouver un bon restaurant avec des plats terriens, où l'on fêtera la fin de cette mission.

— Un restaurant et aussi un hôtel, non ?

Mallory répondit d'un ton narquois :

— Quoi ? Il fallait que je le précise ?

Quelques heures après la discussion avec Mallory, Théo

se redressa sur son lit en soupirant. Il était en plein milieu de son temps de sommeil, et pourtant il n'arrivait pas à dormir, partagé entre excitation et inquiétude à l'idée d'aller sur Arixl avec Laorcq. Il décida de sortir. Marcher lui ferait du bien, même s'il devait pour cela endurer le masque filtrant.

Il quitta l'hôtel et s'engagea sur la grande avenue rectiligne qui s'étirait sous le réseau de transport antigrav. Le long cycle diurne de la planète touchait à sa fin, mais l'avenue piétonne était toujours aussi fréquentée. Des affiches holographiques montraient des extraits des affrontements du Rin'Liln. Ceux de Mallory revenaient souvent, comme pour mieux remuer le couteau dans la plaie : se rendre sur Arixl signifiait repousser encore leurs retrouvailles.

Il résista à l'envie de l'appeler à nouveau. Elle avait besoin de repos et de calme, pas d'être sollicitée toutes les deux heures.

Il devait être patient. Si tout se déroulait comme prévu sur Arixl, Laorcq et lui pourraient enfin rejoindre les autres sur Enot-Ka.

Théo espérait qu'à eux tous, ils auraient réuni assez d'informations pour remonter jusqu'à Axaqateq avant la réouverture de la sphère. Maintenant que la reine d'Altaïr les soutenait, elle pourrait envoyer des militaires régler son compte au primordial.

Une centaine de mètres plus loin, il décida d'emprunter une rue transversale pour échapper aux hologrammes trop présents à son goût.

Une ombre se détacha de la foule pour se glisser derrière lui.

Un raclement à la limite de l'audible alerta Laorcq. D'une seconde sur l'autre, il passa des brumes du sommeil à la clarté qui précède un combat. On cherchait à forcer la porte de sa chambre d'hôtel.

Sans un bruit, il glissa hors de son lit, vêtu d'un simple caleçon. Une veilleuse encastrée en bas d'un mur diffusait une faible lumière. De quoi distinguer le sol et le mobilier.

Laorcq ne disposait d'aucune arme. Un nouveau raclement. L'intrus devait s'en prendre au verrou électronique, ouvrant le boîtier pour le court-circuiter. Cela supposait une organisation au-delà d'un seul individu : l'IA de l'hôtel aurait déjà dû donner l'alarme.

La tension en Laorcq monta d'un cran. Il ne savait même pas à qui il allait avoir affaire. Son expérience du combat et un entraînement régulier lui conféraient une certaine assurance. Tout allait dépendre de l'espèce dont faisait partie l'intrus.

Il examina la chambre plongée dans la pénombre, à la recherche d'un objet pouvant servir d'arme. Il songea à utiliser le pied de la petite table collée contre l'un des murs, puis abandonna l'idée. En le démontant, il ferait du bruit et mettrait l'intrus sur ses gardes, perdant son seul avantage.

Quoi d'autre ? Le renifleur ! Laorcq se précipita sur le lit et attrapa sa montre navcom posée de l'autre côté, près de ses vêtements soigneusement pliés.

Il passa la montre et activa le renifleur, qui jaillit de la poche de sa veste. Le flux vidéo du minuscule appareil se superposa à la vision de Laorcq. Il coupa aussitôt tout ce qui pouvait émettre de la lumière et guida le renifleur jusqu'au plafond, à deux pas en face de la porte.

Il reprit place dans son lit de façon à donner l'impression qu'il dormait et se tint prêt.

La porte s'ouvrit dans la seconde qui suivit. Une silhouette massive se découpa dans l'encadrement, que Laorcq examina à travers l'image du renifleur. Des jambes et des bras épais, surmontés d'un long cou. La tête devait culminer à deux mètres cinquante. Un gibral. Un reflet lumineux glissa sur son œil unique alors qu'il entrait en silence.

Le flux vidéo bascula automatiquement sur d'autres fréquences, permettant à Laorcq de mieux distinguer l'intrus. Le grand alien tenait à la main un cylindre. L'objet se déforma, son extrémité s'étirant pour former une lame à la pointe effilée. Une arme qui augmenterait encore la portée du gibral.

D'un regard appuyé sur les commandes du renifleur, Laorcq en reprit le contrôle et le lança au maximum de ses capacités contre l'œil du gibral.

L'évolution n'avait pas doté les gibrals d'un seul globe oculaire sans le rendre particulièrement résistant, mais la surprise et la douleur causées par le renifleur permirent à Laorcq de se jeter à l'assaut de l'alien. Il jaillit du lit et percuta l'alien de l'épaule. Le gibral se plia en deux et tomba lourdement au sol. Laorcq se laissa choir sur son adversaire, ses deux mains déjà agrippées à celle du gibral qui tenait l'arme.

Les doigts étaient épais, le poignet dur comme du bois. Laorcq sentit des doigts enserrer sa nuque, en une prise si puissante que ses vertèbres craquèrent. Il changea aussitôt de tactique et frappa brutalement le coude du gibral pour le forcer à plier, tout en guidant la lame vers le torse du gibral en se servant de la main qui tenait encore le poignet de l'alien. L'arme perça la peau bleuâtre et s'enfonça profondément.

La pression sur sa nuque s'évanouit tandis que le gibral lâchait un cri de souffrance. Laorcq se dégagea et se retourna, planta sans ménagement un genou dans l'abdomen du gibral. Poussant son avantage alors que l'alien avait le souffle coupé, Laorcq rampa sur son corps et enserra le long cou à mi-hauteur. De son autre main fermée en poing, il frappa sans relâche la tête du gibral.

Au bord de l'épuisement, une douleur lancinante irradiant de sa nuque jusqu'au sommet de son crâne, il ne cessa de cogner que lorsque son poing se trouva couvert de sang.

Théo avait bifurqué dans une rue qui s'avérait à peine moins large et tout aussi fréquentée que la précédente, mais les hologrammes d'informations et publicitaires s'étaient faits plus rares. Il se laissa porter par le flot de passants. Le spectacle d'autant d'extraterrestres le fascinait. À l'époque où il travaillait avec une équipe de xénoarchéologues, il se rendait toujours sur des mondes reculés, où ne se trouvaient qu'un ou deux peuples différents, voire, le plus souvent, que des animaux.

Tout en veillant à ne pas dévisager ouvertement les aliens, il donna libre cours à sa curiosité. Outre les omniprésents altaïriens, il repéra des gibrals, des réguliens et des spicans. Il vit une étrange créature qui évoquait un koala vert à trois yeux.

Il bifurqua sur sa droite, attiré par la devanture d'un magasin qui avait tout l'air d'être une librairie. La grande majorité des espèces intelligentes avait inventé le livre au cours de leur évolution, chacune avec ses spécificités. Tout comme les variantes humaines, certains étaient de véritables œuvres d'art, qui témoignaient de l'histoire de leurs fabricants.

Théo s'approcha de la vitrine, alléché par la vue d'un ouvrage qui devait compter plusieurs milliers de pages. Il était ouvert sur des feuillets noirs, chargés de diagrammes et de caractères complexes tracés dans une encre rouge et brillante.

Il pensa alors aux dvas avec qui il avait collaboré durant son séjour sur Urnit-Fa. Les petits aliens sautillants lui manquaient. Avec leur aspect aussi comique qu'inoffensif, il était difficile de ne pas se prendre d'affection pour eux, d'autant plus que leur comportement collait à leur apparence : douce et serviable. Il les imaginait déjà se précipitant sur le livre pour en tourner les pages à toute allure et en décortiquer le contenu.

Une main froide se posa sur sa nuque, écrasant contre sa peau un objet hérissé d'aiguilles. Une terrible douleur se répandit à la vitesse de la foudre le long de sa colonne vertébrale et vers le sommet de son crâne. Le temps se figea. Des visages et des lieux défilèrent en un battement de cœur s'étirant à l'infini, alors que la mort effaçait sa conscience.

À peine remis de l'attaque du gibral, Laorcq courut vers la chambre de Théo, sans prendre le temps de passer son masque filtrant. Il chercha fébrilement dans les menus de son navcom et retrouva une copie de la clef électronique. La porte coulissa enfin et il se précipita à l'intérieur.

La pièce était vide. Aucune trace de lutte et les vêtements de Théo n'étaient visibles nulle part. Se pouvait-il qu'il soit sorti ? Un regain d'espoir naquit en Laorcq. Sa gorge irritée le rappela à l'ordre. Il referma la chambre de Théo et retourna dans la sienne. Les systèmes de filtration ronronnaient à plein tandis qu'il tentait de joindre Théo. Il insista à trois reprises.

Il entamait un quatrième essai, quand une sonnerie retentit sur la ligne de l'hôtel. Laorcq s'approcha de l'hologramme affiché contre un mur et le balaya de la main. La police altaïrienne cherchait à contacter monsieur Nicholson.

Laorcq avait connu la guerre, perdu une femme et un fils. Il avait eu plus que son content de mauvaises nouvelles. En entendant un policier lui demander de se présenter à l'équivalent local du commissariat sans fournir de détails, une certitude trop familière lui glaça les tripes.

Il faillit en oublier de jouer son rôle de représentant d'une firme terrienne. Il s'efforça de prendre un air égaré et indiqua au policier qu'il venait de subir une agression et qu'il avait réussi à s'en tirer de justesse. Il avait conscience de très mal donner le change. S'il avait eu affaire à un humain, il aurait immédiatement éveillé de la suspicion.

— Ne bougez pas, répondit l'altaïrien des forces de l'ordre. J'envoie un trinôme.

Trois altaïriens, un de chaque clan, arrivèrent à l'hôtel et retrouvèrent Laorcq pour l'assaillir de questions, lui laissant à peine le temps de passer son masque filtrant.

Ils se décidèrent à l'escorter au commissariat quand deux autres aliens, vêtus de houppelandes blanches, prirent en charge le cadavre du gibral sur une civière antigrav. En chemin, il nota que les altaïriens retournaient à leur coutume vestimentaire maintenant que le Rin'Liln était terminé.

Laorcq eut droit à un second interrogatoire dans les locaux de la police, puis on daigna enfin lui avouer que Théo avait été assassiné dans une rue non loin de leur hôtel.

Il se tenait maintenant devant le corps sans vie du jeune homme. La morgue ressemblait à un hangar circulaire, au centre duquel se dressait une colonne percée de centaines d'alvéoles. On aurait dit un petit immeuble construit par des abeilles, en utilisant de la terre cuite plutôt que de la cire. Au sein des niches, les malheureuses victimes d'accidents ou de violence étaient figées dans des champs de stases opaques.

Les altaïriens avaient clairement identifié Théo, mais Laorcq avait insisté pour voir le corps. Il s'en voulait à mourir. Auna-Sil et ses quartiers d'affaires avaient endormi sa méfiance, lui conférant un sentiment de sécurité trompeur. Il avait pensé à tort que rien de pire que la nagek et ses mouchards ne pouvait leur arriver.

— Assassiné. En pleine rue...

Ce n'était pas une question, pourtant le policier altaïrien

répondit :

— Oui. Nous n'avons discerné aucun mobile.

Quelqu'un avait lancé des tueurs à gages sur Théo et Laorcq. Il songea brièvement à la nagek, pour écarter aussitôt l'idée : il lui avait proposé un contrat plus que valable. Elle n'avait aucun intérêt à s'en prendre à eux. Et si leur petit manège avec le Rek-Niv avait attiré l'attention, jamais des représailles en réponse à de l'espionnage industriel n'auraient été jusque-là. Et surtout pas sans les cuisiner d'abord. Or les circonstances de la mort de Théo excluaient toute forme d'interrogatoire.

Une irrépressible envie de frapper contre un mur à s'en broyer les os des mains s'empara de Laorcq. Il avait abreuvé Théo de conseils, sans jamais lui donner l'un des plus importants : ne jamais s'éloigner de son coéquipier sans l'en informer ! Si Laorcq avait su, il lui aurait dit de rester à l'hôtel ou serait parti avec lui... Et il serait peut-être encore en vie.

Laorcq contempla le corps inerte de l'homme dont il s'estimait responsable. Cette mort trouvait un sinistre écho dans celles, maintenant lointaines, mais toujours aussi douloureuses, de son fils et de sa femme.

Sans Alrine, Mallory et le reste de l'équipe, il aurait pu se croire maudit, condamné à perdre tous ceux avec qui il s'associait.

Hélas, se laisser submerger par la tristesse était un luxe qu'il ne pouvait se permettre. Il savait trop bien sur quelle pente savonneuse il s'engageait en raisonnant ainsi. Il repoussa chagrin et culpabilité dans un coin de sa tête et se pencha pour examiner le corps. Aucune trace de coups. Le visage était serein : on aurait dit qu'il dormait.

— Comment ?

— Un poison. Une toxine à l'effet immédiat sur le métabolisme humain.

L'hypothèse la plus probable était celle des primordiaux. *Nous avons trop compté sur nos fausses identités et Axaqateq ou un de ses porteurs nous a repérés,* supposa Laorcq. *Du poison pour Théo et une arme blanche pour moi. Pourquoi deux méthodes aussi différentes ?*

Le policier altaïrien s'écarta de Laorcq et alla se poster à quelques pas, plongé en pleine conversation navcom. Laorcq ne lui prêta guère attention : il redoutait déjà la réaction de Mallory à l'annonce de la mort de Théo. Et Torg qui n'était même pas avec elle ! Il devrait contacter Elask pour qu'il envoie le cybride rejoindre Mallory, comme ça...

— Monsieur Nicholson ?

Laorcq répondit à retardement à la mention de son nom d'emprunt. Il se tourna vers l'alien, qui déclara :

— Le meurtre de votre collègue et la tentative contre vous ne sont pas des cas isolés. On vient de m'informer qu'un total de cent vingt-huit humains ont été tués dans des circonstances similaires. Tous sont des mâles, âgés de vingt-cinq à quarante-cinq ans.

S'ensuivit une nouvelle salve de questions, afin de déterminer d'éventuels points communs entre Théo, Laorcq et les autres victimes. L'ex-militaire bouillait d'envie d'en savoir plus, mais il ne pouvait sortir de son rôle de simple employé. La dernière chose qu'il voulait était d'éveiller l'attention du policier alors qu'il allait devoir quitter la planète sous peu.

Dès qu'il en eut terminé avec ce énième interrogatoire, il fonça à l'hôtel, restant sur ses gardes tout au long du trajet. Il récupéra ses affaires et se décida à informer Jazz et Elask.

— Quelle saloperie ! s'exclama aussitôt l'Intelligence Naturelle. Mallory va péter un plomb.

Le vohrn réagit aussi froidement qu'à l'accoutumée. Il exigea un rapport complet, posa quelques questions.

— Vous devez aller sur Arixl pour en apprendre plus sur l'installation utilisant la technologie des primordiaux. Je vous autorise à louer un navire privé.

— La planète n'est pas ouverte aux non-altaïriens, remarqua Laorcq.

— Pendant votre trajet, la capitaine Sajean devra réclamer une exception auprès de la reine. Elle et Vassili se rendront également là-bas avec le *Sirgan*.

Elask laissa enfin transparaître un peu de compassion en ajoutant :

— Je suis navré de cette perte, mais le deuil doit attendre.

Il faillit couper la communication, mais Laorcq le retint pour lui demander d'envoyer Torg auprès de Mallory et, surtout, que personne ne lui annonce la triste nouvelle avant que le cybride ne l'ait rejointe.

Cela fait, Laorcq raccrocha et partit vers l'astroport.

Axaqateq fit disparaître d'un geste brusque les hologrammes de son système de surveillance et d'analyse. Il avait perdu le mange-monde, trop confiant dans son mercenaire régulien. Un point ennuyeux, mais pas dramatique. Après tout ce n'était qu'une arme et qu'elle soit maintenant en possession des vohrns pouvait très bien lui fournir l'opportunité de déclencher une autre manche du Jeu, impliquant des opposants aux vohrns.

Ce qui lui donnait envie de briser quelque chose, voire de tuer quelqu'un de ses propres mains, était l'initiative d'Ivaxilaqita. Il marmonna d'anciennes malédictions, apprises de civilisations disparues. Les mots se bousculèrent de plus en plus jusqu'à ce qu'il se mette à cracher autant qu'à parler. Son corps massif se tendit, ses muscles crispés se dessinant sous la peau épaisse et rugueuse. Des serpents s'agitant sous de l'écorce de chêne.

La raison reprit peu à peu le dessus, le laissant essoufflé. Son organisme multimillénaire était incapable de soutenir un tel degré de stress trop longtemps. Il lâcha une dernière imprécation et se concentra pour joindre Ivaxilaqita.

Son esprit se projeta dans le terrain neutre dont ils avaient convenu. D'abord une brume noire qui se solidifia et se déforma pour reproduire une terrasse pavée de pierres et entourée d'un muret, sous le ciel de Nalcoxa. Puis un nouvel amas de brouillard noir apparut et se mua en l'image d'Ivaxilaqita.

— Axaqateq, dit la primordiale. Pourquoi me contacter ? La manche est terminée et je m'apprête à rentrer.

— Rentrer ? Après ce que tu viens de faire ? (Axaqateq retint une insulte.) Tu m'accusais d'arrogance en jouant avec des humains. Me crois-tu stupide au point de ne pas découvrir ta manœuvre ?

Ivaxilaqita regarda fixement Axaqateq.

— J'ai neutralisé ton humaine. Le Jeu m'en donne le droit.

— En tuant des dizaines de ses semblables ?

— Une sélection précise, afin de m'assurer de la mort du ou des reproducteurs qu'elle avait dans ce système. Cette perte va la rendre inopérante, mes simulations sont formelles. C'est cela qui motive ton appel ? Tu pensais t'en servir à nouveau ?

La colère d'Axaqateq s'envola. Ivaxilaqita n'avait rien compris aux humains.

— Tu l'as rendue dangereuse, pas inopérante. Dangereuse pour elle-même et les vohrns, certes, mais aussi et surtout pour nous.

Elask était mal à l'aise avec les humains. Il comprenait les atouts qu'ils représentaient en tant qu'agents, mais leur tendance à être submergé par les sentiments était déstabilisante.

Et voilà qu'il devait donner des ordres à la capitaine de vaisseau, tout en lui cachant la perte de son compagnon de couche. Un seul partenaire ! Pas étonnant qu'elle risque des difficultés d'ordre psychologique en apprenant sa mort. Les vohrns formaient des groupes de huit, neuf, ou parfois dix individus. La mort d'un membre était toujours douloureuse, mais elle ne laissait jamais seul, ou alors à un âge si avancé que l'on avait eu amplement le temps de s'y préparer.

Il mit ces considérations de côté quand une image de la terrienne apparut devant son bureau.

— Capitaine Sajean, dit-il. La lieutenante Lafora et le cybride Torg vont vous rejoindre sous peu. En attendant leur arrivée sur Enot-Ka, j'ai besoin que vous usiez de votre accès privilégié à la reine.

L'image de la terrienne était très précise, grâce à un holoprojecteur adapté aux sens vohrns. Elask l'étudia, s'abandonnant à la curiosité. Les humains s'avéraient instables, mais la morphologie en constante mutation de leurs visages était fascinante. Il lui arrivait parfois de chercher à les perturber rien que pour en découvrir de nouvelles variantes.

Les ornements que la capitaine Sajean arborait sur le derme de ses bras changeaient à l'unisson. Un choix esthétique étrange, en particulier chez une espèce encline à la dissimulation. Les motifs se réorganisaient pour afficher une version stylisée d'une plante à aiguilles. La requête d'Elask contrariait la terrienne.

Il ne demandait pas mieux : qu'elle s'occupe l'esprit avec cela, plutôt que de s'interroger sur l'envoi de la lieutenante et du cybride.

— Que voulez-vous à la reine ? s'enquit-elle enfin.
— Le trafic vers Arixl est réglementé. J'ai besoin qu'elle délivre à votre équipe au complet une autorisation de passage. Des éléments que nous possédons au sujet des activités d'une firme altaïrienne sur cette planète semblent indiquer un lien avec les primordiaux.

Il faillit ajouter que le commandant Adrinov était déjà en route vers ce monde, mais se retint juste à temps. Cette précision n'aurait pas manqué de susciter une question de la terrienne au sujet de son compagnon, puisqu'il était censé se trouver avec le commandant. Il écourta la conversation avec soulagement. Gérer les agents vohrns à travers le système d'Altaïr tout en tenant son rôle d'ambassadeur était suffisamment complexe sans qu'il doive en plus composer avec la psychologie non vohrne.

XX
PISTE

Deux altaïriens vêtus de houppelandes et armés de crache-foudres n'avaient pas quitté des yeux Alrine et Torg, maintenant assis sur le caisson qui contenait le mange-monde. Une vibration de son bracelet-navcom interrompit la lutte de la terrienne contre le sommeil.

— Lieutenante Lafora, dit Elask, un de nos appareils vient de s'arrimer à Tie-Solva. Vous allez leur remettre l'arme primordiale, puis vous et Torg rejoindrez la capitaine Sajean et l'agent Vassili sur Enot-Ka.

Cet ordre surprit Alrine. Elle ne voyait pas à quoi elle pourrait être utile là-bas. Le vohrn continua :

— Durant les dernières heures, cent vingt-huit humains présents dans le système d'Altaïr ont été tués, sans raison apparente. L'information n'a pas encore été diffusée sur le réseau public. Le commandant Adrinov a échappé à une tentative contre lui, mais nous déplorons la mort de l'humain Théo Maral.

— Quoi ? lâcha Alrine.

À côté d'elle, Torg poussa un long grognement attristé.

— Mais comment ? demanda-t-elle en se reprenant. Même s'ils ont été découverts, l'entreprise qu'ils ont infiltrée n'aurait pas recouru à un assassin... (Elle pensait à voix haute, passant d'une théorie à l'autre.) Non, ça ne tient pas debout, pourquoi cent vingt-huit humains ? Quel lien entre eux ?

— Nous n'en savons rien pour le moment, répondit Elask. Le commandant Adrinov a suggéré que le cybride Torg soit présent quand la capitaine Sajean sera informée. Vous devez vous hâter, la nouvelle va se répandre rapidement.

L'IA en charge du local des consignes se décida dans la foulée à désactiver son mode d'alarme, autorisant Alrine et Torg à sortir avec leur encombrant bagage. Elask était peut-être plus rigide qu'Hanosk, mais il était tout aussi efficace.

Ils retraversèrent la station, Torg tenant entre ses bras la caisse à l'allure de gros bloc de cristal laiteux. *Un tel potentiel de destruction dans un si petit volume...* Alrine en venait à se demander si remettre autant de puissance aux vohrns était une bonne chose. S'ils étaient nettement en faveur du commerce et de la diplomatie, ils savaient également faire la guerre, comme en témoignait leur gigantesque croiseur militaire. Mais à qui confier une arme des primordiaux ? Chaque espèce voudrait en tirer avantage, quitte à briser le délicat équilibre en place depuis la fin de la guerre dans le système de Procyon. Quant à son propre peuple, Alrine rejeta aussitôt l'idée : avec leurs multiples factions politiques, les humains étaient capables de s'en servir les uns contre les autres...

De toute façon, c'est trop tard pour changer d'avis, se dit-elle. Après des années de service dans un système sous domination des vohrns et ensuite directement sous leurs ordres, elle avait pu constater qu'ils étaient leur meilleure option face aux primordiaux, sans parler de la menace plus diffuse, mais tout aussi réelle, des stolrahs.

Elle et Torg atteignirent le dock assigné au vaisseau vohrn. Des soldats vohrns à la peau sombre et écailleuse, vêtus de harnais de combat, les accueillirent et prirent en charge le mange-monde. Une fois débarrassés du dangereux paquet, la policière et le cybride ne mirent que quelques minutes pour retourner à l'aéro et quitter la station à son bord. Alrine poussa le bolide spatial autant qu'elle l'osa.

Dès que la station s'évanouit derrière eux, elle pointa l'aéro sur le point à peine visible d'Enot-Ka puis appela Laorcq.

— Alrine... dit-il d'une voix lasse.

Il était aux commandes d'un appareil altaïrien, sommairement aménagé pour être utilisé par un humain. L'éclairage se limitait à une faible diode bleuâtre et la lueur des hologrammes peignait son visage en monochrome vert. L'épiderme synthétique qui masquait sa cicatrice avait disparu.

Alrine le connaissait assez pour savoir qu'il valait mieux le laisser parler. Elle se contenta de le regarder, d'être présente. « Je suis là pour toi », disait-elle en silence.

— Je ne suis pas fier de moi, commença-t-il. Merde ! Il était dans la chambre à côté. J'aurais dû...

Sa voix mourut, ses traits se plissèrent et l'ombre sur son visage gagna du terrain dans la faible lumière du cockpit.

— Tu sais ce qui l'a poussé à sortir seul en pleine nuit ? demanda Alrine.

— Pas la moindre idée. Je ne pensais pas... Enfin, il y avait si peu de risques ! Sur un monde comme Auna-Sil, en plein quartier d'affaires... Et pourtant j'aurais dû m'en douter. Les primordiaux ne reculent devant rien.

L'enquêtrice en Alrine prit les rênes de la conversation :

— Et s'il s'agissait d'autre chose ?

— Allons... Et qui d'autre s'intéresserait autant aux humains, dans un système où ils sont minoritaires, à un moment où tous les regards sont tournés vers la succession entre clans ?

— Des altaïriens qui en voudraient à Mallory, et par extension aux humains, argumenta Alrine, pour avoir fait pencher la balance en faveur du clan Taq-Kavarach.

— Dans ce cas, ces altaïriens se seraient attaqués directement à nous. Tuer plus d'une centaine de terriens, en faisant appel à des intermédiaires expérimentés ? Ce coup tordu est signé primordial.

La théorie se tenait, Alrine devait le reconnaître. Ils discutèrent encore un peu, évoquant Arixl et l'installation utilisant une technologie primordiale. Dans son dos, les ronflements de Torg allaient crescendo. Dormir à poings fermés était sa façon d'échapper à la claustrophobie...

Enot-Ka devint visible en quelques heures. Une boule à l'estomac, Alrine se prépara à informer Mallory.

Mallory n'arrivait à joindre ni Théo ni Laorcq. Elle était pourtant certaine qu'ils se trouvaient en plein cycle diurne d'Auna-Sil.

Le large puits antigrav de la termitière royale la ramenait en douceur vers le sol. Au moins cette deuxième entrevue avec la reine s'était-elle déroulée de manière satisfaisante. Elle avait donné sans difficulté l'accès à Arixl aux agents des vohrns, n'imposant que la présence d'une escouade de ses soldats.

La monarque extraterrestre avait d'ailleurs fait remarquer qu'envoyer Mallory en personne était une courtoisie superflue : Elask aurait pu transmettre sa demande par texte crypté avec les clefs de l'ambassade. Sur le coup, la pilote n'y avait pas pensé, mais la réflexion était pertinente. À croire qu'Elask voulait la garder occupée. *Bizarre.*

Dans le métro qui reliait les nœuds de la gigantesque

maille enserrant la planète, elle reçut un message de Jazz : Alrine et Torg étaient arrivés sur Enot-Ka et se trouvaient à bord du *Sirgan*. Mallory se réjouit à l'idée de retrouver ses amis. Elle considérait Torg comme sa famille, et la lieutenante, en dépit de ses manières un peu raides, n'était plus très loin du stade sœur aînée.

Sa bonne humeur s'envola dès qu'elle franchit le sas du *Sirgan*. Torg et Alrine étaient là pour l'accueillir, mais le visage de la policière affichait un masque neutre et le cybride se tenait près d'elle, les bras ballants et les épaules tombantes, donnant l'impression incongrue qu'il voulait rétrécir jusqu'à disparaître.

Les tripes de Mallory se serrèrent : ils allaient lui annoncer une mauvaise nouvelle.

— Alrine... dit-elle. Que se passe-t-il ?

La grande blonde s'approcha et lui posa les mains sur les épaules.

— Il y a eu une série de meurtres, à travers tout le système. Rien que des humains. Théo...

À la mention du jeune homme, Mallory sentit une chape de plomb s'abattre sur elle, l'écrasant mentalement pour la déconnecter de son environnement immédiat. Elle entendit la suite de la phrase comme du fond d'un puits.

— ... est l'une des victimes.

La sensation de malaise fulgura de ses entrailles vers son cœur. Le souffle lui manqua, tandis qu'un vide béant naissait au centre de sa poitrine. Sans les mains d'Alrine sur ses épaules, elle aurait vacillé sur ses jambes. Une inspiration laborieuse ouvrit la voie aux larmes.

— Non, non, non, NON ! cria-t-elle.

Elle s'aperçut qu'elle était dans les bras d'Alrine, puis que Torg les enveloppait toutes les deux. Ses tatouages sensitifs passèrent par de multiples configurations pour se figer en motifs noirs et abstraits, dépassés par les signaux qu'ils recevaient.

Quand Théo avait décidé de se rendre dans le système

d'Altaïr, Mallory s'était réjouie à l'idée qu'il s'implique dans la lutte contre les primordiaux, qu'il veuille prouver sa valeur. Elle l'avait encouragé, n'imaginant qu'une séparation de quelques jours et savourant à l'avance leurs retrouvailles. Elle l'avait laissé aller au-devant de la mort.

Son visage baigné de larmes trempait la combinaison militaire d'Alrine. Elle nota confusément une main posée sur sa nuque, la voix qui cherchait à la réconforter. Elle entendait Alrine, mais ne saisissait pas les mots. Elle sentait la masse chaude et solide de Torg dans son dos, mais était seule et misérable. Sa détresse avait rompu son lien mental avec Myriade. L'entité multiple s'en trouvait réduite à lui caresser les mains à l'aide de ses unités, mains agrippées au dos d'Alrine comme si sa vie en dépendait.

Après un long moment, alors que le chagrin se muait en une douleur sourde, Mallory relâcha sa prise sur Alrine et Torg. Elle recula d'un pas et s'adossa à la cloison, les yeux rivés sur le bout de ses bottes.

— Où est-il ? parvint-elle à articuler.

— Sur Auna-Sil, répondit Alrine. Ils ont une sorte de... morgue, avec des caissons de stase. Laorcq a dû laisser Théo là-bas. Elask lui a ordonné de se rendre sur Arixl, pour enquêter sur l'installation utilisant la technologie primordiale.

— Laorcq... murmura Mallory. (Puis d'une voix plus forte.) Il va bien ? Il n'était pas avec Théo ? Il aurait pu...

Les paroles moururent sur ses lèvres.

Alrine lui expliqua en quelques mots les circonstances de l'assassinat de Théo et l'attaque dont avait été victime Laorcq.

Si Théo était resté dans sa chambre, peut-être que Laorcq aurait pu intervenir et les choses auraient été différentes. *Différentes oui,* lui souffla une voix intérieure. *Théo n'a – n'avait – aucune formation militaire ou au combat. En affrontant deux assassins, ils auraient pu être deux à mourir.*

Ce genre de pensées ne menait à rien. Malgré la plaie

béante que venait de lui infliger cette énième atrocité commise par les primordiaux, elle se redressa, essuya les larmes sur son visage avec le revers de sa manche et dit :

— Nous avons encore deux jours avant l'ouverture de la sphère de Négyl. Personne ne dort tant qu'on n'a pas coincé Axaqateq.

Elle se dirigea d'un pas traînant vers le renfoncement de la coursive qui abritait la cambuse du *Sirgan*. Lentement, comme une convalescente qui réapprend à bouger, elle s'installa entre la petite table et la paroi où était encastré l'appareil servant des boissons chaudes. L'esprit plein d'images de Théo, elle pianota sur le panneau de commande de la machine sans y penser. Torg s'approcha et réussit à glisser son imposante masse près d'elle, lui permettant de se blottir contre lui.

Les paroles qu'elle venait de prononcer lui paraissaient tout à coup prétentieuses. *Coincer Axaqateq. Ouais, fastoche.* Le primordial était – a priori – sur Enot-Ka. Le monde capitale d'Altaïr comptait vingt-sept milliards de résidents permanents, auxquels s'ajoutaient des centaines de millions de visiteurs, issus de toutes les espèces.

Les vohrns et leurs agents, malgré près de trois ans à tenter de contrecarrer les plans des primordiaux, n'avaient trouvé que des bribes à leur sujet. Tout ce qu'ils savaient d'utile leur avait été transmis par Ezqatliqa, mais ce dernier, coupé des siens depuis des millénaires, ne leur avait fourni que des informations périmées. *Même pas fichu de se souvenir des coordonnées de son monde, avec sa bizarre mémoire qui largue des étages comme les vieilles fusées des débuts de l'ère spatiale.*

Et en plus, il était de l'autre côté de la sphère de Négyl, alors qu'un, voire deux des siens se trouvaient dans le système. Et au moment où elle pourrait lui poser des questions, ils auraient le champ libre pour disparaître. Quoique... Il y avait peut-être un moyen. Elle se décolla de l'épaisse fourrure de Torg pour s'adosser contre la cloison.

— Jazz ? appela-t-elle.

La voix de l'Intelligence Naturelle jaillit aussitôt des haut-parleurs disséminés dans le vaisseau.

— Oui, Mallory ?

— Est-ce que tu disposes des informations que les vohrns ont compilées au sujet de primordiaux, surtout depuis que nous avons mis la main sur Ezqatliqa ?

— Bien sûr. Hanosk a veillé à ce que tout soit copié dans mes banques de données. T'as une idée derrière la tête ?

— Un vague espoir plutôt, répondit-elle. Je voudrais que tu passes au peigne fin tout ce qui a trait à leur biologie. Regarde s'il existe un élément qui les distingue des autres peuples, en tout cas de ceux présents sur Enot-Ka. Maintenant que le blocus sur le réseau est levé, il en sortira peut-être quelque chose.

— Pas évident, dit Jazz, mais pas bête non plus. Ça vaut le coup d'essayer.

Un bip discret avertit Mallory que sa boisson était prête. Elle se tortilla sur l'étroit banc pour saisir le gobelet de chocolat chaud.

La voix de Jazz s'éleva à nouveau, avec une intonation gênée :

— Mallory... Je suis désolé pour Théo et... les dvas aussi. Ils l'appréciaient beaucoup.

Elle but une longue gorgée de chocolat.

— Merci, répondit-elle simplement.

Trop de mots appelleraient de nouvelles larmes.

En apprenant la mort de Théo, Vassili avait décidé de se tenir à l'écart de Mallory, la laissant avec ses amis. Il n'avait jamais rencontré Théo et avait du mal à se remémorer l'effet d'une relation aussi intense entre deux humains et donc des conséquences d'une fin abrupte. Il faut dire que son précédent moi avait de profondes lacunes dans ce domaine.

Resté dans son appartement au sein du complexe qui avait abrité le Rin'Liln, il épluchait les informations transmises par Jazz et les dvas. Ces derniers avaient aussitôt collecté tout ce qu'ils pouvaient concernant les cent vingt-huit meurtres.

Les méthodologies différaient, mais tous les assassinats avaient été exécutés sans laisser de traces : du boulot de professionnel et déjà une piste en soi. Comme Laorcq, il était certain que les primordiaux étaient derrière cette tuerie.

En parcourant les dossiers, son attention fut attirée par un cas isolé, un humain dont le profil correspondait et qui n'était pas décédé, mais hospitalisé, sa vie ne tenant qu'à un fil. Une cent vingt-neuvième victime, à ceci près que son infortune était due à un accident : il travaillait sur l'un des astroports d'Enot-Ka et avait été écrasé par un conteneur.

Le rapport stipulait une défaillance de champ antigrav, sur un équipement de manutention. Le détail qui retint Vassili de passer aux dossiers suivants venait d'une mention anodine : l'employé qui se servait de l'engin était une nouvelle recrue : il remplaçait un malade.

Vassili vérifia le nom et l'adresse de l'entreprise et décida d'agir seul. Il commença par réactiver l'identité fictive attribuée par Hanosk pour sa mission dans le système de Starlix. Il avait conservé les identifiants en question, pensant à juste titre qu'il pourrait en avoir à nouveau besoin.

Il passa commande d'un assortiment de cosmétiques, qu'il utilisa pour allonger et teindre ses cheveux et donner une nuance plus foncée à sa peau. Des lentilles de contact dissimulèrent ses yeux noisette derrière un brun sombre. Il plaça ensuite deux morceaux de coton entre ses gencives supérieures et ses joues, puis acheva de modifier ses traits en s'astreignant à garder la mâchoire inférieure en avant, comme s'il était prognathe.

Une fois certain que personne ne reconnaîtrait l'humain

ayant participé au Rin'Liln, il quitta son appartement pour l'astroport où se situait l'entreprise en question.

Le trajet ne lui prit qu'une heure. Il sortit du réseau de transport au pied d'une des hautes structures qui recevait les torrents d'énergie en provenance des tubes synergétiques en orbite du monde capital. À travers les champs de force destinés à écarter les hordes d'insectes qui infestaient Enot-Ka, le flux vertical se teintait de bleu et d'orange.

L'astroport disposait d'une dizaine de terminaux, dont deux dédiés aux marchandises. Vassili se dirigea vers l'un d'eux qu'il explora rapidement. Le secteur qui l'intéressait se trouvait au rez-de-chaussée. Là où les marchandises étaient déposées avant d'être dispatchées sur toute la planète.

Les employés utilisaient des gants de manutention qui mêlaient champ de force et antigrav pour former des pinces d'énergie brute qui leur permettaient de saisir et manipuler les conteneurs. Un de ces équipements avait défailli et provoqué l'accident. Une dizaine d'employés s'affairaient : des réguliens, un altaïrien et deux humains. Vassili repéra une aire d'attente d'où il pouvait garder un œil sur les manutentionnaires. Il s'installa et afficha un plan le plus détaillé possible du terminal à l'aide de son navcom.

— Voyons voir, murmura-t-il en localisant la zone de déchargement. Par où sortent-ils quand ils ont fini ?

Il nota trois issues. L'une d'elles menait au terminal voisin. Une autre vers le réseau de transport. La dernière donnait au pied du terminal, sur une esplanade au centre de laquelle se situait un petit parc bordé de commerces. Il étudia les lieux, puis repéra l'issue en question. Prenant un air occupé, il bascula sur un flux d'information et attendit.

Sa patience fut récompensée lorsqu'il vit les humains poser leurs pinces à champ de force et saluer leurs collègues. Avec le naturel de quelqu'un qui avait toutes les raisons du monde de se trouver là, il se leva et marcha vers la rambarde qui dominait le niveau inférieur. Un coup d'œil lui apprit que les hommes se dirigeaient bien vers la sortie menant au parc.

Il les retrouva aux abords du carré de végétation, satisfait d'avoir vu juste. Les deux hommes longeaient une haie composée de plantes aux tiges noires et ornées de grappes de fleurs bleues, qui émettaient un parfum épicé. Vassili suivit les humains jusqu'à un cylindre en composite, sur la paroi duquel s'affichaient les images de plats à destination de différentes espèces. Les travailleurs s'arrêtèrent devant, plongés en pleine conversation. Vassili se planta derrière eux, assez près pour qu'il soit remarqué sans paraître malpoli pour autant.

Les deux hommes le saluèrent d'un hochement de tête. Sur terre, il n'aurait pas eu un regard, mais, si loin de chez eux, dans un système où les terriens étaient peu nombreux, le simple fait d'appartenir à la même espèce rapprochait les gens.

— Je n'arrive pas à croire que la nouvelle reine se fasse prier pour désactiver la sphère ! disait l'un d'eux, un cinquantenaire trapu au front dégarni. Cette histoire va coûter un pognon monstre aux altaïriens.

L'autre, un peu plus jeune et élancé, haussa les épaules.

— Tant qu'ils me paient, je me fiche de leurs histoires de clans.

Vassili resta derrière eux, espérant que l'un d'eux le prenne à partie au gré de leur conversation. Quand vint le tour des deux hommes de passer commande et que rien ne s'était produit, il prit les devants et s'adressa au plus jeune, prétextant sa récente arrivée dans le système pour lui demander des renseignements.

Réticents au début, les deux hommes finirent par lui proposer de se joindre à eux durant leur pause repas. L'accident ayant eu lieu la veille, Vassili n'eut même pas à pousser dans ce sens pour que le sujet soit abordé. Il compatit, prononça les platitudes de circonstance et, en posant des questions indirectes, apprit l'identité de l'employé qui manipulait la pince antigrav à l'origine du malheur.

Il termina son repas en compagnie des deux hommes, à

qui il offrit un ersatz de café avant de les quitter. Si ce nouvel employé était bien un meurtrier à la solde des primordiaux, il allait occuper son poste encore quelque temps pour donner le change puis disparaîtrait. Cela n'inquiétait pas Vassili : il comptait se charger de lui avant la fin de la journée.

Contre toute attente, l'idée de Mallory porta ses fruits : Jazz et les dvas étaient parvenus à isoler des transactions commerciales pour une plante d'ordinaire délaissée par les altaïriens et la majorité des espèces présentes dans le système. La *flastiel* poussait dans la jungle d'Urnit-Fa, en parasitant certains arbres comme du gui. Elle renfermait un composé biologique particulier, indispensable au régime alimentaire des primordiaux.

Heureusement que les vohrns ont passé du temps à étudier Ezqatliqa. On en sait plus sur les primordiaux grâce à cela qu'avec ses souvenirs pleins de trous, songea Mallory en maudissant l'étrange fonctionnement de la mémoire des primordiaux. Elle était allongée dans sa cabine, ne pouvant se reposer et tiraillée par le chagrin.

Évoquer Ezqatliqa fit surgir en elle une pointe de culpabilité. Depuis son entrée dans le Rin'Liln, elle n'avait pas pris un instant pour maîtriser l'univers mental qu'elle avait créé en suivant ses directives. Et maintenant... L'état dans lequel la laissait la mort de Théo ne se prêtait guère à ce type d'exercice.

Sans réellement le vouloir, son esprit se tendit vers cet endroit qui n'existait qu'en elle. Après des jours d'inactivité, elle pensait être incapable de s'y immerger à nouveau. Le néant étoilé apparut pourtant avec aisance, l'isolant de son environnement immédiat. Elle s'incarna par réflexe, devenant géante rouge. Étonnamment, se tenir là, seule et coupée du monde, atténua sa peine. Elle décida de voler quelques secondes de calme à une journée qui s'annonçait chargée.

— *Enfin !* tonna alors une voix de stentor dans son havre de paix. *Je commençais à te croire morte, guerrière humaine.*

L'irruption d'Ezqatliqa l'agaça autant qu'elle la surprenait.

— *J'ai un prénom, tu sais.*

— *Comment peux-tu être fermée maintenant alors que je t'ai sentie à travers la sphère de Négyl il y a des jours ?* continua le primordial en ignorant sa remarque. *Que s'est-il passé entre-temps ?*

L'apparente légèreté d'Ezqatliqa n'arrangea en rien l'humeur de Mallory. Au lieu de se protéger comme elle en avait coutume, elle s'ouvrit en grand et, sur un coup de tête, partagea avec l'alien le chagrin où l'avait plongée la mort de Théo.

Elle ne savait pas à quoi s'attendre de la part d'Ezqatliqa. De l'indifférence ? De la moquerie ? Une incompréhension totale ?

Au lieu de cela, la présence du primordial devint plus tangible, l'entoura comme lors du premier exercice réussi.

— *Je vois. Le passage dans la sphère de Négyl vient d'être rouvert par les altaïriens, pour permettre à quelques vaisseaux de circuler. Dès que je l'ai appris, j'ai tenté de te contacter, mais je n'arrivais à rien. La mort de ton compagnon affecte tes capacités. Tu dois te résoudre à laisser de côté ce souvenir. Tu donneras libre cours à ta peine plus tard.*

— *Ouais… Merci pour l'astuce, grand maître.*

— *Guerrière humaine ! Ne me prends pas de haut. Crois-tu que j'ai pu vivre si longtemps sans connaître le deuil ?*

L'éclat du primordial ne dura pas. Mallory sentit qu'il profitait de leur lien devenu plus fort pour en savoir plus sur les récents évènements dans le système d'Altaïr. Mallory se résigna et se contenta de filtrer ce qu'elle considérait comme trop personnel.

— *Ainsi, toi et l'autre humaine allez vous lancer à la poursuite d'un primordial.* (Ezqatliqa s'exprimait comme quelqu'un qui pense tout haut.) *S'il s'agit d'Axaqateq, tes capacités actuelles devraient suffire. Il est presque aussi âgé que moi. S'il décide de t'entraîner dans son univers mental, tu devras répliquer en invoquant le tien.*

— *Pourquoi avoir son propre univers est-il si important ? Je n'en ai pas eu l'utilité contre toi.*

— *J'étais affaibli, tant par mon long sommeil que par une lassitude de la vie. Tu as besoin de repères solides pour t'imposer dans un affrontement psychique avec un primordial au sommet de sa forme.*

— *Donc, si je me bats sur le plan mental contre Axaqateq, il faudra que je l'attire sur mon terrain ?*

— *Non, cela ne fonctionne pas ainsi. Disons plutôt que les deux visions s'opposent. Celle du vainqueur supplantera l'autre, deviendra la réalité du perdant, puis annihilera son esprit. Ne te laisse pas berner par notre petite escarmouche sur Vlokovia : cela sera très différent.*

Mallory digéra l'information. Un moment s'écoula en silence, puis Ezqatliqa ajouta :

— *Je ne t'accompagnerai pas mentalement. Il ne faut pas révéler à mes congénères que je suis passé de votre côté. Ils risqueraient de s'unir contre nous. Le Jeu les occupe autant qu'il les divise et cela doit continuer ainsi.*

— *Je vois,* dit Mallory. *D'autres détails aussi encourageants ?*

La présence d'Ezqatliqa devint diffuse, comme s'il cherchait à cacher quelque chose. Intriguée, Mallory s'ouvrit encore un peu plus, renforçant leur connexion.

Une brève image de la passerelle du *Lyoden'Naak* lui apparut, où brillait la projection d'une carte stellaire.

Dans l'espace mental, l'étoile rouge perdit son éclat.

— *Les stolrahs...*

— *... sont en mouvement. Nous devons en finir avec le Jeu*

et la folie de mon peuple. Rapidement.

L'humaine comprit que le primordial venait de la manipuler :

— *Tu as fait exprès d'attiser ma curiosité, pour que j'abaisse mes barrières !*

Bien sûr, il n'était plus là.

Mallory retourna en douceur à son corps et au monde physique. Elle se leva, se livra à quelques étirements et alla retrouver Alrine dans le cockpit du *Sirgan*. Les deux femmes s'organisèrent afin de profiter de la piste offerte par le régime alimentaire des primordiaux.

— Nous allons avoir besoin de l'escouade de soldats promise par la reine, dit la lieutenante, les yeux rivés sur les informations projetées devant la baie vitrée.

Elle toucha du doigt une icône et un plan d'une des termitières de béton et d'acier s'afficha, écartant les autres images. Elle indiqua un secteur du bout de l'index et ajouta :

— Voici l'adresse. Nous allons procéder de manière à isoler toutes les issues en priorité.

Mallory approuva en hochant la tête. Alrine savait ce qu'elle faisait, arrêter des criminels restait son boulot, après tout. La pilote partagea ensuite avec Alrine les clefs électroniques transmises par la reine et permettant de joindre le chef de l'escouade altaïrienne. Elle eut une hésitation, puis demanda :

— Est-ce que l'on prend Vassili avec nous ?

— J'aimerais bien, lâcha la lieutenante, mais il m'a dit qu'il est sur une autre piste.

Mallory haussa les sourcils et Jazz répondit à la question muette en devançant Alrine.

— Monsieur a déclaré qu'il n'était pas certain de son coup et qu'il préférait travailler seul. Avec un peu de chance, s'il tombe sur un porteur de ktol, on va être débarrassés de lui...

— Jazz ! s'exclama Mallory. Tu exagères. Sans lui je me serais fait laminer durant le Rin'Liln.

— Bof. Pas sûr. Et je ne l'aime toujours pas pour autant.

Mallory n'ajouta rien. En prenant la défense de Vassili, elle se sentait un peu hypocrite. Elle n'était pas encore prête à lui pardonner.

Alrine ramena ses interlocuteurs au sujet en cours.

— Les soldats sont en route, mais avant de les rejoindre, il faut qu'on s'occupe de toi, Mallory.

— Comment ça ? répondit l'intéressée.

— Tout le monde sait qui tu es, maintenant que tes exploits ont été diffusés en boucle pendant des jours. Il faut que tu changes de look si on ne veut pas donner l'alerte en approchant de notre cible.

Mallory gardait un souvenir mitigé d'une précédente expérience de ce type, mais Alrine ne suggéra que des modifications anodines : les cheveux attachés en une courte queue de cheval, une tenue de combat et une paire de lunettes à verres miroirs et bandeau élastique, conçue pour améliorer la résolution et la lisibilité des hologrammes navcom. Ces dernières étaient assez larges pour masquer l'œil au beurre noir de Mallory.

— Parfait, dit Alrine en contemplant la jeune femme après s'être équipée de manière identique.

La tenue de combat, jaillie d'un tube que Mallory avait fixé à sa cuisse, l'enveloppait, ne laissant que son cou et sa tête visible. Une simple pression sur le cylindre et la protection s'étendrait comme de l'huile pour la couvrir entièrement. Amélioration notable par rapport aux précédents modèles, les nouvelles tenues formaient également des pièces d'armure aux endroits où la souplesse n'était pas nécessaire, combinant la protection intégrale avec la solidité d'une armure classique. Les matériaux employés pour arriver à ce résultat avaient une couleur grise et terne, très différente du bleu vif des anciennes tenues et aussi nettement plus discrète.

Les deux femmes parachevèrent leur préparation avec des holsters. Celui d'Alrine accueillit un revolver à munitions conventionnelles et pouvant projeter des arcs électriques incapacitants sur une dizaine de mètres, comme un crache-foudre. Mallory resta fidèle au pistolet à balles hypertrophes.

Après un sprint à travers les hordes d'insectes qui infestaient l'astroport, la pilote retrouva avec plaisir les commandes de son aéro, qu'Alrine avait posé juste à côté du *Sirgan*. Torg et Alrine se glissèrent à l'intérieur et Mallory arracha l'appareil du sol.

Tout au long du trajet, Alrine échangea des informations avec les soldats détachés par la reine. Les livraisons qui avaient éveillé l'intérêt des agents vohrns avaient toutes eu lieu au même endroit. Un appartement dans une termitière à sept jonctions de celle du Rin'Liln. En coordination avec la police locale, les soldats altaïriens étaient en mesure de garantir que personne n'en était sorti depuis la fin du Rin'Liln.

Un frisson d'anticipation parcourut l'échine de Mallory : allaient-ils réussir à coincer Axaqateq ? Ou tomberaient-ils encore sur un simple porteur de ktol ?

Une tension exacerbée par la mort de Théo, qui lui pesait à chaque instant. Une fureur difficile à contenir bouillait en elle, qu'elle s'efforçait de canaliser pour raffermir sa résolution.

Concentrée sur les scénarios qu'elle pouvait imaginer, elle mena l'aéro sur une voie aérienne matérialisée par des bornes antigravs lumineuses. Le maillage titanesque qui recouvrait la planète formait des ondulations qui se répétaient à l'infini, comme une mer figée. Repérables par les déformations visuelles qu'ils traçaient sur leur passage, les flux d'énergie verticaux évoquaient quant à eux une forêt de gigantesques colonnes translucides.

Mallory posa l'aéro au plus près de la termitière qui était leur but, dans un hangar automatisé conçu pour épargner aux voyageurs le contact avec les nuées d'insectes. Les deux humaines et le cybride rejoignirent les soldats au bout d'un long corridor, dans un grand hall.

Avec la fin du Rin'Liln, les altaïriens retrouvaient progressivement leurs habitudes vestimentaires. Tout autour d'eux, de hautes silhouettes enveloppées dans des houppelandes semblaient glisser sur le revêtement synthétique du sol. Les soldats se détachaient d'autant plus : ils portaient des armures de combat légères, faites de plaques en composite noir mat, dont l'inspiration organique était évidente. Sans n'avoir jamais vu d'altaïriens auparavant, Mallory aurait pu croire qu'ils étaient nus. Du moins, sans compter les fusils d'assauts.

Un marquage jaune, simple disque large d'une main sur la partie abdominale, annonçait la couleur de leur clan. Un ou plusieurs traits rouges les surmontaient, indiquant le grade. Alrine fila droit sur celui qui en avait le plus.

— Situation ? demanda-t-elle.

— Stable, répondit le chef en manipulant un navcom fixé à l'avant-bras de son armure. (Un plan apparut entre lui et les humaines.) L'appartement dispose de trois accès. (Trois points bleus clignotèrent sur la projection à ces mots.) Un cordon de policiers surveille le secteur. Leurs scanners montrent la présence de deux formes de vie. L'une d'entre elles semble correspondre par sa taille à l'espèce que vous nommez primordial.

Mallory étudia le plan, prise d'un doute. Les choses se déroulaient trop bien. Allaient-ils mettre la main sur Axaqateq aussi facilement ? Elle se souvint alors de son entrevue avec le primordial, le déplacement quasi instantané d'un endroit à un autre par une sorte de portail.

Le chef exposait un plan d'assaut sûrement très sensé en termes de stratégie militaire. Bloquer les issues, avancer par palier, sécuriser les pièces une à une. Mallory, qui avait eu droit à d'amples cours de rattrapage sur le sujet depuis que les vohrns l'employaient, visualisait parfaitement ce que l'altaïrien voulait entreprendre. Elle le coupa en pleine phrase.

— On peut pas faire ça. Trop long. Qu'est-ce que vous avez comme explosifs ?

XXI
PORTAIL

Mallory sentit à peine l'injection de décupleur. Le chagrin était revenu au galop, alors qu'elle était forcée à l'inactivité pendant que les soldats altaïriens, leurs armures dissimulées sous les mêmes houppelandes que portaient les civils, installaient des charges explosives sur les trois entrées de la résidence où devait se trouver un primordial.

Aussi dur que cela pût être, elle ne devait pas se laisser aller au deuil. Pas maintenant, pas quand elle allait risquer sa vie et celle des autres. Heureusement, l'euphorie artificielle et le sentiment d'invincibilité procurés par le décupleur l'aidèrent à refouler la tristesse. Le temps s'écoula plus lentement tandis que ses muscles se gorgeaient de la substance dopante. Les sons devinrent plus clairs, les couleurs plus vives.

Durant une quinzaine de minutes, elle serait l'égale de n'importe quel porteur de ktol.

Les soldats avaient œuvré avec une discrétion absolue. Les policiers mobilisés pour l'occasion leur confirmèrent que les formes de vies détectées dans l'appartement ne montraient aucun signe d'agitation.

Mallory inspira profondément, cherchant à rester en équilibre sur un fil ténu, entre les sensations trompeuses procurées par le décupleur et le trou béant dans sa poitrine depuis l'annonce de la mort de Théo. Elle se focalisa sur le bâtiment qu'ils s'apprêtaient à prendre d'assaut. Un cylindre qui paraissait taillé dans un bloc de marbre rouge, dressé parmi une dizaine d'autres, dans un immense espace voûté qui occupait plusieurs niveaux de hauteur au sein de la termitière.

Un quartier résidentiel, hébergeant surtout des non-altaïriens de rang élevé et qui bénéficiait d'un accès direct à un petit astroport situé au pied de la termitière. Des éléments qui plaidaient en faveur de la présence d'un primordial.

— Nous sommes prêts, annonça le chef d'escouade. Les derniers civils ont été écartés de la zone.

Un flot d'adrénaline fouetta encore un peu plus les nerfs de Mallory. Elle pressa le cylindre de sa tenue de combat, qui vint protéger son visage. Son plan, beaucoup moins académique que celui proposé par les altaïriens, reposait sur la force brute et la rapidité. Il fallait partir du principe que le primordial disposait d'une issue de secours, sous la forme d'un portail permettant un déplacement instantané.

— Allez-y, lâcha Alrine.

Trois détonations retentirent en même temps. Un nuage de débris et de flammes remplaça l'entrée principale. Mallory se lança à vitesse surhumaine dans cette direction, suivie de près par Alrine et Torg. Les soldats altaïriens étaient chargés de bloquer les autres accès.

Mallory passa à l'intérieur avant même que les débris ne soient retombés. Arme au poing, elle gravit en quelques enjambées un escalier prévu pour des êtres deux fois plus grand que les humains.

L'étage était d'un seul tenant, formant une vaste pièce circulaire. Première constatation : ce n'était pas l'endroit où Axaqateq les avait reçus. Et pour cause : au centre d'un fouillis d'images et de graphiques, se tenait bien un primordial, mais Mallory sut au premier coup d'œil qu'il ne s'agissait pas de lui. Il était plus trapu, plus petit et, surtout, un abdomen proéminent distendait sa longue tunique en tissu moiré.

Mallory pressa la détente de son revolver au moment où les six paires d'yeux qui évoquaient une face d'araignée se posaient sur la pilote et ses compagnons. La rafale de projectiles fila droit sur le primordial, leur taille multipliée par cent à peine jaillie du canon de l'arme.

Et la scène se figea. Les sphères gélatineuses restèrent suspendues dans les airs, dans l'alignement du revolver. Mallory ne pouvait plus bouger un cil, en dépit de la puissance brute conférée par le décupleur. Elle était un insecte pris dans de l'ambre invisible.

Les unités de Myriade attendaient dans le système de ventilation de l'appartement quand le champ de stase se déploya en réponse à l'attaque contre le primordial. Contre *la* primordiale, corrigea l'unité 129, après avoir examiné les caractéristiques physiques de l'alien. La théorie émise par les dvas au sujet du champ de stase défensif s'avérait exacte : en étant restées d'une absolue immobilité lors de son déclenchement, les unités de Myriade avaient échappé à son influence. Ou plutôt, le champ les avait confondues avec des objets ou des éléments du bâtiment.

Myriade était libre d'agir contre l'alien. Encore fallait-il trouver le bon moment. Les douze yeux de la primordiale ne laissaient qu'un maigre angle mort dont pourrait profiter Myriade. Son unité 325 progressa dans le dédale de tuyaux, pour aboutir près de l'évent situé au plafond de la pièce où se tenait la primordiale. Il s'approcha de la grille et se faufila à travers les lamelles de plastique en les écartant à l'aide de son micro-champ de force.

L'unité surplombait l'alien, dont elle observa soigneusement les mouvements.

Mallory savait pertinemment qu'elle ne pourrait vaincre le champ de stase, mais elle ne put s'empêcher de lutter. Ses tentatives amusèrent l'alien qui laissa échapper le cri chevalin qui équivalait au rire chez son espèce.

— Saloperie ! gronda Mallory, s'apercevant au passage qu'elle pouvait parler.

Le rire agaçant s'éteignit. Et une voix puissante, mais très éloignée de celle d'Axaqateq s'éleva :

— Le chagrin aurait dû t'anéantir. Toutes les simulations concordaient et je ne manque pas d'informations sur ton peuple.

L'intonation plus posée, plus fluide que celle des autres primordiaux, ajoutée au physique différent, prirent leur sens.

— Une femelle !

Une langue violacée lécha les bords de la large bouche sans lèvres de l'alien, laissant entrevoir des gencives verdâtres.

— Mon nom est Ivaxilaqita et, oui, je suis une femelle, mais cela ne compte plus pour nous. La reproduction ne nous est plus nécessaire.

Le sens des précédentes paroles de la primordiale atteignit Mallory à retardement.

— Comment ça, le chagrin aurait dû m'anéantir ?

Ivaxilaqita passa la main sur un lourd collier, un entrelacs de fins tubes colorés qui n'était pas sans évoquer l'objet avec lequel Ezqatliqa contrôlait les tonelkas sur Vlokovia.

— Si tout s'est déroulé selon mes calculs, dit la primordiale, les mâles auxquels tu tenais sont morts. Ta réaction n'est pas celle que j'attendais. Je comprends les craintes d'Axaqateq maintenant.

Le concept derrière les propos de la primordiale, énoncés d'un ton des plus plats, était si odieux que les mots manquèrent à Mallory. Elle redoubla d'efforts pour bouger, ne gagner qu'un seul millimètre contre la force invisible qui la maintenant dans sa toile. Son sang bouillait et elle avait besoin d'un exutoire.

— Bordel ! cria-t-elle à travers ses dents serrées. T'as fait tuer cent vingt-huit personnes pour être sûre de toucher quelqu'un proche de moi ? Saleté de…

La primordiale se détourna, comme si les humains et le cybride n'avaient pas la moindre importance, pas plus que les soldats qui s'efforçaient de passer la barrière du champ de stase en cherchant à le saturer à l'aide d'autres explosifs.

L'alienne afficha un panneau de contrôle holographique et fit défiler des symboles jusqu'à trouver celui qui lui convenait. Un doigt aussi épais que l'avant-bras de Mallory se tendit vers l'icône et l'effleura. Un disque noir apparut sous les pieds de la primordiale et elle s'enfonça progressivement dans le sol.

— Cette manche du Jeu est terminée, mais je veillerai à ce que toi et tes associés soyez inclus dans la prochaine. Je te ferai à nouveau souffrir.

Myriade avait profité de l'échange entre la primordiale et Mallory pour introduire une vingtaine d'unités dans la pièce. Collées au plafond, se mouvant trop lentement pour attirer l'attention de la primordiale, elles s'écartèrent les unes des autres afin d'examiner les lieux à l'aide de la panoplie de senseurs et de scanners dont chacune était dotée.

Dans l'esprit fragmenté de Myriade, apparurent en surimpression les lignes d'énergie brute du champ de stase défensif, enveloppant les humaines et le cybride telle une toile d'araignée en trois dimensions.

Autour d'Ivaxilaqita s'élevaient d'autres lignes à la structure radicalement différente, qui formaient un toron : la matérialisation du trou de ver rendu accessible par l'ouverture du portail. Les fils d'énergie s'entrelaçaient pour créer une trame complexe et tourbillonnante qui engloutissait la primordiale.

Les vohrns et leurs agents avaient eu connaissance de cette technologie lors de leur rencontre avec les dvas. Ils entretenaient depuis des générations un réseau de portails reliant des habitats répartis dans une ceinture d'astéroïdes.

Le portail que venait d'activer Ivaxilaqita n'était pas aussi abouti, conséquence probable d'une installation provisoire. En lançant ses vingt unités présentes dans la pièce à travers le toron d'énergie et en déclenchant des impulsions électromagnétiques au même moment, les chances de perturber son fonctionnement étaient élevées.

Le résultat par contre, serait imprévisible : le portail pourrait cesser de marcher, laissant la primordiale à la merci des soldats altaïriens. Il pouvait également subsister assez longtemps pour qu'elle s'échappe. Ou encore se refermer brutalement, dévastant la pièce et tuant ses occupants.

— *Mallory...* dit Myriade à travers leur liaison télépathique.

L'attention de la pilote se tourna vers lui et il en profita pour lui transmettre l'intégralité des données récoltées et du raisonnement qu'il avait tenu en une fraction de seconde.

L'humaine aurait vacillé sous la charge mentale si elle n'avait pas été maintenue par la main de fer du champ de stase. Elle consacra une précieuse seconde à appréhender l'ensemble des informations, puis répondit :

— *D'accord, tout sauf la laisser filer.*

Myriade lança ses unités. La primordiale les repéra, mais, à moitié descendue dans le portail, elle ne pouvait plus agir. Les unités se positionnèrent en un clin d'œil aux endroits où elles seraient les plus susceptibles de perturber le toron d'énergie et déclenchèrent leurs EMP.

Le portail s'élargit brusquement et engloba tout le plancher de la grande salle circulaire. La technologie utilisée par la primordiale différait plus que prévu des systèmes connus par les dvas. Myriade n'eut pas le temps de simuler une contre-mesure : devenu hors de contrôle, le portail engloutit tout ce qui se trouvait à proximité.

L'immeuble cylindrique implosa, se recroquevilla sur lui-même et disparut en laissant un cercle de béton fumant au sol.

Vidaj-Noj venait de terminer son quart de travail à l'astroport. Il était censé continuer à tenir ce poste sur dix quarts de plus, mais songeait sérieusement à tout plaquer. La somme convenue avait été virée sur son compte : que pouvait lui faire son commanditaire ?

Quand on lui avait demandé de prendre un rôle de manutentionnaire pour arranger un accident dont un humain serait victime, Vidaj-Noj avait été agacé : il avait fui Régulus et ses planètes pour se faire oublier suite à des activités contraires au code civil régulien. Il n'appréciait guère la facilité avec laquelle on l'avait retrouvé.

Sa réticence s'était évanouie à la vue du montant proposé. Si quelqu'un voulait la mort d'un humain et était prêt à payer aussi cher, autant s'en charger. Vidaj-Noj n'en était pas à son premier homicide.

Quand il avait appris que l'humain allait survivre, il avait cru qu'il ne toucherait rien, voire qu'il subirait des représailles. Au lieu de cela, l'argent avait été déposé sur son compte, sans questions ni remarques.

Depuis, la seule chose qui l'empêchait de tout plaquer pour changer à nouveau de monde et, dès que possible, de système, était les doutes qu'il avait sur sa capacité à disparaître sans laisser de traces.

Il hésitait entre terminer son contrat sans se faire de vagues et fuir vite et loin. Quand il arriva dans le complexe où se trouvait son logement, il était plongé dans ses pensées et ne vit l'humain qu'au dernier moment.

— Vidaj-Noj ? demanda l'humain.

Le régulien le dévisagea, notant la taille et la musculature au-dessus de la moyenne de cette espèce.

— Que voulez-vous ? Et qui êtes-vous ? répliqua Vidaj-Noj, aussitôt sur la défensive.

L'humain remua ses épaules vers le haut. Un geste courant chez eux.

— Mon nom n'est pas important. J'ai une nouvelle mission à vous confier.

La méfiance du régulien s'éveilla, puis il se souvint que les humains passaient leur temps à s'entretuer. Il n'y avait donc rien de surprenant à ce que son commanditaire en soit un. Ce qui était gênant en revanche était la façon d'agir : Vidaj-Noj était l'équivalent régulien d'une petite frappe, mais il savait qu'on ne parlait pas business sur le palier de son propre logement.

Mieux valait se débarrasser de l'intrus. Au moins la question ne se poserait plus : il quitterait ensuite Enot-Ka.

D'un geste vif, auquel il s'exerçait quotidiennement, il plongea la main dans une poche de sa tenue de travail, agrippa le crache-foudre miniature qu'elle contenait et le ressortit dans la foulée pour le pointer sur le terrien.

Sur quoi l'intrus devint flou et disparut. *Quoi ? Les humains ne peuvent pas…*

Il eut l'impression que l'arrière de son crâne explosait et sombra dans le néant.

Vassili s'était injecté deux fois la dose de décupleur recommandée par les vohrns, certain que ses employeurs prenaient toujours de bonnes marges de protection. Et il avait eu envie de savoir jusqu'à quel point il retrouverait son autonomie. Le régulien lui tomba entre les bras, mis KO par le violent coup de poing que Vassili lui avait porté à la nuque.

Il prit la main de Vidaj-Noj et la colla contre le verrou biométrique de la porte, qui coulissa en silence pour révéler un petit studio. Il se glissa à l'intérieur avec son fardeau et referma derrière lui.

Dans un coin de sa vision, un chiffre indiquait le nombre d'appels qu'il avait ignorés. Ils émanaient d'Alrine et de Jazz. Tandis qu'il installait le régulien sur un siège et l'attachait à l'aide d'un lien en filaments monomoléculaires, il écouta les messages laissés par l'Intelligence Naturelle.

Les premiers n'étaient que des incitations à rejoindre le reste de l'équipe. Le troisième par contre, lui donna des informations intéressantes.

« Vassili ! Mallory et Alrine sont sur la piste d'Axaqateq. Cesse de faire cavalier seul. Pour une fois que tu serais vraiment utile, ce serait bien que tu te pointes ! Si tu te décides à bouger tes fesses de ressuscité, tu les trouveras à… »

S'ensuivit une série de coordonnées, que Vassili enregistra à part, prêt à se rendre sur place dès qu'il en aurait terminé avec Vidaj-Noj.

Maintenant certain que l'alien ne pourrait se mouvoir, il sortit de sa veste un injecteur pneumatique et l'appliqua contre le cou de l'alien, appuyant sur la peau verte jusqu'à ce qu'elle blanchisse puis pressa la détente. Un sifflement retentit avec un effet immédiat : le régulien se redressa brusquement et poussa un cri, inspirant à grandes goulées. De son unique orifice nasal s'écoula un fluide bleu et translucide.

Vassili lui assena une violente gifle, faisant pivoter sèchement la tête de l'alien sur la gauche.

— Je veux ton navcom et tes codes d'accès.

L'alien leva vers lui ses yeux noirs, mais resta muet. Sous l'emprise du décupleur, Vassili avait du mal à contenir son impatience. Il raidit l'index et le majeur de sa main droite et les plongea si vite dans l'orifice nasal du régulien que le malheureux n'eut pas le temps de détourner le visage. Vassili sentit les tissus hypersensibles se rétracter sous ses doigts et un craquement lorsqu'il brisa une partie du cartilage qui se trouvait derrière.

Le régulien ouvrit la bouche pour hurler de douleur, mais l'humain, toujours à une vitesse ahurissante, retira ses doigts dans une gerbe de sang bleu et enchaîna avec un violent coup de poing dans l'abdomen de sa victime.

Le sang jaillit cette fois de la bouche de Vidaj-Noj. Veillant à ménager sa victime, Vassili lui laissa une minute pour retrouver ses esprits.

— Ton navcom et tes codes d'accès, répéta l'humain.

L'alien toussa, cracha à nouveau du sang ainsi qu'une matière épaisse et blanchâtre qui dégoulina sur son menton et souilla le devant de sa tenue. Il hésitait encore à parler.

Vassili plaça ses mains de chaque côté de la tête du régulien, ses pouces juste en dessous des yeux noirs.

— Je peux te briser tous les os, puis m'occuper de tes

organes un à un, sans avoir besoin d'une arme. Je suis pressé, donc je vais te torturer vite et fort.

Pour appuyer sa déclaration, il enfonça le pouce gauche dans l'orbite du régulien, faisant jaillir l'œil éclaté comme le contenu d'un monstrueux abcès. Son autre main descendit sur le cou de l'alien qu'il serra puissamment, réduisant le cri de souffrance à un gémissement avorté.

Vassili soupira tout en secouant sa main dégoulinante de sang bleu et d'humeur translucide.

— Alors ? demanda-t-il d'un ton posé.

Il sentit que Vidaj-Noj essayait de parler et relâcha quelque peu l'emprise de ses doigts sur la gorge du régulien. Celui-ci dut s'y reprendre à trois fois avant de pouvoir articuler un mot.

— Navcom... dit-il avec peine, la voix déformée. Stylet... dans ma poche.

Vassili le fouilla et trouva l'objet en question. Vidaj-Noj lui indiqua ensuite ses codes et Vassili initia aussitôt un transfert de toutes les données vers les IA privées de l'ambassade vohrne.

En proie à la souffrance qui émanait de ses blessures, le régulien laissa retomber sa tête, sa respiration laborieuse entrecoupée de râles de douleur. Vassili ne lui prêta qu'une attention distraite. Les premiers résultats de l'analyse des données lui parvenaient, s'affichant devant lui.

L'IA avait isolé un message, celui du commanditaire du régulien. Tirée de l'enregistrement, l'image d'un altaïrien apparut, que l'IA accompagna de commentaires : il s'agissait d'un simulacre de très haute qualité, reconnaissable uniquement à la récurrence trop fréquente de certaines tonalités dans sa voix.

Le message adressé à Vidaj-Noj était un chef-d'œuvre de mots couverts et d'allusions : quelqu'un du milieu du régulien aurait compris tout de suite de quoi il retournait, mais l'enregistrement ne pouvait en aucun cas incriminer son auteur.

Vassili vérifia un élément alors qu'un début d'idée lui venait. *Le message a transité sur ligne ouverte, ce qui explique cet excès de précautions. Le commanditaire a dû procéder ainsi avec tous les autres,* conclut-il.

Un nouveau râle lui rappela la présence du régulien. N'ayant plus l'utilité de l'alien, il se servit du crache-foudre qu'il lui avait pris et l'électrocuta, visant une fois encore l'orifice nasal. Il insista jusqu'à ce qu'une odeur de brûlé monte du cadavre.

Il appela ensuite Elask, à qui il expliqua pourquoi il avait laissé les autres agents se débrouiller sans lui. Pragmatique, le vohrn ne perdit pas de temps en vaines remontrances.

— De quoi avez-vous besoin pour avancer sur votre piste ?

— Je dispose d'une empreinte vocale qui pourrait nous mener à un primordial ou au moins à un porteur de ktol. La provenance de l'appel a été masquée, mais si une partie des cent vingt-huit assassinats a été commanditée en utilisant la même voix, il doit être possible aux IA des télécommunications de procéder à un recoupement et de localiser le point d'origine.

— Vous voulez que la capitaine Sajean demande à la reine d'intercéder dans ce sens, conclut le vohrn.

Vassili acquiesça.

— Avec ce que Mallory lui a montré au sujet des primordiaux, elle devrait accepter.

— Il vous faudra le faire vous-même, annonça le vohrn. La capitaine Sajean, la lieutenante Lafora, le cybride Torg sont portés manquants suite à un incident, de même que l'entité Myriade dont nous avons reçu un rapport fragmentaire. Nous avons retrouvé une partie de ses unités. Elles sont stockées à bord du *Sirgan*, inertes.

Laorcq surveillait les instruments de bord de son appareil de location, pestant contre la lenteur de celui-ci. Le trajet lui donnait beaucoup trop de temps pour ressasser la mort de Théo et sa culpabilité grandissante. Obnubilé par la chasse aux primordiaux, il avait oublié que Théo n'avait aucune expérience du terrain et s'était comporté comme s'il faisait équipe avec un vétéran.

Il se demandait si Mallory lui pardonnerait un jour. Il imaginait sans peine le raisonnement qu'elle pourrait tenir : « Si Laorcq ne l'avait pas laissé seul... »

La sonnerie navcom annonçant un appel fut une distraction bienvenue. Il balaya d'une main le témoin lumineux qui venait d'apparaître au-dessus des instruments de bord.

Une voix s'éleva, qu'il ne reconnut pas tout de suite :

— Nous avons un problème.

— Vassili ?

Laorcq s'inquiéta aussitôt. S'il recevait un appel de sa part et non d'un autre membre de l'équipe...

— Que s'est-il passé ?

— Mallory, Alrine et Torg se sont lancés à l'assaut d'une primordiale.

— Une ? releva Laorcq.

— Oui, d'après Myriade, en tout cas. Les vohrns n'ont eu de lui qu'un rapport fragmentaire. Quelque chose a mal tourné alors que la primordiale tentait de fuir. Elle a utilisé une technologie similaire aux portails installés dans le système de Jaris et une intervention de Myriade a déclenché son implosion. La primordiale et nos collègues sont portés disparus. Des unités de Myriade aussi et celles qui restent ne répondent plus.

Le monde parut s'écrouler autour de Laorcq. Une masse aussi invisible qu'implacable pesait sur lui, l'écrasait physiquement et empêchait toute réflexion. *Portés disparus... Alrine, Mallory et Torg.* Il eut envie de vomir.

Imperturbable, Vassili poursuivit sans plus d'émotion que s'il lisait une liste de courses.

— Soit ils sont morts dans l'implosion du portail, soit ils ont été transférés au lieu de destination, tout en étant peut-être blessés ou morts également.

Laorcq secoua le carcan d'angoisse et de doutes qui paralysait ses pensées, usant d'une discipline forgée par ses années de combats et d'interventions au sein d'une unité spéciale.

— A-t-on...

Sa voix se brisa. Il déglutit et reprit :

— A-t-on connaissance de cette destination ?

— C'est l'objet de mon appel, répondit Vassili. Un violent pic d'énergie a été détecté sur Arixl.

— En provenance des locaux de la Kryn, devina Laorcq.

— Exactement. Maintenant que la reine est de notre côté, les choses sont plus faciles. Des miliaires sont déjà sur place et encerclent l'installation. Dès que vous arriverez, vous vous joindrez aux soldats altaïriens pour la prendre d'assaut.

Laorcq fut à nouveau surpris.

— Et ils ont accepté ma présence sans discuter ?

— Elask m'a dit qu'ils ont hésité au début, mais aucun d'entre eux n'est en mesure d'affronter un porteur de ktol. Contrairement à un humain sous décupleur...

Ils échangèrent encore un moment, partageant d'autres informations de moindre importance et les directives d'Elask. Laorcq apprit ainsi que Vassili remontait la piste d'un primordial, probablement Axaqateq. Avec l'autorisation de la reine d'Altaïr, Jazz et les dvas utilisaient les IA de gestion des télécoms et les indices récoltés par Vassili pour localiser le primordial.

La conversation se termina. La perspective de l'action donna à Laorcq l'occasion de se fixer sur un objectif concret plutôt que de ressasser la mort de Théo ou son inquiétude pour Alrine et Mallory.

Il afficha un plan détaillé du bâtiment de la Kryn, fourni par les soldats altaïriens qui tenaient le complexe sous leur garde. Rien ne pouvait plus y entrer ou en sortir. Sauf par la technologie des portails... Un élément qui pourrait leur valoir de sérieuses déconvenues.

Et il restait à savoir à quoi servait l'installation en question, puisqu'il était maintenant évident qu'il s'agissait d'un outil des primordiaux.

L'atmosphère dense d'Arixl, qui n'était pas sans rappeler celle de Vénus, ne facilita guère son approche. Le petit appareil de location frémit de toute sa membrure au point que Laorcq se demanda s'il allait tenir le coup. Les vibrations ne s'atténuèrent qu'une fois traversé l'épais manteau nuageux de la planète. Un coup d'œil sur les instruments de bord lui indiqua qu'il avait débouché à sept cents kilomètres de son objectif. Il corrigea la trajectoire et, une demi-heure plus tard, posa sa navette près d'un vaisseau altaïrien.

Un camp de base sommaire était déployé près des locaux de la Kryn, de chaque côté duquel s'étirait le cordon de surveillance mis en place par les soldats. Au centre du dispositif, le complexe en forme de dôme dressait sa masse sombre à l'image d'une colline de béton.

Laorcq pêcha dans les fournitures de son appareil un masque filtrant : l'atmosphère d'Arixl comportait suffisamment d'oxygène pour un humain, mais aussi d'autres composés qui pouvaient s'avérer mortels lors d'une exposition prolongée. Second inconvénient : la température frôlait les cinquante degrés.

Un des altaïriens, dont l'armure de combat affichait le jaune du clan Taq-Kavarach et un grade élevé, accueillit Laorcq. Les éléments de protection qui s'ajoutaient aux défenses naturelles de sa carapace donnaient à l'alien un air encore plus impressionnant. L'humain et lui n'échangèrent que peu de mots : la configuration des lieux ne laissait place qu'à un assaut frontal. Il n'existait qu'un seul accès et percer la masse de béton à un autre endroit n'apporterait aucun avantage stratégique.

Laorcq se retrouva au milieu du groupe de soldats prêt à lancer l'assaut. Leurs armures étaient plus solides et complètes que celle de leurs camarades, mais restreignaient d'autant leurs mouvements. Deux d'entre eux tenaient une arme de très gros calibre, d'un type que Laorcq ne connaissait pas, et si encombrante qu'il était impossible de l'utiliser seul.

Le gradé lui tendit une arme, un revolver servant également de crache-foudre. Prévu pour les mains à quatre doigts des altaïriens, il convenait tout juste à un terrien. Laorcq se prépara à son tour, sortant de son sac à dos le mince tube d'une peau de combat pour l'accrocher à sa cuisse. Avec une telle chaleur, ces quelques gestes suffirent à le couvrir de sueur.

Sans les aliens autour de lui, il se serait cru de retour vingt ans plus tôt, alors qu'il venait d'être enrôlé – comme presque tous les hommes de sa génération – dans la guerre contre les orcants.

Sauf que ce combat n'a rien à voir, se dit-il. *La guerre contre les orcants était une belle connerie de politiciens.*

Il serra entre ses doigts le cylindre et la combinaison jaillit du tube, courant le long de son corps pour le recouvrir comme une seconde peau. Puis cette peau se solidifia en certains endroits pour former les pièces d'une armure. La tenue de combat enveloppait Laorcq d'un gris mat un peu plus sombre sur les parties rigides.

L'escouade s'avança vers l'entrée du bâtiment. Altaïr dessinait un disque cinq fois plus grand que le soleil terrien dans le ciel. Sans l'épaisse couche de nuages d'Arixl, un humain aurait eu l'épiderme grillé par les rayons de l'immense étoile. *Là je me contente de cuire au bain-marie dans ma tenue,* maugréa intérieurement Laorcq.

Le long du dôme, à distance régulière, étaient visibles des traces d'explosions. Sur le sol couvert d'une végétation ressemblant à une herbe pourpre et rase, gisaient les carcasses de plusieurs drones. Ces éléments indiquèrent à Laorcq que les altaïriens avaient fait le ménage concernant les systèmes de surveillance. Quiconque se terrait à l'intérieur du grand dôme de béton était sourd et aveugle.

L'escouade était menée par un altaïrien dont le grade équivalait à celui de sergent, du moins d'après le programme traducteur dont disposait l'humain. Ce sergent ordonna à l'escouade de faire halte à une trentaine de mètres de la porte en acier qui leur interdisait l'entrée du complexe.

Sur un geste du sergent, les deux soldats qui portaient l'équipement lourd prirent position devant les autres. Ils levèrent l'arme à leurs épaules, dans un mouvement synchrone qui témoignait d'une longue pratique. *On dirait un bazooka pour deux personnes,* songea Laorcq. Il s'attendait à voir surgir un projectile de la gueule béante du canon, mais ne perçut qu'une déformation visuelle sur un axe reliant l'arme à la porte visée. Le panneau d'acier vira au rouge, à l'orange et enfin au jaune quand il commença à se liquéfier. En moins d'une minute, un trou assez grand pour laisser passer deux altaïriens de front apparut.

Un nouveau geste du sergent et deux autres soldats se détachèrent du groupe, partant chacun d'un côté pour aller se poster sur les bords de l'ouverture, tout en évitant de se montrer à un éventuel tireur embusqué. Les aliens au bazooka restèrent en position, prêts à griller tout ce qui sortirait du dôme.

Les deux soldats en avant-garde s'approchèrent chacun d'un bord de la porte, puis pénétrèrent dans le bâtiment en balayant tous les angles de leurs armes et en se couvrant mutuellement. L'un d'eux prononça un mot sur la fréquence radio des militaires :

— Sécurisé.

Les altaïriens restants épaulèrent leurs fusils et avancèrent dans le dôme, entraînant Laorcq avec eux.

XXII
EXÉCUTION

Vassili s'était livré avec succès au délicat exercice consistant à réclamer une faveur à la souveraine de plusieurs mondes. Jazz et les dvas avaient tiré le meilleur parti de l'accès aux IA des télécoms, leurs recherches aboutissant rapidement à une adresse exacte.

Vassili se trouvait à proximité. Quatre policiers altaïriens l'accompagnaient sur demande de la reine, ce qui était déjà trop à son goût. L'assaut frontal de Mallory et Alrine s'étant soldé par un échec, il avait décidé d'opter pour une approche plus subtile.

Cette fois, l'endroit susceptible d'abriter un primordial était un local industriel, dans un secteur fourmillant d'activité. Il étudiait un plan du quartier, repérant les différentes voies d'accès du bâtiment en question, quand son navcom lui signala un appel.

Il pensait entendre Jazz, mais se retrouva en ligne avec un dva.

— Agent Vassili, dit l'alien. Je me nomme Rupoyalemaochupingrusueygashoulinamatokimyhwa, mais les humains m'appellent Rupo.

On se demande pourquoi... se moqua intérieurement Vassili, aussitôt surpris par cette capacité à l'humour qu'il n'était plus censé posséder. Le dva continua :

— J'ai une théorie à vous soumettre concernant les portails utilisés par les primordiaux.

L'attention de Vassili s'éveilla. Les dvas étaient leurs experts en ce domaine, puisque les petits aliens à quatre pattes et aux yeux en grappe s'étaient chargés d'entretenir un système similaire des millénaires durant.

— Nous pensons que le réseau de portails installé sur Enot-Ka est actuellement en panne, dit le dva. Ou plutôt temporairement hors service, à cause de l'incident lors de l'intervention de Mallory.

— Donc, si Axaqateq se cache sur Enot-Ka, il ne peut plus s'enfuir. Du moins pas avec ce moyen !

Cela réduisait considérablement la marge de manœuvre du primordial. Le monde capitale d'Altaïr était cosmopolite : la population générale ne se formaliserait pas de la présence d'une espèce inconnue, mais avec son gabarit hors du commun, un primordial devrait prendre toutes sortes de précautions pour se déplacer sans être aussitôt repéré.

Il restait toutefois un problème : le champ de stase défensif dont s'étaient servis Axaqateq et l'autre primordial.

— Si j'ai bien compris, dit Vassili, Myriade a pu échapper au champ de stase en étant totalement immobile quand il s'est déclenché.

— Exact, répondit Rupo, mais seul un être non biologique peut réussir. Les battements de votre cœur vous trahiraient, même si vous arriviez à reproduire une telle absence de mouvement.

Vassili prit alors une décision.

— Mets-moi en ligne avec Jazz, s'il te plaît.

Rupo s'exécuta et laissa Vassili exposer son idée à

l'Intelligence Naturelle du *Sirgan*. Jazz l'accueillit plutôt fraîchement, mais finit par montrer un semblant d'enthousiasme :

— Si tu veux te suicider en nous donnant une chance de sauver Mallory et les autres, j'accepte de t'aider.

Le bâtiment n'avait rien d'extraordinaire : niché au pied d'une des gigantesques termitières qu'affectionnaient les altaïriens, il s'agissait d'un grand parallélépipède coiffé de plusieurs dômes. Sa structure en acier se couvrait de panneaux à la texture nervurée et, à intervalles réguliers, s'ouvraient d'étroites fenêtres évoquant des meurtrières. Trois étages abritaient des bureaux et le rez-de-chaussée servait de dépôt.

Vassili envoya ensuite les policiers surveiller les différents accès du bâtiment. Pas d'innovation de ce point de vue et cela l'arrangeait : il tenait à être seul pour affronter le primordial ou un éventuel porteur de ktol. Enfin, pas tout à fait seul : trois petits objets ovoïdes volaient près de lui, non sans rappeler les unités de Myriade. Il s'agissait de renifleurs, empruntés aux policiers et hâtivement modifiés pour devenir des extensions à distance de Jazz.

— Ton plan est sérieusement foireux, marmonna Jazz dans l'oreille de Vassili. Ces bidules n'ont rien à voir avec les modules de Myriade.

Il ne prit pas la peine de répondre : la remarque de Jazz était fondée, mais il n'avait pas mieux à proposer.

Vassili étudia un moment le mouvement des employés qui vaquaient à leurs tâches, majoritairement altaïriens, sans se douter qu'un individu capable de déclencher une guerre par simple amusement se dissimulait parmi eux.

Il s'approcha d'un groupe qui s'apprêtait à entrer et se glissa dans son sillage. Une précaution presque inutile : les allées et venues des employés et de leurs clients étaient telles que l'IA de surveillance ne devait guetter que les incidents impliquant une violence physique. Caché sous sa veste, un poignard en serag, un bois plus dur que l'acier, échappa aussi à la vigilance de l'IA.

— Pas de mouvement ? murmura Vassili.

— Non, répondit Jazz. Ton copain est toujours là-haut, enfin d'après les jouets de la police altaïrienne.

Vassili emprunta un puits antigrav et se retrouva au niveau en question, nettement moins fréquenté. Il avança le long d'un couloir, pour aboutir devant une porte close. Il jeta un regard en arrière. Un gibral entrait dans un bureau, un altaïrien sortait d'un autre, lui tournant le dos.

Il déclencha l'injection d'une double dose de décupleur, conscient qu'il soumettait son organisme à un stress proche de ses limites. La substance se répandit dans son corps, l'engloutissant sous une vague de puissance et d'euphorie. Il leva une jambe en pliant le genou puis la tendit violemment, envoyant son talon percuter la porte. Le panneau s'arracha de son logement et s'écrasa par terre.

Vassili fonça à l'intérieur, traversa un hall et déboucha dans une vaste pièce qu'il reconnut sans peine. Hémisphérique, aux parois lisses et blanches, au sol recouvert d'un pavage hexagonal tout aussi blanc.

Axaqateq se tenait au centre, entouré d'un fouillis d'hologrammes. Le grand alien les écarta d'un geste et toisa l'humain.

— Encore toi ?

Vassili s'approcha d'un pas et les trois pseudo-unités pilotées par Jazz se postèrent devant lui. Le primordial faisait preuve d'un calme de mauvais augure, mais peut-être était-ce dû à son arrogance.

— Tu n'as pas été très discret en mandatant tes assassins, dit Vassili. Je n'ai pas eu de mal à remonter la piste.

Il espérait le provoquer, mais la réaction qu'il obtint s'avéra inattendue :

— Mes assassins ?

L'indifférence du primordial énerva Vassili.

— Nous avons pourtant gagné le Rin'Liln, comme tu le voulais. Tu aurais pu nous pardonner d'avoir confisqué ton mange-monde.

Le trait qui dessinait la bouche d'Axaqateq s'ouvrit, puis se referma sans un mot. D'un geste du bras gauche, il réafficha une partie des hologrammes et les fit défiler à une vitesse ahurissante.

Sous l'emprise du décupleur, Vassili brûlait d'envie de se jeter sur le primordial, mais il sentait que le moment n'était pas venu. Le comportement d'Axaqateq l'intriguait.

— Bratchal'Til kava noska ta ! lâcha soudainement le primordial, avant de pousser le hennissement qui lui tenait lieu de rire. La mauvaise perdante a voulu me piéger !

Il fit apparaître un long texte dans des caractères que Vassili ne connaissait pas, et les scruta de ses yeux d'araignée. Il reporta ensuite son attention sur l'humain.

— Tu n'es encore une fois qu'un pion. C'est mon adversaire qui a ordonné la fin de ces quelques mâles humains. Elle a laissé une piste vers moi pour m'embarrasser.

Vassili en avait assez entendu. D'un souffle à peine audible, il murmura :

— Jazz...

Les trois fausses unités se séparèrent puis se lancèrent à l'assaut du primordial en décrivant des trajectoires en arc de cercle.

Un quart de seconde plus tard, Vassili se figea, puisant dans les forces procurées par le décupleur pour durcir ses muscles comme de l'acier, bloquant tous les membres de son corps. Il cessa de respirer, tellement concentré sur la maîtrise de son corps qu'il en perdit la vue, puis les autres sens.

Un nouveau quart de seconde.

Vassili visualisa son cœur, logé derrière la barrière de sa cage thoracique. Se remémorant sa période en tant que porteur de ktol, en particulier quand il avait commencé à subordonner l'artefact à ses désirs, il bascula dans le même état second et réussit là où tout être humain échouait : son cœur se figea, devenu aussi rigide que ses muscles.

Menées par Jazz, les pseudo-unités se trouvaient à mi-chemin entre Vassili et Axaqateq quand ce dernier déclencha son champ de stase défensif.

L'intervention militaire menée sur Arixl suivait son cours. Les soldats altaïriens connaissaient leur travail. L'avant-garde s'assurait de l'absence de danger en utilisant des drones-araignées. Les machines avançaient devant eux en balayant la zone sur toutes les fréquences. La discrétion n'étant pas de mise, cette stratégie permettait au groupe venant derrière de bénéficier d'une reconstitution parfaite de l'environnement où ils évoluaient. La moindre installation mécanique ou électronique était repérée avec facilité. Quand un de ces éléments risquait d'être une arme ou un système défensif, les servants au bazooka dégorgeant de l'énergie brute se chargeaient de le détruire à distance. La progression se faisait sans accroc.

Ça ne va pas durer, se dit Laorcq. Jazz et les dvas soupçonnaient l'endroit d'abriter le nœud central du réseau de portails installé dans le système d'Altaïr. Si ce lieu était aussi stratégique pour les primordiaux, l'humain et ses compagnons se heurteraient bientôt à une défense plus solide. Pour Laorcq, l'absence de personnel dans la partie administrative du dôme renforçait cette probabilité. Ce secteur n'était là que pour la parade.

Après un couloir, une autre zone de bureaux et une grande pièce qui devait être un réfectoire, le groupe d'assaut parvint au centre du dôme, pour découvrir un puits antigrav. Les deux altaïriens ouvrant le chemin en vérifièrent les abords, puis Laorcq et leurs camarades les rejoignirent.

Le puits s'enfonçait trop loin pour que Laorcq en

distingue le fond. Le sergent altaïrien se pencha à son tour sur le gouffre puis se tourna vers l'humain.

— Votre protection dispose-t-elle d'un antigrav ?

Laorcq secoua la tête, puis, se rappelant qu'un altaïrien ne connaîtrait pas forcément la signification du geste, répondit par la négative.

Le sergent donna des ordres à son escouade tandis qu'un soldat installait un petit émetteur-relais au bord du puits. Les éclaireurs lancèrent les drones-araignées le long de la paroi et les guidèrent jusqu'au fond du puits pour s'assurer qu'ils pouvaient l'emprunter sans risque. Les membres de l'escouade plongèrent à leur tour, soutenus par les antigravs de leur armure. Laorcq dut s'accrocher au dos du sergent.

La descente se passa sans encombre. Laorcq constata au passage qu'il n'existait aucun niveau intermédiaire, comme si l'on avait cherché à placer le cœur de l'installation le plus loin possible de la surface.

Le fond du puits était noyé dans l'obscurité. Les soldats activèrent des lampes à antigrav, version non organique des lucioles vohrnes, et les torches intégrées à leurs armes. À peine Laorcq allumait la sienne qu'un mouvement rapide attira son attention, suivi d'un bruit mat. Les lumières se braquèrent dans cette direction.

Une hideuse créature était juchée sur le cadavre d'un des soldats. À l'origine un altaïrien, sa biologie avait été profondément altérée. Son torse ovoïde et lisse avait mué en un long cylindre. Ses bras et ses jambes s'étiraient anormalement, sa carapace de chitine se dotait d'éléments si épais qu'ils évoquaient les plaques de blindage d'un char d'assaut. Ses doigts se terminaient par de grandes griffes noires, de véritables stylets qui avaient traversé l'armure du soldat pour lui déchirer les entrailles.

Les réflexes des autres soldats prirent le dessus et ils ouvrirent le feu sur la créature. Laorcq s'octroya une injection de découpleur. Ses perceptions s'affinèrent et une sensation d'invincibilité s'empara de lui alors que ses muscles se gorgeaient d'une puissance aussi artificielle que temporaire.

Le porteur esquiva les tirs d'un bond et alla s'accrocher contre la paroi, à cinq mètres du sol. Non seulement ses mains étaient griffues, mais ses pieds également, s'aperçut Laorcq en voyant les membres solidement ancrés dans la paroi. Les altaïriens tirèrent à nouveau et le monstre se déplaça si vite qu'il se mit à courir sur la circonférence du puits, maintenu contre le mur courbe par sa seule vitesse.

— Cessez le feu ! cria Laorcq, alors que les soldats s'acharnaient en vain.

Les balles n'ont aucun effet, se dit-il. Il avait repéré un renfoncement qui menait à une porte, pour l'instant close. Il ordonna aux altaïriens de se réfugier là tandis qu'il affrontait la créature.

— C'est un porteur de ktol ! lâcha-t-il en guise d'explication.

Parler sous l'influence du décupleur n'avait rien d'aisé. Autant vouloir ralentir ses pensées. Il se détourna des aliens et se planta au milieu de l'espace circulaire. Le porteur stoppa net sa course folle, fixant Laorcq de ses yeux profondément enfoncés dans le bloc de chitine qu'était devenue sa tête. Il n'avait plus de bouche. Les transformations qu'il avait subies ne prévoyaient pas qu'il survive.

À un tel stade de mutation, les porteurs ne valaient pas mieux que des animaux enragés. L'attitude de Laorcq, dressé au fond du puits d'un air de défi, suffit à le provoquer. Il bondit droit sur l'humain.

Ses réflexes affûtés par le décupleur, Laorcq parvint à esquiver l'attaque de justesse. Les grandes griffes effleurèrent sa tenue de combat. Il pivota sur lui-même, veillant à rester face à son adversaire.

Toujours en mouvement, le porteur et l'humain dansèrent l'un autour de l'autre. Laorcq avait conscience de se déplacer si vite que les altaïriens ne devaient voir que des ombres. Le porteur, avantagé par ses longs membres, lui assenait des coups que sa tenue encaissait avec difficulté. L'humain ripostait des poings et des pieds, mais la carapace du porteur le protégeait trop bien.

Laorcq sentit des griffes riper sur sa tenue au niveau de ses yeux. Il n'avait pas vu le coup venir. Il se déporta pour reprendre un peu de distance, s'accroupit à moitié et envoya sur le flanc du porteur un direct assez puissant pour fendre un bloc de béton. Pour la première fois, le porteur montra un signe de faiblesse : il trébucha et s'écarta maladroitement, perdant une grande partie de sa vitesse.

L'humain se lança aussitôt sur lui. Penché en avant, il fonça sur le porteur et le percuta de l'épaule droite au même endroit, tout en le ceinturant pour le jeter à terre. À l'allure où Laorcq se mouvait, la rencontre avec le sol, bien qu'amortie en partie par le corps du porteur, fut brutale. La double protection de sa tenue et du décupleur ne put lui épargner un choc en pleine poitrine.

La respiration coupée, un goût de sang dans la bouche, il s'agrippa au porteur de toutes ses forces, glissant ses bras sous les épaules du monstre pour restreindre ses mouvements. Il pesa de tout son poids, alors que le porteur se débattait pour lui échapper. Laorcq resserra sa prise. Il devait absolument tenir. La moindre latitude accordée au porteur permettrait au monstre de lui planter ses griffes dans le corps.

Le staccato d'une arme à répétition lui déchira les tympans. Étourdi et à bout de souffle, Laorcq ne comprit pas tout de suite. Entre ses bras, le corps du porteur était devenu rigide, immobile. Un faisceau lumineux l'éblouit avant de se déporter vers la tête du monstre. L'une des orbites n'était plus qu'un amas de chair et de chitine d'où dégoulinait un flot de sang violet et d'humeur noirâtre. L'un des soldats avait su saisir l'opportunité offerte par Laorcq et s'était approché pour tirer à bout portant dans l'œil du porteur de ktol.

L'effet du décupleur commençait déjà à se dissiper,

laissant Laorcq pantelant. Il avait choisi une dose limitée, se réservant la possibilité d'une deuxième injection. Il se releva lentement, ses articulations transformées en autant de points brûlants. Son cœur battait à un rythme effréné et il usa de toutes ses forces rien que pour tenir debout.

— Vous êtes blessé ? demanda le sergent.

— Non. Besoin... d'un peu de temps.

En quelques pas hésitants, Laorcq alla près de la paroi et s'y adossa pour reprendre son souffle.

Le sergent se détourna de l'humain et ordonna aux soldats de s'attaquer à la porte qui leur barrait le chemin.

Axaqateq observa l'humain piégé par le champ de stase. Il trouvait étonnant que Vassili se soit laissé prendre une deuxième fois. Peut-être comptait-il sur les modules qu'il avait lancés ? Le primordial s'approcha de l'un d'eux et le cueillit dans les airs. Entre ses doigts aussi épais que le poing d'un homme, l'appareil ressemblait à un pépin de raisin. Il le porta devant sa paire d'yeux la plus apte à la vision de près et l'examina. Intrigué, il s'empara de deux autres.

Rien à voir avec les unités d'un gardien ! De sa main libre, il invoqua les projections holographiques qui lui permettaient de contrôler les outils perfectionnés à sa disposition. Sensible à ses pensées, le système analysa les objets à un niveau moléculaire. De vulgaires modules de détection, pilotés à distance et qui ne présentaient pas le moindre danger. Axaqateq les broya sans effort en serrant le poing.

Il comprit trop tard qu'il avait été joué. À peine tourna-t-il la tête vers l'humain que celui-ci emplissait déjà son champ de vision.

Le corps gorgé de décupleur et lancé à pleine vitesse, Vassili avait foncé sur le primordial et bondi vers sa tête monstrueuse. Le poignard qu'il tenait traversa les hologrammes à une vitesse proche de celle du son et se fraya un chemin dans la bouche du grand alien. Les bras aussi épais et solides que de lourdes branches d'arbre du primordial se refermèrent sur lui, mais trop lentement pour empêcher l'inévitable. La lame s'enfonça, fendant les gencives verdâtres, ripant sur les os derrière cette chair dure comme de la corne, écartant les mâchoires.

Vassili bougeait si vite que l'air avait la consistance d'un sirop. Il le sentait glisser sur son visage, s'attarder contre son torse alors qu'il poussait la lame encore plus loin, sa main et son avant-bras se frayant un chemin à sa suite dans la bouche du primordial. Vassili tordit le poignet pour orienter la course ravageuse de l'arme vers le haut, rencontra une brève résistance avant que le poignard ne s'enfonce vers le cerveau.

La conscience froide et calculatrice de Vassili, du moins telle qu'elle était depuis sa reconstruction par les vohrns, céda sous le réveil d'un instinct primaire. Celui du barbare effacé par des millénaires de civilisation. Celui du primate terrien qui tuait pour continuer à vivre.

Sous la brutalité de l'attaque, le corps monumental d'Axaqateq bascula en arrière, s'écroulant comme un arbre abattu par la foudre. Il s'étala sur les dalles hexagonales en faisant trembler le sol sous son poids.

Vassili se laissa emporter et profita du choc pour pousser sa lame encore plus loin. Le bras enfoncé jusqu'à l'épaule dans la gueule hideuse du primordial, il vit s'éteindre l'éclat d'intelligence mauvaise qui hantait les douze yeux de l'alien.

Cela ne suffisait pas au primate enragé ni ne contentait le barbare. Resserrant sa prise sur le poignard, il remonta ses jambes pour se trouver à genoux sur le large torse du primordial. Les doigts de sa main libre tendus en une pointe de chair et d'os, il creva un à un les yeux de l'alien. Les globes oculaires éclatèrent sous les coups en libérant un fluide bleu strié de gris. Quand il eut détruit le dernier, il lâcha enfin la lame, écarta les bras et leva la tête. Un hurlement de satisfaction animale s'échappa de sa gorge.

Il resta un moment ainsi, juché sur le corps de son adversaire. Ses pensées finirent par s'éclaircir, tandis que l'effet du décupleur diminuait, le laissant en proie à une sourde douleur. Il avait l'impression que ses muscles et ses articulations étaient pris dans autant d'étaux miniatures.

Un son désagréable lui parvenait. Il regarda autour de lui, comprit qu'il s'agissait en fait de son navcom. Il tendit une main tremblante vers le bracelet à son poignet gauche. La voix de Jazz lui tira une grimace en retentissant dans son conduit auditif.

— Ah ! Enfin ! Je t'ai cru mort pour de bon cette fois. Alors, tu l'as eue la gueule d'araignée ?

Vassili se laissa glisser sur le côté du monstrueux cadavre et se releva.

— Oui.

— Oui, quoi ? Pour une fois, tu pourrais être un peu bavard !

Vassili effleura de nouveau son navcom. Des icônes holographiques apparurent devant lui, et il activa d'un regard la transmission vidéo.

En découvrant le corps à la tête horriblement mutilée, Jazz resta muet de saisissement. Ayant obtenu l'effet qu'il souhaitait, Vassili ne put retenir un sourire en coin. Que cela soit dû au stress sur son organisme imposé par les combats ou à la continuité du processus de régénération, son humanité revenait au galop.

— Je vais te rejoindre, annonça-t-il à l'Intelligence

Naturelle. Préviens Elask au sujet d'Axaqateq, qu'il envoie quelqu'un récupérer le cadavre et les systèmes utilisés par le primordial.

Vassili examina sa tenue et poussa un soupir en constatant qu'elle avait souffert de l'affrontement : des giclées de sang violacé lui barbouillaient le torse. Il se pencha sur le corps et plongea de nouveau la main entre les mâchoires de l'alien pour reprendre son poignard. Il essuya la lame dégoulinante avec la tunique du primordial et s'en servit pour découper une partie propre du tissu moiré, avec laquelle il essuya le gros des taches qui maculaient ses vêtements.

Il appela les policiers qui l'avaient accompagné et attendit qu'ils se postent devant la porte d'entrée.

— Des vohrns vont arriver pour vous relayer, dit-il, comme convenu avec votre reine.

Il comptait sur cette précision pour qu'ils laissent les vohrns travailler, malgré l'empiétement flagrant sur la juridiction des altaïriens. Il fila ensuite à l'astroport où stationnait le vaisseau de Mallory.

Quand il franchit le sas du *Sirgan*, il trouva l'appareil paré au décollage, et inhabituellement silencieux. Les propulseurs conventionnels ronronnaient de puissance contenue, sur le point d'arracher le vaisseau courrier à la capitale d'Altaïr, et pourtant il semblait n'être qu'une coquille vide. L'absence de la pilote et de Myriade troublait Vassili plus qu'il n'aurait voulu l'admettre : il n'avait jamais été à bord sans eux.

— T'as deux minutes pour enlever tes frusques barbouillées de sang primordial et enfiler une tenue de combat, lâcha Jazz en guise d'accueil. Après, on fonce sur Arixl.

Vassili se rendit dans la cabine qui lui avait été affectée, et suivit les instructions de Jazz. Aussi à l'aise dans l'armure gris terne que dans ses habits civils, il remonta ensuite la coursive pour arriver au cockpit.

Un dva était installé sur le siège du copilote. Le petit alien au corps filiforme et aux bras minces tenait un clavier sphérique entre ses multiples doigts. Les quatre pattes préhensiles du dva pendaient de l'assise, loin de toucher le plancher.

Vassili se glissa à la place habituellement occupée par Mallory et se sangla.

— Pas touche aux commandes, prévint Jazz. Je me charge de tout.

Le ton était dur, mais Vassili n'était pas dupe : si Jazz avait encore des réticences vis-à-vis de lui, il cherchait surtout à masquer son inquiétude pour sa capitaine.

XXIII
SACRIFICE

Une chaleur à la limite du supportable cuisait la peau de Mallory. Elle était piégée par le champ de stase et l'air lui irritait la gorge et les poumons. Elle baignait dans une obscurité à peine troublée par quelques indicateurs lumineux, dont la position lointaine dessinait des arabesques sur une masse plus noire encore que le reste. Un bourdonnement qu'elle ressentait à travers ses os et ses dents menaçait de la rendre folle.

Que s'est-il passé ? Où sommes-nous ? se demanda-t-elle en comprenant qu'elle était passée à travers le portail de la primordiale. *Et pourquoi je suis toujours immobilisée ?*

Elle prit une longue et douloureuse inspiration dans l'atmosphère anormale et lança :

— Alrine ? Torg ? Vous êtes avec moi ?

Silence.

Mallory déglutit péniblement et refusa de céder à la panique. Elle se concentra sur son lien avec Myriade, qu'elle sentit comme un fil ténu sur le point de rompre.

— *Je suis là, mais avec trois unités seulement,* répondit l'entité multiple. *La distance avec le gros de mon essaim me perturbe. J'ai dû mettre en sommeil la partie restée sur Enot-Ka.*

En Mallory, le soulagement se disputa à l'inquiétude.

— *Nous avons tous basculé,* confirma Myriade. *Avec une portion de l'immeuble où nous étions et le module produisant le champ de stase.*

— *Ce machin nous a suivis ? Quelle poisse !*

— *Nous sommes apparus ici en suspension, à quelques mètres du sol.*

Illustrant les propos de Myriade, Torg poussa un grognement, signalant sa présence à quelques pas en bas à gauche de Mallory et Alrine se joignit à lui une poignée de secondes plus tard.

— Merde ! lâcha la policière.

Elle était un peu au-dessus de Mallory, à sa gauche également.

— T'es blessée ? s'inquiéta la pilote.

— Ça va, répondit Alrine, mais j'ai l'impression de respirer du sable chaud.

— *L'atmosphère est nocive pour les humains,* précisa Myriade. *Au-delà d'une heure à une heure trente, vous ne serez plus en état de fonctionner.*

— *Où on est ?*

— *La composition de l'air correspond à celle d'Arixl.*

D'une planète à l'autre. Pas étonnant que la distance perturbe Myriade. Mallory chercha à percer l'obscurité. Ivaxilaqita ne devait pas être loin... Ne distinguait-elle pas un mouvement, une vague silhouette se détacher devant la masse sombre où clignotaient les voyants qu'elle avait remarqués plus tôt ?

Le bourdonnement agaçant changea brusquement de fréquence, passant d'aigu à grave pour redevenir subliminal. Une lumière crue inonda soudain les lieux, forçant Mallory à plisser les paupières pour protéger ses yeux de l'agression.

Petit à petit, l'endroit où les agents des vohrns avaient échoué se révéla.

Ils étaient au fond d'un immense cylindre, plus large que haut. Non loin de là où ils étaient suspendus, le sol lisse et d'un noir profond cédait la place à une zone circulaire hérissée de pointes d'un à deux mètres de haut. Tout aussi noires, elles étaient séparées les unes des autres d'à peine quelques pas. Le plafond était identique, mais d'un blanc aveuglant. Au centre, une excroissance nettement plus importante descendait pour former une stalactite conique, tendue à la rencontre de sa jumelle de couleur noire. Entre les deux, une sphère assez grande pour contenir un petit immeuble clignotait, passant du noir au blanc à une fréquence si élevée qu'elle en paraissait grise. L'effet stroboscopique gênait la vision, mais on pouvait distinguer des variations sur la bulle, comme des ridules à la surface d'un liquide.

Mallory se souvint alors du basculeur dimensionnel d'Ezqatliqa, la gigantesque installation qui lui avait permis d'arracher la planète à son univers, du moins pour un temps. Cela était similaire, mais la sphère avait quelque chose d'à la fois différent et inquiétant.

— *Myriade, t'as une idée de ce que c'est ?*

— *Non. Je n'arrive pas à synthétiser correctement. Et les données reçues par mes unités sont contradictoires. Température et composition ne cessent de fluctuer.*

Mallory laissa le problème de côté. Elle venait de repérer la primordiale, au pied du cône noir juste sous la sphère. La tunique verte moirée de l'alien jurait avec l'opposition noire et blanche de l'endroit.

— Si elle est ici, ce ne doit pas être une bombe, pensa Mallory à voix haute.

— Pas une bombe, mais peut-être une arme quand même, contra Alrine.

Ayant vu fonctionner un mange-monde, Mallory imagina

la planète compressée, réduite à la taille d'un petit pois... et ses habitants avec. Sauf que cette chose ne ressemblait en rien à un mange-monde, ce qui la rendait d'autant plus effrayante.

Mallory lutta contre la force invisible qui l'entourait, sans bouger d'un millimètre. À deux doigts de craquer, elle s'efforça de se calmer, de raisonner. *Les prims ne sont pas des suicidaires ! Juste des psychopathes décadents. Tant qu'elle est là, on doit avoir une chance...*

— *Je peux tenter de vous libérer,* dit Myriade. *Mes unités ici sont toujours considérées comme inoffensives pas le champ de stase défensif.*

— *Ivaxilaqita n'a rien fait à ce sujet ?* s'étonna Mallory.

— *Non. Elle doit savoir que l'éloignement du reste de mon essaim m'affaiblit.*

— *Et c'est vrai. Que peux-tu faire ?*

L'entité multiple ne répondit pas. Mallory chercha à lire ses intentions à travers leur lien, mais pour la première fois, il la repoussa.

Du coin de l'œil, la pilote vit les deux points glisser entre les blocs de béton et les armatures d'acier qui les entouraient. La tête immobilisée par le champ de stase, elle tortura ses yeux pour continuer à suivre la progression des unités. Elle distingua un bloc cubique, d'un mètre d'arête, coincé entre deux gravats de pierre synthétique : le module de stase. Les unités s'approchèrent et se positionnèrent au centre de deux faces opposées du cube, l'une en haut, l'autre dessous.

— *Prépare-toi à la chute,* annonça Myriade.

Les unités passèrent de points sombres à billes lumineuses, puis explosèrent en détruisant le cube. La gravité reprit aussitôt ses droits, précipitant Mallory, Torg et Alrine au sol, où ils subirent une avalanche de débris. La tenue de combat protégea Mallory, qui encaissa toutefois quelques chocs violents, dont une poutre d'acier qui devait peser deux ou trois cents kilos et qui la frappa en pleine poitrine. Le souffle coupé par l'objet qui aurait dû la transpercer, elle se releva en prenant appui sur l'un des débris pour découvrir que trois altaïriens aux corps déformés couraient vers elle et ses compagnons.

Torg écarta d'un coup de pied un pan de mur qui menaçait de l'écraser, vit que sa protégée était saine et sauve, repéra Alrine elle aussi hors de danger. Du moins s'il faisait abstraction des trois altaïriens – porteurs de ktol, vu leur allure – qui leur fonçaient dessus.

Un grognement animal s'échappa de la large gueule de Torg : son instinct le plus primaire l'emportait en voyant les porteurs attaquer les humaines.

Repoussant les débris avec l'efficacité d'un bulldozer, il sortit sans peine de la zone encombrée et se jeta sur l'altaïrien le plus proche. L'alien évita le cybride et riposta à une vitesse que sa lourde carapace ne laissait pas soupçonner. Une main griffue siffla en passant devant les yeux du cybride, pour aller labourer sa peau pourtant capable de résister à des balles de petit calibre.

Torg lança ses propres griffes vers la tête cylindrique de l'alien, mais celui-ci s'effaça et contra de nouveau en envoyant un pied dur comme l'acier se planter dans la cuisse de Torg. Le porteur était beaucoup plus rapide que le cybride et il ne paraissait même pas forcer.

Torg s'acharna, ses coups ne trouvant que le vide et encaissant une riposte à chaque fois.

— Arrête de bouger !

L'éclat de Torg n'eut aucun effet. D'ailleurs, le porteur ne devait pas le comprendre. Le cybride perdit une demi-seconde pour s'assurer que Mallory et Alrine tenaient bon, chacune affrontant un des autres porteurs. À la façon dont elles parvenaient à parer les coups, il devina qu'elles étaient toutes les deux sous décupleur.

Une douleur irradia de son épaule, lui arrachant un cri de rage. Son adversaire avait exploité ce moment d'inattention. Continuer à se battre ainsi contre un opposant si agile n'avait aucun sens. Torg changea de tactique. Il prit prétexte de sa blessure à l'épaule, une plaie ouverte sur quinze centimètres, pour s'immobiliser.

Le porteur se jeta sur lui, fonçant griffes en avant vers les globes oculaires du cybride pour plonger à la dernière seconde et viser l'abdomen. Torg ne bougea pas d'un pouce. Les griffes mordirent dans la peau, traçant de profonds sillons. Les mouvements ultrarapides de l'alien s'en trouvèrent ralenti. Torg attrapa à deux mains l'avant-bras couvert de pointes de chitine et le serra jusqu'à sentir les épines se rompre sous ses paumes.

Le porteur se débattit, son autre bras et ses jambes fendant l'air à une vitesse inouïe pour frapper Torg. D'une poussée de ses mains, Torg extirpa les griffes plantées dans son corps, sans pour autant lâcher le monstre extraterrestre. Il leva brusquement les bras, entraîna l'alien vers le haut comme un pantin et les rabattit pour fouetter le sol avec le corps de son adversaire. L'altaïrien transformé s'écrasa avec un son mat, ponctué par les craquements de sa carapace brisée en plusieurs endroits.

Torg répéta son geste, tirant l'alien vers le haut comme un tas de chiffons, tout en pivotant cette fois vers la gauche. Il projeta de nouveau l'alien à terre, l'embrochant au passage sur les pointes noires qui hérissaient le pourtour de l'étrange machine primordiale.

Bénéficiant d'une résistance au-delà de la norme grâce au ktol, l'altaïrien n'était pas mort, mais épinglé tel un insecte dans la vitrine d'un entomologiste.

Torg s'en détourna pour aider Alrine et Mallory.

Du moins le pensait-il.

Les humaines tenaient très bien sans lui face aux porteurs.

Il vit Mallory se glisser sous le bras de son adversaire, esquivant les griffes si vite qu'elle en devint floue, puis assener un violent coup de talon dans le torse de l'alien transformé. Le porteur recula de plusieurs mètres, sonné par la violence de l'impact.

Mallory en profita pour examiner les alentours et repéra Torg.

— Fonce sur la primordiale ! cria-t-elle.

Le regard de Torg passa brièvement sur Alrine, qui venait de coincer son assaillant à terre et lui pliait le bras selon un angle anormal.

Il se mit à courir. Ses blessures restaient superficielles et son corps conçu pour maximiser sa résistance ne lui transmettait qu'une douleur sourde, supportable. L'épuisement le gagnerait plus tard, un peu comme les humains quand le décupleur cessait de faire effet.

En attendant, il prenait de la vitesse, son gabarit imposant le rendant inarrêtable. Il renonça à slalomer entre les pointes fichées dans le sol noir et se contenta de les tordre sur son passage. Une prouesse qui n'était pas du goût de la primordiale.

Plus massive encore que les mâles de son espèce, elle abandonna sa lente ascension vers le sommet du cône et la sphère de pure énergie pour venir à la rencontre de Torg. *Tant mieux !* se dit-il, ravi d'affronter la véritable meurtrière de Théo. Le cybride arriva à portée de l'alienne géante au pied des escaliers. Il profita de son élan pour lancer son lourd poing bardé d'acier vers le ventre proéminent de la primordiale.

Avec une surprenante agilité, elle bloqua l'attaque en interposant un bras épais comme un tronc, reculant à peine sous la puissance d'un coup qui aurait déchiré un humain en deux. Son autre bras vola vers la tête de Torg qui esquiva de justesse.

Les femelles primordiales sont plus fortes que les mâles !

La primordiale porta les mains à l'étrange collier qu'elle

arborait, un entrelacs de tubes cristallins et orangés, comme si l'ajuster à un tel moment n'avait rien d'incongru.

L'objet évoquait quelque chose à Torg, mais il n'avait pas le temps de s'appesantir sur le sujet. Il se mit à tourner autour de son adversaire, afin de ne pas offrir une cible trop facile. En dépit de sa masse, Torg pouvait se montrer aussi agile que Mallory.

La tactique agaça la primordiale, forcée de pivoter sur elle-même pour rester face à Torg. Elle chercha à le frapper à plusieurs reprises, mais, maintenant qu'il l'avait correctement jaugée, il réussissait à l'éviter et ripostait aussitôt.

Une sorte d'équilibre s'instaura : la primordiale ne parvenait pas à toucher Torg, mais les contre-attaques du cybride avaient un effet quasi nul. Le corps de la primordiale semblait capable d'absorber les coups à l'infini.

Cette danse brutale se poursuivit un temps, puis la primordiale commit une erreur en voulant avancer sur Torg. Déjà en tension sur ses appuis, il pivota pour esquiver la charge et profita de la proximité de l'alienne pour lancer ses griffes d'acier vers l'immense tête aux yeux arachnoïdes.

Les pointes d'acier stoppèrent net à quelques centimètres du visage la primordiale. Torg crut qu'il était à nouveau victime d'un champ de stase, puis s'aperçut que son bras tremblait. Jailli de l'entrelacs de tubes colorés qui pendait au cou de la primordiale, un fin conduit s'était insinué juste sous l'un des globes oculaires du cybride, se glissant entre l'organe sensible et l'orbite.

Une vive douleur éclata dans son crâne, éteignant tous ses sens en même temps.

Mallory lança un coup de talon sur le flanc du porteur qui

s'en prenait à elle. Les effets du décupleur, combinés à la protection offerte par les nouvelles tenues de combat, faisaient merveille. Elle surpassait un adversaire qui l'aurait déjà tuée en des circonstances normales. Ne lui laissant pas le temps de se reprendre, Mallory se jeta sur lui de toute sa vitesse artificielle. Elle le plaqua au sol, dégaina son arme et plaça le canon sous le menton du porteur, le seul endroit qui n'était pas derrière une épaisse plaque de chitine. Elle pressa la détente et une balle hypertrophe jaillit de l'arme. Tirée à bout portant, elle entra en contact avec la gorge de l'alien sous sa forme compacte et perfora la peau.

La brutale augmentation de volume eut lieu dans le crâne. L'exosquelette modifié par le ktol résista, mais du sang gicla autour des yeux du porteur pour dégouliner jusqu'au sol. Il eut un soubresaut qui manqua de désarçonner Mallory, mais elle tint bon et le corps cessa enfin de bouger sous ses mains.

Enivrée par un sentiment de victoire qu'exacerbait la biochimie du décupleur, elle se redressa et vit Alrine en finir avec son porteur en retournant contre lui ses propres griffes, qu'elle enfonça à travers ses yeux jusqu'au cerveau.

Au-delà de ce tableau des plus violents, Torg et la primordiale s'affrontaient.

Non ? Ils sont immobiles. Que...

Mallory distingua alors un fil orange scintillant, partant du cou de la primordiale pour le relier à la tête du cybride. La terrienne eut l'impression que son cœur lui remontait dans la gorge. Elle savait ce qui se passait, pour avoir été connectée ainsi à un primordial.

— Saloperie !

Elle abandonna le corps du porteur et précipita vers Torg.

La primordiale la laissa arriver à moins de dix pas, puis déclara :

— Stop. Sauf si tu tiens à perdre un autre de tes proches.

La monumentale sphère d'énergie se dressait au-dessus de la primordiale, dessinant un cercle gris scintillant. Quoi que cette chose puisse être, elle n'était pas encore stabilisée, mais cela ne saurait tarder.

Mallory s'immobilisa avec réticence : le décupleur ne ferait plus effet très longtemps. Voir Torg relié à la primordiale comme un pantin lui brisait le cœur. Comment la forcer à relâcher son emprise sur le cybride ?

— *Parle-lui,* répondit une voix en écho à ses pensées. *Si tu la distrais, j'arriverai à m'interposer.*

— Myriade ? Je croyais que...

— *Il me reste une unité. J'ai eu du mal à garder le contrôle après la destruction de 123 et 546.*

Mallory lança alors la première réplique qui lui vint à l'esprit, de peur que la primordiale ne se doute de quelque chose.

— Après tout ce temps, vous n'êtes pas fatigués de votre foutu Jeu ?

La primordiale se redressa, toisant la terrienne depuis ses quatre mètres cinquante de haut.

— Le Jeu est l'essence même de la vie. Nous nous accomplissons grâce à lui.

— Et pour ça, vous semez la pagaille sur les mondes civilisés afin de provoquer des bains de sang ? Pourquoi ne pas jouer avec des IA et des simulations si ce genre de choses vous excite ?

L'attitude d'Ivaxilaqita changea. Mallory ne pouvait en jurer, mais il lui sembla déceler de la surprise.

— Tu ne comprends rien ! dit la primordiale. Le Jeu ne sert pas qu'à nous divertir. Il vous rend meilleurs. Il vous modèle en portant à la tête de vos mondes les peuples et les clans les plus aptes à la survie et au commandement.

Mallory n'en crut pas ses oreilles. Ainsi, les primordiaux se voyaient comme des bienfaiteurs ? Le discours frôlait l'inepte.

— On n'a pas besoin d'être poussé à s'entretuer pour en arriver là.

La primordiale se pencha en avant pour braquer sur Mallory ses six paires d'yeux à la fois inexpressifs et terrifiants.

— C'est vrai pour des espèces telles que celles des humains et des orcants, mais les autres...

Mallory vit rouge : la primordiale comprenait de travers ! Et elle eut un peu honte aussi : elle devait admettre que les siens ne se faisaient pas prier pour déclencher des bains de sang.

— Les autres devraient être laissés en paix ! Tous ces morts, juste à cause de vos manigances. Les saharjs, les gibrals et les xilfs ont failli se livrer au génocide les uns avec les autres. En quoi ça les aurait rendus meilleurs ?

L'alienne manipulatrice poussa le hennissement typique des siens.

— Des créatures artificielles et bornées, des fous qui ont ravagé leur monde-berceau et les indolents qui les ont regardé faire ! Des inutiles et des dangereux. Et tu prends leur défense. Décidément, les humains sont une source infinie de déception. Votre durée de vie trop brève vous aveugle.

Mallory en eut assez et décida de clouer le bec de la primordiale.

— Le vrai danger c'est vous ! Pendant que vous nous montez les uns contre les autres, nous sommes vulnérables.

— Vulnérables face à quoi ? Nous sommes en mesure d'intervenir si un élément extérieur perturbe le Jeu.

Cette fois, Mallory eut envie d'arracher un à un les yeux de la primordiale.

— Face aux stolrahs ! cracha-t-elle. Une espèce si puissante que votre saleté de mémoire à trous les a effacés. Votre durée de vie trop longue vous rend stupides.

L'unité 702 flottait à trois millimètres du sol, couvrant discrètement la distance qui la séparait de Torg.

Elle atteignit le pied du cybride tandis que la voix de Mallory trahissait la colère qui bouillait en elle. Myriade devait faire vite. La fourrure de Torg lui permit de bouger plus rapidement tout en restant presque invisible. Il se glissa entre les poils et remonta le long de la jambe, puis du torse et parvint à portée du tube rempli de liquide orange sans attirer l'attention de la primordiale.

Ses senseurs étudièrent le tube qui la reliait à Torg. Il s'agissait du même type d'objet à travers lequel Ezqatliqa contrôlait les tonelkas, objet qu'il avait ensuite remis à Mallory. La substance qu'il contenait était le sang de la primordiale. Le tube en lui-même était d'une composition proche du cristacier communément utilisé lorsque le verre s'avérait trop fragile pour un besoin spécifique. Il comportait un réseau de canaux d'un diamètre de quelques atomes, où des influx nerveux circulaient sous forme d'électricité pure.

Pour agir, Myriade disposait du champ de force et du système antigrav de l'unité 702. En combinant les eux, il pourrait manipuler le tube et s'interposer.

— *Mallory ?*

En plein échange avec la primordiale, l'humaine ne répondit pas directement, mais il sentit qu'elle écoutait.

— *Je suis désolé, mais Torg va souffrir.*

Une hésitation, puis un acquiescement muet de Mallory.

702 approcha du tube jusqu'à le frôler, dissimulée par le globe oculaire protubérant et large comme une soucoupe de Torg. Le tube s'était frayé un passage entre l'œil et l'ossature du crâne. En basculant sur une imagerie analogue à l'échographie, Myriade vit l'extrémité en contact avec le nerf optique. Il activa son champ de force et le modela pour saisir le tube translucide. Avec une seule unité à sa disposition, Myriade n'aurait droit qu'à un seul essai. Il poussa son micro générateur au maximum, assura sa prise immatérielle sur le tube et se propulsa en arrière.

Le tube résista une fraction de seconde, tirant sur le nerf, puis se détacha. Sous l'action de 702, il s'arracha du crâne de Torg, qui reprit conscience et hurla en portant la main à son œil malmené.

Avant que la primordiale ne réagisse, Myriade manipula l'extrémité du tube et le mit en contact avec 702, ouvrant une minuscule écoutille sur la coque de l'unité pour que sa composante organique soit accessible. Un lien mental s'établit aussitôt avec la primordiale, que Myriade relaya vers Mallory.

XXIV
DUEL

Pendant que Mallory fonçait sur la primordiale, Alrine en avait terminé avec le porteur de ktol qu'elle affrontait. Sa tenue de protection avait parfaitement rempli son rôle et, si les effets secondaires du décupleur étaient toujours aussi détestables, elle devait reconnaître que la dernière formule était efficace.

Tous les sens aux aguets, Alrine était restée en retrait, s'attendant à voir surgir d'autres porteurs. Ses yeux étaient pourtant constamment attirés par l'immense sphère d'énergie qui flottait à mi-hauteur de la vaste salle. *À quoi est-ce que ça peut servir ?*

Elle s'obligea à la quitter du regard et examina à nouveau l'endroit où le portail les avait menées. Elle chercha en vain une porte ou tout aménagement qui pouvait dissimuler une issue. Il devait bien en exister une.

Son navcom émit trois brefs tintements, accompagnés d'une vibration. Ce qui ne manqua pas de la surprendre : une icône l'informant de l'absence de réseau clignotait dans son champ de vision depuis leur traversée du portail...

Un code lui indiquant l'origine de l'appel s'afficha.

— Laorcq ! s'exclama-t-elle en ouvrant la ligne. Nous sommes sur Arixl ! Enfin... on dirait.

La voix de Laorcq exprima un véritable soulagement, même si ses propos étaient pragmatiques :

— Ça, je peux te le confirmer. J'arrive à te joindre, car je suis à moins de deux cents mètres de toi. Nous sommes au cœur d'un complexe souterrain.

— Nous ?

— Moi et une escouade de soldats. D'autres soldats sont à la surface, nous sommes restés en contact avec eux grâce à des émetteurs-relais.

Alrine enchaîna aussitôt sur un point de situation, indiquant à Laorcq que la primordiale tenait Torg en otage.

— Je vois, répondit-il. Nous avons repéré le navcom de Mallory. On va pouvoir vous retrouver dans...

Alrine vit alors le filin qui reliait la primordiale et son otage s'arracher de l'orbite de Torg, pour voler vers Mallory.

— Merde ! lâcha Alrine. Ça dégénère, la primordiale vient de s'en prendre à Mallory.

Oubliant toute prudence, elle voulut porter secours à la pilote. Arrivée à moins de dix mètres, elle se heurta à un mur invisible. *Un champ de force !* Ils étaient dans un fief des primordiaux, il fallait s'attendre à ce qu'Ivaxilaqita dispose de moyens de défense.

Derrière Mallory et l'alienne, Torg se cogna lui aussi contre la barrière d'énergie pure.

Laorcq entendit Alrine jurer, puis un hululement rauque

lui déchira les tympans, accompagné de flashs lumineux jaune-orangé. L'escouade de soldats et lui se trouvaient à l'autre bout d'une longue galerie, dans une salle qui évoquait le poste de commande d'un vaisseau. La torture audiovisuelle cessa aussi brusquement qu'elle avait commencé. Les pupitres qui s'alignaient dans la salle s'activèrent un à un, affichant des données en altaïrien.

Le sergent s'approcha de l'un des hologrammes puis échangea avec ses camarades restés à la surface. *Ça ne présage rien de bon,* pensa Laorcq.

Le sergent en termina et se tourna vers Laorcq, utilisant cette fois son boîtier traducteur.

— La chambre d'énergie de cette installation est en train de se dégrader.

— Une chambre ? répéta Laorcq en entendant ce terme qui n'évoquait rien pour lui.

— Un procédé permettant l'accumulation d'une importante quantité d'énergie. La Kryn l'a mis au point récemment et le teste ici.

— De combien parle-t-on ?

— Assez pour que l'explosion de la chambre fracture la croûte terrestre d'Arixl. Nous venons d'activer le protocole d'évacuation d'urgence de la planète.

Alrine donna un coup de pied au champ de force. À l'intérieur du cercle invisible qui les séparait du reste du monde, Mallory et la primordiale étaient immobiles, figées comme des hologrammes en pause.

Enragé, Torg s'acharnait de son côté sans plus de résultat. Ses coups de poing capables de fracasser un mur en béton armé étaient sans effet. La voix de Laorcq s'éleva de nouveau.

— Quelque chose a déclenché le système d'autodestruction de tout ce bazar, dit-il.

Alrine observa attentivement Mallory et la primordiale, suivant des yeux le tube qui les reliait. Près de la tempe de la pilote, elle repéra un point bleu, de la taille d'une olive. *Un module de Myriade ! Mallory n'est pas sans défense.*

— Mallory et la primordiale sont à l'intérieur d'un champ de force, dit Alrine. Je crois qu'elles sont en train de se battre mentalement.

Laorcq poussa un juron, puis lâcha :

— Les soldats altaïriens ne peuvent rien pour endiguer le processus. La technologie employée leur est inconnue. En clair, il doit s'agir de celle des primordiaux.

Alrine en tira la conclusion qui s'imposait :

— C'est forcément la primordiale qui a déclenché l'autodestruction. Donc... si Mallory a le dessus, tout va sauter.

— Tu peux la prévenir ?

— Non. Elles sont aussi raides que des statues ! Torg tape comme un sourd contre le champ et aucune ne bronche.

— Et Myriade ?

— Il ne reste qu'une seule unité ici et elle est avec Mallory.

Laorcq ne répondit pas, probablement à court d'idées. Hélas, Alrine n'en avait pas plus. Une victoire de Mallory les condamnerait, celle de la primordiale ne garantissait rien de mieux, tout en impliquant la mort de la pilote.

Jazz batailla avec les commandes du *Sirgan* pour naviguer dans l'air dense et surchauffé d'Arixl. L'entrée difficile dans l'atmosphère l'avait dévié de quelques dizaines de kilomètres vers l'est, et il dut couvrir cette distance en rase-mottes pour enfin se poser à côté de l'appareil utilisé par Laorcq. Il remarqua au passage que de nombreux navires quittaient la planète. Vu ce qu'il savait d'Arixl, cela ressemblait beaucoup trop à son goût à une évacuation générale.

À travers les caméras disséminées sur la coque du *Sirgan*, il observa le camp et le cordon de sécurité établis par les altaïriens autour du dôme de la Kryn. Les soldats, avertis de son arrivée par Elask, conservèrent leurs positions.

— Pas de comité d'accueil ? marmonna-t-il sur les haut-parleurs du cockpit, plus par habitude que par réelle intention de s'adresser à Vassili.

Les unités de Myriade s'agitèrent soudainement, quittant le recoin du tableau de bord où un soldat altaïrien les avait déposées suivant les instructions de Jazz. Il aurait aimé savoir ce qui les avait réveillées. Il espérait que ce soit la proximité des unités embarquées à travers le portail.

— Quelque chose retient l'attention entière des soldats, dit Vassili. Ça n'est pas bon signe.

— Il y a pire, répondit Jazz. Un ordre d'évacuation a été lancé. Tout le monde cherche à fuir ce caillou brûlant, et je n'arrive pas à joindre Laorcq. Branche ton navcom et va cuisiner nos nouveaux amis à carapace. Je ne veux pas en perdre une miette.

Vassili débarqua du *Sirgan* en ayant l'impression de mettre les pieds dans un four à ciel ouvert. L'essaim de Myriade, revenu à la vie, le suivait de près. Malgré la couche nuageuse, Altaïr cognait dur sur la tenue de combat. Il avança de quelques mètres et un habitat en panneaux de composite hexagonaux apparut à travers l'air saturé d'humidité. Il se dirigea vers lui, l'essaim de Myriade flottant dans son sillage. L'impossibilité de communiquer avec l'entité multiple lui faisait redécouvrir la frustration.

À l'intérieur de l'habitat, trois altaïriens en armure s'affairaient au milieu de projections holographiques. Des représentations en 3D fil de fer, une vue qui devait être de l'infrarouge et deux flux vidéo : l'un provenant d'une caméra posée au ras du sol, le second d'un appareil collé contre un mur. Vassili y distingua d'autres soldats altaïriens et un terrien portant une tenue de combat identique à la sienne.

L'un des soldats s'approcha de Vassili, braqua sur lui un scanner et s'exprima grâce à un boîtier traducteur :

— Découvrez vos organes sensibles à la lumière.

Vassili buta une seconde sur la formulation bancale, puis bascula sa peau de combat en mode d'attente. Le liquide protecteur dévoila son visage, et l'altaïrien s'empressa d'examiner ses yeux à l'aide du scanner.

Vassili désigna de la main les flux vidéo :

— Je dois entrer en contact avec le commandant Adrinov.

L'altaïrien au scanner se tourna vers ses collègues et s'adressa à eux dans leur langue. Après un bref échange, il utilisa son navcom pour afficher une petite sphère bleue entre lui et Vassili.

— Les informations de connexion, expliqua-t-il.

Vassili tendit le bras pour toucher la sphère lumineuse avec son navcom. L'appareil enregistra les identifiants et le code de cryptage et la communication s'établit.

Les nouvelles étaient si mauvaises que Vassili en regretta presque ses parcelles d'humanité retrouvées. Quant à Jazz, il fit un long étalage de ses capacités à émettre des jurons.

— L'essaim de Myriade est avec moi, dit Vassili à Laorcq. Nous allons vous rejoindre et je vais tenter d'entrer en contact télépathique avec Mallory.

Vassili sortit de l'habitat composite. L'essaim le suivit, flottant un peu au-dessus de son épaule droite, comme il le faisait quand il accompagnait Mallory. *Je suis assez près pour essayer de la joindre, même avec mes faibles capacités télépathiques,* songea l'homme reconstruit. Il avait d'ailleurs l'intuition que cela passerait par établir une connexion avec Myriade. *Autant régler ce point dès maintenant.* À l'idée d'une communication mentale avec l'entité multiple, il ressentit une légère tension qu'il identifia comme une forme d'impatience, voire d'excitation.

Il leva lentement la main droite, paume vers le haut et doigts écartés, pour aller à la rencontre de l'essaim.

— Tu me laisses te toucher ? Il faut que nous arrivions à parler.

La main de Vassili entra en contact avec les unités. La douceur du revêtement en xyzall évoquant une fourrure synthétique bleue le surprit. Dès que l'essaim pesa de tout son poids dans sa paume, il le plaça devant lui et posa son autre main dessus. Il ferma les yeux et se concentra, remontant en esprit au premier combat du Rin'Liln, lors du contact télépathique avec Mallory.

Il inspira profondément, se coupant des stimuli extérieurs pour se focaliser sur les unités qui vibraient entre ses doigts. Ses pensées allèrent à son pseudo-ktol, pour en activer les fonctions qui permettaient de joindre un autre porteur.

Myriade avait été présent dans l'esprit de Mallory lors du premier échange entre elle et Vassili. Il espérait que l'entité multiple saurait renouer le lien.

Le pseudo-ktol réagit à la sollicitation. Après quelques secondes, Vassili sentit une présence, qui se rétracta aussitôt, pour revenir lentement. Il ne brusqua pas les choses, laissant le lien se renforcer. De l'inquiétude lui parvint, qu'il s'efforça de canaliser. Il répondit en envoyant un sentiment rassurant. Les premiers mots s'élevèrent enfin :

— *Mallory est sous l'emprise de la primordiale. Je vais te guider vers elle.*

Un néant blanc s'imposa à lui, le réduisant à l'échelle d'une particule dans le vide spatial. Il n'existait plus de haut ni de bas, comme en totale apesanteur. La différence tenait en l'absence de sensation de chute. Vassili remarqua alors de minuscules billes noires réparties sur le fond immaculé qui l'entourait, comme des étoiles en négatif. Avec la même certitude que l'on a parfois en rêve, il sut aussitôt laquelle était Mallory.

— *Vassili ? C'est toi ?*

La voix de la femme trahissait une vive tension.

— *Oui. Ne vaincs pas la primordiale. Ne la laisse pas gagner non plus. Occupe-la, disons...*

Il s'attendait à une repartie plutôt sèche, mais la pilote se contenta d'un écho mental montrant qu'elle comprenait. *Elle a lu en moi ?* pensa-t-il.

— *Non, je lui ai transmis les informations,* lui expliqua Myriade. *C'est agréable de ne plus être réduit à un.*

Vassili ne perdit pas une seconde de plus. Il se lança sur les traces de l'escouade et de Laorcq, traversant l'espace dégagé autour du dôme et s'introduisant à l'intérieur à la vitesse d'un champion olympique de sprint. Il suivait les indications fournies par les altaïriens, matérialisées sous la forme d'un trait jaune dans son champ de vision.

Le puits antigrav ne posa pas de problème : Myriade se servit de ses unités pour soutenir Vassili et le déposer au fond. Ils retrouvèrent Laorcq et l'escouade d'altaïriens. Les extraterrestres étaient tous penchés sur les consoles, recevant les instructions de spécialistes techniques, grâce au relais installé en haut du puits antigrav, et s'efforçaient de stopper le processus qui allait mener à la destruction du site, voire de la planète.

Laorcq les accueillit d'un simple hochement de tête et dit :

— Alrine et Torg essaient de trouver une sortie à l'endroit où ils sont, mais c'est immense. Et nous ne sommes même pas certains qu'un passage le relie à nous : peut-être que les primordiaux se fiaient uniquement aux portails...

Vassili examina de nouveau le centre de contrôle et avisa un siège vacant.

— Je vais me débrouiller ici, alors.

Il s'installa de son mieux sur l'assise conçue pour une morphologie altaïrienne et se concentra sur le lien qu'il avait avec Myriade et Mallory. Il posa les mains sur le pupitre et les unités vinrent se nicher entre ses doigts, formant une boule compacte et duveteuse.

Dans son avant-bras, il sentait le pseudo-ktol réagir, le brûler comme un organe trop sollicité. Cet objet servait surtout à tromper un éventuel observateur à la solde des primordiaux. Le relais télépathique tenait plus de l'effet secondaire qu'autre chose. *Espérons qu'il résiste encore un peu.*

La conscience d'Ivaxilaqita se précipita à l'assaut de celle de Mallory. Cette fois, elle ne commit pas l'erreur de lutter physiquement. Elle se concentra sur sa connexion avec Myriade et, à travers ce dernier, avec Vassili. Elle s'ouvrit comme jamais, son chagrin et sa haine de la primordiale écrasant toute la méfiance qu'elle avait éprouvée jusque-là envers Vassili. Le lien se renforça.

Mallory accomplit d'instinct une chose qu'elle aurait crue impossible quelques jours plus tôt : elle se réfugia dans son univers mental, attirant avec elle les consciences de Myriade et de Vassili.

Dès qu'elle s'incarna sous forme de géante rouge, elle attribua d'autorité une petite étoile scintillante à chaque unité de Myriade et un grand astre bleu à Vassili. Elle était un soleil rouge à l'éclat sombre, empli de rage et de tristesse. Les astres de ses compagnons gravitaient autour d'elle, entraînés dans son orbite, dansant de plus en plus vite, formant un tout à la puissance dévastatrice. Un gestalt se constitua, une fusion des esprits alimentée par la fureur de Mallory, stabilisé par la froide logique de Vassili et canalisé par Myriade.

Galvanisée par la force qu'elle ressentait et aveuglée par sa haine, Mallory en oublia les conseils d'Ezqatliqa. Au lieu de se concentrer sur son univers mental pour supplanter celui de la primordiale, elle s'appuya dessus et se lança dans un assaut direct.

— Je vais te tuer ! hurla-t-elle en se muant en une lance de pur esprit.

Ivaxilaqita encaissa l'assaut. Sa conscience, déjà solide, avait été modelée et aguerrie par des milliers d'années d'existence et de manipulation d'autres espèces à travers les ktols.

Au lieu de dresser un mur, elle engloba la pointe de rage qui cherchait à percer ses défenses. La puissance des trois esprits combinés bouillonna au sein du piège qu'elle tendait avec le sien. Une force conséquente, mais trop indisciplinée, trop inexpérimentée, pour l'inquiéter.

Elle entraîna les humains et le gardien dans son univers mental. Contrairement à Mallory qui n'avait découvert ce concept que récemment, elle l'avait façonné au fil de sa longue existence, patiemment élaboré pour détruire la conscience de quiconque oserait recourir à un assaut télépathique contre elle.

Mallory s'était jetée à l'attaque d'Ivaxilaqita avec toute la fureur et la force qu'elle empruntait à Myriade et Vassili.

D'une fraction de seconde à l'autre, elle se retrouva au centre d'une structure dont la taille défiait l'entendement.

Mallory flottait dans le vide, entourée de milliers de tiges blanches aussi larges que des gratte-ciel. Les tiges s'imbriquaient à angles droits, dessinant un motif géométrique qui s'étendait à l'infini. Cela ressemblait à une charpente de béton blanc, assez solide pour supporter le poids d'une galaxie. Une charpente vivante et en constante mutation. Dans les rares espaces qui n'étaient pas occupés par l'une des barres monstrueuses, un néant rouge sombre semblait guetter la moindre occasion d'avaler l'humaine.

— Myriade ?

Pas de réponse. Le lien mental était toujours là, mais ne charriait plus rien. Il était devenu l'équivalent du lit asséché d'une rivière.

— Vassili !

Rien.

Mallory comprit enfin qu'elle avait commis une erreur en s'aventurant sur le terrain de son adversaire.

Elle se trouvait isolée au sein de la mégastructure, qu'elle devina être l'univers mental de la primordiale. *Isolée ? Sûrement pas. Ivaxilaqita doit forcément être là, à m'épier.*

Ezqatliqa l'avait pourtant prévenue. Sur Vlokovia, le primordial avait créé un monde basé sur les peurs intimes de Mallory et avait presque réussi à écraser son esprit. Ceci était très différent. La structure était impressionnante, mais n'éveillait aucun écho chez l'humaine.

Ce qui l'entourait était Ivaxilaqita, comprit-elle. Pourquoi ne l'attaquait-elle pas ? La primordiale n'avait aucun intérêt à lui permettre de souffler, si elle voulait anéantir sa conscience.

Son intuition lui donna un embryon de réponse. Le temps ? Et si le temps s'écoulait autrement ici ? Ou plutôt : et si la perception qu'elle avait du temps n'était pas la même dans l'univers mental de la primordiale ?

Peu rodée au jeu des univers mentaux, Mallory peinait déjà à dépasser le concept de taille. Si Ivaxilaqita contrôlait l'écoulement du temps, elle pouvait la laisser seule pendant des millénaires virtuels. Des dizaines de millénaires, l'éternité. L'angoisse s'empara de Mallory à cette idée. L'esprit humain n'était pas conçu pour fonctionner sur une telle durée, particulièrement dans un endroit aussi étrange, sans interaction avec quiconque. Elle allait devenir folle, tôt ou tard.

Elle voulut bouger, s'approcher d'une des barres blanches et réalisa qu'elle ne possédait pas de corps.

— *D'accord*, se dit-elle. *Tu es là alors que tu n'aurais pas dû. Essaie d'en sortir. Première étape : acquérir une présence.*

Elle voulut apparaître sous sa forme d'étoile rouge, mais sa tentative n'aboutit à rien. Pas même une étincelle. L'emprise de la primordiale l'affaiblissait trop pour que Mallory s'incarne ainsi.

Parce qu'elle venait de songer à son affrontement avec Ezqatliqa, elle se remémora le corps immatériel dont elle avait usé à ce moment-là. Une version idéalisée d'elle-même, vêtue uniquement de tatouages. Elle se réimagina dans les moindres détails. Sa silhouette, ses membres, ses cheveux, sa peau et les spires sombres des ronces qui l'ornaient. Le triangle noir de sa toison pubienne et les lignes de ses sourcils. Les ongles de ses mains, de ses pieds. Les traits de son visage : pommettes, nez, joues, lèvres. Ses yeux : deux puits d'obscurité.

Elle leva une main couverte de tatouages et la contempla.

Autour d'elle la structure se réarrangea, comme si elle était sensible aux mouvements de ce corps jailli du néant.

Vassili avait senti Mallory s'éloigner subitement de lui et Myriade. L'étoile rouge et chaude était partie, arrachée au gestalt qu'elle avait forgé à la seule force de son esprit. La différence de niveau avec Axaqateq était inquiétante. En se jetant à l'assaut aux côtés de Mallory, Vassili avait eu une confiance totale en leur capacité combinée.

Il avait maintenant la sensation d'être à la merci de la primordiale.

— *Myriade ?*

Il se crut également isolé de l'entité multiple, mais reçut une réponse après un court délai.

— *Mallory n'est plus là, et pourtant...*

Au lieu d'employer des mots, Myriade partagea avec Vassili ce qu'il ressentait. Au sein de la petite galaxie mentale, la position de Mallory était devenue un vide béant. La conscience fragmentée de Myriade en voyait les contours, alors que Vassili ne constatait que l'absence de Mallory.

À l'extrême limite de ses perceptions, il devinait la frontière entre l'univers de Mallory et celui de la primordiale. Après l'avoir avalée dans la sienne, l'alienne détruisait lentement la projection de Mallory.

Vassili et Myriade se retrouvaient livrés à eux-mêmes, tenus pour quantité négligeable.

Ivaxilaqita se concentrait sur Mallory, car en la brisant, elle viendrait également à bout des deux autres.

Vassili décida de prendre un risque.

— *Ne cherche plus à toucher Mallory,* dit-il à Myriade. *Stabilise tes pensées afin de me servir d'ancre.*

Il sentit aussitôt l'esprit composite de Myriade se réorganiser en réponse à sa requête. En gagnant la confiance de Mallory, il avait acquis celle de son gardien.

— *Que vas-tu faire ?* demanda Myriade.

— *Me laisser aller.*

Il lâcha prise et l'étoile bleue de sa conscience se délita, avalée par l'esprit d'Ivaxilaqita.

Les mouvements de la structure blanche étaient hypnotiques et en violation flagrante avec les lois de la géométrie. Les poutres gigantesques s'entrecroisaient et se frôlaient pour former des escaliers qui descendaient et montaient à la fois, des lignes parallèles plongeaient vers l'infini sans effet de perspective, les angles droits étaient également plats.

À quoi ça rime ?

Mallory ne souffrait pas. Et pourquoi lui occuper l'esprit si le but était de l'isoler, d'étirer le temps à l'infini, pour mieux la briser ? S'était-elle trompée sur le fonctionnement de cet univers et les intentions d'Ivaxilaqita ?

Il fallait...

Il fallait quoi ?

D'abord, qui est cette Ivaxilaqita ?

Elle chercha à se souvenir. Elle venait d'arriver sur Solicor, dans le système d'Aldébaran, et avait rendez-vous avec Laorcq. Pourquoi était-elle perdue dans ce rêve étrange ? *Un accident ? L'ascenseur orbital a lâché ?*

Vassili dérivait dans un océan de souvenirs étrangers. Il sentit son esprit se déliter, un glaçon fondant dans une eau tiède. Il se raccrocha au fil ténu et immatériel qui le reliait à Myriade, alors qu'il s'enfonçait dans la conscience de la primordiale avec une facilité déconcertante.

Il partagea les sensations qu'elle avait éprouvées durant sa vie, les images de mondes disparus depuis longtemps. Des civilisations naquirent et périclitèrent. Des écosystèmes se transformèrent, arides, fertiles, puis arides à nouveau.

Vassili n'était plus qu'un noyau, un grain de pensées dans un infini mémoriel.

L'équivalent mental d'une décharge électrique resta sans effet. Il comprenait que Myriade cherchait à le maintenir à flot, mais il n'en avait pas envie. Pourquoi revenir ? Personne ne l'attendait là d'où il venait et personne ne lui manquait.

Il se perdit un instant (ou une heure ? ou un an ?) dans l'observation d'un monde océanique, où une espèce de cétacé à l'intelligence aiguë affrontait un prédateur issu d'un autre monde.

Une nouvelle décharge mentale l'agaça, brouillant l'image de la planète aquatique.

— *Les primordiaux !* dit une voix lointaine.

Sans vraiment savoir pourquoi, Vassili s'accrocha au concept. Il sentait confusément qu'il était important. Les primordiaux. Il flottait dans la mémoire de l'un d'eux ! Alors... pourquoi n'en voyait-il aucun, ni rien de relatif à leur histoire ?

Il ne nageait pas dans l'esprit de l'alien, mais dans un réservoir de souvenirs, distinct de la conscience de la primordiale. *Un réservoir ? Un piège plutôt !*

Il repoussa les illusions pourtant si attirantes, échos des

aspirations de son ancien moi. Il se coupa de tous les stimuli et devint une bille de verre bleu et indestructible, de plus en plus dense.

Libéré de la toile mémorielle qui l'avait emprisonné, il plongea d'un océan immatériel à un autre, d'un noir profond, abyssal. Il avait atteint la conscience de la primordiale. Ivaxilaqita. Le nom de l'alienne s'accompagna d'images de sa vie, des primordiaux. Les parties du Jeu s'enchaînant sur des millénaires. Il revit les civilisations qu'il avait observées plus tôt sous un angle différent : manipulées, stimulées et, à sa grande surprise, poussées à se surpasser.

Le tutorat invisible des primordiaux se payait cher : des centaines de milliers, parfois des millions de morts. Vassili était fasciné malgré lui. Son ancien moi avait voulu devenir l'égal de ces êtres quasi éternels. Un fou qui se rêvait empereur.

La voix lointaine se manifesta encore :

— *Cherche Mallory. Aide-la.*

Le prénom éveilla en lui de nouveaux échos de son passé. Des sensations agréables, puis de la souffrance. Autour de lui, l'océan obscur s'éclaircit. Les images qu'il capta n'avaient rien de commun avec les précédentes. Ces autres souvenirs étaient ceux de Mallory !

Vassili reprit possession de lui-même. *La primordiale emprisonne la conscience de Mallory. C'est pour cela que j'ai réussi à arriver jusque-là : elle est trop occupée !*

— *Fais vite,* dit alors Myriade. *Lance-toi dans l'univers mental de la primordiale et trouve Mallory avant qu'elle soit détruite par Ivaxilaqita !*

Vassili visualisa la bille dure et dense qu'il incarnait et imagina un million de fils s'en échappant, comme autant de flèches noires et extensibles sabrant l'océan qui n'en était pas un. Ils s'étirèrent, encore et encore, tandis que Vassili se sentait perdre de sa substance, devenant un esprit émacié.

XXV
FUSION

Le trait dans la paroi était si fin, de l'épaisseur d'un cheveu, qu'Alrine manqua de le dépasser sans le voir. Elle s'arrêta net et Torg faillit buter contre elle.

— Là, regarde ! dit-elle en montrant du doigt la ligne qui courait sur le mur.

Elle s'approcha pour l'examiner et la suivre des yeux. À une hauteur de quatre ou cinq mètres, elle devenait à peine visible, mais Alrine aurait juré que la ligne partait brusquement à angle droit, vers la droite. Une dizaine de pas plus loin, elle en repéra une autre, confirmant sa déduction. L'accès à l'intérieur de l'immense salle sphérique ne se faisait pas uniquement par les portails des primordiaux.

Restait à trouver comment ouvrir cette porte... Elle bascula sur la ligne qu'elle partageait avec Laorcq et le *Sirgan*.

— Jazz ? Je crois avoir découvert une issue. Tu voudrais jouer les serruriers pour nous ?

— Bien sûr. Tu as un renifleur ?

Alrine regarda autour d'elle. S'il restait des porteurs de ktol dans le secteur, ils s'en seraient déjà pris à elle ou à Torg. Elle désactiva sa tenue de combat et fouilla dans sa veste. Ses doigts rencontrèrent l'objet rond au fond d'une de ses poches.

Elle parcourut des yeux les menus holographiques de son navcom, trouva celui qui l'intéressait et la bille d'acier s'anima, s'échappant en vrombissant de sa main, pour se stabiliser à hauteur de son visage.

— Examen technique, annonça Alrine, recherche mécanismes et systèmes électroniques. Périmètre proche.

Le renifleur accusa réception des ordres simples par un clignotement vert. Il fureta un moment au sol puis se mit à zigzaguer en remontant le long du mur, balayant la surface verticale de ses scanners sur toutes les fréquences possibles. Les résultats parvenaient à Jazz au fur et à mesure.

— C'est pas terrible, dit-il quand le renifleur en eut terminé. Laorcq, j'espère que tes soldats sont bien équipés. Il faut placer une grenade thermique ou une charge équivalente au plus près du boîtier de commande pour le griller et d'autres sur le pourtour de la porte.

Tandis que Jazz donnait d'autres instructions à Torg et Laorcq, Alrine s'écarta du mur pour observer Mallory et la primordiale. Elles devaient se livrer un combat acharné, et pourtant ne bougeaient pas d'un pouce.

Mallory avait les yeux gonflés de larmes. Elle se trouvait dans l'appartement de son oncle Max. L'homme, âgé d'une soixantaine d'années, gisait dans son lit. Une IA de la police avait prévenu Mallory, et elle s'était précipitée, persuadée envers et contre tout qu'elle pourrait faire quelque chose si elle arrivait assez vite.

Une ambulance était en route pour venir enlever le corps. Il ne lui restait que peu de temps pour dire au revoir à cet homme qu'elle aimait tant. Un léger crissement attira son attention : des ongles sur du verre. Elle tourna la tête vers la seule fenêtre du studio et découvrit un homme.

Cela n'avait aucun sens. Ils étaient au vingt-septième étage. Le visage de l'homme, plutôt séduisant, éveilla un vague écho en elle, comme si elle l'avait croisé un peu plus tôt, mais sans le remarquer. Malgré elle, Mallory s'approcha de la fenêtre et l'ouvrit. L'intrus se tenait debout dans le vide, à quelques centimètres du rebord. En bas, les rues congestionnées de Nogartha s'éclairaient de rouge, de blanc et d'orange. Une rumeur sourde montait jusqu'à eux et l'air avait une odeur âcre.

L'apparition tendit la main droite vers Mallory. Pour qui se prenait-il, à perturber ses derniers instants avec Max ? Elle avança une main à son tour, qui se changea en poing et fila vers le visage de l'homme. Les yeux noisette de l'homme s'illuminèrent et un sourire se dessina sur ses traits agréables, juste avant que le poing de Mallory ne s'écrase contre.

Quand ses phalanges entrèrent en contact avec les lèvres et la joue de l'homme, l'appartement et son contenu se volatilisèrent. Elle flottait dans un endroit insensé, un univers baigné d'une lueur rouge. Autour d'elle s'étiraient de gigantesques poutres blanches aux arêtes assez vives pour trancher la peau. Des milliers de ces éléments colossaux s'imbriquaient les uns dans les autres, sous des angles absurdes. Et la structure immense était en mouvement, en constante réorganisation.

— *Concentre-toi sur notre lien !*

La voix l'arracha au spectacle hypnotique. Elle lui parut familière, mais elle ne parvint pas à se souvenir.

— *Qui...*
— *Pas le temps. Pardonne-moi.*

— *Te pardonner ?*

Des images se superposèrent à la géométrie folle qui s'agitait autour d'elle. Elle se contempla dans les bras d'un homme, celui qu'elle venait de voir à la fenêtre, flottant dans le vide. Lui revint la trahison, la blessure infligée alors qu'elle s'offrait à lui, confiante. La colère la submergea. Elle voulut rompre le lien avec l'individu, mais sa tentative eut l'effet inverse. Elle sentit une autre présence, plus loin, cachée derrière l'homme. Une conscience étrange, fragmentée et pourtant entière.

Elle se rappela un nom.

Myriade !

Un torrent d'images et de sensations l'emporta. Ses souvenirs, ôtés un à un par la primordiale et rendus grâce à l'intervention de Vassili et Myriade.

Autour d'elle, la mégastructure cessa soudainement de se mouvoir. Cette chose était une matérialisation du mental de la primordiale. *Ivaxilaqita. Celle qui a ordonné la mort de Théo.* Et elle avait essayé de lui voler sa mémoire, sa vie. De la réduire à une coquille vide pour mieux la tuer.

Mallory contempla le monstrueux assemblage et l'envie de le détruire la submergea. S'appuyant sur le lien consolidé avec Vassili et Myriade, elle puisa dans leurs forces et réussit à invoquer son univers mental.

L'étoile bleue de Vassili, les centaines d'éléments de Myriade comme autant de petits astres blanc pur, et, enfin, l'étoile rouge de sa propre conscience. Abandonnant toute réticence à l'égard de Vassili, s'ouvrant totalement à Myriade, elle laissa leurs esprits se fondre. Les étoiles tournoyèrent, se rapprochèrent et fusionnèrent, donnant naissance à une géante jaune.

Ce nouveau gestalt forgé à partir de trois êtres devint plus puissant que la somme de ses parties. La structure qui l'enfermait se remit en mouvement, reprenant son ballet à la géométrie insensée. Elle bougeait beaucoup plus vite, trahissant une urgence, une volonté d'en finir.

L'étoile dorée réagit instinctivement, jouant sa survie et celle de ses composantes. Elle puisa dans toutes les forces à sa disposition et enfla. Elle se mua en une nova qui engloba la structure, la noya de l'intérieur et la carbonisa.

Les poutres démesurées résistèrent un bref instant au cœur de la fournaise, puis se délitèrent, désintégrées par le feu mental.

Mallory ouvrit les yeux alors que tous les muscles de son corps hurlaient de douleur. Le décupleur avait cessé de faire effet, et le contrecoup était plus violent qu'à l'accoutumée. Ses poumons la brûlaient : elle respirait un air insalubre depuis trop longtemps. Devant elle, Ivaxilaqita se trouvait à genoux, son ventre proéminent reposant sur ses cuisses et distendant le tissu moiré de sa tunique. Dans cette position, la primordiale dominait encore l'humaine de plusieurs têtes.

Mallory passa outre ses muscles torturés et dégaina son revolver pour le braquer sur la massive alienne. Elle s'aperçut à retardement que la primordiale saignait par les yeux. Une hémoglobine orange coulait des douze globes oculaires, pour se mêler en un filet qui maculait sa tenue. Le liquide dégoulinait jusqu'au sol où il s'étalait en une flaque visqueuse.

Dans la main de Mallory, le revolver pesait une tonne. Ses efforts pour le garder pointé sur Ivaxilaqita la faisaient trembler. Elle s'approcha d'un pas, un deuxième. La primordiale respirait toujours. Il était plus que temps d'y remédier.

Tenant l'arme à deux mains, Mallory visa entre la paire d'yeux la plus grosse.

— *Ne l'achève pas !* cria Vassili dans sa tête.

Un voile rouge obscurcit la vision de Mallory.

— *Elle a tué Théo, bordel !*

— *Pas tout de suite alors. Ta mémoire a été bousculée. Si la primordiale meurt, cette installation va être détruite et la planète avec.*

Mallory se contint à grand-peine. La perte de Théo avait réduit son instinct de survie à néant. Une planète ne paraissait pas un prix très élevé en échange de la vengeance. Elle s'avança et arracha d'un geste vif le collier de fins tubes transparents que portait la primordiale. Le même type d'artefact qu'Ezqatliqa avait utilisé sur Vlokovia.

— *Tu es sûre ?* s'inquiéta Myriade. *Ezqatliqa t'avait cédé le sien volontairement.*

L'un des tubes, à l'extrémité effilée comme une aiguille, vint se planter dans l'avant-bras de Mallory, perçant la tenue de combat comme si de rien n'était. La protection chercha à s'autoréparer, mais Mallory la désactiva. Mieux valait ne pas risquer une interférence entre les deux technologies. La tenue se rétracta dans son tube en un instant. Sur la peau de Mallory, les tatouages sensitifs dessinaient des ronces vert foncé, soulignées de rouge.

D'autres pointes se logèrent dans la chair de Mallory, aussi sèchement que les dards de guêpes en colère. Le sang orange de la primordiale s'évacua par une extrémité et l'écarlate de celui de l'humaine le remplaça.

Un objet apparut devant elle, un cylindre cristallin, dont l'intérieur était parcouru de fils noirs. Mallory se demanda d'où sortait cet étrange tube, puis se rappela que les hologrammes générés par la technologie des primordiaux étaient indiscernables de l'environnement réel. Elle tendit le bras auquel l'entrelacs de tubes était accroché et toucha le cylindre. Sous ses doigts, les fils les plus proches changèrent de couleur, devenant bleu ou vert.

— Un verrou ? s'enquit-elle à voix haute.

— *Non,* dit Myriade. *Une interface utilisable uniquement par des primordiaux.*

— *Ça revient au même,* soupira Mallory.
— *Et il ne nous reste plus beaucoup de temps,* ajouta Vassili.

Elle se concentra, puisant dans les dernières forces de leur triumvirat mental et chercha à joindre Ezqatliqa. L'appel lancé eut autant d'effet qu'un murmure en plein orage. La confrontation avec la primordiale la laissait trop faible pour atteindre son mentor.

Les soldats altaïriens fixaient les grenades thermiques aux positions indiquées par Jazz. Laorcq les regardait agir en brûlant d'envie de les rejoindre, de participer d'une manière ou d'une autre, mais il ne connaissait pas le maniement de la version altaïrienne de ces explosifs.

Dès la mise à feu, des plumeaux de flamme aussi intense que ceux de becs à souder jaillirent à l'horizontale de chaque point où se trouvait l'une des grenades. Leurs emplacements dessinaient un carré d'à peu près quatre mètres de côté. Alors que les grenades réduisaient l'acier à un liquide bouillonnant, une marque de découpe apparut suivant ce tracé. Le panneau de la porte, soumis à une forte variation de température, se déformait. L'un des coins se tordit tellement que Laorcq vit un rai de lumière clignotante fuser de cet endroit.

Devant le panneau d'acier, l'air ondoyait sous l'action de la chaleur. Quelqu'un frappait à grands coups derrière, insensible à la fournaise. Sous l'assaut répété, la porte finit par céder, s'écroulant au sol avec fracas. Laorcq aperçut avec soulagement la haute et large silhouette de Torg et celle, plus frêle, d'Alrine à son côté.

Après l'intense duel mental avec la primordiale, Mallory avait du mal à se réajuster à une perception normale, à se situer par rapport au monde réel.

— Mallory ! Tu m'entends oui ou non ?

Une voix. Dans son oreille plutôt que sa tête. Étrange...

— Jazz ?

— Ah ! Quand même ! On a remué ciel et terre pour te retrouver. Vassili et Myriade...

— Ils sont avec moi, coupa Mallory. Enfin, si on veut.

Avant que Jazz ne l'inonde de questions, elle lui expliqua la situation.

— Montre-moi ce bidule, dit-il.

Mallory orienta son navcom vers l'hologramme, puis suspendit son geste. L'image du système primordial serait invisible pour quelqu'un d'autre.

— *Je vais agir en tant que relais,* suggéra Myriade.

Le temps de quelques ajustements et l'entité multiple servait de transcodeur télépathique et radio.

Jazz bascula aussitôt en mode d'urgence, ses synapses dopées fonctionnant ainsi à une vitesse n'ayant rien à envier à celle d'un supercalculateur. Il établit une analyse comparative entre les informations qu'il détenait des vohrns et d'Ezqatliqa, l'appliqua à l'interface cylindrique pour créer une table de conversion qui permettrait de lancer des commandes.

Toutes les sept secondes et demie, il sortait brièvement de sa transe intellectuelle, pour écouter le verdict de Rupo, qui l'assistait. Le dva vérifiait les commandes générées par Jazz au fur et à mesure.

L'exercice s'étala sur une dizaine de minutes : une véritable éternité pour Jazz dans ces conditions. Lorsqu'il eut terminé et que Rupo lui confirma que tout était en ordre, il était dans l'état d'épuisement le plus intense qu'il ait connu depuis sa transformation en Intelligence Naturelle.

— Rupo... Je suis crevé. Je dois me mettre en sommeil. Tu vas expliquer à Mallory ce qu'elle doit faire.

Cinq minutes. À peine cinq minutes et la chambre d'énergie perdrait son intégrité. Mallory se rapprocha du cylindre suspendu dans les airs et mit les doigts aux endroits indiqués par Rupo. Cela ressemblait à la pratique d'un instrument de musique : non seulement il fallait toucher le bon fil, mais aussi exercer la pression adéquate et pour un temps précis.

Elle percevait des mouvements autour d'elle, se rendait compte qu'elle n'était plus seule. Des soldats altaïriens en armure de combat posaient des entraves à la primordiale, aidés de Torg et Laorcq. Alrine et un des altaïriens s'étaient approchés de la base conique juste sous la sphère lumineuse et examinaient l'installation.

Mallory arriva au bout de la séquence déterminée par Jazz et Rupo. Elle frôla une dernière fois le cylindre, s'étonnant encore du réalisme de la projection holographique. Dans l'objet virtuel, les fils passèrent du noir au violet. Sous ses pieds, elle sentit le sol vibrer, tandis que se remettait en route le système maintenant l'intégrité de la chambre d'énergie.

La lumière dans la grande salle circulaire changea au même moment, l'effet stroboscopique remplacé par un éclat évoquant un coucher de soleil.

Mallory leva les yeux vers la sphère. L'immense bulle était devenue transparente. À l'intérieur, elle aperçut une esplanade aux larges pavés, entourée de vertigineux bâtiments en pierre aux portes trop hautes pour de simples humains. Un soleil orangé s'abîmait à l'horizon tandis que plusieurs lunes montaient dans un ciel violacé, piqueté de rares étoiles.

Elle avait déjà vu cette ville à plusieurs reprises.

— Nalcoxa ! s'écria-t-elle. C'est Nalcoxa.

La sphère n'était pas une arme, mais un portail surpuissant qui menait au monde des primordiaux. Ivaxilaqita était venue ici pour s'enfuir...

Mallory regardait sans les voir les ingénieurs et techniciens altaïriens venus en urgence sur Arixl pour examiner l'installation des primordiaux. La jeune femme était assise dos au mur circulaire et la forêt de pointes métalliques la dissimulait. Myriade avait deviné son besoin de solitude et ne laissait subsister entre eux qu'un lien mental ténu, la simple certitude qu'elle pourrait communiquer à nouveau avec lui dès qu'elle le voudrait.

Ses yeux étaient gonflés, rouges au-dessus du masque respiratoire qu'on lui avait donné. Elle se sentait vidée. Leur victoire avait un prix trop élevé pour elle et elle avait la désagréable impression qu'Axaqateq et Ivaxilaqita avaient surtout été négligents. À quelques minutes près, les deux primordiaux se seraient enfuis afin de poursuivre leur Jeu ailleurs.

Et pendant ce temps, ils n'avaient pas avancé d'un pouce au sujet des stolrahs. Ces derniers étaient en mouvement, en direction du secteur où humains, réguliens, spicans et les autres continuaient à vivre comme si de rien n'était. C'en était presque drôle : les primordiaux prétendaient tirer le meilleur des peuples avec lesquels ils s'amusaient, alors qu'ils ne faisaient que les diviser et les affaiblir.

Si rien ne changeait, les stolrahs allaient dévaster l'embryon de civilisation interespèce qui se développait lentement depuis la fin de la guerre entre humains et orcants.

Jambes repliées et bras croisés sur ses genoux, elle finit par sombrer dans un sommeil agité : le décupleur prélevait son dû.

Quand une main se posa doucement sur son épaule, elle n'aurait su dire si des minutes ou des heures s'étaient écoulées.

— Tu tiens le coup ?

Mallory releva la tête et vit Alrine penchée sur elle. Elle se contenta d'un haussement d'épaules en guise de réponse. Alrine lui tendit une main et l'aida à se mettre debout. Elle découvrit au passage que son corps n'était plus qu'un amas de courbatures.

— La sphère de Négyl vient d'être désactivée. Le *Lyoden'Naak* est en route pour Enot-Ka et Hanosk a demandé à ce que nous le rejoignions là-bas.

Mallory balaya une dernière fois la vaste pièce circulaire des yeux. Sans la sphère clignotante au centre, elle paraissait vide. Près de la porte, Torg et Laorcq discutaient, les unités de Myriade flottant au-dessus d'eux. Vassili se tenait à l'écart, adossé au mur avec nonchalance. Une scène banale, qui ne faisait qu'accentuer l'absence de Théo.

— Partons, dit-elle. On n'a plus rien à faire ici.

Le retour se déroula dans un état second. Mallory pilota le *Sirgan* en silence. Torg avait retrouvé sa place sur le siège du copilote et les unités de Myriade étaient nichées dans leur recoin habituel du tableau de commande.

Une navette aborda le *Sirgan* et emporta son équipage à bord de l'immense croiseur. La longue et sombre coursive qui traversait le vaisseau était maintenant familière à Mallory et ses compagnons. Ils trouvèrent Hanosk sur la passerelle, sous la lumière de projections holographiques et d'écrans.

Le dirigeant vohrn avait déjà reçu toutes les informations concernant le Rin'Liln et les évènements depuis l'entrée des agents vohrns dans la sphère de Négyl. Il posa quelques questions afin d'obtenir des précisions, notamment à Vassili et Mallory, sur leurs affrontements avec les primordiaux.

— Les altaïriens sont désormais acquis à notre cause, déclara enfin Hanosk. Une équipe de nos ingénieurs vient de rejoindre le site d'Arixl et étudie avec eux le portail implanté par les primordiaux. Ivaxilaqita est en état de mort cérébrale, mais nous maintenons son corps en vie afin de l'examiner.

Le patron des agents vohrns donna congé à tout le monde, sauf Mallory :

— Ezqatliqa souhaite s'entretenir avec vous, dit-il.

Le primordial devait être impatient d'entendre le récit du combat contre Ivaxilaqita. Elle aurait préféré retourner au *Sirgan* et s'écrouler sur sa couchette pendant trois ou quatre jours, mais elle devait bien cela au vieil alien. Après tout, ses conseils l'avaient mise sur la voie pour l'emporter.

Hanosk la mena au jardin recréant un pan entier du monde d'origine des vohrns, où elle avait rencontré le primordial avant d'entreprendre le voyage vers Altaïr. Elle avait l'impression que cela remontait à une éternité.

Le sol rocheux et les insectes filant à toute allure entre ses pieds et les arbustes ornés de boules dorées baignaient dans le vif éclat de la lumière simulée de Cébalraï. Le primordial se tenait au bord du petit étang, assis dans une pose qui rappelait celle d'un adepte du yoga : jambes repliées, pieds joints et genoux plaqués au sol. Ses bras reposaient sur son ventre. Son dos était par contre arqué, penché vers l'avant, ce qui mettait ses six paires d'yeux plus bas que ceux de l'humaine.

Elle s'arrêta à une dizaine de pas de l'immense alien. Elle le revoyait pour la première fois depuis qu'il avait décidé de la former. Il restait toujours aussi impressionnant.

— Tu voulais me parler, dit-elle en s'efforçant de prendre un ton dégagé.

La plus grande paire d'yeux bougea lentement pour se braquer sur le visage de Mallory.

— Guerrière humaine. Tu dois être proche de l'épuisement, pour être si peu réceptive. Je cherche à rétablir le contact depuis la disparition de la sphère de Négyl.

Avec une telle proximité, la voix télépathique du primordial résonnait puissamment, doublant les sons étrangers qui sortaient de sa bouche. Sans Myriade pour la soutenir, elle aurait chancelé sous l'impact.

— Je suis crevée parce que tu avais raison, dit-elle. Ivaxilaqita m'a entraînée dans un combat mental.

— Et tu l'as vaincue. Félicitations.

— J'ai eu de l'aide. Vassili et Myriade...

— Cela n'enlève rien à ta réussite. Ivaxilaqita était d'un tout autre niveau qu'Axaqateq.

Elle sentit sa curiosité. L'affrontement avec Ivaxilaqita se rejoua dans les pensées de Mallory, permettant au primordial de le vivre par procuration.

Après un court instant, il ajouta :

— Je décèle en toi un potentiel conséquent. Je crois que tes capacités se sont développées au fil de tes interactions avec des espèces télépathes.

— Et je suppose que tu es décidé à me pousser encore plus loin.

— Évidemment. Sans défi à relever, je vais dépérir et ne vous serai plus d'aucune utilité.

— J'ai le choix ?

— Bien sûr. On a toujours le choix, mais on a également des devoirs. Dois-je te montrer à nouveau les exactions des stolrahs ?

Mallory resta silencieuse. Que répliquer face à un tel argument ?

Ezqatliqa émit alors son horripilant rire chevalin.

— Qui sait, peut-être qu'en m'exerçant avec toi cela stimulera les pans inactifs de ma mémoire !

Il continua sur un ton plus posé :

— J'ai visionné les combats du Rin'Liln et j'ai beaucoup apprécié ta performance. Cole Vassili est intéressant lui aussi. Je pense qu'il aura son rôle à jouer, tout comme ton gardien.

— Ah oui ? Lequel ? demanda Mallory.

— Les stolrahs arrivent. Nous avons encore du temps, mais il faut convaincre mes frères et sœurs survivants de dépasser le traumatisme infligé par les stolrahs pour les affronter à nouveau. La longévité de mon peuple le rend apte à protéger les autres espèces.

Mallory sentit l'inquiétude la gagner. Elle soupçonnait que la façon dont Ezqatliqa comptait s'y prendre n'allait pas lui plaire.

— Et comment allons-nous réaliser cet exploit ?

— En utilisant le trio mental que tu formes avec le gardien et Vassili. Si je me joins à votre gestalt, nous serons assez forts pour ramener les miens à la raison.

Et voilà, juste le genre de chose qu'elle redoutait. Elle se tourna vers Hanosk, dans un réflexe humain qui ne l'aida en rien : l'anatomie du vohrn ne permettait pas de deviner ses pensées. De toute façon, Ezqatliqa était dans le vrai : avec autant de vies dans la balance, l'heure n'était plus au choix, mais au devoir.

Elle retint un soupir et dit :

— L'ennui c'est que nous ne savons pas où se trouve ta petite famille.

Hanosk se rapprocha et la voix morne de son boîtier traducteur s'éleva.

— Grâce aux indications données par Ezqatliqa, nos équipes sur Arixl étudient le portail sphérique. Elles seront bientôt en mesure d'en extraire les coordonnées de Nalcoxa.

Laorcq attendait Mallory à l'extérieur de la morgue. Elle l'avait assuré qu'elle ne le blâmait pas de la mort de Théo. Qu'elle en ait ressenti le besoin montrait qu'elle lui en voulait quand même un peu, au moins à un niveau inconscient.

Il ne cessait de ressasser le déroulement de l'enquête sur la Kryn, se reprochant son manque de prudence, d'avoir oublié que Théo n'était pas un professionnel. *J'ai commis une erreur de jugement et c'est Mallory qui en paie le prix.*

La jeune femme l'inquiétait. Elle avait repoussé à plusieurs reprises cette ultime visite à Théo, comme si ne pas voir le corps lui donnait une chance d'échapper à la réalité.

Mallory était solide, mais pas indestructible. Hanosk en personne, pourtant peu sensible aux émotions humaines, était venu rapporter un fait troublant à Laorcq : elle avait demandé aux vohrns d'appliquer à Théo le processus qui leur avait permis de ressusciter Vassili. Le vohrn lui avait patiemment expliqué que c'était impossible, lui rappelant que Cole Vassili avait été transformé jusque dans son ADN par le ktol et que l'être qui portait son nom aujourd'hui tenait plus de la copie que de la reconstruction.

Choses qu'elle savait déjà pertinemment. Elle devait faire son deuil, sinon elle risquait de craquer.

Une injustice, songea Laorcq. Elle n'avait pas demandé à se retrouver chargée de l'avenir de tout un secteur de la galaxie. Les circonstances et des choix effectués par d'autres l'avaient placée là. Et elle s'en tirait avec les honneurs.

La porte en verre dépoli coulissa, livrant passage à Mallory. À moitié dissimulé par ses cheveux, son visage fermé montrait encore les marques des combats qu'elle avait menés. Sa veste en cuir rouge foncé masquait ses bras, mais le dos de ses mains était recouvert de roses noires. Une configuration que Laorcq n'avait jamais vue. Myriade, qui d'ordinaire se tenait au-dessus de l'épaule de la pilote, flottait derrière elle, ses unités en formation serrée.

Ils marchèrent en silence jusqu'à la sortie. Le ciel d'Auna-Sil était couleur argent et Altaïr dessinait un petit disque blanc et brillant. Le bâtiment les avait recrachés au bord d'une des longues avenues rectilignes du monde industriel.

Laorcq chercha des mots réconfortants, mais ne trouva rien qui mérite d'être dit. Il opta pour du concret.

— Alrine et moi, nous serons toujours là pour toi. Tout comme Jazz, Torg et Myriade.

Les yeux de la jeune femme étaient braqués sur la rue qui s'étirait jusqu'à l'horizon. Elle lui posa une main sur l'épaule.

— Je sais. Et c'est tant mieux : je vais avoir besoin de vous. D'ailleurs... (Elle retira sa main et continua.) Est-ce que tu peux regarder avec Hanosk pour renvoyer Théo à sa famille ? Je ne crois pas que je j'aurai le courage de...

Sa voix mourut.

— Ne t'inquiète pas, nous allons nous occuper de tout.

Laorcq se pencha pour mieux distinguer le visage de Mallory. Elle fixait la rue sans la voir, plongée dans une intense réflexion. Il devina ce qu'elle avait en tête.

— Tu vas nous quitter pendant un moment, n'est-ce pas ?

— Oui. Je retourne sur Cixtani. Tu sais, les tonelkas n'ont

plus vraiment besoin de moi, ils ont juste l'habitude d'avoir quelqu'un pour les guider, mais je me sentirai bien là-bas.

Le lendemain, Mallory se prépara au départ. Elle s'acquitta d'un dernier rapport verbal auprès d'Hanosk, contacta Ezqatliqa pour lui expliquer que l'entraînement télépathique devrait attendre. Quittant une chambre d'hôtel dont elle ne se souvenait déjà plus, elle rejoignit le *Sirgan* avec Torg et Myriade.

Quand son vaisseau franchit la zone où s'était étendue la sphère de Négyl, elle eut l'impression de laisser dans le système d'Altaïr une part d'elle-même.

La convocation prit Vassili au dépourvu.

« La capitaine Mallory Sajean est de retour. Elle souhaite vous parler », disait le message d'Hanosk.

Il ne l'avait pas revue depuis Altaïr, des mois plus tôt. Il savait qu'elle s'était réfugiée sur la planète aux kéorlines, ces méduses flottant dans les airs et si colossales qu'elles pouvaient accueillir une ville entière sur leur dos. Il se souvenait également qu'elle aidait là-bas une colonie tonelka, auparavant sous les ordres d'Ezqatliqa, à prendre son indépendance.

Puisqu'elle est revenue, ce sujet doit être clos, mais pourquoi demander à me voir ? Si leurs combats successifs dans le système d'Altaïr les avaient un peu rapprochés, ils n'en étaient pas à ce qu'elle réclame sa présence dès son arrivée sur le *Lyoden'Naak*...

Entre deux missions, Hanosk et les siens avaient coutume de laisser Vassili gérer son temps lui-même. Il en profitait pour enrichir ses connaissances dans de nombreux domaines en consultant les bibliothèques du *Lyoden'Naak*. Il avait un faible pour l'ingénierie biologique et l'histoire commune aux différentes espèces de leur secteur galactique.

Vassili repoussa de la main le livre holographique ouvert devant lui et abandonna la zone naturelle où il se trouvait, quittant la roche grise et les arbustes à l'écorce noire baignés d'une vive lueur blanche. L'obscure coursive principale du croiseur l'avala. Une luciole génotech le repéra et se mit en devoir de l'escorter, volant un peu au-dessus de lui et éclairant son chemin vers le poste de commande.

Quand il pénétra dans la salle où une dizaine de vohrns se tenaient penchés sur les consoles permettant de manœuvrer le croiseur, il découvrit Mallory, accompagnée de Myriade et Torg.

La pilote afficha un air serein en le voyant arriver, loin de la défiance de leurs précédentes retrouvailles. Elle discutait avec Hanosk, qui portait comme toujours la toge pourpre symbolisant sa fonction.

Le vohrn salua Vassili tout en allant droit au but :

— Agent Cole Vassili, nous vous avons convoqué pour vous présenter votre nouveau coéquipier.

Il regarda le vohrn, puis Mallory et ses deux amis. Ces trois-là étaient inséparables, il imaginait mal comment...

— *Tu réfléchis trop,* coupa la voix de Myriade en plein milieu de ses pensées.

De plus en plus déstabilisé, il en fut réduit à se tourner vers Mallory. Il ne pouvait en jurer, mais il eut l'impression qu'elle retenait un sourire. Les tatouages sur le dos de ses mains, qu'il voyait d'habitude sous forme de ronces noires, affichaient pour la première fois devant lui des roses en bouton.

— Tu t'habitueras, dit-elle. Et ne t'inquiète pas, ce n'est pas la fin de toute vie privée. Je suis sûre que tu trouveras très vite comment séparer ce que tu veux garder pour toi du reste.

Vassili aboutit alors à la conclusion la plus logique, même s'il avait du mal à y croire.

— Ce nouveau coéquipier serait Myriade ?

Elle secoua lentement la tête.

— Mais non ! Son jumeau.

— *Ouvre-moi ton esprit,* dit Myriade, *relâche tes défenses, ton envie instinctive de protéger tes pensées. Ce sera plus simple pour que tu comprennes.*

Un flot d'images et de souvenirs déferla en lui. Il entendit le premier échange entre Mallory et Myriade, au sujet de la fabrication d'un double de l'entité multiple. Il vit les vohrns pousser plus loin encore leur étude des unités de Myriade, reconstruisant d'abord deux modules détruits sur Arixl, puis sept cent vingt-neuf de plus. L'esprit morcelé en autant de pièces, il vécut les transferts de mémoire entre Myriade et les nouvelles unités.

Vassili resta muet durant le temps d'absorber toutes ces informations. Ses yeux passèrent du vohrn à Mallory, Torg puis Myriade. Revinrent à Mallory.

— J'aurais cru que l'idée te déplairait, avoua-t-il.

La pilote croisa les bras sur sa veste en cuir rouge sombre.

— C'est la décision de Myriade, basée sur ce qu'il a vu de toi pendant notre mission dans le système d'Altaïr.

Sous-entendu : « Je n'y suis pour rien, mon ami fait ce qu'il veut. »

Vassili redécouvrit alors une autre sensation humaine : l'impatience. Mallory décroisa les bras pour glisser les mains dans ses poches et eut cette fois un véritable sourire, bien que mince.

— Lève les yeux !

Il regarda au plafond et distingua, luisant faiblement à la lueur de la luciole qui l'accompagnait, un deuxième essaim.

Il nota une chose qui lui avait échappé lors de la transmission de pensées : les unités de ce deuxième Myriade n'avaient pas le même aspect. Celles de l'orignal étaient ovales et se couvraient d'une imitation de fourrure bleue. Les nouvelles étaient sphériques, d'environ un centimètre et demi de diamètre, leur coque en acier nu et mat.

Les billes descendirent lentement, pour se placer à hauteur du visage de Vassili, s'organisant en un cube de neuf unités de côté. La voix télépathique de Myriade gagna en intensité.

— *Je vais initier la dernière étape du processus, en provoquant une scission définitive des deux groupes. Maintenant !*

Vassili ne nota aucune différence. Pas de son, ni de stimuli visuels, rien non plus au niveau mental, même s'il soupçonnait d'être encore sourd aux signaux les plus subtils.

— C'est fait ? demanda-t-il tout haut, sans le vouloir.

Il lui faudrait du temps pour que la communication devienne fluide, mais il comptait bien le réduire au minimum.

Dans ses pensées, une voix en tout point identique à celle de Myriade répondit :

— *Depuis une virgule deux secondes, je suis l'autre Myriade. Mallory m'a donné un nom lors de notre rencontre sur Vlokovia. J'aimerais en avoir un nouveau de toi, pour commencer à me distinguer de mon jumeau.*

Un mot vint spontanément à Vassili. Il faillit y renoncer, le jugeant quelque peu sinistre, puis décida qu'il marquerait ainsi une différence nette :

— *Que dirais-tu de « Légion » ?*

ÉPILOGUE
ORDRE

Ezqatliqa était assis à même le sol de roche grise, dans un espace dégagé du secteur naturel où les vohrns l'hébergeaient. La lumière simulée de Cébalraï lui était agréable et il pouvait sentir l'odeur légèrement épicée qui émanait des arbustes noirs à quelques pas de là. Un cadre paisible, presque incongru pour la discussion en cours.

Il contempla le groupe disparate réuni devant lui. Un vohrn, quatre humains, dont un qui ne l'était plus vraiment, deux gardiens kisanis et un cybride. Il allait se reposer sur eux pour entreprendre une tâche impossible. De nombreux autres acteurs entraient aussi en ligne de compte : maintenant que les vohrns avaient officiellement le soutien d'Altaïr, les spicans avaient rejoint ce qui était devenu une alliance en bonne et due forme avec les gibrals et les antariens. Des pourparlers étaient également en cours avec les orcants. À cela s'ajoutaient les dvas qui aidaient déjà ainsi que les saharjs et les tonelkas, prêts à jouer leur rôle de soldats.

De quoi espérer, mais le primordial connaissait son peuple : la force brute ne suffirait pas pour les convaincre de cesser le Jeu et se dresser enfin contre les stolrahs.

Tout allait reposer sur les capacités télépathiques de la guerrière humaine et de l'ex-porteur de ktol. Si toutefois les vohrns parvenaient à trouver une faille dans les défenses de Nalcoxa...

Le monde d'origine des primordiaux était ancien, émaillé de cités autrefois resplendissantes et désormais en ruines. En apprenant qu'Ivaxilaqita prévoyait de fuir là-bas, Ezqatliqa avait d'abord été surpris. Puis l'idée s'était frayé un chemin dans son subconscient, libérant de vieux souvenirs.

— J'ai recouvré un pan de mémoire concernant les stolrahs et mon peuple, déclara Ezqatliqa.

Sa voix physique était traduite par différents appareils, et donnait directement sur le plan mental pour Mallory, Vassili et leurs gardiens respectifs. Il poursuivit :

— Nous nous sommes permis d'oublier la terreur infligée par les stolrahs, car Nalcoxa est protégée. Après le premier passage dévastateur des stolrahs, nous avons installé sur les cinq lunes de Nalcoxa un système de défense basé sur des basculeurs dimensionnels.

La guerrière humaine demanda :

— Nalcoxa peut disparaître dans une autre dimension ? Comme tu l'as fait avec Vlokovia ?

— Non, répondit Ezqatliqa. Le système de défense est différent.

L'humain au visage abîmé s'impatienta :

— Différent comment ?

— Je ne me rappelle pas encore.

La guerrière humaine expira bruyamment, signe que le primordial avait fini par associer à une forme d'exaspération chez l'espèce en question.

— Mallory, dit-il, employant pour la première fois à voix haute le prénom de la guerrière. Les stolrahs approchent, mais, ne craignant rien ni personne, ils ne se pressent pas.

Nous allons utiliser ce temps pour restaurer ma mémoire sur ce point précis et percer les défenses de Nalcoxa.

— Ne devrait-on pas se concentrer sur les stolrahs en priorité ? intervint Vassili. S'ils sont si dangereux…

— Nous devons procéder dans l'ordre. Mon peuple risque de perturber notre alliance au pire moment, expliqua le primordial. Il faut absolument mettre un terme au Jeu. Et la technologie défensive de Nalcoxa ne sera pas de trop dans notre arsenal, car il nous faudra aller au-devant des stolrahs. Si nous attendons qu'ils arrivent, nous serons trop exposés.

Un silence profond accueillit ses propos, puis Mallory s'avança.

— Donc, nous devons convaincre ou soumettre Nalcoxa en un temps record, puis attaquer les stolrahs alors que nous ne savons encore presque rien d'eux ?

— Exactement. C'est notre meilleure chance.

CHERS LECTEURS…

Je vous remercie d'avoir lu cette histoire. En tant qu'auteur indépendant, me faire connaître auprès de futurs lecteurs est très important pour moi.

Si vous avez aimé cette nouvelle, n'hésitez pas à laisser un commentaire sur le site où vous l'avez achetée…

Philippe Mercurio

Rejoignez l'équipage du *Sirgan* !

Inscrivez-vous à la newsletter et recevez gratuitement :

- La nouvelle « Station en péril » (ebook et audio)
- Le guide illustré de l'univers de Mallory Sajean (ebook réservé exclusivement aux abonnés)
- Le début du roman fantasy « L'arbre au bout du monde »

Visitez nogartha.fr

Également disponibles :

MALLORY SAJEAN 1 – Incident sur Kenval
MALLORY SAJEAN 1.5 – Station en Péril
MALLORY SAJEAN 2 – Aldébaran Divisée
MALLORY SAJEAN 3 – Vlokovia Disparue

L'Arbre au Bout du Monde (Fantasy)

REMERCIEMENTS

À mes relecteurs, Marion, Étienne, Thierry, Françoise et Pierre, dont l'enthousiasme ne faillit jamais.

À ma femme, pour sa patience et ses bons petits plats.

www.ingramcontent.com/pod-product-compliance
Lightning Source LLC
LaVergne TN
LVHW041654060526
838201LV00043B/430